오리지널

얼럴럴 상사뒤야

| 운상 최춘식 장편소설

第二卷 피투성이라도 살라

문학의식사

작가의 맺힌 말

착하고 씩씩한 소설이다. 참으로 그렇게 믿고, 그리 듣고 싶다.

착하고 씩씩하게 살어라. 세상은 본디 그러하다 할지라도, 부디 착하고 씩씩하게 살어리랏다! 전주댁이셨던 어머님께서 귀에 남보석이 자라도록 이르시고, 그리 사셨던 분이 저 산 너머 요단강 건너 영생복락에 입성하신 후, 그 다짐은 한층 옹이가 자랐다. 내 비록 책읽기를 탐하다가 소설 작가가 되었다 한들, 그 한 살이를 잊을레라 할 터이라? 시나 소설이란 거짓을 파헤친 진실이라 하지 않았던가?

이제 몇 권의 작가로서 이력이 쌓이다 본즉, 문예文藝적 작품이란 찬사를 그리게 되었다. ─오리지널 얼럴럴 상사뒤야! 라니? 6·25동란 덕(?)에 남녘의 땅 끝 마을, 강진읍성에서 6~7년을 살면서, 다산 정약용 스승님을 사사하고, 인생의 도리로 목민심서를 공부하면서, 청년기가 훨씬 지났고, 장노년에 들어설수록 그립고도 아쉬운 가르치심이었다. 어간에 음수사원飮水思源이란 고사성어를 곱씹게 되었다. 물을 마실 때 근원을 생각하다. 개구리 되었다하여 올챙이 때를 잊지 말라하심이던가? 오늘날 이처럼 배고픔을 모르고 살게 되었다 한들, 5~6십년 전 보릿고개를 잊는다 하면, 그 참상을 여전히 겪으며 헐떡이는 저 북녘 땅이며, 열사의 아프리카며 어찌 고개를 들 수 있을 터인가?

그런 심상으로 바로 그 강진 귀양지에서, 일정 때의 동양척식 식민지 정책으로 시작하였던 봉화산 삼동마을의 원 둑 공사장을 더듬게 되었고, 이제 작가의 사명으로 이 작품을 엮어서 단동십훈의 나라, 홍익인간弘益人間사의 한 자락을 장식하게 된 셈이다. 어줍잖게 거창한 난장이 되었다.

　착하고 씩씩하게 살자고 본즉, 늦깎이 작가로서 그리되었다.

　2, 3십대 청년기의 독서란 창밖으로 세상을 봄이요, 4, 5십대의 심독이란 창문을 열고 세상사를 거늘어 봄이라! 6, 7십대의 눈 비비며 탐독이란, 세상사에 더불어 웃고 울어봄이라 했던가? 러시아의 문호 톨스토이의 「부활」을 재삼 다시 읽으며, 도스토에프스키의 「까라마조프 가의 형제들」를 새삼 읽으며, 독서의 향락을 인생사의 상복이라 감동하면서도, 작가의 치열한 작가 정신에 얼떨떨해진다. 그리 꽃피던 「이반데니소비치의 하루」 솔제니친의 문학이며, 「닥터 지바고」의 보리스 파스테르나크의 작가 정신이란, 영원한 신화가 되고 말 터인가? 저 태산 같은 유럽들, 일본 청년 작가 히라노 게이치로의 「일식」 열정이며, 「상실의 시대」를 건너온 무라카미 하루키의 열풍이 항상 그립다. 이제 뉘 머라 하시건간, 난 주어진 여건에서 은총의 성경읽기와 감사 찬양에 읽고 쓰기로 착하고 씩씩한 한 생애를 마무르고야 말리라.

　부디 독자 제현들께도, 거룩하신 성령의 은총이 풍양하시기를 간구 드리며, 척박한 문화풍토에서, 첫 독자가 되어주시고, 제책製冊의 노고를 감수하신 문학의식사의 보람과 번영을 기원합니다.

주후 2020년 열하의 절기에

운상 최춘식

차례

작가의 맺힌 말

역사에서 배우지 못하면, 미래는 없다.

— 영국 역사 평론가 아놀드 토인비

네 곁으로 지나갈 때,
피투성이 되어 발짓하는 것을 보고
너희는 피투성이라도 살라.
다시 이르기를 피투성이라도 살라하고,
너희를 들풀같이 많게 하였더니,
크게 자라 심히 아름다우며
유방이 뚜렷하고 머리털이 자랐으나,
오히려 벌거벗은 알몸이더라.

— 구약 에스겔 16장 6-7절

한마당

금의환향 錦衣還鄉

— 살아야 사람이다. 사람이란 무릇 숨 쉬고 살아서, 먹고 마시며 거동할 때만 사람이라 하는 법이다. 숨결을 멈추고, 손발 펼치고, 사지를 뻗어서 죽는 순간, 사람은 그게 아니다. 이는 잔인하고도 무서운 하늘의 질서요, 용지법인 셈이다.

마량 갯마을 호장 김씨는 얼뜬 소리로 웅얼거렸다. 우물바닥 개구리처럼 안으로 움츠리는 소리였다. 상념을 이어가려했으나, 금세 질린 듯 막혔다. 허나 어느 순간 성깔 난 과부댁 손길에 무명실구리처럼 천방지축으로 푸념의 갈피가 풀렸다.

— 소나 돼지 똥개는 멱을 따고 숨구멍을 막아 죽여서도 제 값을 챙기고 쇠고기요, 개장국이요, 돼지의 비곗살이다. 하지만 사람은 그게 아니다. 죽음 즉시 송장이요, 시체요, 시즙이요, 영구靈柩일 뿐이다. 이야말로 호천망극, 영결종천이다. 살과 피를 나눈 부모건, 형제건 한 몸이라는 부부일신 막론하고 무가네하다. 숨결이 끄르륵! 멈추는 순간 하얀 포장 씌우거나, 가마니로 뒤덮어서라

도 세상과는 엄의한 단절이다. 무정하고도 참척한 일이요, 잔인하고 무참한 짓이다. 본래 호천망극呼天罔極이란, 어버이의 은혜가 넓고 큰 하늘과 같아, 다함이 없다는 뜻 아니던가. 허나 호천고지呼天故地하여, 하늘 우러러 부르짖고 땅을 치며 통곡지절 한다한들, 다시는 만날 바이없음이다. 영결종천永訣終天이라, 죽어서 영영히 이별함을 일컬음이다. 저기 저토록 푸르고 멀고도 깊은, 하늘과 같은 어버이의 은혜라도 죽어지는 순간, 영원한 결별인 터다. 이것은 얼뜬 세상에서도 지엄한 사람의 도리라, 하는 법이던가?

그리 참담 절통한 꼴을 대물림하듯 무수하게 보아온 호장 김가였다. 허나 어느 순간 이런? 이런 순, 망발妄發이라니? 기가 막히고 절통이 극에 이르면, 사람이란 이리도 망발을 지절거릴 수밖에 없는 짐승이던가? 스스로 욕되고, 조상님께도 욕을 돌린다. 소나 개돼지에 비기다니? 참람하고도 무참하다. 상념이 이에 미치자, 호장 김가는 목청껏 부르짖던 앙청의 파고가 갯벌밀물처럼 치솟다 썰물이듯, 울먹거림으로 솟구친 것이었다. 차라리 단말-마 같은 비명이었다. 그 비명은 간밤 오랜 혼수에서 끝내 절명하신, 훈장 양반의 숨결과도 같았다. 애절하고도 길고 긴 꼬리가 어느 순간, 뚝 멈추었다. 애걸복통 기중치상만 남았다. 마량포구 고샅을 지날 때, 부르짖는 파고가 검은 담벼락을 파고들었다. 동구 앞에 장승처럼 멍청스럽게 우뚝 서있다. 멍울구름이 느짓느짓 거리는 하늘을 우러러 발정 난 수탉처럼 왜장친다.

— 호상차지護喪次知요, 영결종천! 최 훈장님, 어르신 호상이옵니다. 아! 아아아…!

포구 여명의 자주색 빛살이, 활짝 놀란 듯 깨어난다. 일깨운 흔한 갈매기가 유난을 떨며 소리 결로 하늘을 가른다. 탈색한 무명 바지에, 고깔을 씌운 머릿결이 갯바람을 탄다. 살아서 움질거리는 만상이 정겹다. 덩달아 사방에서 수

닭들이 치를 털며 울었고, 개들이 발악하듯 짖어댄다. 어둠이 풀썩풀썩 물러섰다. 지엄하고도 흉물스러운 소리였던 것이다. 포구 마을에 큰 초상이 난 거였다. 흔한 일이다. 하지만 별다른 일이다. 어느 한 차례라도 무심하고, 무상할 수 없는 초상이다. 번번이 한스럽고, 기가 막히고, 통분이 솟구치는 일이기도 했다. 한 살이 인생 마지막 흉보를 온 세상 하늘땅에 고하는 셈이다. 하여튼 이날은 난생 첨이듯 유다른 날이었다.

원근 각지 삼동의 어른이요, 스승님이 한 많은 세상 떠나 별세하신 날이다. 기어이 돌아가셨다. 수의환향壽衣還鄕이라. 빈손 맨주먹으로, 단벌수의 몸을 감싸고, 언젠가 떠나오셨던 본향으로 귀환하시는 날인가? 한 세상 뜻 품어 도모하려던 나라가 패망하고 나라님도 온데간데없는 흉악한 세상에서, 스승님이 또 가신 날이다. 아니다. 높은 뜻 가없고 한 목숨부지하기도 벅차 헐떡거리며, 풀어 새기지 못해본 문자로나마 삼시 세 끼니 달래던, 서러운 생애였다고 할까. 호장은 그 기막힌 설움 앞장서 울고 있었다. 온 마을에 호곡 전통하는 직무였다. 호천망극, 훈장 어르신 호상이요. 한 마디 한마디가 예사로울 수 없다. 혼백서리고 얼이 깃들인 호소였으니 말이다.

이야말로 ―얼럴럴 상사喪事디야! 어 헐럴럴! 상사殤死뒤풀이렷다.

더구나 호장 김가는 훈장 어른을 어버이처럼 존숭하는 입장이었다. 어른은 하대하는 법이 없었다. 마을에서 설돼먹은 향반 찌드러기나 중인 나부랭이가, 늙어가는 호장을 대할 때마다 건성이거나, 귓등이거나, 먼 산 대하듯 외면을 하고 그러소, 그러게, 하대하기 십상이지만 훈장 어르신은 항상 그러시게, 어깨 펴시게, 허리를 꼿꼿이 펴시랑께, 자네들 세상이 온다, 평등 세상이요 평민의 천하가 도래하는 징조라! 길을 가시다가도 으레 뒤돌아서서 간예하셨다. 그런 모습을 떠올리며 호소는 절창으로 치닫고 있었다. 더구나 어르신 머리에 상투를 본 적이 아득했다. 나라 잃은 국상 당하신 경술국치 후 스스로 백발의 상투를 풀었고, 봉두난발 삼베옷 입어 상 입으신 지천명을 온 몸으로 앓으시고, 이순 건너 인생 고래희 칠순을 갓지나 이처럼 별세하신 것이었다. 국난을 일신에 자초하신 어른이셨다. 어른 아이 할 것 없이 항상 존대 말을 쓰시고, 호장에게도 으레 반 말투가 아니었다. 그래서 이처럼 가슴 저미는 일이었다기보다, '어른의 상을 저도 입고, 서러운 국상을 제가 입을랍니다' 하는 심사가 새롭게 다가선 터이다. 조선 어른 장지연 열사의 시일 야 방성대곡 경술국치 국상을 한 몸에 입으신 어른의 뜻이, 세월가면 갈수록 느껴지고 깨달아 진다고 할까? 마량포구에서 동서남북 향하여 한 바퀴를 샛바람처럼 나돌았고 서중, 연동, 원포, 숙마골 봉화산 발치 시오리 길을 순회할 터였다. 한도 많고 서러운 가슴속 응어리가 갯가의 썰물처럼 한꺼번에 터져 나오는 부보訃報였다.

아하! 이렇듯 한 많은 세상 버리시고, 또 어디로 가신단 말입니까. 삼척동자라도 다들 알고, 그리 믿는 대로 혼승백강魂昇 魄降이라. 영혼은 제 본향 하늘로 오르시고 흙에 묻힌 살과 피, 뼈 가죽은 제 고향 땅 밥이 되시려는가? 호장 김가는 망연히 깊어지는 상념이 이에 이르러, 자신의 선친께서 마을의 평생 호상꾼 천출로 고종명하시던 날, 상것의 상가에 친히 문상을 하시며 이르시던 말씀이, 사무치는 가슴에서, 초저녁의 샛별처럼 빛나고 서렸다.

― 여보시게 상주! 너무 절통하여 말게나. 이야말로 호상일세. 자네 어르신처럼, 한 많고 설움 많은 나그네 인생들, 영결종천 가시는 걸음마다, 선소리 한을 베풀고, 앞장 선소리로 저승길을 열어 구중천에 모셨은즉, 공덕이 남다른 사업이라. 이 같은 호천망극이라면 정녕 하늘에서 별 세상 누리는 별천지에 들고 세상을 밝히며 굽어볼 터인즉, 이 아니 천행일까? 한 많은 세상 한풀이 맺혔다면 원귀요, 구중심처九重深處지옥에서 영원한 억눌림을 당하거나, 구중천 떠도는 악귀로 세상에 해악을 면치 못할러니, 이리 떠나시는 걸음에 원망도 풀고 한도 풀어, 훨훨 보내드림이 사람의 도리 일세. 여보게 상주! 정녕 아니 그러한

가?

애통지정에 망연하던 호장을 굽어보던 훈장의 눈길이, 어미 소의 퍼런 눈이었다.

— 하오나 한평생 천직을 못 버리고, 하천으로 살다가 족적도 없이 명줄마자 놓으셨는데, 어인 별천지에 드실랑가요.

— 그리 절통한 생각을 말게! 한평생 산다면서, 남 못 할일 가림 없이 그저 많이 챙기고, 많이 먹고 남을 짓밟아 떵떵거리며 살았다고 한들, 천지간에 아무렴 자랑이 되고, 그 무슨 광영이 될 것인가. 다정도 병이란 말처럼, 청빈도 자랑이 되는 법도가 별천지 하늘의 법치일 것인즉. 그리들 알아야 해!

이렇듯 훈장 어르신은, 확고한 사생관을 누리신 분이었다. 구구절절 자상하시고 훈도처럼 새기셨던 셈이다. 하여 빈부귀천을 가리지 아니하고 사람을 존대하며, 생명을 존귀하게 여기시고, 천하 인생으로 세세대대 이어갈 나라 세움을 가르치고 입신양명을 기중 대업이라, 훈도하시던 어른이셨다. 아아! 이제 한풀이를 차마 눈떠 보지도 못하시고 별세하신 날이다. 그래서 그리도 눈감으시기 어려우셨던가? 눈을 감으셔요. 어쩔 것이요. 편히 눈을 감으시지요. 한세상 들썽거리던 나라님도, 양반 대감들도 맘대로 못하는 노릇이 아니던가요.

— 어르신! 훈장님 어르신, 그리시면 이제 어르신께서 이놈 선친을 다시 만나시고 저 찬란한 별천지에서 영영 사시겠지요. 그리 하십시오. 제발! 한울님, 삼신님 덕분에 나가 이라고 축수하여, 오체투지로 축원하옵니다.

삼동 돌아치고 큰말 고샅을 누빌 때에, 너 댓 아이들이 초라니 방정을 떨 듯, 큰 잔치 났다는 듯, 설렁거리며 지나쳤다. 댕기꼬리에 신 바람난 패랭이 활개를 쳤다. 넷끼! 요 내 사람들! 귀염둥이들 넘어질라, 조신들 하시오. 그는 눈꼬리 치세우면서도, 기껍고 미더운 심사로 눈물짓다가, 얼결 벙그레 웃었다.

하여튼 이 날은 별스런 날이었다. 고약하고 어처구니없는 날이라고도 할 법했다. 마량포구만 아니라 삼동의 초상인 듯 했으니 말이다. 아침부터 도무지 역사役事가 열릴 기색이 아니었다. 신마 공사판 작업장이며, 숙마골 현장이 슬금슬금 비어간 것이다. 어중이떠중이로 희부연 상복 챙겨 입은 역군들이 사방에서 포구로 몰려들었다. 머리 푼 아낙네들은 무언가를 이고지고 나선 꼴이었다. 거년에 몇 차례 치상治喪을 지켜보았지만, 이토록 공사 현장을 비우기는 처음 일이었다.

동양척식 시미즈 겐타로 감독은 산불이라도 만난 듯 흰 눈 부라리며, 태풍처럼 밀어 닥친 상황 앞에서 안절부절 못하는 이시하라 유지로 부책의 안달을, 암탉처럼 멍멍한 눈길로 바라보며 상념이 깊었다. 목포지점에서 급거 파송된 인물이다.

현장 인부들 발길을 막으랴, 분견대를 청하여 창칼을 휘두르랴? 그렇다고 저토록 억색한 구름떼같이 밀려가는 민초들 발걸음 막을 수가 있다는 말이던가. 저건 지난여름 장마와 다를 바가 없다. 창칼로도, 대 일본 제국 대포로도 막을 수 없는 민심이요 천심인 것을, 인륜의 지극한 도리인 것을, 그저 망연히 지켜보는 수밖에 달리 무엇을 하리? 그는 하릴없다는 심사로 누런 골연에 황촉을 그어댔다.

— 저건 대 일본 제국에 저항입니다. 계약위반이란 말입니다. 지엄한 국책 공사현장을 맘대로 이탈할 수가 있다는 말입니까?

이시하라 유지로 군이 통분을 새기듯 손가락질했다. 현장보고였던 셈이다. 고개를 주억거리던 시미즈 겐타로 감독이 마지못한 듯 비린 입을 열었다.

— 도대체 저항이란 무슨 말인가. 조선 백성들에게 상사喪事가 났다는 말일세.

— 대제국 국책사업을 방기할만한 계약위반의 조건이라도 된다는 말인가요?

— 하이! 상사뒈야라! 자네가 조선이라는 나라를 이해하는가?

— 아니, 갯마을의 촌구석 훈장이 지들 할아비인가요.

— 마을상변이 대제국의 지엄한 무슨 계약이란 말인가. 무슨 저항이란 말인가. 조선이란 나라 유심히 지켜보게. 들었는가? 군사부일체라. 나라와 스승과 부모 섬김의 도리가 동심일체라. 밥보다 귀하고, 그 무엇보다 존귀하게 여기는 백성들 살림을 지켜보고 이해의 폭을 넓혀보라는 말일세. 알아듣는가. 제국의 이시하라 유지로 군!

— 패망한 나라꼴에 군사부일체君師父一體라, 공사현장을 맘대로 이탈하다니?

— 공사 현장이라, 그것이 저들에게 도대체 무슨 의미가 있다는 말인가. 저들은 단지 삯군일 뿐이야. 계약조건이란, 우께도리로 진땀 다 쏟고도 자네 이시하라 유지로 군의 주장대로, 겨우 삼 세끼 밥 말고는 별거던가. 상가의 상사라면, 애통의 발걸음 붙잡을 방도란, 세상에 없다는 법일세. 아니 그런가.

— 언제까지란 말입니까? 도대체, 며칠간이나?

— 그야 모를 일, 아마도 사오일 장례는 되지 않겠는가? 가근방에서 먹고 마시며 울고불고 노름하고, 잔치판을 벌릴 터! 우리같이 단순한 일이 아닌 걸?

— 대 일본 제국의 상사가 단순하다기는 하지만 이런 판국에 도대체 무얼 먹고 마시며 잔치를 한다는 말인가요?

— 그게 기막히고도 신묘한 맛이라. 상부상조라, 정성껏 자기들 먹자거리 이고지고 나선 꼴을 보지 못했다는 말인가. 그래서 초상 잔치는 갖가지 솜씨로 살맛을 돋운다네. 서양의 뷔페라던가? 이해되는가? 제국의 유지로 군!

— 오하! 상부상조라. 길흉吉凶사간, 얼럴럴 상사賞賜요, 상사喪事뒤풀이라.

잿빛하늘 구름이 멍멍거리며, 바람 따라 흐느끼듯 가라앉았고 포구 연안의 갈매기 떼가 무리 무리로 연거푸 시위하듯 날았다. 진정 저 머나먼 하늘로 높고도 깊게 귀천歸天하는 너나들이 인생길이라고 했던가.

유지로 군은 무언가 알성싶다는 하지만 어간이 막힌다는 표정이다. 보리 뜨물이라도 들이켠 듯 매가리 빠진 모색을 바라보다가, 겐타로는 불현듯 그제 밤부터 낌새가 유다르던 고야바시 사치코의 황당한 몰골을 떠올렸다. 정녕 순산의 기색이었다. 아니, 아니다. 난산의 증조였다. 아아! 내 사랑 하나코여, 우리 서로 우유이노*를 주고받았던 그대는 가고, 안방차지를 과시하던 사치코가 이제는 내 평생 임자라도 되려는가. 그대 집안 하카마료**는 거창하여, 엿보는 사람들마다 눈을 희롱거렸지. 이제야 말로 영영 덧나려는 피난길이 없다는 상처일 뿐이던가. 진정 그러한 게야?

엊그제부터 밤낮으로 낑낑거리다가, 첫 새벽 산파로 불려온 낭자 의녀를 닦달하며 앙탈을 부리고 있었다. 급기야 악을 써가며 집안을 들썽거렸다. 잡아삼킬 듯 겐타로의 출근길을 원망스러운 눈짓으로 막기도 했던 거였다. 하지만 태풍에 비상사태라도 만난 듯 헐떡거리며, 간척지 공사 현장이 텅텅 비어간다는 이시하라 유지로의 주장을 나 몰라라 내칠 수도 없었던 셈이다. 하늘 구름이 황황히 몰려가고 있었다. 무엇인가 불순한 의도가 여실하게 드러나는 검붉은 하늘이었다. 하늘에서 벼락을 치듯 악쓰는 소리가 마을을 들썽거렸다. 고야바시 사치코의 지독한 산통이었다. 하루가 지나고 이틀이 저물어가도록 순산의 기미대신 저리도 발악하듯 산통을 치러야 하는 걸까? 대체 무슨 까닭인가. 의녀 낭자는 무얼 하고 있으며, 급히 불러들인 늙은 주모는 또 무엇을 하고 있다는 말인가. 강진읍내에서 본토 양의라도 불러와야 하는 걸까? 산부인과 의사가 왕진을 한다는 말은 건성으로 들었다. 총감 겐타로는 스스로도 이해할 수 없을 만큼 안절부절 당황하고 있었다. 불혹에 처음 맛보는 난산중의 난산이었다. 아비가 된다는 일이란, 이토록 난감한 일이던가. 이야말로 금시초문의 횡액이었다. 마을의 저리도 요란한 초상과, 한 마장 거리도 못되는 일산가옥의

---

* 결납. 약혼의 성립을 다짐하는 의미에서 물품 등을 주고받는 일본의 습관. 또한 이를 위한 의식과 그 물건
** 신랑의 예복비

이처럼 난감한 초산이란 무엇이 다른가. 한편은 죽어서 국상 치르듯 온 마을이 숙연하고 설렁거린다. 이편에선 새 생명의 출산으로, 고고성 올리려는 난산의 산통이다. 과연 공사의 분별이라 할 터인가. 대의멸친이란, 이런 경우 어찌해야 옳은가. 시미즈 겐타로는 무거워진 두툼한 목을 흔들었다. 마을 사람들은 숙연한 기색으로 무언가를 이고지고 연신 상가 댁으로 몰려가고 있다. 부조꾼들이라, 한 사람도 빈손에 빈모색이 아니었다. 가재처럼 곁눈질하며 저거야 말로, 상가의 불상사不祥事에 상부상조의 미덕이리라. 저거야 말로 궁색한 조선천지 미풍이요, 양속이라지.

왜장치는 소리에, 단박 당숙의 부고를 새겨들은 최덕성은 본능적으로 상투에 손을 대었으나 이미 잘려나간 맨머리였다. 숙마골에서도 온 마을 울렁거리고 돌았다. 개들이 짖어대고 화창했다. 봉두난발을 풀어헤치며 호곡성을 터트린다.

— 아이고— 아이고— 기어니 가시다니— 오! 애통하고도 원통해라.

그 호곡성이 갑자기 밀려든 밀물처럼 순식간에 집안을 잠식한다. 절박하여 짙은 설움이 철렁거렸다. 엊그제도 철야를 하며 임종을 지키려던 당숙이다. 곡기를 끊은 지 달포가 지나 촌각을 다투고 있었으나, 피가 맑은 탓이던가. 쉽사리 명줄을 놓지 못하여, 고孤사자嗣子 덕만은 물론, 사촌 오촌의 질항 간들이 교대로 자리를 지키던 참이었다. 영영 환향의 길을 떠나셨다는 말인가. 꾹꾹 눌러온 내 설움, 네 설움이 봇물 터지듯 솟구친다. 임종을 못보고 부고를 접한 덕성 부부는 묵 두 자배기를 이고 지고 나섰다. 시시로 선산 주변에서 주워 모은 도토리는 서 말이 넘었다. 이날을 유념해서 맷돌질 가루로 장만해두었던 셈이다. 배부른 새댁 순심 아기씨와 덩달아 누리는 맷돌질은 유다른 맛이었다. 위아래 짝 무거운 맷돌 슬렁슬렁 굴려가며 세상사 풀어내듯 말길이 트이고, 속엣 것 열리며 오지가지 살림살이 지혜가 모아지는 아낙들 일터전인 셈이다. 디딜방아나 웃샤! 웃샤! 방앗공이 오르고 내리며 송골 땀 솟구치는 방아질보다 한결 수월하고 고시었다. 거기 이규진 신랑 모친인, 약산댁이 으레 한 몫을 했다. 그녀는 청맹과니 앞이 멀었으나, 징병으로 끌려갔다는 아들대신 새 며느리의 봉양을 받으며, 살맛을 누린 듯 생활에는 아무런 불편을 몰랐다. 무언가 항상 기리듯 중얼거리는 음성은 오로지 천자문의 암송이었다. 부엌방에서, 조신조심 들고 나는 측간 길에서도, 암송은 멈출 줄을 몰랐다. 넉 달포 전에 강순심 새댁 안달을 좇아, 선말댁 부부가 뱃길로 모셔온 노모였다. 실상 혼약이라 할 수 있는 첫 언약을 들으며, 이규진 총각의 탄식으로 어로의 풍랑에 아버님과 동생을 잃은 후, 어머님은 눈이 멀었단 말을 듣자, '즉시—모셔와야지요. 어서가 모셔와야지요' 했던 노모를 모셔다 봉양하는 터였다. 명주실머리 안둔한 약산댁은 있는 듯 없는 듯 거동이 조신했으나, 아침마다 으레 청아한 가락으로 중—중모리를 읊었다.

— 집우宇 집주宙, 넓을 홍洪 거칠 황荒. 날 일日 달 월月, 별 성星 밝을 광光.

천지현황을 시작으로, 아침마다 한 차례 동서남북 사방팔방 휘돌아오듯 천자문을 한 글자 한 문장 짚어가며, 소곤소곤 타이르듯 암송하는 일과였다. 지중한 천혜의 은택이라 하였다. 세상이 캄캄하고 미친 풍랑으로 눈앞이 원망과 탄식으로 가득한 참척과 망부의 설움을 당한 후, 죽을 일만 생각하고 죽기만을 고대하던 차 눈앞이 그대로 캄캄 절벽이더니, 어느 날 새벽부터 세 살 네 살쩍에 친정 어버이 따라 읊었던 문자가 떠오르고, 울며불며 통곡처럼 뒤따라 좇다가보니 천자문으로 동서남북이 환하게 밝아지더라는 변명이었다. 암흑 중에 빛살이 열리더라 하였다. 세 가지 빛깔이 네 가지 일곱 가지로, 그것이 바로 하늘 천天 따 지地 감을 현玄 누른 황黃으로 펼쳐지고, 정신없이 뒤따르다 본즉 동녘 동東, 서녘 서西, 남녘 남南, 북녘 북北 사방팔방 열려지면서, 세상이치가 환해지더라는 것이었다. 하다본즉 이것이 바로 사물놀이라. 아니 사자성어四字成語라. 하고본즉 윷놀이가 바로 그것 아니던가? 도개걸윷모라, 한판 놀아나 볼까? 밤나무 잘라 따글 따글 길들인 윷점으로 맷방석에 훌쩍 던져서 '도도도'라면, 아유자모兒有慈母라. 아이가 어머니를 만남이니 길사요, 도도개라 하면 서입창중鼠入倉中이라. 쥐가 창고에 들었다면, 이 아니 대풍인가. 하지만 개개도라면 약마타중弱馬駄重이라. 약한 말이 무거운 짐에 눌림이라. 개개모라 치면 차무양륜車無兩輪이라. 차에 두 바퀴가 없다니, 가고올 수가 없는 이 아니 낭패이랴? 이처럼 인간 만사 길흉사간 사물놀이로 인생 살맛을 돋워보는 이 문자와 물자 놀이를, 일상의 낙으로 삼게 하심이 신묘한 은택아니리요. 사물四物 윷점 만해도 4*4 십육 괘에 4곱하면, 64괘가 나오고, 이에 따라 4곱하면 256자가 통용되니, 실상 천자문 속에서 부리는 조홧속이라. 길흉사간 상사喪事, 상사殤死의 통한 이 인생사라면, 상사賞詞, 상사賞賜도 따르고, 상사想思, 상사相思, 상사祥事가 그 조홧속이라. 이 아니 죽고삶이 인생의 재미요, 큰 복락 아니런가. 이렇듯 시시로 조곤조곤 타이르는 말씨가 여우 말미에 긴 다람쥐꼬리를 물었다.

때마다 강순심 새댁은 척척! 척척! 철컥거리며, 지금 다가오고 있는 신랑 이규진 총각을 떠올리는 것이었다. 아니다. 총각이라니, 이제는 엄연한 지아비가 아니랴. 그 오지고 달콤한 씨알이 이토록 날마다 알토란으로 초롱초롱 자라고 있거늘, 아니 그런가. 내 사랑 아가야! 아빠가 오고 있단다. 아가야! 그럼? 잉! 품에 껴안은 함지박처럼 제법 듬성한 뱃구레를 무지르며, 주거니 받는다. 하지만 정작 엄마 아빠의 호곡성에 자지러지는 윤심 아가를 어르며, 일견 맷돌 방석을 추스르기 바쁘다. 마당에서는 중개로 다 자란 누런 복실, 복동이 쥔댁 어른들 호곡에 웅얼거리듯 앙앙 알알하고 싱겁게 짖었다. 꼴망태 걸머진 최종순, 종연이 통실한 중송아지를 서둘러 끌어 들였다. 아름찬 중송아지 코뚜레가 낭랑한 처자의 댕기머리처럼 앙큼했다.

— 워-매, 내 사람들아! 훈장 할아버님이 별세別世하셨당만, 기어니 호천망극이라. 아배랑 먼저 가볼 것잉께. 내일은 집단속해 놓고 형제끼리 나서야 할 텡께. 알겠는가? 오매 새댁 아기씨, 어쩔까잉? 꽃 각시 윤심이 보챌 것인 디.

— 우리 이뿐이 까궁이가 얼매나 순한 디라. 미음 죽만 잘 먹이면 견딜 만할 것인께. 큰 염려 마시고 잘 댕겨 오시오. 이모님!

— 두 아가들에만 너무 매달리지 말고, 어마님을 잘 보살피시오. 잉!

— 이를 말이것소. 사랑 애愛, 베풀 덕德, 동서남북, 사방팔방에 천자문 깃발이 탈춤을 출 것이요! 저도 날이 날마다 새록새록 두 귀에 새긴답니다.

신바람나고 달콤한 대구였다. 볼수록 귀하고 옹골진 살림꾼이었다. 선말댁이 이리저리 삼 칸 집안 단속하고, 앞장서서 건중건중 바지게 짐을 추슬러가며 내닫는 덕성을 뒤쫓아 시오리 갯가를 휘돌아 마량포구에 당도한 참은 어느덧 한 낮이 기울고 있었다. 마을은 새벽부터 문상객들 열기로 숙연한 기운이 맴돌았고 상가에 모닥불이 허연 연기를 하늘로 솟구치고 있었다. 싯누런 연기가 솟구치다가 세상 미련에 흐늘거리듯 중천을 떠돌았다. 하지만 연기를 훼손 짓듯 둔탁하게 찢어지는 비명소리가 마을을 들썽거렸다. 그 이물스런 소리는 얼럴럴 상사의 중-중모리로, 흐뭇하고도 낭창한 호랑소리가 아니었던 것이다.

— 워-매 저게 대체, 뭔 소리란가. 북산만한 배퉁이를 내밀고 게다짝 거들먹거리던 것들이 웬 소란이랑가. 왜 상것들은 사사건건, 저리도 요란을 떨어대야 살맛이란가. 산파가 둘씩이나 불려갔다며?

— 금-매 말이요! 의녀 황매란 이가, 이틀째나 날밤을 샌다는디, 난산 중에도 난산 잉감만. 왜년들은 본래 저런 꼴이라는 갑제.

— 본래 부잣집 며느리는 곰처럼 게을러 터져서 나막신으로 굼실거링께. 난산

이기 마련 아니던가. 그런 본새를 단단히 자랑할랑 갑소 잉!

— 그나저나 어서 순산을 해야 할 턴디, 내남없이 여편네 팔자가 당하는 신세 아니란가. 난산 중에 난산이란, 천하에 당해본 사람만 아는 짓이란께.

— 금-매 말이요. 저런 때는 서방님이 챙이 들쓰고, 부엌 아궁이에서 부채질을 해야 할 텐디, 징상한 왜녀 상것들 풍속은 어쩔란가.

— 왜 사람이라고 별수 있간디? 급할 때 비손하기는 사방천지가 신불단지라. 그나저나 그 집안 서방님은 도대체 뭘 헌 디야.

— 본서방도 아니고 하녀 랑만. 동척감독이라, 그 양반 심덕은 무던하단 디. 잉!

— 그려! 왜 사람치고 말수 없고, 인정머리가 솔찬하단디 어서 순산해야지. 잉!

— 아나, 자네가 어여 가서 대신 순산을 해보랑께.

— 저런 순! 산사람이 그런 인정머리로 무슨 복덕을 챙길란가?

일산 가옥의 문간에서 아낙들 입가심 수다가 잦았다. 얼굴에 근심 빛은 숨길 수 없는 동병상련이었다. 저리도 낮밤 못 가리는 난산의 진통이라니, 같은 여인네로 분기원념은 어느 결 멀어지고, 동병상련은 콧등에 벌떼로 마주 나섰던 셈이다. 안달걸음을 옮기지 못하는 심상들이었다. 돼지 멱따는 산통이 터질 때마다 저절로 치를 떨고 발을 굴렀다. 오매! 어쩌꼬? 잉! 오-매매, 황매란 이는 도대체 뭐를 헌 디야. 주모도 이틀씩이나 날밤을 새웠담시롱?

때마침 선말댁 부부의 이고 진, 문상 발걸음이 당도하고 있었다. 성안 고샅길을 지나 상가로 서들려던 발길이 자연스레 멈추었다. 문밖에서 암고양이 떼처럼 두세 두세하며 덩달아 산통을 치르고 섰던 아낙들, 썰물처럼 물러섰다. 폭발하는 산통에 귀 기울이며 잠시 상념에 잠겨 섰던 선말댁이 아낙들 수인사를 받자, 저 만치 앞장선 최덕성에게 멈칫 일렀다.

— 쥔 양반, 먼저 드시지요. 나가 잠시 선참을 봐야 쓸랑 갑소!

— 아니 복상 입을 사람이, 산통에 동티 날라고, 대체 먼 소리란가.

— 아직은 복상 전잉께라. 그냥은 못 지나가겠소. 문상도 급하지만, 산사람 살림이 다급한 일 아니란가요. 세상이 다들 아는 병인디라.

— 자네가 무슨 대순가. 산파가 둘씩이나 매달렸당만.

— 둘이건 셋이건, 피땀 쏟는 일에 내 맘이 이라고 쏠리는데, 어찌하것소.

바지게 짐을 진 채, 뒤돌아보며 간섭하는 쥔 양반의 대거리를 거역하듯 선말댁이 체면불고하고 왜사람 집에 들어선다. 태풍몰이 산통이 터지는데 망연한 심사로 골초연기를 내뿜고 서성거리던 시미즈 겐타로가 황망한 눈길로 마주본다. 막다른 동굴구멍에 쫓기는 짐승의 시퍼런 눈짓이었다. 알 듯 말 듯, 긴가민가 망설이다, 숙연한 수인사를 받으며 현관문을 밀고 산방産房으로 안내한다. 피와 땀내가 석양의 갯 비린 이내처럼 훅훅 끼쳐오는 다다미 산실은 난장이었다. 난장터에서 서양 장사치들 떨이 판 물건이라도 왜장치며 주문 외듯, 산부는 발악을 하고 있었다.

— 이따이 데스! 오아? 이따이 데스! 아파! 아이고 아파요! 코 아이데스! 오아? 코아이 데스! 무서워! 아이고 무서워!

— 암만해도 큰일을 치르겠고만. 거꾸로, 거꾸로 자리 잡은 듯 싶당께.

달리 무슨 말을 할 수 있으랴. 아프고 무섭다는 말은 산 목숨이 나눌 수 있는 최후의 탄성일 터였다. 연신 아프고 무섭다는 말도 시들어가 듯 맥이 빠지고 있었다. 암만해도 큰일, 큰일을 치르겠고만. 거꾸로, 거꾸로 하고 늙은 주모가 탄성처럼 부르짖었다. 산파 황매란 이는 윗도리 부둥켜안고, 주모는 아랫도리에 엉겨들어 피땀투정을 하고 있을 뿐이었다. 이럴 수가, 도대체 다른 방도란 없는 법이던가. 흡사 창칼을 맞고 버둥거리는 산짐승을 짓눌러, 마지막 숨구멍을 끊으려는 작태인 듯했다.

불현듯 선말댁의 순정하고 참담한 심상에, 자연스러운 환영이 떠오른다. 산고 치르는 암소가 보였다. 안절부절 설렁거리다가, 벌떡 일어선다. 선채로 설렁 설렁거리다, 뒷문에 쏟아내는 핏덩어리 송아지! 연이어 시퍼런 눈으로 살벌한 본색을 숨기지 못하는 암캐가 떠올랐다. 앙다문 입으로 신음 토하다 급기야 어기적거리고 벌떡거리며, 선채로 핏덩이를 쏟아낸다. 들녘에 서성 서성거리는 암말의 산통이 보였다. 가축들은 급박할수록 몸을 일으켜 세운다. 일어서서 선채로 엉거주춤 거리다가 온 몸을 설렁설렁 거리며 아래로 쏟아야 한다. 삼신 한울님이 베푸시는 자연의 지혜 아니란가. 산모의 하문을 막지 말란 말이다. 그렇지 아니한가. 그렇지 아니하던가?

— 그라고 짓눌러서, 생사람 잡지 말랑께. 일으켜 세우라 말이, 일으켜 세워!

— 먼 소리다요. 지금 산부를 일으키면 피를 쏟다가 절명 할 것인디?

— 피를 쏟고, 태아를 쏟아내자고, 이런 고생이 아니란가. 내 말을 들어!

— 아니 이건 또 먼 짓거리인가? 생사람 잡는다 말이시.

급기야 어느 순간 선말댁은 산모를 어깨에 부둥켜안은 채, 엉거주춤 벌떡 일어선다. 아악— 악을 쓰면서 산모가 매달려서 산통으로 힘을 쏟는다. 마지막 양수가 터지면서 핏덩이가 울컥하고 쏟아졌다. 단참의 일이었다. 산파 황매란이 익숙한 솜씨로 산아를 부둥켜안으며 엉덩이를 찰싹거리자, 이윽고 앵—앙 앵알이 솟구치듯 터졌다. 세상이 환하게 밝아지고 있었다. 아귀찬 생명의 소란이 집안을 들썽거렸다. 문간에서 서성거리던 시미즈 겐타로 감독이 '오아! 오아!' 하고 연신 감탄을 터트리며 큰 소리로 중얼거린다. 최덕동댁? 선산 집터 전에서, 최덕성 사이상 댁이라? 비로소 깨달았다는 듯 연거푸 고개 주억거렸다. 물을 쏟고 땀을 쏟다가, 생명의 핏덩이를 쏟아내는 처절한 역사는 진정 죽고 살아가는 사람들 일만이 아니었다. 신불의 일이요, 한울님의 간섭이었던 게다.

주모가 새삼 깨우치듯, ―아들이요! 하고 외치자.

― 오아! 오아! 아리가토 고자이마스, 고맙습니다, 고맙습니다.

그는 연거푸 헛소리처럼 중얼거렸다. 산 목숨으로 들이쉬고 내뿜는 호흡처럼 억제할 수도 없고, 숨길 수도 없는 감동이 터진 셈이었다.

― 오세와니 나리마시따! 신세 많이졌습니다. 신세가, 많이졌습니다.

연신 고개를 주억거리는 그 눈에 은구슬이 번쩍이며 방울져서 굴렀다.

그날 다 저물녘, 강진 경찰서에서 털털거리며 마량 포구 갯마을로 득달같이 당도한 석탄 차 트럭에는 강진 일산의원 산파 여인과, 멀대 키의 깡마른 한 군병이 타고 내렸다. 누런 군복은 맨머리에 빈손 맨몸이었다. 머리에 군모를 다 잡으며 조심스럽게 땅을 짚어 내리는 그 어깨에 통실한 배낭하나가 걸려 있다. 서늘한 갯바람을 환호하듯 가슴 활짝 펴들고 맞이하는 군병을, 설핏 다가선 주재소 경호병인가, 두 명의 순사가 돔방총을 철렁거리며 옹위하였다. 늘씬한 군병은 어스름이 깃들어가는 마을과 하늘을 하염없이 휘둘러보았다.

왜식의 삼나무 집으로 안내를 받은 산파의 황급한 발걸음을 바라보던 군병들은 늘씬한 병사가 내미는 문서를 살피며, 주재소 샛문으로 거침없이 들어섰다. 멀대 키의 군병이 유난히 앞뒤로 절쑥거리며 뒤따라 들어갔다. 바닷바람이 잦아든 갯마을 초상가에서 횃불이 불꽃을 하늘로 솟구치며 타오르고 웅얼거리는 탄성이 일었다. 개짖는 소리, 수탉 울음소리도 모조리 삼켜버린 지엄한 웅얼거림이었다. 흉흉하고 뒤숭숭한 갯마을에 석양의 어스름이 내리고 있었다.

한 식경이 지나자 누런 복장의 군병은 돌담집 주재소에서 되돌아 나왔다. 주재소 순사가 따라 나서며 잠시 배웅했다. 그가 상명에 복창하듯 말했다.

― 대 제국의 이오지마 수비대 구리야바시 다다미치 사령관님 특명이라면, 우리는 제국의 명예를 걸고 끝까지, 절대 절명의 책무로 보답할 것입니다. 어떤

하명이라도 사양할 것은 없습니다. 다나카 이치로 전상 장병님!

— 개지랄 같은 다나카 이치로건, 전상 장병이건, 자랑스럽게 보호 관찰할 것이건 처음부터 나하고는 상관없는 짓거리였다. 더 이상 간섭 말거라. 알겠다면, 물러서!

냉철한 일갈에 거역하지 못한 순사가 멈칫거리며 거수경례를 보낸다. 군병은 고개 숙여 거북한 듯 예를 차린다. 어딘지 모르게 산란한 마을을 굽어보다가 느릿느릿, 위태위태한 절쑥절쑥 걸음으로 동능재 삼거리를 넘어섰고, 밤이 이슥해서야 차경 솔밭을 거쳐서 별빛이 초롱초롱한 연동 원포와 숙마골을 지나서 거북선이라 했던 동산 밑, 새집 앞에서 머뭇거렸다. 마주 바라보고선 안방과 건넌방 호롱불이 유난히 밝았다. 길은 멀고도 아득했으나, 그 눈빛은 맑고도 밝았다. 봉화산 발치 마을마다 흐릿하게 꿈꾸는 호롱 불빛을 소곤거리는 눈빛으로 바라보며, 선망과 체념이 밀물과 썰물이듯 맴을 돌았다. 저 멀리 원둑 공사장 갯벌이 안개 속에서 황량하게 파도치듯 설렁거렸다. 군병은 낯익고도 반갑다.

까마득한 세월, 꿈에서도 노상 그립고 아쉽던, 낯익은 선산주변 새터 집 앞에서 웃자란 복실, 복동이가 컹컹 짓다가 꼬리 할랑거리고 앙알거리며 덤벼들었다. 쩔쑥거리며 다가서던 조선 군병은 가만히 몸을 사리고 주저앉으며 두 손을 벌린다. 중개들이 엉겨들며 우짖는 소리는 밖으로 내치려고 꾸짖듯 살벌한 탁성이 아니라, 안으로 알은척하며 달래려드는 품속의 앙앙거림이었다. 연신 앙알거리는 품속의 중개를 두 팔로 보듬으며 속살 깊은 암내를 깊숙이 들여 마시던 군병의 눈에서 염소 똥이듯 빛나는 검은 눈물이 송알송알 흘러내렸다.

두 마당

갯바람

세상만사가 사람의 짓이다. 아니 아니다. 낳고 살다가 기껏해야 칠팔십 년 허겁지겁 살다가 영영 죽어서 사라짐이, 어찌 사람의 짓거리 만이랴? 길이 멀다거나 가깝다는 말은 맞는 말이 아니다. 그 또한 아니다. 설익은 말이다. 길은 저절로 난 그냥 길일 뿐, 으레 사람들의 탓이다. 금의환향錦衣還鄕 길은 천리라도 단참길이요, 낙백거사의 짓거리라면 십리라도 아득한 세월이 물씬거리는 고행이리니, 북망산천이 먼 줄 알았더니, 대문 밖이 예로구나. 하늘은 화들짝 열리고 그 길이 멀고 가깝다는 말은 없으렷다. 때를 따라서 바람이 열어가고 바람의 길이 멀고 가깝다는 말은 없는 법이라는 이치와도 같다. 봄바람이 살랑살랑 불어대면 산천이 파랗고 검붉게 타오르더니, 어느덧 녹음방초가 점령군처럼 장악하고 고요히 설치는 산하는 아득한 길머리로 열리고 사라진다. 그 길이 이처럼 멀고도 하염없이 가물거리는 까닭을 도대체 모르겠다. 세상에 모를 일이 어찌 그리도 소소한 짓거리뿐이랴.

이규진 군병의 상념은 새벽하늘의 멍울구름처럼 느짓느짓 흐늘거렸다. 멈출 듯 쉽사리 멈추지는 못한다. 그저 먼산바라기로 내달리는 기분이다. 옛 습관처럼 옹골지다. 하지만 개처럼 끌어가더니, 이제는 소리 소문 없이 그저 사라지란다. 강진경찰서에서도, 마량포구 주재소에서도, 똑같은 소리를 곰곰이 새겨들어야 했다.

— 오하! 다나카 이치로田中—郎군, 그대의 전적戰績은 불명하나, 위국헌신 충절을 기리는 바이다. 귀향을 특명하노니, 성은에 감복하여 잠행하라.

— 잠행潛行하라니, 도대체 무슨 특명이 그리도 감복하여 대단합니까.

— 오하 모르는가? 오잇! 이 전통문은 이오지마 수비대 사령관 구리바야시 다다미치栗林忠道 대장님, 대일본 군국의 존엄한 특명이란 말이다.

— 난 아니다. 난 구리바야시도 모르고, 단지 이오지마 수비대 훈련병이었다.

— 오하! 그대는 일본제국 충용한 전상 장병이다. 다나카 이치로 군 어느 전투였던가. 구리바야시 대장님의 특명이라면? 우리는 그대를 끝까지 주목하고 보호할 책무를 진다. 아연 자랑스러워하라. 보호 관찰하여 댁까지 모셔다드릴 의무가 있다. 하룻밤쯤 쉬었다가 영광스럽게 금의환향하려는가.

— 아니다. 난 다나카 이치로를 모른다. 전투 실상을 보고해야 하는가. 단지 수비대 사령부 마라톤 훈련전투에서 제국 놈들이 대한청년 이규진을 죽이고 허수아비 군병 다나카 이치로라. 이제 다나카 이치로마저 죽이고 죽다 남은 청년 이규진은 소리 없이 잠행하라니, 도대체 무슨 소린가.

— 오이! 천만에. 수비대 사령부 마라톤 전투라니? 잘 모를 말이다. 하여튼 우리는 단지 구리바야시 대장님의 특명만을 충성스럽게 존숭할 뿐이다.

　전상戰傷제대 장병으로 귀환신고를 필했던 규진 병사는 가는 곳곳마다 모를 말이 많다는 것을 실감하면서 입 다물고 마른 목을 건빵 간식처럼 꿀꺽, 꿀꺽 삼켰다. 입 다물고 그저 생각 갈피를 따를수록 알다가도 모를 일 뿐이었다. 다나카 이치로란, 날이 갈수록 개지랄 같고 거북살스런 소리는 으레 입가에서 겉

돌기 일쑤였다. 단지 분명한 사실은 후송된 부대 나가사키라고, 거기에서 하룻밤 지내고 급히 현해탄의 배를 타고 혼미한 뱃바닥에서 흔들리듯 날이 갈수록 절쑥절쑥 걷는 발걸음에, 갈 길이 멀고도 아득한 노릇을 어찌해야 옳다는 말인가.

전날 같으면 이까짓 거리쯤이야 척척! 척척! 산하를 우러르며 몸을 날리면 그림은 연신 새롭고, 새롭게 뒤바뀌게 마련 아니던가. 이리도 몸이 앞뒤로 절쑥거리며 맴, 맴을 돌아야 하는가. 느닷없는 자원병 특명으로 그런대로 신명을 가꾸고 살았던 훈련병 생활을 갑자기 청산하고, 이름 모를 항구에서 배타고 바다를 건넜고, 타라는 대로 석탄차를 타고 내리고 타고 본즉 마량포구였고, 특명을 따르는 그 길이 이토록 길고도 먼 줄만 알았더라면, 아무데서나 하룻밤 지새우다 걷기를 작정했을지 모를 일이었다. 현해탄 뱃머리에서 흔들거리던 어지럼증이듯, 갈수록 후회막급이었다.

실상 그건 아니다. 맘은 한참 한시가 급했다. 그저 잠시라도 엿보고, 지엄한 구리바야시 대장의 넌덜머리나는 특명대로 잠행하리라. 하지만 보고 싶었다. 단 한 번만이라도 엿보고 싶었다. 내 사랑 강순심 낭자여! 아니 아니지. 내 사랑 내 품에서, 춤추듯 노닐던 아내여! 이규진은 죽었다. 아니다. 다나카 이치로는 죽었다. 죽고 사는 일이 어찌 사람들 짓거리라던가. 누군가 살리는 척하다가, 누군가 죽이겠다면 죽이는 대로, 절쑥거리며 걷듯 따를 뿐인 것을 실컷 보았잖은가. 지난 몇 달 동안, 바다건너 섬나라 땅에서 대체 무슨 짓거리였던가. 그저 날이면 날마다 죽이고, 죽고, 총질이며 칼질이며, 무작스레 찔러대며 죽이는 짓이었다.

그가 뒤축부터 절쑥거리며 재를 넘고 봉화산 발치를 갓돌아 갯가를 따라서 연동 원포를 지나갈 때, 밤은 짙어가고 검푸른 창공의 별들은 창창하게 익어가고 있었다. 저 갯가에서 갯벌탕의 낙지를 맨 손으로 두 뭇이나 잡았고, 짱뚱어를 서 뭇이나 잡았고 갯고동을 주웠었지. 밤하늘 별들은 이오지마 수비대의 별들과 하나도 다름이 없구나! 별빛이 수정처럼 밝았다. 훈련병으로 밤마다 보초를 설 때마다 동동거리며 순심을 미치게도 그리워하고, 그 뱃속에 아가를 생각하며 달콤한 꿈에 부풀었던 별들이었다. 단지 맘은 한시가 급하건만 까마득하게 멀고, 갈 길을 걷고 걸을수록 깜짝거리는 샛별처럼 제 자리에서 뒤쳐지듯 맴돌이로 겉돌았다.

규진 병사는 북두칠성이 설핏 넘어가는 하늘을 우러르며 잠시 앙알거리다 품안에 안겨든 복실, 복동이를 보듬고 부드러운 털에 얼굴을 비볐다. 어쩐지 멈춘 자리에서 일어설 맥아리가 소진한 듯, 한숨부터 터진 것이었다. 스스로 모를 일이었다. 그토록 그립고도 안타깝고 애간장을 태웠던 만남이 아니었던가. 어서 뛰어들어야 할 터인데! 선말 양반, 선말댁, 종수, 종연아, 아니 순심 아기씨, 아내여! 내가 이라고 약속대로 왔당께! 하지만 그는 문득 귀를 기울였다. 보얀 방안이 화들짝 수선거렸던 것이다. 얼핏 겁이 난다. 저문 하늘에서 초승달이 하얗게 바래지고, 봉화산 너머로 숨어들 기세였다. 산바람이 썰물처럼 출렁거리며 갯벌로 쏟아들고 있었다. 저 바람을 두둥실 타고 보면, 세상은 아득하게 멀어지고 하늘로 솟구치는 천상의 세계란 이리도 허망한 세월은 아닐 터라는 그리움이 문득 치솟는다. 휩쓸려가고 싶다. 멀리 멀리 떠나가고 싶다. 세상에 못내 손닿지 못할 그리움보다 더한 멋들어진 아름다움이란, 도대체 무엇일까? 이제라도, 척척! 척척—척! 뜀박질을 하고 싶다.

— 오매! 이라고 늦잠을 자부렀당가, 속절없는 늙은이가. 자석은 군병생활에서 잠도 못자고 본초란가? 뭣가를 서니라고 밤샘 고생을 할 거 인디.

— 아녀라오. 어마님, 아직 자시子時도 못되었을 것잉만요. 그냥 푹 주무셔요.

— 단잠을 푹 잤단 말이. 어서 글 읽고 비손이라도 해야, 어미 도리가 아니란

가.

― 아녀라오, 어마님. 단잠을 푹 주무셔야 건강도 하시고, 아드님 승전 성공을 보시제라오. 어마님, 어서 편히 주무셔요.

― 아니, 되었당께. 하늘 천 따―아지, 감을 현 누르 황! 집 우 집 주, 넓을 홍! 거칠 황 이렇게 시작만 하면, 어찌 언焉, 어조사 재哉, 어조사 호乎, 어조사 야也로 끝장을 보는디, 이것이 바로 대국 양나라 때, 산기상시散騎常侍 벼슬을 살았던 주흥사周興嗣님 작문이랑께. 단지 천자문으로 사자성어를 하룻밤에 250구로 끝장을 맺고 보니까, 머리가 백발이 되었더라고. 그래서 백수문白首文이라. 참말로 신묘한 사자사물놀이여! 줄줄 읽기만 해도 동서남북 천지 조홧속이 환하다 말이시. 몽매하여 잠든 얼을 깨치고 혼을 불러 온당께! 어―헐럴럴 상사上使뒤야! 바로 그 말이랑께!

이렇듯 새벽마다 자랑스럽게 시작하는 천자문 암송은 약산댁 그녀의 아들 며느리, 태중의 손자를 위한 비손이요, 대한독립을 위한 절규요, 태평성대를 기리는 탄원이었다. 허나 이 새벽, 그녀는 문득 암송을 멈추고 입을 다물었다. 청맹과니 가물거리듯 잠시 묵상에 잠긴다. 아연하고 생입을 열었다.

― 이것이 먼 일이란가. 눈앞에 활짝 떠오는 도도도라면, 아유자모兒有慈母라. 아이 아들이, 어미를 만남이라니, 태안의 손자를 하도 기림이란가?

― 어마님, 정녕 그러하실 겁니다. 어마님 윷판에 그 아들은, 개도모요, 조무우한鳥無羽閒이라. 새가 날개 없고, 개개모요, 차무양윤車無兩輪이 맞을 텡께요. 차에 바퀴가 없으니, 아직도 오시지 못 하싱께. 허지만 전장 터를 달리다가도 곧바로 척척! 척척! 냅다 날뛰다가, 곧 훨훨 날아서 승전보를 가지고 달려오고 기시오. 푹 좀 주무시고 기다리셔요. 어마님!

순심이 웃는 소리로 받아 대꾸한다. 아니랑께, 웃을 소리가 아니라 하여튼 말마디 때마다 어마님! 어마님, 하여 어마 마마! 어마 마마님! 심 황후 눈먼 아바 부르듯 지극한 공경과 흠숭의 정이 물컹거리는 호칭이 눈물겹다. 잠시 묵념이 흐르듯 머릿결 어루만지며, 오상-고절하던 노친네가 진지하게 받는다.

— 느닷없이 웬일인가, 그 아그가 훤히 보인당께. 그나저나 눈뜨고 바라보는 한탄거리의 세상보다는 눈감고 바라보는 윷판 세상이 항상 선하고 멀고도 아름답지만, 그라고본께 아까 참에 복실 강아지들이 뭔가 소리를 했건만 건성으로 들었당께. 안 그런가. 어서 문잔 열어 보그나.

— 아이고 어마님, 이제 자시가 좀 지났고만요. 윤심 까꿍이 잠 깰라고요.

아아! 까꿍이란다. 이 무슨 소린가. 내 사랑 갓난이라도 보았다는 말이던가? 하자 규진 병사는 몸을 떨었다. 아직은 때가 이르다. 이제 겨우 반년 넘게 지났을 걸? 온 몸을 달팽이처럼 웅숭거린다. 그 순간 탐스러운 복실이 펄쩍 솟구치면서 문간으로 달려들어 짖어대기 시작했다. 살창을 뜯어낼 것처럼 달려든 것이었다. 복동이도 품에서 훌쩍 벗어나 덩달아 짖어댄다. 꾸짖거나 달래려는 소리라기보다 알리고 깨우치려는 호장의 낭송처럼 하소연조였다. 먹물 어둠속에 살창문이 화들짝 열렸다. 망연한 탐색은 밀물 때처럼 잠시 잠깐이었다.

— 오매, 워-매! 내 새끼, 내 사람아! 세상천지에, 이것이 먼 일이란가.

— 오매, 워-매-매…! 총각 서방님, 내 사랑 서방님이라고?!

어미의 예감은 무섭게 적중하였다. 그건 단순한 예감이 아니라 절실한 실감이요, 극치의 실상이었다. 어미의 피가 부르는 산 목숨 생명의 화답이었다.

그저 울었다. 한 바탕 울음 꽃이 개나리나 산진달래 벚꽃처럼 활짝 피었다. 눈먼 모자의 상봉을 울었고, 사흘간 총각 처녀부부 약속의 만남을 감격으로 울었고, 낙백거사의 통분을 울었고, 자다가 깬 윤심 아가는 놀라서 울다가 종수, 종연의 품안으로 안겨들었다. 눈물은 때마다 서럽고 질기고 달콤했다. 산 목숨은 눈물의 짓이었다. 세상에 날 때부터 울지 못하면, 곧장 죽음의 길이었던 터이다. 말이나 행동이란 그 후에 작당하는 세월의 처사인 것이었다. 인간만사가 그러하였으니 말이다. 눈물이란 그리도 소중한 목숨의 자산이라 할 터였다. 눈물 먼저 솟구치고, 먼저 그치게 하는 몫은 어미 일이었다. 울지 못하는 아이 엉덩이를 북치고, 울던 아이 젖 물리어 핏덩이 사람으로 가꾸어가는 어미의 짓이었으니 말이다. 서둘러 초롱불을 밝히고 상큼한 흙냄새 가득한 방안으로 옮기자 눈먼 어미가 먼저 입을 열었다. 우는 아이 젖 물리듯 자연스러운 어미의 속셈이요, 진정이었다.

─ 새댁 아가야, 어서 저녁 상 봐야, 어서야. 그란디 보리쌀 밖에 아무것도 없지야. 얼마나 시장 하시것냐. 머나 먼 길 오신 걸음, 어서 서둘러야. 내 눈앞 훤히 보이더란 말이여.

─ 어마님! 그래야지요. 걱정 마시오. 찹쌀 한 단지는 숨겨 놨응께라. 아무리 바빠도 어마님! 쪼꼼만 만져 볼라요. 걱정 마시오 잉!

─ 아니라, 너희는 성한 눈으로 봐야, 내가 만져 볼란다. 오매 내 사람아! 그 무선 전장에서 이라고 살아서 돌아 오셨당가. 징하고 모진 왜놈들 제국 세상천지에서 첨 들어본 소리랑께. 오매-매 천지신명이시여! 옥황상제님, 관음보살! 삼신 한울님!

─ 아니시장하기는, 괜찮습니다. 어마님, 절 받으시지요.

─ 어마님! 지가, 저도 큰절을 받으시지요. 잉!

─ 절은 무슨 절이랑가. 이라고 오지고도, 감사해 시상이 대보름 달밤처럼 환한 디라. 세상이 밝고 어두워지는 일은, 하여튼 사람 조홧속이 아니랑께.

─ 그랑께 큰 절을 받으셔야지라. 어서 앉으시게라.

　새댁 부부가 모처럼 엎드려 큰 절을 올리려 서둔다. 초라한 차림들이었다. 하지만 무슨 대수이랴? 단지 청맹과니의 눈길 허둥거리는 어미가 안쓰럽다. 하지만 그런 풍경은 가히 중경의 인물화가 미칠 수 없는 절세가경絶世嘉慶

이었다.

― 왔다-매? 행님아! 대장군 우리 형님이랑가-아!
― 오매, 이규진 형님아, 새 신랑 행님이 아니랑가!
― 와마, 그란디 아이 참! 선말 양반이랑, 어르신들은 어쩐 일이란가.

어미의 눈길을 바라기하다 문안이 늦었던 것이다. 종수, 종연 형제가 설렁거리는 개를 단속하며 엉겨들었다. 상가에 가셨다는 소식 들으며, 조카들 품에 안았던 눈을 크게 뜬다. 젊은 부부가 초라하게 나란히 엎드린다. 나붓하게 엎드리는 모습이 심 황후처럼 아름다웠다. 새댁 순심은 상량식 새집 첫날밤, 수두백이 신랑이 심 황후처럼 저를 그냥 두둥실 허공중에 띄웠다고 굳게 믿었던 것이다. 말을 아끼고 소중한 보물처럼 아꼈던 셈이다. 하지만 청맹과니 희번덕거리는 눈에서 새롭게 눈물이 솟구친다. 그 눈물 바라보며 젊은 부부가 펑펑 구슬을 쏟는다. 눈물은 그처럼 아름다운 진주의 열매였다. 자원 징병이나 근자 부쩍 성행하는 강제징용에 끌려가서 살아 돌아왔다는 소문은, 조선 천지간에 없는 일이었다. 다만 바라고 기다리며 몰아치는 갯바람을 갯벌에 띄우는 소망일 뿐이었다. 앙가슴 저리고 아픈 소원을 품고 비손할 뿐이었다. 하지만 이토록 척척! 척척! 약속대로 그리도 장한 언약대로 한밤중에라도 뛰어서 돌아온 서방님! 이 일을 꿈인가 생신가 하였다. 정녕 꿈은 아니라고, 천자문 암송이 낭랑한 가락으로 이어지는 어머님 소리를 들으며 새댁 순심은 비로소 서둘렀다. 떠나던 날부터 성급하게 모아두고 기다리던 찹쌀 한단지가 새삼 눈물겹다. 척척! 척척 뛰어오실 서방님, 나가 이럴 줄 알았당께! 그것은 강순심 새댁의 애끓는 사랑이요, 절실한 믿음이었다.

하지만 차분한 심상이 들수록 이규진 병졸은 추연한 심사를 감추기가 어려웠다. 살아서 돌아왔는가. 무엇 때문에, 무엇으로 명분이 섰던가. 폐기처분 된 신세가 분명했다. 도대체 무엇으로 대의멸친하라는 목숨을 바꾸었다는 말이던가. 척척! 뛰어서 돌아온 몸이 아니다. 뛰기는커녕 걷지도 못하는 병신 된 몸이, 목숨의 값이라 할 터였다. 징병에도 훈련에도 쓸모가 없어진 몸이었다. 물론 제 수작노릇은 추호도 아니었다. 도무지 모를 일이었다. 바라기는 간절한 바람으로 소망하기는 당당하게 뛰고 싶었다. 일본제국 본토인들 앞에서, 그들을 앞서서 척척! 척척! 저 만치 앞장서 뛰어가며 승전보를 알리리라. 하지만 오늘날 뛰기는커녕 걷기도 민망하고, 앞으로 달리기는커녕 뒷걸음치는 이 몸이란 도대체 꿈에라도 생각지 못한 일이었다. 열망이 사라진 몸이란 죽은 목숨 아니랴. 아직 순심은 모른다. 뼛속깊이 사무치던 그리움의 아내 강순심은 발뒤축의 심줄이 끊긴 이 몸의 절망을 모른다. 산 몸 아니라 이미 죽은 목숨으로 폐기 처리된 죽다만 목숨의 허망을 모른 채, 저리도 기뻐하고 감하의 눈물 쏟는다. 그 눈물 어느 날 절망의 탄식이 아니랄 수 있으랴? 아아! 생각을 말자. 아직은 그냥 이대로 그저 기뻐하고 감격을 함께 누리자. 이규진 병졸은 어마님의 부드러운 권면을 맛나게 들어가며 허겁지겁 탐식을 누리고 잠시 자리에 누웠으나, 어느덧 된 참 꿀잠의 코를 골았다.

진종일 울었다. 질긴 울음은, 사람의 짓이었다. 인사가 울음이었다. 메마른 울음이었다. 건성울음이었다. 상가의 울음이란, 거짓이요 인사요 의례였다. 그 울음을 사흘째 울고 섰던 호상護喪 덕성은, 이따금 고방에 들러 허기를 채우고 인사를 나눴다. 그 눈길에 방금 들어선 사람은 다름 아닌 동양척식의 총감독이라는 시미즈 겐타로 상이었던 것이다. 그는 두리번거리며 박광수의 안내를 따르다가, 상주인 최덕만과 덕성과 덕기와 덕신의 앞에 서자 어쩔 줄을 몰랐다. 박광수를 좇아서 향촉을 올리고, ─아이고, 아이고─오, 아이고, 아이고오─ 상장을 집고 서서, 연신 아뢰는 호곡에 어리둥절하였다. 굴건제복屈巾祭服

을 눈여겨보며, 그 황금빛 거룩함에 잠시 압도되는 듯했다. 굴건은 쌍칼처럼 하늘 우러르고 천지를 갈랐으며, 빈 주머니의 제복은 산지사방으로 나풀거렸다. 세상 버리고 세상을 떠난 사람의 면면 길 전송하는 온몸의 처신이었다. 단지 맨입이 살아, 아이고 아이고-오! 연신 울어대는 저 울음 어이 할거나. 뉘라서 멈추어 막으리? 목이 컥컥 질리고, 숨결 컥컥 질리건만 스스로 멈추지 못하는 그 울음에 산 목숨 소중함을 뼈 속 깊이 새긴다고나 할까. 골수에서 사무치게 터지는 탄식이라 할까. 그리도 서러운 죽음을 경홀히 여기는 전쟁이란 무엇이며, 그래서 얻고자 하는 바가 도대체 무엇이란 말인가. 겐타로 감독은 상념이 깊어지면서, 그 한 목숨 소중함을 자신의 난산 아들을 통하여 가슴에 절절히 새기는 참이었던 것이다. 그 일에 큰 몫을 조력하고 나선 사람이 저 선말 양반 최덕성의 아내, 선말댁이라는 여인이 아니었던가. 질긴 인연이었다. 부처님 공덕에 인연이란 존엄한 일이었다. 옷자락만 스치는 인연이라도 삼생三生의 칠 갑절이라 하지 않았던가. 듣기는 들었고 알기는 했다만, 이처럼 겪어 보기는 난생 처음이었다. 칠 갑절 인연이라, 한 겁劫이라면, 천지가 개벽한 때부터 다음 개벽할 때까지 지극한 세월을 이름이 아니던가. 그 겁을 삼생으로 일곱 번이나 전생에 겪었던 사이가 이 풍진 세상에서 질긴 만남이라 한다. 그런 인연에 살리고, 사람살림이 얼마나 소중하고 애틋한 노릇일까. 하지만 내가 챙기고 더 많이 갖겠다고, 서로 죽이고 짓밟으려는 살벌한 노릇을 어찌하란 말인가. 갈수록 모를 일이었다. 별세하신 부모 위하여 저토록 질긴 울음 울어야 하는 저 심상들은 얼마나 아름답고 고결한가. 과연 사람의 일이요, 조선 땅 사람들의 짓거리라 할 법하다.

문상객으로 얼결 참석했던 동척의 겐타로는 생각이 깊어지고 비상해지는 자신을 수습하기 어려웠다. 더구나 -아이고, 아이고-오 탁하고도 질긴 울음을 울던 최덕성 상주와 맞절 주고받으며, 도대체 더 많이 갖거나 누리고 더 많은 것 위하여 수탈하고 짓밟고 죽이기를 마다하지 못하는 대제국 군병들의 짓이란 대체 무엇이란 말인가. 낯빛이 검붉던 박광수가 부책 이시하라 유지로 군의 질문에 무엇인가를 열심히 통변하고 있었다.

— 저 상주의 황금 복색은 이왕 조선 시대 오복제도五服制度라 합니다. 죽은 선친에 대한 친소원근에 따라, 사회적 신분에 따라서 등급의 차이를 표시했습니다. 등급은 참최斬衰, 자최齊衰, 대공大功, 소공小功, 시마緦麻로 나누지요. 오복이라. 저 누런 똥 빛 삼베의 질에 차등을 두어, 가장 가까운 가족일수록 질이 나쁜 옷을 입었는데, 이는 상제들 스스로 부모 섬기지 못한 죄인이라고 자처한, 통한의 심중에서 비롯된 일입니다. 유림에 따르는 조선 꼴통풍습이 가소롭지만, 지극 정성이란 대단하지요. 그 외에도 시신에게 입히는 상복도 열 가지 넘습니다.

— 아니시신 옷이 열 가지 넘는다니, 무슨 옷을 그렇게나 입힌다는 말입니까? 곧 화장으로 불살라질 것 아닙니까. 허긴 토장土葬으로 매장법이 다르지요.

— 그렇지요. 그나저나 우선 목이라도 축이시게 자리에 드시지요.

스스로 섬기지 못한 죄인이라 자처한다니, 궂은 옷 입고 궂은 음식을 먹고, 이것이 산 사람의 짓이라 한다. 참으로 별천지 세상이었다. 조선이란 나라는 그런 백성들이다. 대 일본 제국은 무엇인가. 향불 사르고 단지 며칠간 두문불출 근신을 한다. 이틀이나 사흘 장례식이면 끝이요, 물론 무덤은 자주 찾는다.

자리를 권하고 나선 사람은 덕성 씨였다. 그가 굴건제복 차림으로 상장 집고 선채 외인접객에 나선 것이었다. 그를 보자 겐타로는 새삼스레 급히 허리 숙이고 예를 갖췄다. 먼저 입을 연 것은 호상 접객인 쪽이었다.

— 상가에서 무람하오나, 득남을 감축 드립니다.

— 오하, 오하! 신세가 많았습니다. 신세가 많았습니다. 가모님께서 큰 도움을 주셨습니다. 평생 잊지를 못하겠습니다.

— 신세라니요. 당연한 일을 했을 뿐입니다. 당연한 일이지요! 어서 자리에 앉

으시고 조선의 상가 음식 맛을 좀 보시지요.

— 오하! 오하! 아리가토 고자 이 마스! 고맙습니다. 고맙습니다.

연신 굽실거리며 자리를 잡는 겐타로 감독을 따르면서 통변 박광수나 이시하라 유지로 부책은 얄궂다는 눈짓을 주고받았다.

소리 소문 없이 초라하지만 당당한 몸으로 귀향했던 규진 총각 신랑은 첫날밤 수두백이처럼 도무지 소극적으로 머뭇거렸다. 초야의 순심 새댁이 은근짜 가락을 섞어서 둥실한 뱃구레로 떨리는 손길을 당겼으나, 펄쩍 놀란 듯 머뭇거렸다. 의아한 신부가 급기야 입을 열었다.

— 금―매 내 아기, 당신의 아기여요. 발짓이 날마다 요란하당께요.

— 그란디, 그란디 어짜꼬. 나가 이라고, 이라고 죽어 부렀는디.

이규진 신랑은 어느 결 입에 오르고, 심상에 새겨진 투가 저절로 터진다. 숨길 수 없는 절망의 어투였다. 달리고 뛰지 못하는 병졸신체란, 산 목숨이 아니었다.

— 오―매, 그거이 먼 소리요. 금방 찹쌀밥 저녁도 잘 자시고, 어마님 큰 절도 같이 올렸는디라? 정신 차리시오. 정신을 차리시오 잉!

— 그랑께 정신 차릴수록, 정신을 차릴수록, 다 죽은 목숨인 걸! 어쩔 것이란가.

— 먼 길 다녀오셨고, 살판 죽을판 거쳐 오셨응께, 얼떨떨한 정신이제요. 며칠간 푹 쉬시고 나면 차분하고 밝아질 것인께, 안심하시오.

— 암만해도 이제는 죽은 목숨잉께. 자기도 그리 아시시오.

— 죽은 목숨이라, 대체 그게 무슨 소리랑가요. 요리도 당당한 가슴인디?

섬뜩한 심사로 앞당겨 엉긴다. 거칠고 부드러운 몸 엉겨드는 순간 살아 오른다. 젊은 몸이 뜨겁게 달아올랐다. 살과 피 살아, 산 몸은 서둘러 제 갈 길을 가고 있었다. 그것은 사람이나 짐승이나 산 목숨의 일이요, 천생의 바람 길이요, 산하 춘풍 세월이듯 그러하였다. 저절로 발산하는 은택 향기와 꿀이 치솟아 엉기고, 급기야 그들은 중천 하늘 높은 줄도, 하염없는 나락이 깊은 줄도 아는 듯 모르는 일이었다. 하지만 심 황후 상승과 날개 접은 고요한 학처럼 추락 후엔 반드시 찾아드는 이성은 밝아지기 마련 아니던가. 화려한 동백꽃 혼취했던 새댁이 새삼스레 입 열었다. 달콤한 중중모리 송죽난설 조였다.

— 오매−매, 오지고도 살맛나요 잉! 이라고도 펄펄한 낭군 대감이 죽었다니 대체나 뭔 소리란가요.

— 하지만 척척! 척척! 달려와서 승전보 전하기로 약속한 걸 못 지키는 죽은 사람이란 말이랑께! 약속을 못 지키면 죽은 사람잉께!

— 오매−매, 그런 소리 당최 허들 마시오. 머시당가. 당당한 목숨보다 더 큰 약속이 머시당가요. 전에 아테네 그 병사는 승전보 전하고, 그 자리에서 숨을 거두었다 했지라오. 당신 목숨보다 귀한 전승보가 세상천지에 머시당가요.

— 어디, 어디? 잔 보세. 요 입술, 요리 봉긋한 코, 요리도 동실한 볼, 이리도 옹골진 눈꽃, 와마! 나가 참말로 어찌 그리도 보고 싶은지 밤마다 환장 하겠드랑께. 보초를 서다가도 할 수 없이 하늘 쳐다보면, 달님 속에서 새콤하게 나타나 웃고 있는디, 참말로 견딜 수가 없더랑께! 또 눈만 뜨면 추운 동백꽃송이 속에서 번쩍 피어난 듯 날 좀 보소! 하고 살짝 웃던 모습이 눈앞에 선한 디, 상사병이 이런 것인가 했지. 한 번은 철조망 보초를 서다가 보리빵 두 봉지와 마른 생선포 한 마리를 챙겨 나와서 낭자 생각함서 주거니 받거니 했더니, 금방 다 먹어 버렸더랑께. 내가 생각해도 얼척이 없고 얼러리, 꼴래리 놀려먹던 옛날 생각이 나대. 그래 혼자 하늘 봄서 웃었더랑께! 그것이 바로 우리네 얼럴럴 상사相思뒤야! 아닐란가.

 −그랑께 우리네 상사 속이란, 살아갈수록 천지간 깊고도 오진 맛이랑께요.

얼럴럴 상사라니, 얼을 차리고 얼혼을 깨쳐라. 호랑이가 열 번을 물어가도.

— 워-매매 어찌 그런 말씀을 그리도 가볍게 하신당가요? 그냥 눈물이 쏙 낭만요. 그 밤에 그라고도 배탈은 안 났더랑가요. 먼 놈의 보리빵인디라.

— 배탈은 걱정 없었지만, 다음날은 쫄쫄 굶었당께. 다음날 비상식량을 바닥내 버렸응께. 혼났제. 자네는 나가 별로 보고 싶잖았겄지.

— 워-매! 먼 소리다요? 이녁 떠나신지 꼭 사흘째부터 넋 놓고 저 동산 너머 숙마골이며, 잿등만 바라보고 섰다고, 이모님 헌티 난박살을 받았는디라. 나가 지금 죽어도 한이 없겄소 잉! 이녁은 마라톤만 척척 달려 뿔면 세상 다 잊었을 텡께 걱정 없었지라. 마라톤은 잘 뛸 수 있었던가.

— 마라톤이라. 마라톤! 맘 놓고 실컷 뛰었제. 뛰다가 죽고 싶도록⋯!

말하다가 규진 병사는 어간이 콱 막힌다. 그놈의 마라톤 덕분에 살아온 목숨이다. 실상 그게 아니다. 별진잘쑥으로 죽어버린 목숨 빌어 챙긴, 껍데기가 남은 셈이다. 척척! 척척 거리며, 훨훨 수컷고라니처럼 맘대로 뛸 수가 없는 껍데기 아닌가.

— 이라고 살아오셔서, 승전보를 전하기로 약속했지라. 그 약속이 장하고도 고맙고 생각할수록 오지요. 잉.

— 이라고 죽어서 왔는디 오지다고? 일본 제국장병들을 위한 마라톤 대회가 있었지, 한 달간 파견근무함서 실컷 달렸고 전국대회 앞두고 달릴 판인 디, 아무리 달려도 당신만 생각함서 당신만 바라보고 달리면 까짓것 상관도 없는디, 이 꼴로 죽어버렸단 말이. 그래서 분통이 터지고 기가 막혀.

— 또 먼 소리란가. 당신 목숨 이라고 장하게 살아 왔는디, 세상 천지간에?

섬뜩한 심사로 말하며 새댁이 젖가슴으로 파고들자, 불꽃은 금세 활활 타올랐다. 심 황후 등천곡이 재차 가쁜 숨결을 몰아갔다. 오지고도 살맛을 한껏 돋우는 청춘의 열락이었던 셈이다. 길고도 먼 열락 끝에 펄펄한 대감을 거듭 확

인했다는 듯, 새댁이 봉오리 숨결을 다독이며 입을 열었다.

― 이리도 무섭고 알찬 양반 대감님, 몸은 무탈 하겼지라오.

― 무탈한 몸이라면 제국천지에서 성한 목숨 고이 보낼 리가 있을 성싶소. 이제는 나가 뭘로 살아야 할랑가 모르겠소! 다 죽은 사람이….

― 그것이 대체 먼 소리다요? 아낙이 살아있고, 뱃구레에 아가가 날마다 펄떡거림서 세상을 들썩거리고 있는디, 도대체 먼 소리다요.

― 그야 아낙은 남정 사랑으로 살고, 사내장부는 사명으로 산다는 말이 전에 약산의 젊은 훈장님 말씀이 먼 소린가 했더니 겪어본 께 실감이 나기도 항께라. 그 윤 선생 훈장님은 아깝게도 폐질환을 이기지 못하여 삼십 전후에 일찍 세상을 버렸지만 참 아까운 인물이었당께요.

― 아낙은 남정네 사랑으로 살고, 하는 말은 낭군 만나고 나서 날마다 그립고도 아쉽다가 이렇게 만나고 낭께 잘 알것당께. 사람은 밥만 먹고 못살아. 그란디 사내는 사명으로 살아가는 것이 도리란 말, 깊고도 꼬시오. 하지만 사명이란 머인 디 그리고 깊당가요. 암만해도 몰것소. 잉?

― 사명이란 말은, 그리 쉽게 깨칠 수 있는 문자는 아닐 것잉만, 나도 많이 생각 중 인디, 사명死命, 사명使命이라. 사람마다 세상에 타고 날 때부터 죽을 때까지 '너는 세상에서 이런 일을 하다가 오너라' 하는 한울님의 엄명이라는 거요. 그래 어떤 사람은 일찍부터 학문에 통달하여 치국평천하의 길을 찾고, 어떤 사람은 재물 좇아 산업부국 길을 열고, 또 어떤 사람은 시를 짓고 글을 써 문명 예술에 일가를 이루어 세상 밝히고, 어떤 사람은 가르치고 훈육하는 교육자가 되기로 수신제가를 하고, 어떤 사람은 체육진흥에 힘써서 세상에서 남보다 뛰어난 사람의 기질을 드러낸다 하였소. 다른 건 몰라도 뜀박질 하나는 내가 생각해도 멋지고 힘들이지 않고도 남보다 훨씬 앞서서 달리고 수월 했응께, 세상에서 제일가는 인간 조선의 승전보를 알려 홍익인간 사명자로 타고 났다고 믿

었건만, 그것이 산천 살랑거리는 바람이요, 사내장부 사람의 짓이라고 믿었건만, 요 모양 이 꼴로 영영 죽어 부렀당께. 빈껍데기가 뭣으로 살아야 쓸란가.

— 오매, 또 먼 소리다요? 이라고도 당당하고 튼실한 양반이, 그냥 두 세 차례씩이나 심 황후 맹키로 붕붕 띄움서, 그 힘은 보통 아니랑께. 홍익인간이란, 단군 국조께서 나라 창건하실 때부터 온 세상 널리 이롭게 하자는 세상에 평화와 유익을 모도하자는 훈육이 아니던가요. 그랑께 다른 생각은 허시덜 말고 맘 놓고 푹 쉬시고 나면, 곧 동창이 밝아 올 것잉께라오. 어마님은 아마도 천자문 한 자락을 다 돌아 새 가락 잡아 나섰을 것잉만요. 세상 천하에, 무슨 비손보다 지극정성이싱께. 만사가 이라고 형통할 거시오. 잉!

제 정에 겨워서인가. 옹골지게 파고드는 그 눈에서 은구슬이 방울져 내렸다.

젊음에 단잠이란 꿀맛이기 마련이건만 몸과 맘이 누리는 사랑 맛이란 어찌 단잠에 비할 수가 있을 터인가. 허나 흡족한 운우지락 애태우며 그리던 부부간 사랑의 꿀맛을 맘껏 누렸다하면, 인간 만사에 달리 무엇과 비견하랴. 감청으로 세상을 들썽거리던 염치란 것도, 저만치 물러가 눈치 엿보기 마련이었다. 지극정성이 깃들인 삼신 한울님의 섭리라 할 터였다. 그래서 지극한 사랑의 죄란 세상에 없고, 설혹 빗나간 사랑일지라도 한울님은 결코 그 죄를 묻지 못하신다는 현자의 속셈이 엿보인다 할 터였다. 암수 간 사랑에는 기필코 씨알을 심기고 남는 산신産神의 법인지라. 때를 따라서 갯바람이 설치고, 하늘에 초승과 상현과 만삭의 달과 흐느끼며 오고가는 구름 따라서 갯가의 사리 조금 물때를 다스리는 자연의 생리 현상이라고도 할 법이었다. 그리도 장엄한 가락으로 들고 나는 갯벌 바다의 썰물 밀물이 아침저녁 때를 맞추어 다스리는 지혜를 대체 누구의 무엇이라 할 터이던가.

아참! 그리고 본즉, 어마님의 방을 제대로 못 챙겨드렸구나. 이 노릇을 대체 어찌할꼬? 군불도 못 때 드리고 이 큰 죄를 범하다니, 어쩌면 좋으랴. 새댁이 뒤늦게 동동거렸으나, 어느덧 죽살문 동창이 부옇게 밝아오고 있었다. 하지만 어마님 스스로 찾아드신 건너 방은 신랑신부가 첫날밤에 품어들었던 물젖은 흙구덩이 신방이었다. 이엉을 주르륵 펼치고 엉겨들었거늘, 아닌 게 아니라 눈앞에 활짝 펼쳐지는 그 방에서 일찌감치 단잠을 떨쳐버린 고즈넉한 천자문의 낭송소리가 연신 살아 올랐다. 새벽 문안처럼 환하게 동터 오르는 새날 암소가 질긴 울음으로 흥얼거리고 설쳤다. 정녕 암내를 탐하는 짓거리로 입에는 게거품을 머금고 음부에서도 풍성하게 그러하리라, 짐작하며 앞뒤로 새 사람 살림살이 쑥쑥 자라고 늘어가는 가문의 실정을 주고받으며, 흡족한 부부는 들꽃처럼 마주보며 벌쭉 피어났다.

세 마당

상사 뒤풀이

사월 초파일이 엄벙덤벙 지나쳤다. 모자라는 불신 세상에서 징검다리로 건너뛰면서, 무상한 세월에도 부처님 자비가 임하심이던가. 모질고 허기진 보릿고개 풋보리 도리깨질이 다투듯 끝나고, 단오절을 전후하여 못자리 피사리를 뒤좇아 모내기가 시작되었다. 눈코 뜰 새 없다는 말은 예부터 그른데 없는 농군들의 자탄이라 할 터였다. 농자는 천하지대본이었으니 말이다. 말씨 그대로 시사절기 좇아 가꾸고 거두고, 씨 뿌리는 절기는 엄혹한 담판이었다. 늦으면 늦는 대로, 허둥지둥 날 잡아서 잡수, 손발 느려터진 게으름뱅이면, 게으른 대로 결과가 엄연한 추수절기라, 그리 여기는 숙명이었던 게다. 늦추거나 게으를 여가가 도무지 없는 숨 가쁜 절기다.

더구나 이날은 원포마을 유덕자인, 김 진사進士댁 문전옥답의 모내기 날이었다. 김경신金敬信 씨 그 분이 조선조 소과초장에 급제한 이력이 있는지, 그 선대의 경력인지는 아무도 모른 채, 그저 향반의 진사 댁이었다. 선대로부턴가 김 진사는 봉화산 발치에 스무 마지기 무논과 산 비알에 낙낙한 밭을 경작했다.

종은 부리는 입장도, 시절도 아니었고 가복 겸 상머슴 정칠복이와 깔담살이 두 총각을 거느리고 한참 일손이 급할 땐 김 진사 스스로 소를 몰아 쟁기질로 거들었다. 삼동마을 위아래를 자상스럽게 챙기며, 그처럼 겸비하고 소탈한 모양새가 회자되는 덕망이었다.

뿐만 아니라 그는 집안 안팎으로 무엇인가 늘 심고 가꾸는 일을 천직인 양 즐기는 모습이었다. 텃밭에는 각종 화초가 즐비했는데, 거개가 약초로 쓰이는 작약이며, 모란 동백꽃이며 찰밥나무, 씀바귀, 사삼과 더덕 꽃이 파랗고 노랗고 빨간 각종 자태를 뽐내며 사시사철을 가리지 않았다. 이 모든 약초는 거의 다 봉화산 출생이었다. 그는 틈을 내어 산타기를 즐겼다. 인자仁者는 산이요, 현자賢者는 바다라는 신조였으나, 갯것과는 평생 거리를 두었다. 갯것은 갯놈들 몫이니라. 말없는 습속이었다. 울타리에는 대나무를 심고 손보아 가꾸었으며, 뒷동산 뽕나무 밭으로 여름에는 오디가 풍성하였다. 아낙들 날밤 설치는 춘잠 절기가 지나면 오디 수확으로 한 몫을 톡톡히 하였고, 댕기머리 촐랑거리는 처자들의 시세가 등천한다는 가을 추잠절기가 끝나면, 마른 뽕나무 잘라 거두어 겨울철 화목을 충당할 만큼 넉넉한 수량이었다. 새벽부터 꼬장꼬장한 여윈 몸으로 앞장서서 일손을 놀리며, 댓바람이 삽삽한 집 안뜰을 두꺼비처럼 자분거리며, 가솔과 내외간 일꾼들에게 차분다분 훈육했다.

— 사람과 짐승이 다른 게 무엇이당가? 짐승이란 저보다 약한 것들이면, 무작스레 잡아서 죽이고 빼앗아먹고, 그마저 저 혼자 더 많이 먹겠다고 으르렁거리는 꼴이지. 허나 사람이란 땅을 파고 씨알 뿌려 길러서, 살려서 정성들여 가꾸어서, 아껴먹고 나누어 먹고, 먹여 살리고 보살피면서 즐거워하고, 재미를 찾고 보람을 찾는 법이 아니던가. 길러 가꿀 줄 모르면 무식인 게야. 그래서 게으른 지식 놈이란, 식자우환識字憂患 불상놈이랑께. 자고로 의식족이지예절衣食足而知禮節이거니!

말만이 아니었다. 그의 집안에는 기름기가 넘쳤다. 기름이란 어둠 세상을 밝히는 힘이다. 빛을 내고 인생의 갈 길을 밝힌다. 돼지나 개를 잡을 때도 그 기름 덩이를 소중한 가치로 알았다. 옹기마다 누렇게 익은 기름이 가득했다. 참깨 기름은 물론이요, 들깨 기름, 미영*씨 기름, 잣 기름, 동백 기름은 여인네 몫이라 했지만, 가을이면 깔담살이 총각들을 독촉하여 봉화산을 오르내리며, 송진 기름 따기도 서둘렀다. 살림이 기름져야 한다. 반드르르하고 기름진 간장독, 기름진 안택의 솥뚜껑에서 살맛나고 인심난다. 또한 여인네들의 일손을 경홀히 여기지 않았다. 여인네란 자기를 가꾸고 가릴 줄 알아야 하느니, 그것이 염치란 게야. 우선 자기 몸단속 잘해서 상하 문단을 가릴 줄 알아야 할 터라는 것이었다. 아내 덕동댁과 동서 간 집안 아낙들을 독려해서 삼나무를 심고 가꾸며, 뽕나무 누에치기와 목화 농사를 장려했다. 양반의 집안부터 일 손놀림을 게을리 해서는 집안 꼴이나, 나라꼴이 망신살이라는 자탄이었다. 남정네란 파고 심고 가꾸고 길러서, 생산자가 되어라. 여인네란 생산품을 공들여 조리하고 조섭하여, 먹여서 길러라. 골고루 나누어라. 그래야 집안이 훈기가 돌고 부엌에서 인심이 나는 법어거늘, 부엌에서부터 기름지게 하여라. 향기가 나고 안팎이 기름지고 공맹지도란, 다름 아닌 식이신덕食餌信德이요, 인덕人德 仁德이란, 식덕食德 識德이라. 했다. 나라를 다스림도 신덕神德 信德이라. 백성들 의식주 먼저 다스려야 하건만, 나라꼴이 손발 끝에 물과 흙 묻히기 꺼려하는 양반풍토가 망조였다는 탄식이었다. 그 중심에는 다산 정약용의 실사구시 가르침이 깃들었다.

하지만 그로서도 어찌할 수 없는 불행이 있었으니, 자녀의 일이었다. 본처 덕동댁에 칠 남매, 측실에서 오 남매 무려 한 뭇을 생산했건만, 정작 건지기는 겨우 아들 둘에 딸 하나였다. 자식을 앞세우는 참척을 쑥떡 먹듯 당한 일이다. 집터가 세다거니 장군봉 살기가 정통이었거나, 그 뿐 아니다. 봉화산 지신

---

* 목화의 전라도 방언. 편집자 주

에 눌렸다느니, 누대 원귀가 끈질기느니 하는 무당 단골의 처방이 많았지만 운명이라 했다. 살풀이 지세를 누르고 융성을 도모하려는 그의 유일한 방책은 애시당초 건사하게 터 잡이를 했던 사랑채를 마을의 서당으로 가꾸고 내놓아 사철 틈새마다 글을 읽고 청풍이 아우르는 산촌마을 학동들의 낭자한 글소리 듣기가 타고난 애락愛樂이었다.

연동, 원포골에서도 여기저기 무논에 암소가 쟁기 써레질을 철렁거리는 들녘이 푸짐한 늦봄이었다. 무논마다 집짓기 제비들이 하강, 상승거리며 날것들이 미꾸리 사냥에 첨벙거리기 바빴다. 문전 상답에는 스물 나문 모꾼들이 극성스러운 거머리를 뜯겨가며 모심기에 임했다. 거년부터 시행한 새로운 모심기였다. 평생 대대로 이어오던 산파나, 직파直播 모심기가 아니라, 일본 제국식으로 못줄을 띠어 줄 맞추어 심는 개량 모심기였다. 거년부터 면소에서 산업계장이라는 작자들이 들락거리며, 개량 농법이라고 앞장서며 지도한다는 뜻을 따랐던 셈이다. 금년 들어 새로운 첫 모심기에 흥겨움이 들썽거렸다. 더구나 전에 없이 새벽 모판에 모찌기부터 설치고 들었던 강찬진 목수의 가락이 여간만 흥겨운 게 아닌 덕이었다. 평소에 말수 없고 아예 입 다문 벙어리로 몇 십 년인가를 살아서, 아예 벙어리 귀신이 들렸다거나 집터에 눌렸다거나, 자식과 아낙이 대천인가 봉천으로 떠난 뒤 산 정신을 놓아버렸다 거니, 그저 대문간에서 넋 놓고 앉았다가, 밤인지 낮인지 분간 없이 사방을 헤맨다느니, 하여 역마살 잡힌 팔방 거리 귀신쯤으로 여기던 영감이었다. 언젠가 부터 그 입이 열리고 소소한 인정을 나누기 시작한 것이었다.

— 아니, 저 영감이 언제부터 저러코롬, 함봉 입이 터진 게야?

— 금-매! 저 영감 정신 차린 건, 숙마골 동산 밑 성주공사가 상약이었담서! 최덕성 씨라고, 상당히 어진 사람인데, 대처에 나섰다가 패가망신살이 들어 선

산을 뒤지게 되었다등만, 그 집 성주에 나섰다가 달라졌다는 게야.

— 맞아! 함봉 입에 상약이라니, 그랑께 사람이나 짐승이나 내남없이 거래 임자를 잘 만나야, 제 살림 사람구실 한단 말이시.

— 그 숙마골 선말 양반이, 연전에 밤새껏 도깨비 씨름 하고, 무당 귀신하고 철야를 겪고서도 멀쩡했다는 장심이 아니랑가. 두어 물 때 전에 소천하신 마량포구 최 훈장님 당질간이라지만, 도저한 인물이제!

— 아무튼 인덕이 도저한 사람이지만, 그 안택 선말댁이 현모양처래야.

— 오매−매! 원포 향반님들 눈꼴 시려서 어쩌야쓸꼬. 잉!

— 넷−기, 보 배운데 없는 여편네들이라, 터진 입으로 동네방네 ㅔ 팔방 귀신을 불러들인당가. 입이나 다물랑께! 동네 망신 개망신 될라.

모잡이 꾼은 드문드문 남정이 섞였지만 거개가 아낙들이었다. 중치 자락을 걷어 올리고 종아리가 훤히 드러났다. 근자에 상것들의 흔한 몰골이던 터다. 일손 추스르기 전에 터진 입들은 도통 쉴 줄을 몰랐다. 남녀의 수다가 옹골졌다. 자고로 수다란 아낙들의 응어리진 한풀이요, 사람 한 살림의 살맛이거니 했다.

— 어하, 어야−하! 여보시오, 농부님 네들, 이내 말씀 들어 보시랑께!

바야흐로 농부가가 울려 퍼질 모양이었다. 강 목수가 못줄을 탱탱하게 당기며 구장 어른과 입을 맞추기 시작하였던 것이다. 몸 사리고 입가심이 무거운 구장 조 선생은 마을의 대소사 간에 꼭 참예를 하여, 후덕한 인물이라 하였다. 서당 훈장을 보필하여 학동들을 간예하는 일도 가리지 않았던 것이다. 그래 조제민趙齊民 선생이었다. 조 선생이 진사 댁 모내기에 못 줄잡이로 나선 일은 선덕이었다. 나아가 오늘의 기대는 해마다 모내기 절기에 베푸는 김 진사 댁 푸짐한 못밥 잔치를 떠올린 까닭이라 할 터였다. 모꾼마다 목구멍에 묵은 때 벗기는 날이라고 했다. 더군다나 유다른 노릇이라면 모내기가 시작되는 날이면, 해마다 통돼지 한 마리를 잡았다. 일꾼들 잘 먹여야 제 몫을 감당하리라는 인자의 도리라 했다. 뿐만 아니라 사나흘 간 이녁 상답의 모내기 끝나는 날이면, 으레 통개를 두 마리씩이나 잡아서 마을 잔치를 열었던 것이다. 일꾼들 진액을 뺏으니, 몸보신을 시켜야 들녘의 남은 모내기가 수월하리라는 후덕이었다. 마을의 흥감한 잔칫날이요, 삯군이 아니어도 갯가에 훈풍이 들썽거리면 보리 숭어 떼 몰리듯 자청하는 모꾼들이 많은 까닭이었다.

어느덧 사물 잡이를 거느린 김 진사가 쉰 줄의 넉넉한 수염을 조신스럽게 다스리며 논둑가에 이르렀다. 손에는 군병의 장창처럼 살포가 들려있고, 탄실한 개가 두 마리나 따랐다. 살랑거리며 바람맞이의 한량 차림이었지만, 실상은 무시로 논둑을 살피며 논두렁에 구멍을 뚫어 단물 허실하는 농게나 무지렁이를 척살하는 살포였다. 널찍한 무논에는 누런 흙탕 거름 물을 텀벙거리며 파란 모춤이 드문드문 펼쳐졌고, 깔땀살이 두 녀석이 모쟁이로 뒤를 봐주고 다녔다. 논둑가에 써레질을 마친 상머슴 칠복이는 느긋한 모양으로 곰방대를 물고서 살진 암소를 대견스러운 듯 보살피며 한숨을 돌리는 참이었다. 첨벙거리며 논바닥에서 설치는 송아지를 더벅머리 총각이 휘몰았다. 강 목수가 못줄 탕탕히 당기며 청상가락을 펼치고 들었다. 일판을 추스르는 추임새 가락이었던 셈이다.

여보시오. 농부님들 이내 말을 들어보소. 어나 농부들 말 들어요.
남훈 전 달 밝은 디, 순 임금 노름이요, 학창의 푸른 댓잎 소리는
한울님의 노름이요, 오뉴월이 당도하며—언, 우리네 농부 시절이로다.

한달음에 훈풍처럼 시작된 농부타령은 한숨 돌리기도 바쁘게 뒤를 이어나간

다. 느긋하면서도 은근짜로 일손을 재촉하는 지혜라 할 터였다. 한도 끝도 없을 아낙네들은 입맛 다시고 허기진 수다를 무지르는 농부타령이었다.

어 야 농부님 네들, 이내 말씀을 들어감서 일락서산을 가늠해 보세나.
패랭이 꽃지에다, 개화를 꽂고 서서, 마구잽이 둥실 춤이나 추어보세.
두리 둥-둥둥 두리둥 둥둥 캥캥 매-캥캥 어 헐-럴럴 얼럴럴 상사뒤야!
여허, 야-허여 허여루 상사뒤야라! 어화 농부님들 이네 말을 들어보소.

— 아 벙어리 귀신들 맹이로 눈만 벌름거리지 말고, 후렴을 합창하란 말이시.
됩새 고깔이었다. 한 바탕 웃음꽃이 터졌다. 하지만 곧 바로 설 소리가 뒤
댄다.
징-징 징소리 산천에 고하고, 북북 북장단이 기름 발라 개가죽을 벗겼다. 꽹과리가 깽깽거리고 하늘 높이 날아오르며, 살맛 입맛을 깨 깽깽 때린다. 못줄이 탱탱하게 당겨지고 남녀가 뒤섞인 모군들이 질서정연하게 늘어섰다.
문전옥답은 열 마지기가 넘는 상답이었다. 길 가로 바둑판처럼 네 귀가 번듯했다. 그 근원지인 마을의 공동우물터에서는 사철 맑고도 풍성한 물줄기가 가뭄을 몰라라 했다. 흘러넘치는 물줄기는 마을 아낙들의 빨래터로도 제격이었고, 대소명절 때마다 마을의 송축 고사를 받는 명당 샘이었다. 강찬진 목수가 핫바지를 펄렁거리며 느긋한 소리로 연거푸 농부타령의 선곡을 날린다.

여-여여 여-루, 상사뒤야! 어 헐 럴-럴럴-럴 상사뒤야!
여보시오, 농부님들 이네 말을 들어보소. 어라 농부들 말 들어요.
캄캄한 어두운 밤은 멀-리 머-얼 리 사라지고, 삼천리강산 너른 땅은
새날 빛이 밝았구나. 산자 수렴에 이 강산은, 우리네 농부들 차지로세.

여-여, -여여-루 상사뒤야! 어 헐-럴 럴럴- 상사뒤야!

여부시오 농부님들, 이내 말을 들어보소. 어- 허와 농부들 말 들어요.

패랭이 꽃지에다, 개화를 꽂고 서서 마구잡이로 춤이나 추어보세.

여-여여여-루 상사 뒤 여! 어 헐 럴-럴럴 상사뒤야!

중중모리로 다가서며 못줄이 다그친다. 모잡이의 손놀림이 분망하였다.

온 들녘이 들썽거리고 산천이 화답하는 듯, 봉화산 하늘에서 내리닫던 산새들이 들녘을 휩쓸어가며 멀찌감치 원말 공사장 갯바람을 탄다. 풍양한 절기마다 철떡철떡 널을 뛰고 갈래머리 댕기꼬리 설쳐가며, 그네를 타고 막걸리 기운에 풍장을 치는 낙낙한 풍경이었다. 남녀 사내들의 농부가는 땅벌처럼 사방으로 질퍽했다.

여보 소. 농부들, 말 듣소. 어-화 농부들 말을 듣소.

운담 풍경 근 오천 으, 방화수류하야 천천히 내리소서.

어화-어화 여- 어-루 어 헐럴럴 상사-뒤야 라!

여보 소. 농부들 말 듣소. 어화 농부들 말 들어 고대광실을 부러 말소.

오막살이 단칸방이라도, 태평성가가 제일이라네.

요순시절의 태평가가 다를 손가? 멀리 저 멀리 사모를 말고야

이내 마을에 진사 댁이, 이 아니 풍성이요, 상사가 아니랴?

어화- 어화- 여-어-루-어 헐럴럴 상사-뒤야라!

농부가 합창에 궁둥이 춤추랴. 모춤에 어깨 덩달아 팔춤을 추랴. 거머리가 물거나 뜯거나, 통통해지는 말거머리는 제풀에 도그그르 굴러 떨어지거나 말

거나, 정신 팔수가 없이 몰아가는 선소리였다. 그러다 보면 앞줄은 어린모로 파랗게 늘어가고, 뒷줄은 자박자박 좋아들어 살판나는 법이었다. 모춤 잡고 재빠르게 서너 낱씩 모 심고, 탱탱한 못 줄에 정신없이 쫓기다가보면 어느새 쉴참이 다가온다. 그제야 허리가 무지근하게 달아오르고, 팔다리에 흙탕 개탕이 너나없이 질탕이었다. 그래도 좋았다. 오막살이 단칸방이라도 태평성세라면, 대체 무엇을 탓하리. 그리도 어질고 지선한 백성이거늘, 운담 풍경에 근 오천으의 방화수류하야, 천천히 내리소서. 어화─어화─루 상사常事뒤야! 유수와 같은 낭랑한 설 소리는 끝없이 이어지고, 일판은 갈수록 줄어들며 새참 지나고, 푸짐한 못밥잔치 중참 지나고 설핏 해를 삼킬 듯 했다.

하지만 이 날의 소식은, 유다른 상사祥事뒤야!라 할 법했다. 그 상사上使를 일손마저 멈추고 듣던 강찬진 목수가 못 줄도 팽개치고 철렁거리며 논두렁 벗어나자 득달 같이 논길 밭들을 가로 질러서 선불 맞은 고라니처럼 내달려 숙마골로 향한 것이었다. 척 보아 월척 삼척이라고, 단박에 최종순, 종연이 나란히 들어 닥쳐서 전달한 소식이었다. 지난 몇 달 동안을 삼 칸 집 성주 공사에서 살맛들이던 선말 양반 최덕성의 아들들이다.

─강 대목님 어르신, 총각 신랑이 오셨다, 그 말이랑께요. 총각 신랑이랑께!

─아니 그것이, 먼 소리랑가. 대체나 그게 먼 소리여 잉? 아나, 이 녀석들아, 총각이면 신랑이 아니고, 신랑이면 총각이 아니랑께.

─징병 나가셨던 총각 신랑, 이규진 행님이 돌아오셨단 말이랑께요.

─제국 전장에 징병으로 나갔다 살아서 왔다는 말이냐. 죽어서 잿밥으로 왔다는 말이여? 얼레 꼴러리, 정신부터 차려라. 수송아지 같은 요 녀석들아.

세상에는 그런 법이 없었다. 듣자니 첨 듣는 소식이요, 듣고 새길 새가 어디에 있다는 말이던가. 어화 농부님 네들, 말 듣소. 이내 말을 들어보세. 비록 당면한 세상사는 안과 밖으로 죽기에도 버거운 상사殤死일지언정, 입으로 전하고 노래하는 심성은 태평연월의 길상사吉祥事의 기원이요, 천성의 어진 탄원이 분명하렷다. 그것이 조선 백성들의 한결같은 농부가요, 12절기 농가월령가라 할 터였다. 천심은 결단코 무심한 것이 아니었으니 말이다. 지심을 버리지 못하는 하늘 천天, 따지地인 것은 영영 불변이었다. 논틀밭틀을 고삐 풀린 망아지처럼 뛰어가면서, 강찬진 목수는 자자! 그렇다하면? 살아서 왔다거나, 죽어서 송장으로 왔다손 치더라도, 이 모내기가 끝나면서, 다시금 집짓기가 제격이리라. 속셈이 분주하였다. 양 볼 가득한 수염자리에 흐르는 물탕이 흙탕인지, 눈물인지, 땀인지를 분간하지도 못했다. 하지만 그가 선말댁 문간에서 갯바람 탄 수숫대처럼 절쑥거리며 수줍은 낯빛으로 영접하는 총각 신랑을 멍한 눈으로 바라보다가 비명의 탄성처럼 내지른 첫소리는 정녕 아롱진 눈물에 흠뻑 젖어버렸던 것이다.

— 워-매! 워-매 그러면 그렇지. 어째 죽지 않고, 살아서 왔을란가? 했더니.

그는 새삼스럽게 황소 눈을 끔벅거리며 가물대는 정신줄을 다잡았다.

— 아니요. 강 대목 어르신, 멀쩡한 몸으로 당당하게 오셨당께요.

선말댁과 조카 순심 새댁이 대견스럽게 외쳤으나, 강 목수는 탄식처럼 뇌까렸다. 덕성이 말없이 지켜보았다. 탄실한 개들이 앞뒤로 설렁거렸다.

— 그려, 그려-어, 죽어서라도 꼭 찾아 왔어야지, 열 번 죽어서라도. 도대체 어디로 갈 것이랑가. 잘 왔네, 잘 왔어 잉!

— 와마 죽어서라도 찾아 왔다니, 대체나 그런 소리가 먼 소리랑가요.

이규진 병사는 말없이 봉화산 정상을 바라보았다. 아득한 그림이 한없이 멀어보였다. 멀었던 그림이 순식간에 콧등을 치며 덤벼들었다. 지난 몇 달간의 세월이 아득하게 그저 삶과 죽음 날마다 넘나드는 죽고 죽이는 오로지 그런 짓이었다. 천황폐하 일본제국 정예군 훈련이랍시고, 죽은 시체도 찍어 죽이고,

살아서 싹싹 빌어대는 비쩍 마른 장졸을 칼질도 했고, 죽어가는 사람도 찍어 또 죽이고, 심장과 내장도 찢고 뒤져서 비상 군량이라며 씹어보았다. 산다는 일이, 죽는다는 짓이 아무것도 아니게 혼란스럽기만 했다. 백전 필승의 처절한 훈련이라는 것이었다. 모든 실적은 총사령관의 지엄 무비한 특명임을 명심하라. 입 다물고 잠행하라. 무덤 속까지 입을 꾹 다물고 가야 할 일급 극비임을 뼈에 새겨라. 그 입이 열리는 날이면, 그 입으로 지엄한 일본도 칼침이 꽂히리라. 그 눈가에서 흘러내리는 뜨거운 구슬은 아무도 볼 수가 없었다. 뜬 눈이란 으레 제 코밑도 못 보게 마련이 아니던가?

— 어–야! 자네도 편히 앉아서, 내 술 한 잔 받아야 쓰것당께. 안 그런가.
— 암만, 그리고 말고제라. 생환주에다, 이제 곧 아비가 될 터이니 말일세. 참말 한 세상 살다보니, 세상천지간 이런 날도 남아 있었당가요.
— 대체나 이것이 청천백주에 날벼락이란가, 산벼락이란가?
　온 식솔이 둘러앉은 마당의 소나무 평상에서 강 목수가 어언간 거나해진 음성으로 술잔을 내민다. 그 잔을 선뜻 받지 못하는 신랑을 찬찬히 살피듯 마주보며 덕성이 맞장구를 친다. 위–매, 그러면 그렇지. 어째 죽지 않고 살아서 왔을란가 했더니, 하던 탄식이 저절로 들리는 듯 했던 터였다. 아닌 게 아니라, 푸르르 딩딩하고 검실하게 끄슬린 얼굴을 내처 쳐들지 못하고 무릎 꿇은 채 눈치만 살피던 입이, 마지못한 듯 숭어처럼 빠끔 열린다. 저 얼굴빛이 아무래도 마음에 걸린다. 사색이라 했던가. 넋 나간 등신불이라 했던가. 선말댁이나 청맹과니인 약산댁이나, 순심 새댁이 서로 무엇인가 탐색이라도 하려는 듯, 내심 불안한 자리였다. 어물쩍 다가선 저녁 이내나 등신불等身佛 제상에 향불처럼 흥흥한 자리로, 마당가의 푸른 산 쑥을 태운 모깃불이 매캐하게 설치고 들었다. 산 쑥 향내가 유난히 고소한 독성을 피웠다.

― 생환生還주라니요. 다 죽은 목숨인디라. 빈껍데기 비실비실 돌아오다니, 생각할수록 그저 송구헝만요.

― 오-매! 오-매매! 어째서 또 저런 소리랑가요.

순심 새댁이 저도 모른 사이 쉰 소리를 터트린다. 선말댁이 앉은 자리에서 재바르게 그런 얼척없어하는 새댁의 몸을 감싸 안았다.

― 그것이 먼 소리랑가. 제국에 징병 징용으로 끌려가서, 살아온 사람이 있다는 소식은 난생 첨이랑께. 열 번, 백 번을 조상님께 감축찬하할 일이제. 동네 잔치라도 한판 난장을 터야 할 일이랑께. 안 그란가.

― 그러고 말고제라. 죽을 판, 살 판 험악한 꼴을 많이 봤더라도 목숨이 살아서 돌아왔다면 장땡이제, 아무 다른 생각을 말란 말이시. 자, 우선 이 술을 한 잔 쭉- 들란 말이여. 그래야 바로 사람살맛이 난다 말이시, 내 말이.

새댁 순심이가 내내 가슴이 철렁거린다. 간밤부터 말끝마다 다 죽은 목숨이라는 소리가 자못 심상치 못한 일이라, 저도 모른 새 가시처럼 앙가슴을 찔러 댄 것이었다. 이 일이 아무래도 보통 하는 소리가 아니라고, 새삼 깨달아진 탓이랄까? 저리 눈치를 살피는 강 목수의 눈빛도, 급기야 그 말씨를 더듬어 어째 죽지 않고 살아서 왔을란가? 했더니, 그렇다하면, 정말은 죽어버린 혼백이 왔다는 말이던가. 죽어서라도, 열 번을 죽어서라도 꼭 찾아 왔어야지, 도대체 어디로 갈 것이란가 하시던 탄성이 참말이던가. 그렇다하면 그리도 두둥실 간밤의 심 황후 황홀경은 대체 무엇이던가. 말로만 듣던 등신불이었던가? 아참 그라고 본께 이것이 바로 꿈인가. 일장의 춘몽이었던가. 춘몽이란 생시에 생각지도 못하고 꿈꾸기도 어려운 열망이 한꺼번에 성취하는 그야말로 한바탕 구중궁궐 두리 당실이라고 하지 않던가. 설마 그럴 리야? 아니랑께. 설마가 사람 잡는 다는 소리도 모른당가. 설마殺魔란, 세상에서 흔하고 너절한 혀끝에서 저절로 터지는 마귀의 재앙인 셈이다. 자축하던 술자리가 사삭스러운 망념으로 뒤숭숭 암울에 젖어들었다. 자리를 수습하려는 듯 잠잠하던 명주실타래머리 약산댁이 급기야 생입을 열었다. 씨알이 옹골진 동백꽃빛 옴팡 챙겨 받은 듯 불콰한 낯빛이었다.

— 나가 듣다못해 생각나는 이약 한 자리, 베풀 라요. 청맹과니 늙은이 자세로 시시마다 눈앞에 훨쩍 펼쳐져 보인당께요.

— 아 먼요. 사부인 댁 어른의 형안이 창양하시담서요. 순심 조카가 자랑이 대단하시당께라. 고명광영高明光榮이십니다요!

강찬진 목수가 새삼 목이 타는 듯 고개를 휘두르며 기껍게 받았다.

— 눈먼 아낙네 소견이 대술랍디여? 눈먼 아낙이 석자 앞을 어찌 보리요.

청맹과니는 새삼 숨결을 다잡고 들었다. 낭랑한 낭송소리가 방울져 흘렀다.

— 예전에 가슴에 웅지雄志를 품었던 과객이 먼 길을 걸었더 랑 만요. 팔도강산을 휘돌아 먼 길 더듬었던지라. 정신이 오락가락하고 세상이 하얗게 변색한 참이었제라. 나그네 걸음이 함경도 안변 땅에 머물던 어느 날 밤, 비몽사몽간에 단꿈을 꾸었습니다. 거참 이상한 일이로고? 하여간 아무리 생각해도 알 수 없는 짓이요, 소리더라. 하룻밤 두세 차례나 같은 일을 당하다니, 하여 새날마지에 눈을 뜬 나그네는 고을의 해몽술사를 찾아 나섰당만요. 대장부의 체통을 불구하고 물어 물어서 노파를 찾아갔더래요. 근근이 찾아 나섰더니 읍하고 묻기를, 내 간밤에 현몽을 얻었사오나 몽매하여 이리 왔사오니, 지혜를 나누어 줍시오. 이윽히 바라보던 노파가 말하기를 거기로부터 또 40리 길을 산속으로 들어가시구려. 상사上寺에 들면, 상사上使를 만나리니, 자칫 상사喪事를 당할 수도 있다오. 신중하여 인생 상사祥事를 간청하시오. 하며 설봉산 도인을 만나라, 하더랑만요. 급기야 10년간이나 두문불출하신다는 산승을 만나 삼배를 올린 후, 속내를 아뢰었지요.

— 지나는 고을에 새벽닭들이 일제히 울리는가 하면, 집집마다 방아질 소리가

들리고, 하늘에서 꽃비가 내리는 장관이 열렸사옵니다. 이에 집을 나서다가 서까래 세 개가 잔등에 실리는 바람에 놀라서 나왔는데, 거울 깨지는 소리가 요란하게 울렸사옵니다. 대체 무슨 징조라 할까요? 지혜를 청원하옵니다.

　이윽고 감았던 눈을 뜨신 산승이 '하아!' 하고 무겁게 입을 열었당께요. 이는 필시 하늘의 징조인즉 입놀림을 무겁게 하라는 거요. 그러시며 해몽을 시작하시는디ㅡ. 꼬끼오는 고기오라. 고귀 위高貴 位라니, 산천고을마다 넘쳐나는 고귀한 자리니라, 하면서 시조 한수 남기고 실눈을 감더랑만. 이르시기를,

ㅡ 낙화 능 성실落花 能 成實이라. 꽃이 떨어진즉, 열매를 맺을 터요. 경파 개 무성鏡破 豈 無聲이라고. 거울이 깨졌으니, 소리가 요란할거라. 나아가 허리에 서까래 둘렀다하면, 이는 조석으로 예불하는 석왕사釋王寺라. 그대에게 임하실 부처님 공덕의 결실일 터라는 해몽이었다지요. 이어서 하는 말이 그대 왕상을 지녔으나, 아직은 살음 겁기가 첩첩하였으니, 더 많은 공과 덕을 세우고 스스로 남 먼저 헤아려 다스리며, 성현을 배우고 기도에 전념하라고, 때를 맞이할 준비를 게을리 말라 하심이었당만요. 이만하면 그 분이 누구신가는 짐작들 하시 것지라오. 그 뿐만이 아니었지만, 천하 상사賞賜를 도모하는 일이 신께! 그 뒤풀이, 뒷감당을 어찌 하실 터인가.

ㅡ 오매! 그리고 본께 바로 그 분이, 전주 이 씨 가문 선조가 아니시던가요.

　순심 새댁이 신랑 이규진의 눈길 맞추며 탄성을 터트린다. 하염없이 어마님 재담에 귀를 기울이던 병사의 눈길이 청송 잉걸불처럼 파랗게 피어오르고 있었다. 죽은 목숨을 울어 몇 달간 울어서 부신 눈빛이었다.

ㅡ 하여간 사람이란, 매사에 뒤풀이가 항시 문제란 말이시. 한 자락 더 들어 볼랑가? 바로 그 나그네가 한때 천자문에 취하여 살다가 한문자 점쟁이를 찾았더랑만. 허구한 날 활쏘기 창칼쓰기로 날뛰는 바람에 문자를 별로 몰랐거덩.

찾아간 점쟁이가 문자 가득한 서책을 보이며, 한 글자 선택하라는 거여. 자기도 모르게 문問자를 가르쳤더래. 그랬더니 점쟁이가 벌떡 일어나 큰절을 올림서 장차 왕이 될 상이라고, 한문의 문問자란 좌변으로도 임금 군君이요, 우변으로도 임금 군君이라. 이제 앞으로는 문자를 배우고 읽기에 더욱 정진하시어, 천생군왕의 길을 닦으시라고. 이에 놀란 나그네가 이번에는 길가에서 뒹구는 거지를 만나자, 그에게 좋은 옷을 입혀 점쟁이에게 보냄서 문問자 점지하라고, 신신당부를 했더래. 허면 팔자를 고칠 게라고. 호의好衣거지가 당당하게 선택한 문問자를 보고, 역시나 찬찬히 인물을 살피던 점쟁이가 하는 말이 가관이라. 혀쯧쯧 두드리며 뒤풀이하기를, 그대의 문問 자者는 입구入口에 문 문問자라. 난생 들어가는 문간에서 입 열어 빌어먹는 거지 팔자라는 거요. 타고난 운명도 팔자도, 사람하기 나름이라는 신묘한 점괘였더랑께! 눈멀어 코앞도 못 본다고 탄식하기나 눈멀어 창밖에 동서남북을 살피는 신세나 누가 만드는가? 다 죽었다고 작심을 하고 산 사람이, 다 죽어갈 사람을 살리는 신묘한 살림이 바로 우리네 정신. 얼을 차리고 호랑이가 열두 번을 물어가도 정신만 차리면 산다고, 징징 징- 을-울리고, 천 천지 북 가죽, 기름 발라 개가죽을 동동 당당- 장구로 두드리며 꽹과리는-깨갱 깽깽 두드려가며 그렇게 살아가자는 바로 그러하자는 짓이-어 헐럴럴 상사뒤야! 아니란가. 이 아니 크나큰 은택 아니리? 그 말이라. 이제부터 목수양반 요량대로, 새 집터 잡아 성주풀이가 시작 되면사, 이리도 옹골지게 산 목숨 살아서 돌아온 아들 며느리, 태중의 손자 붙안고 청맹과니 나도 앞장을 서서, 한바탕 장구춤 추어야 할 거 아닝가. 그런 말이요 잉!

두 눈을 희번덕거리며 거침없이 천자문 낭송하듯, 학동들 타이르듯 흐르는 말씨가 자못 내숭을 감추고 있었다. 어찌 그 명민한 핏줄을 숨길 수 있으랴. 그 심령의 예리한 형안을 피할 수 있었으랴. 자주자주 생사를 들락거리는 생환 아들에게서, 저리도 거침없이 솟구치는 살기라니, 그 핏발이라니, 그 핏 냄새라니. 내외의 큰 절을 받으며, 찰밥을 훌쩍거리며 먹고 마시는 순간부터, 무엇인가 유다른 낌새 엿보며, 실상 살풀이라도 하시는 속셈이었던 것이다.

— 와마, 와—마! 사돈댁 아줌씨, 그리고 말고제라. 천지간에 그리고 말고제라. 이라고도 좋은 날에, 어찌 한바탕 상사뒤야 뒤풀이에 춤가락 절창이 없겠능가라오. 하늘땅이 북장구를 치고, 징징—징 큰 징을 울려라. 잉! 지화자 좋구나. 얼씨—구 절시구 좋아라. 니나노 닐리리야! 닐리리야 어절 씨—구라. 아니나 놀지는 못 하리로다.

— 금—매! 그리고봉께 시상에 문자가 따로 없고, 문장가의 씨가 따로 없다는 말이 맞기도 하제만, 부자씨나 왕장군의 씨가 다르긴 다른 모양이제라. 하여튼 얼을 깨치고 어 헐럴럴 상사뒤야! 혼을 깨우면, 그 씨알이 굵어지고 터지면서 싹이 나고 꽃이 피는 법이 천지조화가 아니덩가요? 그 씨알이 굵어지고, 그 인물들이 장군봉 봉화산 정기로 세상을 깨워가며 덕치하고 선치하면 얼럴럴 상사詞중에 상사賜뒤야 라니, 나라를 빼앗기고 산천을 다 버렸다 해도, 조선의 금수강산 천하의 사람들은 지천의 들풀로 꽃피고 살아날 것잉께라.

선말댁의 조곤조곤한 추임새에 산천이 귀를 기울이는 듯했다. 근거리에서 수꿩이 유난을 떨면서 날갯짓을 털어대었다. 하늘에 큰 고니 네 마리가 날았다. 한 떼거리 기러기가 쥐색 빛 하늘을 수놓으며 유유히 날갯짓했다.

강찬진 목수가 어느 결에 벌떡 일어나서며 덩실덩실 춤추는 살판이 펼쳐지고 있었다. 선말댁이 수줍은 듯 엉거주춤 일어섰다. 선말 양반 덕성이 그 손길 마주잡고 벌떡 나선다. 순심 새댁이 아가 윤심을 둥개둥개 종순에게 얼핏 맡기며 넋 나간 모습으로 바라만 보는 신랑 앞으로 다가섰다. 두 몸은 어느덧 한 몸으로 뒤엉기고 들었다. 품안에 온전히 안아들었다. 둥실한 만삭 뱃구레가 송구스럽기 그지없는 신랑이, 새롭게 생명의 박동을 누린다. 마주보는 눈길에서 텀벙거리며, 달구똥 같은 눈물이 솟구쳤다. 멍청한 하늘에서 새하얀 중순 달님이

덩그렇게 흰 낯을 드러내고 하양접신_{遐壤接神}으로, 멀리서나마 아는 척을 하고 들었다. 하여간 청맹과니 어마님의 낭자한 설득으로 음흉한 기색들은 산불 도깨비처럼 순식간 훌쩍 쫓겨 가고, 달콤한 춤가락이 새판으로 산하를 들썽거렸던 것이다. 진정 기름지고도 새콤한 동백나무 금상첨화요, 정녕 고운 꽃노래인 양, 조석지간 천자문 낭송 살림살이 청맹과니 어마님의 입모습이 설상화관_{舌狀花冠} 찬연한 생명복락으로 살아 올랐던 셈이었다. 달그림자가 봉화산 갯가 산천에 얼럴럴 상사뒤야! 얼러덩 덜렁거리며, 숫처녀들의 애꿎은 보물 면경처럼 밝아지고 있었다.

네 마당

땅 파고 집짓기

— 다이쇼 대정천황大正天皇이 하야마葉山 황실에서 붕어崩御하셨다. 통절의 천신은 1926년 12월 25일, 야소교의 크리스마스 새벽, 1시 25분경. 어둔 하늘이 구슬피 울었고, 천지가 마른 천동으로 호곡하였도다.

새삼스럽게 눈앞에 펼쳐지는 관보의 뉴스를 접하며, 시미즈 겐타로는 아득한 느낌이었다. 아래로 이어지는 문자를 잠시 거리두기 하듯 눈을 감는다. 검은 눈썹이 파르르 떨었다. 철지난 관보의 문자가 뜻하는 바가 대체 무엇인가.

저도 모르게 맺혔던 속엣 것이 기어오르듯, 시큰둥한 말씨가 살아 오른다.

— 글쎄 겨우 그런 걸 가지고 붕어하셨다니? 붕어란 상빈上賓이라고도 한다. 천황님이 죽었다는 말이 아닌가. 가난에 쪼들려 목숨이 졸아든 상빈傷貧의 죽음과, 한 세상 부귀영화를 다 누린 군왕의 죽음이 무엇이 다른가. 뭘 그리 대단하단 말인가. 겐타로는 시큰둥하게, 하지만 입안에 말씨를 눌러 죽였다. 누군가가 힐끗거리듯 시퍼런 의식을 파고든다. 하여간에 들꽃처럼 피어나는 상념은

숨길 수가 없다. 하늘의 사람, 천인天人이요. 천황폐하시라 하여, 무수한 인명들이 굽실거리고 추앙하던 일본제국의 인신도 그토록 생후 습진을 앓고, 병약한 몸으로 걸신거리다가, 영영 가셨다 한다. 사다코 황후라! 여인 사이에 겨우 4명의 아들을 낳고 세상을 버렸는가. 메이지 천황의 측실소생으로 본명 요시히토가 아닌 정실의 양자로서 구차한 맥을 이었다. 그나마 건강 악화로 실상 5년 전인 1921년부터 섭정을 하던, 그의 장남 히로히토昭和 裕仁가 쇼와 천황으로 등극하여 껄떡거리며 구차한 맥을 이어가게 되었다는 말이던가. 문득 겐타로는 붕어한 천황의 평범한 말상馬相 모습을 떠올린다. 짙은 눈썹과 오뚝한 콧날, 고집스럽게 앙다문 입술은 천덕스럽게 두툼하다. 콧수염은 위엄을 가장한 듯, 역시 천상이었다. 어느덧 이십 여 년 전, 황태자 시절에 잠간 알현하던 자리에서 알쏭달쏭한 성음을 모셨던 기억이 새롭다. 조선왕실에서 치명타를 치른 후, 일시 건너가 동행하였던 7인조의 대제국 훈공이라 하였다.

— 대의멸친하라. 나의 제국은 결코 그대들 충직을, 잊지 아니치 못하리니….

크리스마스 새벽이라면, 세상의 구세주 메시아로 탄생하신 야소님의 날에, 천황은 죽음의 길로 나섰다는 말이렷다. 과연 그 길이 천국일까? 불지옥일까.

황공무지하게도 장난이로다. 아무래도 철부지한 허수아비들의 장난 같구나. 세상은 깔깔거리며 비웃고, 소곤수군거리며 흐흐흐! 조롱하건만, 눈과 귀를 막고 나 몰라라 하는 건, 천하무적이라는 제국의 황족, 훈신, 장군들 뿐이라는 말인가. 하지만 그들의 생애가 사람 살리고, 백성들 가꾸려는 선덕이었던가? 그 하명 하에 내외에서 죽고, 죽어간 인생들의 거룩한 숫자를 헤아려보랴? 하지만 눈여겨보아라. 두 눈을 부릅뜨고 똑똑히 들여다보아라. 너나없이 빈부귀천의 죽고 삶이나, 기억하고 기록된 역사의 눈은, 냉철하고도 자상하고 처절한 것을. 스미즈 겐타로는 철 지난 목포지점 동양척식의 관보를 다시금 들여다본다. 누렇게 변색한 빛 바란 관보가 우연찮게 들춰진 셈이었다. 잠시 주목하자 눈앞이 부시리다.

― 이토오 히로부미 백작. 조선 안중근에게 저격당하여 사망하시다. 1909년 10월 26일 오전 9시. 대동아 공영의 기치를 들고, 하얼빈 역사에서 각국대표들의 환영과 군대의 호위 속에, 단신 침투한 4탄의 저격으로 즉사하시다.

― 1918년 조선의 곡류 수용령을 시행하다. 동양척식, 그 첨병이 되다.

― 1919년 3월 1일. 조선인민의 독립만세 사건이, 전국적으로 발생하다. 그리하여 조선의 삼천리강산에서는 독립만세의 아우성과 피바람이 태풍으로 파도쳤다.

― 1919년 9월 20일 경성 남대문 역에, 조선총독 사이토 마코토 백작. 조선 청년 강우규의 폭탄투척 사건이 발생하여 구사일생을 맛보다.

― 1920년 10월 조선독립군 김좌진 장군이, 북로군정서의 중견간부로, 시흥 무관학교 출신 박영희, 강화진, 오상세, 백종열, 김 훈 등이 홍범도 장군의 대한 독립군과 함께 일본 정규군 1300명 사살한, 청산리대첩을 이끌어 치욕적 참패당하다.

― 1921년 조선 총독부에 의열단 김익상이 폭탄 투척하여 사상자 발생하다.

― 1926년 12월 28일 오후 2시. 경성 황금정 2정목의 동양척식주식회사의 사옥에서 중국인 노동자 마중덕으로 가장한 상하이 의열단 나석주가 폭탄을 투척하여 십 여인의 사상자가 발생하였다. 그 또한 현장에서 장렬한 총탄의 밥이 되었다.

― 1932년 1월 8일 토교 교외 요요기 연병장에서 히로히토 천황이 관병식 마치고 귀환할 때, 조센징 청년 이봉창의 수류탄 투척, 불발로 구사일생의 사건 발발하다.

── 차아! 이것이 도대체 어떤 세상이란 말이던가. 이것이 과연 대동아 공영을 이룩하여 제국의 만세 영달과 동시에 대동아시아 번영을 도모한다는 일본제국의 거룩한 사업의 대가란 말인가. 이처럼 적나라한 역사의 증언이란, 대체 무엇을 말함인가? 조선 왕실의 여인네가 그저 몇몇 시녀들의 울부짖음 속에 외로이 당하던 우리 특사들의 참담한 칼부림은, 무엇이었던가. 선학처럼 오연하고 엄위하던 자태로, 입으로는 주홍 같은 피를 토하면서도, 그처럼 형형한 눈길을 대 일본 제국의 훈신들은 결코 피할 수가 없었더란 말이렷다.

도대체 누가 누구를 위한, 누구의 무엇을 위한 사업이요 전략이란 말인가. 그리하여 무엇을, 대관절 어찌하겠다는 말이던가. 허허실실로 진정 헛수고요, 미망이요, 망발 침탈의 결과가 아니랄 수 있을까. 자업자득自業自得이라고도 한다.

겐타로 감독은 현장 간이 사무실에서 무언가 지난 서류를 들추다가 발견한 동척의 해묵은 관보 철을 들여다보다가 망연자실하고 있었다. 공사장 일꾼들 꾸역꾸역 꾸물대는 모습이 한눈에 잡힌다. 세월아 네월아 하며 서둘지도 않고, 그렇다하여 아주 일손을 놓는 법도 없다. 제 밥값은 하고 있는 셈이라고, 유지로 군도 반 체념상태로, 아주 이골이 난 셈으로 잘 적응하고 있었다. 그들의 머리 위로 갈매기가 심심치 않게 날고 뜨고 날치기를 하고 들었다. 목도꾼의 발치기 타령이 연신 이어지고 있었다. 어휘, 어휘! 어라 차차! 어라 차차! 어휘, 어휘 어라 차차! 어라 차차! 끈질긴 합창이다. 산을 파고 바다를 메우고, 땅속 뒤져 돌을 캐내고 운반하여 둑을 쌓는다. 세상에는 제 손으로, 제 무덤의 땅을 파는 일은 없다고 한다. 하지만 오늘날 일본 제국의 처사란 바로 그런 것 아니던가? 땅을 파고 있다. 허기지게 제 무덤 파고 있다. 실상 남의 나라, 남의 땅이 아니던가, 산천경개의 땅을 파고 씨알 뿌려서, 가꾸고 길러서 먹고, 먹이며 살고 살리자는 노릇이 아니다. 금 캐고 은과 구리, 석탄광석 캐자는 순수한 열정도 아니다. 잘 먹고 살아보겠다고, 산 사람 무덤 파다가 스스로 빠지는 제 무덤 허겁지겁 파는 멍청한 꼬락서니가 아니랄 수 있을까. 들리는 역사란, 진정 숨길 수 없는 청산의 가락이던가?

진정 미망이로다. 하여간 문제는 나의 호신 기둥이요, 모태인 동양척식이다. 인신이라던 천황이 붕어하고, 여기저기 격렬한 폭탄이 연신 터지고, 제 나라 제 땅을 물리고 물러가라는 항병들이 들고 일어나도 나 몰라라 세상에 귀를 막고 눈 가리고, 그저 조선 수탈의 첨병인 동양척식의 최 첨병인 터다. 하지만 간척지 사업을 통한 미개지 조선의 개발이요, 나아가 진충보국 멸사봉공이라고 강변하는 나의 처신을, 나는 대관절 어찌해야 한다는 말인가.

동양척식 경성 본사 현장에 조선 청년 나석주의 폭탄이 투척되었다.

이것이 간척지 사업의 기공식장에서부터 황제 폐하의 성은이라 호언했던 은택의 보답이란 말인가. 실상은 바로 그때, 사흘 전인 1926년 12월 25일 구세주 메시아의 성탄절 새벽에 다이쇼 천황은 재위 14년을 채 못다 누리고 숨결을 껄떡거리다가, 썰물을 밀물로 끌어들이지 못하는 숨결로서, 막가는 길이 아니었던가. 그의 장남 히로히토가 쇼와의 기치를 들고 섭정의 자리에서 천황의 지위를 시작하던 날이다. 도무지 눈 가리고 아웅 하는 짓거리가 아녔던가. 이게 도대체 무슨 장난이란 말인가? 누구의 무엇을 위한, 은총이기로 이러한 보답이 내렸더란 말인가. 아니 이런 대세를 읽지 못하고 귀와 눈을 막고, 그저 들리는 낭보요 소식이란, 대 일본제국 승승장구의 승전보였더란 말인가. 이제 여기에 산을 깨고 바다를 메워, 간척지 수답을 이루자는 이 현장이, 도대체 무엇으로 남을 터인가. 저리도 힐끔거리는 굶주리고 검붉은 눈동자들은 대관절 무엇을 사모하고 무얼 기다리는가.

제국의 젬병은 바로 이것이다. 승승장구라거나 자국의 이로움이나 경사라면 득달같이 전국적으로 소문이 돌고 광포한다. 선전대가 기상나팔처럼 나팔을 불어대는 것이다. 허나 좀 어둡다거나, 칙칙하고 불미한 일이라면, 비록 천황폐하의 서거일지언정, 느물 느물거리듯 알리기를 망설이는 짓거리 말이다. 더구나 이런 땅 끝 갯마을 벽촌의 실정이랴? 그래서 난 이처럼 철지난 관보 앞에서 허수아비처럼 망연자실 할 수밖에 다른 도리는 없더란 말인가. 그저 숨기고 보자는 꿍수일까? 흡사 땅 뺏기 소꿉장난치는 철부지들 셈속과 무엇이 다르랴? 불상사란, 그저 없던 일로 치부해버린다. 쉬쉬하고 덮어버린다. 정정당당함이 없다. 진솔한 자기 성찰이나, 솔직 담백한 자기 부족을 좀체 인정하지 못하는 악습이었다. 이따금 생각할수록 어리치기 비겁이요, 치졸한 섬나라 천황제국 군민들의 민망한 근성 아니랴.

동척의 현장 감독, 시미즈 겐타로는 망연한 심사로 고개를 갸웃거렸다. 찬물을 마시고 싶구나. 청강수를. 본래 나는 물을 좋아하였다. 물 많은 성씨라 할까? 청수淸水라거니, 하지만 나의 인생은 그 한 많은 왕실 여인의 눈길이, 오연하고도 늠름한 자태로 한 많은 눈물 쏟으며, 무참한 칼을 받고 그 입에서 붉은 피가 솟구칠 때부터, 어이없는 방향으로 이처럼 흘러가버린 셈이다. 이제는 구태여 숨기고, 감추고 싶지도 않구나. 눈을 가리고 하늘을 가린다 하여, 하늘이 좁혀지거나 사라지는 법이란, 천하에 없는 법이다. 나의 이 허무한 심사란 만사가 허사요, 매사가 시들한 이 모든 심사도 결국은 그로부터 인연한 자업자득이 아니었던가. 오직 그런 과업만이 제국에 진충보국하고 멸사봉공하며, 대의멸친하는 사무라이 업적이라 강변하였다.

하지만 진술하게 셈본 하여 보자. 제국의 이토오 히로부미 백작을 저격하고 여순 감옥에서 사형당한 조선 청년 안중근은, 이국땅 여순 감옥에서도 동양 평화론 이라는 대 논설을 남겼고, 위국헌신 국인본분爲國獻身 軍人本分이라, 나라를 위하여 헌신함은 국인 본분이라. 견리사의 견위수명見利思義 見危授命이라. 이로움을 볼 때는 의로움 생각하며, 위험한 일에 목숨을 바치다 하고, 국가안위 노심초사國家安危 勞心焦思라. 일일불독서 구중형극생 一日不讀書 口中荊棘生이라. 하루라도 책을 읽지 아니하면 입안에 가시가 날 터라는 휘호를 비롯하여 무려 200여 점 묵적을 남기고 대장부의 의연하고도 당당한 모습으로 순국하였다. 하건만, 난 도대체 무엇인가? 무엇을 남겨야 하는가. 그가 의연하고도 당당하게 여순 감옥의 사형장에서 순국하니, 당년 32세였다더라. 그런 사실을 세상에 약간만 눈을 열고 사는 군민이라면 숨길 수 없다. 그의 옥중유서 최후의 장문 휘호는 무려 28자의 대문장이었다.

東洋大勢思杳玄 有志男兒豈安眠
和國未成猶慷慨 政略不改眞可憐

동양 대세를 생각하매, 아득하고 어둡거니, 뜻있는 사나이 편한 잠 어이 자리.

평화시국 못 이룸 이러도 슬픈 지고, 침략 정책 안 고치니 참으로 가엾도다.

나는 무엇인가? 그저 점령지 이국땅에서 두더지처럼 이렇게 조선 땅까지 숨어들어, 그나마 바다 메우고 둑을 쌓아 종내 무얼 하겠다는 노릇인가. 도대체 그 누가 반기고 누구를 위한, 어느 누가 기리는 노릇이라 하던가. 이것이 사무라이의 사업이라고? 위국헌신 군인 본분의 길이던가. 견리사의의 일이라던가. 내가 노심초사하는 일이란 대체 무엇인가? 지금 내가 읽고 있는 이 철지난 관보 글이야 말로 입안에서 쓰리고도 떫은 가시가 솟구치는 구중생형극이라고 한탄할 터로구나. 겐타로는 한숨을 푹— 토했다. 저 파랑 갯가 바다의 밀물이 사리 때의 썰물처럼, 게으른 창자에서 토사물이 흘러넘치듯, 한꺼번에 터진 것이었다. 창자가 터져 넘친 듯 짙은 한숨은 좀체 수습할 길을 찾지 못했다.

간척지의 공사 현장에서도, 늦둥이를 사이에 두고 시시로 통분을 쏟아 붙듯, 정분 나누던 가정에서도 사치코의 속셈 번한 부드러운 조섭에도, 별다른 감흥을 누리지 못했다. 무언가를 찾듯 먼먼 하늘 우러르며 허둥거리는 기색이 완연하였다. 인생살이가 대체 무엇이며, 천황이건 군인본분이건 죽음이란, 또한 무엇이던가? 내가 살고 살리는 길인가? 아니면? 허수아비 탈춤이란 말이던가? 그로부터 달포쯤 후, 동양척식의 시미즈 겐타로 총 감독은 공사현장과 마량포구에서 밤새 갯벌 한사리 때 썰물 빠지듯, 그 흔적을 감추고 말았다. 그야말로 종적이 연기처럼 오리무중이었다.

— 세상천지간에 땅 두더지 맹키로 쏙 들어가 부렀당가? 마량의 단골 원단이 맹키로 물귀신이 돼야 부렀당가. 참말로 알다가도 모를 사람들이랑께.

— 워-매, 워-매! 그래도 처자식은 다 챙기고 밤새 사라진 것 보면, 야차 떼 같은 왜놈들 음흉한 수작은 분명하당께! 안 그런가.

— 대체나 가고 오는 인간사에 이리도 인사가 없는 법이, 사사건건 그 잘난 법치를 주장하는 대제국의 본때란 말이랑가. 먼 음흉한 수작들이 있것제. 닭 쫓던 개 지붕 쳐다보듯, 오리발 내미는 수작들, 그저 지켜보는 수밖에.

그래도 비교적 호감을 가졌던 현장 총 감독 인물의 잠적에 대한 공사장과 함바집 주변과 근동의 어처구니없는 평가였던 것이다. 박광수 씨건 유지로 부책이건 주변 인물들은 한결 같이 무관한 듯 힐끗거리며 비린 입들을 다물었다.

하지만 입을 열기 어려운 입장은 그들만이 아니었다. 선말 양반 최덕성이나 선말댁도 매한가지였으니 말이다. 입을 열어야 할지, 말아야 할지도 의문이었던 셈이다. 부부간 아닌 밤중에 꿈결처럼 영접했던 사실을, 산꿀 먹은 벙어리처럼 입을 다물어야 할지 열어야 할지, 한동안 궁리가 분분했으나 의논 끝에 당분간 없던 일로 치부하자는 결론을 나눈 셈이었다. 오고가는 인간사에 그리도 인사가 없는 무례한, 사사건건 잘난 체 법치 주장하는 대 일본제국의 본때도 아니요, 음흉한 수작의 처사가 결코 아니었던 것이다. 인사가 엄연한 족속이었다. 생각할수록 하현달이 창랑하게 시리고 밝았던 밤이었으나, 정녕 자시子時가 얼핏 지나고 있었다.

중개들의 웅얼거림은 주늑이 들었고, 건넌방의 도령들은 단잠이 들어있었다.

유다른 인기척 낌새에, 먼저 눈을 밝힌 건 덕성이었다. 야밤에 도척이거나 불순한 기척이 아니었던 것이다. 의아하여 죽창열고 내다보자, 두 그림자가 공순한 모색으로 허리부터 깊이 숙여서 은우恩遇의 예를 차렸다.

— 오이-야밤중에, 무례가 크오이다. 사이 상, 먼저 용서를 청하오이다.

어딘지 귀 익은 음색이었다. 사이 상이라? 왜색이 문명한 어조였던 것이다.

— 하이-이리라도 인사를 치름이, 사람 도리라 여겨서… 용서를 청하오이다.

거듭 청원하는 인사를 듣고 본즉, 얼핏 알성싶었으나, 정숙한 한복 두루마기 차림이 아닌가? 동양척식 시미즈 겐타로 총감 아닌가? 알성싶었으나, 부부가 한결같은 한복차림이었다. 선말댁이 화들짝 놀라, 영접인사를 차렸다. 마주선 토방에서 어서어서 방안으로 좀 드시지요, 하고 내려섰다.

— 오이, 하이, 감사! 감사하오이다. 하오나 저희는 곧 떠나야 합니다. 다시 뵙기가 어려울 듯싶소이다. 하오나 잊지 못할 신세가 많았습니다.

두 팔 저어가며 사양하면서 진정어린 모색이었다. 뿐만 아니라 묻기 어려운 의문을 먼저 응답하고 나선 셈이었다. 이렇게 차려 입은 것을 용서하시라며, 이 한복은 서중댁 수고를 빌려서 한 벌씩 장만해 염치없이 입고 나선 것이라고, 어디 가든지 조선을 기리는 맘으로, 더구나 사이 상, 최덕성 씨 그리는 맘으로 입을 것이라고 송구스럽게 일렀다. 차분하게 청주 한 잔, 막걸리라도 한 자리 나누지 못하는 아쉬움을 말하고, 경황없이 하현달 낮 불그레하고 숲속에 사라지듯 물러간 것이었다. 항구에서 뱃길이 급하다고, 인연 따라서 좋은날 뵙자고…. 정녕 꿈결은, 아니었다.

— 우리도 사람 사는 세상을 만들자는 꿈을 버리지는 못하는 사람이랍니다.

동양척식 시미즈 겐타로와 그의 산부였다. 난산의 처절한 날밤이 새록새록 떠올랐다. 일본제국 특명이나 소환이란, 촌각을 지체할 수가 없는 법이라고, 부부가 나란히 몸을 굽혀 거듭 인사를 치르고, 마주보았다. 갓난 아들 이름은 조선의 은택을 이해하고 잊지 말자고, 시미즈 리카이清水 理解라고 했다. 인간 사는 세상이라, 그가 남긴 몇 마디가 초가을 매미소리로 무연히 귓가를 맴돌았다.

이규진 신랑이 소리 소문 없이 자취를 감춘 것도 바로 그 무렵이었다. 사흘 전에 흔적도 없이 사라져버린 것이었다. 단지 종수, 종연의 말을 들으면 바지게와 삽과 괭이가 없어졌다는 것이다. 아침마다 마구간에 들려 중소가 다 된 노랑소를 들여다보고, 꼴망태로 한 가득 연한 풀만 골라서 먹이기를 즐기던 신랑이었다. 걷기도 어렵게 뒤척거리는 그 몰골로 대체 어디로 가버렸다는 말인가. 하루 동안은 그런대로 기다리던 새댁 순심이나 선말댁이 철야하듯 서성거리던 이튿날에는 사색이 되었다. 난감한 일은 순심의 절망과 탄성이었다. 평소의 조신스럽고 차분하던 모색이 쉰 막걸리 변하듯, 막가버린 입맛으로 변해버렸던 것이다. 실성기가 엿보일 만큼 머리 풀어 산발하고, 초상이라도 입은 모습이었다. 다 죽어서 왔었다는 말 만큼이나, 그런 소리 말라고 그리도 당부했건만, 실상은 그런 듯싶다는 것이었다. 헛것으로 왔다가 혼백이나마 영영히 가버린 셈이라고 단정하듯, 정신의 맥을 놓았다. 눈에는 눈물, 코에는 콧물, 입에서는 쉴 새 없이 뱃구레에 둥실한 아가를 불러대는가 하면, 아가야 아빠, 당신 여보를 불러대었다. 참을 수 없다는 듯 입술을 깨물고 앙다물었다. 고절하여 지성스레 모시던 청맹과니 어마님마저 눈치나 살피듯 곁을 두었다. 청맹과니는 실정을 모른 듯 태평하였다. 토실토실한 복실, 복동이 개들이 옹알거리고 설렁거리며 뒤를 따랐다. 개들을 먼지 털 듯, 투덕거리며 푸념을 했다.

— 너그는 시상 모른께 좋것네! 너그는 이 풍진 시상을 모른께 좋것네!

덕성은 설마 하면서도 곧 바로 공사판 현장에 연통을 넣었다. 생활의 방편으로 날품이라도 팔아보련다는 속셈이란 말이던가? 새댁 아내와 태중 어린 것 거느린 가장으로서 책임감이라 할 터였다. 하지만 그럴 수는 없는 일 아니던가? 더구나 그 몸으로, 아직은 군병생활 객고도 풀기 전의 일천이다. 한울타리 두 집안 살림에 어딘가 버겁고 서운함이 있었던가? 별별 자책의 상념들이 들끓었다. 공사현장에는 꼴도 비치지 않았더라는 최덕성 이모부의 말을 듣고 새댁은 아예 목을 놓고 울었다. 절망어린 탄식조 대성통곡이었다. 강 목수가 헐레벌떡거리며 들어섰다.

— 그라면 그렀제! 애시당초 살아서 돌아올 리가 없던 인물이었응께.

이마에 흐르는 땀을 닦고, 한숨 돌리며 연신 말을 이었다.

— 나가 지난번 잡아왔던 개장국은 다 챙겨 자셨더랑가. 몸보신 먼저 해야 헐 것이라고 그리 생각 했당께. 하여간 모내기만 끝나면, 바로 집짓기 터 잡고 성주공사를 시작해서 초가삼간 집이라도 내 손으로 가꾸려니 했덩만. 그 동안 군병 살이 고생하던 몸은 성하고 무탈 했것지.

— 그라고 말고요. 뜀박질은 해볼 염사도 못했지만, 하시는 일마다 야물고 얼매나 당찼다고라오. 항시 맘에 걸리는 소리는 다 죽어서 온 몸이라고 자꾸 해쌓고 당숙님은 죽어서도 열 번이라도, 찾아왔어야 한다고 허시 놓고요.

말하며 순심은 저절로 낯이 붉어지는 것을 숨길 수 없었다. 하시는 일마다 야물고, 사대육신이 얼마나 오지고도 달콤했던가. 이라고 살다 내일 죽어도 여한이 없으리라는 심사였던 터였다. 행복하고도 감축할 단꿈의 나날이었다.

— 그랑께 그 사람, 가고 오는 일은 맘만 먹으면 천리라도 자유자재가 아니랑가. 그것이 몸을 빌려온 혼백이란, 흔적이 오리무중이라 그런 말이시.

— 오매! 그럴 리 없당께요. 혼백이라니요. 달포를 함께 먹고 마시고 잠자고 살았는디라오. 무슨 일터라도 찾아갔을 라고요? 그냥 가버린 것이 분명한 께라. 오매-매! 이 노릇을! 어쩌꼬 잉! 나 못살아라. 황천길이라도 함께 가야 쓸 것인디, 천하에 무정한 사람아.

— 워-매, 정신 차려라. 새 파랑 청춘에 먼 방정맞은 소리라냐?

— 이모님! 그라면 나가 어짜고 살 것소. 워-매 워-매! 이놈의 시상아!

— 사람이 살다가 보면, 밤새에 그럴 수도 있는 법이제. 그랑께 밤새 안녕하시냐고 인사를 안 차리덩가. 사내라면 때론 안 사람 모르게 헐 일도 있는 법이제.

— 나가 모르게 혼자 헐 일이 머시랑가요. 천 리라도 만 리라도, 약속이랑 철석같이 해놓고 이라고 혼백이라도 혼자 헐 일이 도대체 머시랑가요.

— 와-따매 혼백? 혼백이니, 그런 말 하는 법 아니랑께! 나가 눈으로 똑똑히 보았던 인물이 아니랑가. 새댁 자네가, 그냥 자랑스럽게 심 황후 맹키로 밤낮 모시던 인물이 아니더란가.

— 그랑께, 대체 시상에 이것이 먼 속인지 통 알 수가 없당께요. 나가 살았는지 죽었는지, 꿈인지 생신지, 대체나 알 수가 없는 일이랑께.

— 그래서 정신을 채리라는 거여. 지금 호랑이 열 번 물어 갔는가? 얼럴럴! 상사가 났는가? 얼을 챙기고! 정신을 차리고, 하늘땅을 우러르며 기다리는 거랑께. 사람이란 견디고 기다리는 세월이, 살아가는 법잉께? 징한 보리 고개도 기다리면 하지 감자 절기 다가오고, 태풍도 기다리면 지나가고, 씨 뿌리고 농사를 짓는 일도 기다리는 세월이 봄여름 아니덩가? 가을을 기다려야, 추수기가 찾아 옹께. 저 핏덩이 윤심 아가도 진자리 마른자리 십 년 이십 년을 견디고 기다려야 사람 구실 안 할 것인가. 그것이 조상님들, 한울님의 뜻을 받들어 살아

가는 방도란 말이시. 오매! 생각난 김에 정신을 챙기고, 얼 놓지 말고 어마님 한티 물어보세. 근심 걱정하신다고 쉬쉬할 일이 아니랑께. 그 양반이 언지는 근심 걱정하시던가.

— 내 정신 보시오 잉? 어째 그 일을 잊어 뿌렀당가? 어마님! 어마님, 얼매나 좋으신 우리 어마님, 골방 안에서 천리를 보시는 분이싱께!

이모 조카 숙질간이 청맹과니 앞으로 다가서자, 노파가 먼저 입을 열었다. 은 백실 머리카락이 낱낱이 그린 듯 찹찹하게 다스려져 살빛이 돌았다. 동백기름으로 까만 윤기를 성스럽게 풀어놓고 있었다.

— 지척이 천리라더니, 어째서 이리도 멀찌감치 돌아들 온당가.

— 어마님! 어마님께 차마 말씀드리기가 멋해서 그리 되었고만이라.

— 에미 자식이란, 멀면 멀수록 가까운 법이 아니랑가. 남녀 간 정분도 그럴 테지만, 그것이 사랑이랑께. 나가 첫 날부터 손꼽아 기다링께. 걱정들 말소. 그 몸으로 천리가 코앞이요 지척이랑께!

— 어마님, 그러시면 벌써 천리 길을 떠났다는 말이싱가요.

— 천리만리라도, 지척이랑께! 에미 두고, 아낙 두고, 자식 두고 어디가 천리랑가? 그 사람은 지금 땅 파고, 집짓기라. 저리도 헐떡거링께!

— 오 매매! 어마님, 그것이 대체나 먼 소리라요. 땅을 파라오, 집짓기라오, 그라면 영영 저승길로 가버렸다는 말인가요? 북망산천이라더니?

— 북망산천이 먼 것이 아니더라만, 사람이 정신을 놓고 얼이 빠지면 그곳이 바로 북망산천이랑께. 저 만리 밖 중국 허난 성 뤼양 땅 북쪽에 있는 작은 산이라는디, 세상 다 산 사람 죽어서 묻히는 산천이래야.

— 오-매! 어마님, 어찌 그런 말씀을 그리도 눈 한 번 깜짝 안하고 태연하게 하실 수 있다는 말인가요? 이것이 아이들 장난이랑가요?

— 며늘 아가야, 장난이 아닝께 하는 소리제. 어째 눈뜨고도 그리 어둡단가. 이

라고 자상하게 보이고 생생하게 보이는 모양, 얼마나 대견하당가? 땅을 파야
밥이 나오고, 땅을 파야 금이나 은이 나오고, 땅 위에 집을 세우고 사람이 살아
가는 법도가 어찌 그리고 멀기만 할 것잉가?

― 그랑께, 어마님의 문자점이 어떻게 나온당가요? 오늘 아침에도 한 바탕 둘
러 보셨지라오. 속이나 시원하게, 어여 말씀해주시지라.

― 점은 무슨 점이당가, 사사스럽게. 산문자로 훤하게 보여주시는 한울님 광
영이시랑께. 비록 궁색한 천자문이라지만, 문리 터지면 도리가 저절로 밝혀지
고, 도리란 사람 살아나갈 길이 아니런가. 새벽 참에도 수성거리는 소리에 잠
이 깨어서 천자문 글을 차분차분 살펴 읽다가 빌 공호, 골 곡숌, 전할 전傳, 소리
성聲에서 잠시 멈추었고, 빌 허虛, 집 당堂, 익힐 습習, 들을 청聽자로 한숨 맺었응
께. 차분히 생각해보소. 이런 사자성어 천자문이 대체나 무슨 뜻이 것능가.

청맹과니 어마님이 칠보 안상 앞에서 문득 몸을 세워 무릎을 꿇었다. 이어
서 천자문의 사자성어 두 문장을 낭송하는 음성이 낭랑하고도 추연하여 듣자
보니 몸이 사려졌다. 새댁과 선말댁이 함께 몸을 움츠린다. 청맹과니 습성처럼
눈을 희뜩거리며 해석의 말씀을 내린다.

― 지금은 텅 빈 골짜기 같지만, 좋은 말은 골짜기에서 퍼져가는 소리처럼 전
해진다, 하신께 얼마나 좋은 징조인가? 오늘은 텅 빈 집 같지만, 빈집에서는
소리가 잘 들리듯, 익힌 말은 멀리서도 잘 들린다, 하신께 이 아니 길조인가.
아니 그런가? 삼가야 할 일은, 좋은 말하고 좋은 행습 익혀야 하리라는 가르침
이랑께. 그리 수선을 떨어서야 무슨 어진 꼴을 볼 셈이란가. 사람이 한 세상 살
다 보면 인생이 허황하여 텅 빈 골짜기 같고, 잠시 집안을 비웠다고 사사스럽
게 경거망동을 삼가더라고, 내말 알아듣는가? 땅 파고 가산 장만하는 건 사내
몫이라지만, 복덩이 자식을 낳고 기르며 일만 가정 이루는 집이란, 실상 아낙
이 지키고 아낙네가 세우는 법이랑께.

지중한 훈계였다. 명주실 서리 빛처럼 날카로운 깨달음이었다. 강순심이나 선말댁이 새삼 머리를 조아리며 한숨을 삼간다. 움막 마구에서는 말끔한 노랑 소가 코뚜레 웅얼거리며 질긴 울음을 자주 울었다. 정녕코 암내가 난 듯싶다고, 당숙 강 목수가 황소처럼 흐 흥―흥얼거렸었다.

선산에서 내려다보이는 다복솔밭 동산은 사철 짙푸르렀다. 판옥선 서너 척 연이어 놓은 듯 아담한 동산이어서, 영락없는 거북선이라고 했다. 셋째 아들 종순의 별칭이었다. 푸른 갯가 마주보는 앞머리는 흡사 용의 머리처럼 강치 바위가 내밀고 있어, 더욱 운치를 돋우며 입만 열면 불대포를 쏘아댈 거라고 으스대었고, 산등에는 다복솔이 쭈뼛쭈뼛 자라서, 흡사 창칼 꽂아 놓은 등판이었던 것이다. 사이사이로 주인 없는 동백꽃 숲이 자리를 잡았고, 겨울 난 동백꽃이 유난히 붉었고, 수꿩이 자주 울었고, 산토끼 심심치 않게 껑충거리는 자태를 볼 수가 있었다. 암수 꿩들은 이따금 날개 파드득거리며 이쪽 선산에서 건너 동산까지 할 할할 날아가 둥지를 틀었다. 그 동산이 가려져있어서, 숙마골과 연동 원포마을이 멀리 뒤진 듯했다. 하지만 봉화산등은 아득한 산악처럼, 자랑스러운 자태를 선보였다. 하늬바람이 그 산을 타넘고 북풍은 산등에서 잠시 멈추었다. 북풍한설의 방패막이인 셈이었다.

그 동산 모퉁이 돌아, 작은 물체가 차츰차츰 다가오고 있는 꼴을 바라보며 최덕성은 생각이 깊었다. 흡사 전장에서 패배한 낙오병의 자태였던 것이다. 첫눈 발견한 순간, 바지게 짊어진 규진 신랑인 것을 알아본 것이었다. 척척! 다가서는 본래 모색이 아니었다. 다 죽다 살아남은 패잔병처럼 앞뒤로 절름거린다. 윗몸이 앞으로 나서는 순간, 가슴부터 뒤로 당기는 거역하기 어려운 걸음이었다. 아하! 저래서 다 죽은 목숨이라 하였겠지. 그래서 살아 건져온 몸이라 하였지. 허나 대체 어디서 무얼 하였다는 말인가. 벌써 닷새 동안 죽었다느니, 멀리 떠나버린 사람이라거니, 처조카 순심 새댁의 눈물을 옹구박이로 쏟게 하던 사내 발걸음 저리 무사태평이던가. 아무튼 반갑고도 고맙다. 저녁 이내가 짙어오고 또 하룻밤 애간장을 태우고 동수공방 한숨이 짙어갈 가솔들에게 반가운 이 소식 무어라 전해야 할 터인가. 저 푸진 걸음이라면 정녕 해가 깊이 숨어들고 검은 바람이 어시대기 전에는 당도하기 어렵겠지. 무참한 제 꼴 보이기 싫을 터인즉, 그냥 모른 체하는 방도가 상책 아니랴? 허나 그러기는 저리도 지순한 새댁에게는 너무도 잔인한 장난일성도 싶다. 정든 임 기다림은 촌음이 백년이요, 일각이 여삼추라 하지 않던가. 문득 저녁연기가 멎고 살강거리며 설거지하는 부엌을 향하여 고함을 질렀다.

— 어 야! 선말댁! 임자여, 이리 잔 와 보실란가.

저도 모른 새 아내를 부른다. 종순이 노랑 암소를 끌어들이고 종연이는 꼴망태를 들쳐 매고 덜렁거렸다. 웃자란 형제가 참으로 까탈 없이 제 몫들을 감당하고 있었다. 건너 방에서 사부인 댁의 천자문 낭송이 잦아들고 있었다. 순심새댁은 어린 윤심을 거느리고 어딘가 먼발치를 서성거리며 비손이라도 하고 있으리라. 어느새 곁이 풍성해진다. 말없이 동산 발치를 건너다보는 쥔 양반눈길을 쫓던 아낙의 눈길이 부엉새 눈으로 커진다. 부싯돌 불꽃 펄쩍 켜진 듯 놀란 눈이다. 한동안 멀대 장승처럼 어간이 막힌다. 긴 머릿결을 추슬러가며, 어푸어푸 눈물을 씹어 삼키던 조카 새댁의 탄식이며 절통이 생사람 환영으로 다가선다.

— 오매—매! 어째야 쓸꼬잉! 대체 저 노릇, 어째야!

— 아니 가만, 가만! 차분하게 생각 좀 해보잔 말이시.

— 오 매—매! 먼 생각이라. 저 사람 신랑이 대체나! 어디서 숨었다가 죽었다가 살아온당가. 오—매! 순심 이모야!

— 가만! 가만, 분명히 산 사람이닝께, 걱정 말고 그 심상을 다치지 않게 보듬

어야 안 쓰겠는가. 몸이 저랑께, 살아온 몸이라 말시. 자기 말대로 죽다 산 소중한 목숨 아닌가. 대엿새 동안 어디선가 생각이 깊어온 몸이라 말이시. 다 죽었다니, 살았다니, 혼백이니 하는 소리들도, 이참에 아조 아퀴를 지어야 하지 않겠는가? 대명천지에 꿈도 아니고, 무슨 허깨비들도 아니고, 조카 새댁 의구심과 말이 씨가 된다는 말이랑께. 앙 그랑가.

― 금-매 듣잡고 보면, 그러기도 하제라. 당최 정신 차릴 수가 없었네요.

선말댁이 머릿수건을 벗으며 진지한 모색으로 나섰다. 든든한 백송처럼 착하고도 차분한 쥔 양반의, 지중한 모색을 살피는 얼근 얼굴이 벌겋게 달아 있었다. 그리도 조신스럽던 친정 조카댁의 지나친듯한 며칠간의 안달복달 통곡하며 지난 달포 간 집안이 벌집처럼 뒤숭숭하기 짝이 없었다. 남우세스러워 변명하기조차 어렵다. 그 순간, 순둥이처럼 컹컹거리던 개들이 쏜살같이 내리 달았다. 토끼를 좇고 청둥오리 물어뜯고 흔드는 살벌이 아니라, 진정 살붙이를 반기고 웅얼거리는 소리였다. 복실 개들의 우짖음을 좇아 사립도 없는 마구간을 나서던 종순, 종연이 형제도 망태를 팽개치며 얼결에 괴상한 고함 소리 내지르고 샛바람처럼 내리쫓는다.

다섯 마당

뿌리고 김맬 때

목숨의 씨알은, 이마의 땀이라 한다. 이마에 땀이 흘러야 땅의 남새를 취할수 있으리라는 말은 먼 조상들의 가르침만 아니요, 자연의 법칙이라 할 터였다. 그 땀을 온 몸으로 후끈후끈 흘리는 일이 그토록 다정다감한 일인 줄은 몰랐다. 한낮동안 팔다리 마음껏 휘둘러 땀을 흠뻑 흘리고, 하늘에 창창한 별 바라기 하다가 잠드는 밤이란, 그리도 다정한 별 볼일의 뒤풀이였다. 청량한 은하수의 별바다를 두둥실 흐느적대다가 온갖 별들의 초롱초롱한 이야기를 듣고, 나누고, 누리다가, 별나라의 꿈을 꾸었다. 별나라의 왕자가 되고, 벌과 나비처럼 꽃봉오리 공주들과 어울려 온 누리를 마음껏 활개 치는 밤이란, 한량없고 무궁한 자유 평화요, 사랑의 황홀이었다. 어느 순간 별똥별이 되어 어딘가로 아득하게 흘러내리다보면, 기착지는 으레 포근한 세상의 대지였다. 대지의흙냄새 속에는 산 쑥 냄새며, 자운영 꽃 냄새가 스며들었고 이따금 갯지렁이가파들어 오고 있었다. 손가락 펼치고 건들라치면 재빨리 작고 통통한 몸을 움츠리고 쩔쩔거리며 도피하는 모습이 대견했다. 살림살기란 이리도 자상하고 예민한 몸놀림인가? 한 사나흘 길고도 아늑한, 먼먼 세월의 느낌으로 다가왔다. 몸이 나른하게 풀어져 스스로 길을 찾고, 저절로 단잠에 빠지던 산몸이 살아나는 틀거지라 할 터였다. 이규진 신랑은 그러다 본즉 스스로 죽은 목숨이라던, 장탄식이 저절로 치유 되는 듯했던 것이다. 엄연히 살아있는 산 목숨이다. 언젠가 말 말 끝에 선말 양반 처숙이 늘편한 푸른 꿈처럼 일렀었다.

— 저 귀선龜船의 동산 발치 용머리 끝에 터전일구면 무논 열댓 마지기는 떼어논 당상이랑께. 장마철 봉화산의 진국물이 어디로 흘러갈 것인가.

— 저 동산 발치에서 갯가로 쭉 이어서 말이지라오. 그라면 그 논은 순전한 천수답으로 장차 문전옥답이 되것고만이라.

— 그라제. 저 건너 간척지 갯벌에서 용머리 발치로 바짝 다가서면 늠름한 갯가로 손바닥 펼쳐지듯 쫙 열리지 않던가. 그까짓 간척지 갯논과는 비교가 안 되는 것이 진상품에 부럽지 않다는 문전옥답 찰진 쌀잉께.

선말 양반은 벌써 그 논을 치고 일구어 농사를 짓고, 백설 같은 쌀을 수확하기라도 한 듯, 전에 없이 낙낙하고 옹골찬 기색이었다. 언젠가는 그 꿈을 이루어보리라는 간절함에 턱없이 젖어들었다. 건너다 볼 때마다 생생하여 잊히지 못하는 말씨를 좇아 절름거리며 갯벌로 다가서서 살펴본 순간, 그 날의 말씨가 살아나고 바지게를 바치고 삽과 괭이를 내려놓고 한참을 둘러보다가,

— 에잇! 까짓 거, 내 손으로라도 일구어 보자. 못할 짓이, 도대체 뭐라던가?

하고 나선 턱이었다. 어딘가 아득하게 떠나고 싶었다. 그게 아니다. 죽은 목숨을 투척하여 제 논을 가져보고 싶었다. 그건 아니다. 제 논이 아니라 제 손으로 땅을 파고 논을 쳐 씨알 낳고, 알곡을 가꾸어보고 싶었다. 순심의 부드러운 뱃구레에서 아가의 발짓을 맛볼 때마다, 불끈불끈 솟구치는 열정이었다. 하지만 이 몸으로 무얼? 하다가, 저도 모르게 작심하고 나선 몸이었다.

— 횟샤 횟샤! 횟샤! 횟샤! 괭이를 휘둘러 풀뿌리에 얽히고설킨 땅을 파고, 살

진 흙을 간추리며 돌 추어내고 몰두하다본즉, 어느새 해가 저물고 저 동산 모퉁이를 지나 선산밑 새 터 집으로 올라가기가 봉화산 하늘 길처럼 멀어 보인 것이었다. 에라! 모르겠다. 여기 누워버리자. 이 터전에 버티어보자. 이 땅에 뭔가 이루어 보기 전에는 무얼 먹고 마시고 산다는 일이 허탈하고 맹랑한 심사를 가누기 어려운 판이었다. 그러다 보니 땀방울에 젖었던 몸이 살 부드러운 대지에 스며들었고, 살 속 깊은 흙 맛에 젖어 어느새 잠이 들었고, 단잠 들었다 깨어본 밤하늘이, 화아! 새삼 놀라웠다. 파란 은하수가 기다랗게 뿌려진 하늘은 가히 장관이었다.

— 와마, 저것 봐라! 찬란하고 맹랑한 별바다의 아아! 기막힌 광영이라니….

열린 입을 다물 수 없었다. 이날 평생 맛보지 못한 생명의 복락이었다. 낮에는 땀을 쏟는 일손에 폭삭 빠지고, 밤에는 찬란 광영의 별바다에 맘껏 헤엄쳐 노닐고, 그러다보니 한 며칠이 그렇게 흘러간 세월이었다. 사흘인가? 대엿새인가? 급기야 천지가 아망 하도록 몸이 허탈하고, 기신할때마다 팔다리가 허들거리고 눈앞이 캄캄해지는 이 노릇이 바로 배고픔이었던 것이다. 때마다 철새처럼 어칠대며 갯벌을 잠시 뒤지면 갯고동이며, 낙지며, 짱뚱어 꽃게랑 먹자거리 수확은 단참에 게눈 감추기였다. 이리도 절박하기는 저 먼 바다 건너 제국 땅, 이오지마 수비대의 밤낮 모르던 몇 달간의 치열한 극기 훈련에 비기면, 아무것도 아니었으나, 문득 순심 뱃구레의 아가와 그 부드러운 속살과 어미의 낭랑한 새벽 낭송이 그리웠다. 솔직히 말해서 먼저는 아내 순심이었고, 그 속살이 아쉽다고 느끼며 신랑은 모처럼 콧등 벌름거리고 황소처럼 웃었다. 그런 웃음을 웃고 나자, 비로소 새 집터로 올라갈 힘과 자랑거리가 날선듯했던 것이다.

나가 이제는 비록 척척! 척척! 뛰어서 승전보를 전하지는 못할망정 이렇듯 살림 터전을, 이 몸으로 땅을 파고 씨알 뿌렷노라는 자긍심으로 탈진한 몸이 달아올랐던 것이다. 그 힘으로 입가가 벌씬거리며, 바지게를 챙겨지고 나선 걸음이었다. 이제는 의젓하게 산 목숨이다. 다 죽은 목숨이 아니었다. 살아갈 자유와 포부와 이유가 있는 다부지고도 옹골찬 몸이었다.

비리고 쓰린 속에 산나물 푸짐한 저녁을 마치자, 어린 종연이 새파란 눈을 반짝거리며 물었다. 초승달빛은 세상 어디에서나 날카롭고도 다감했다.

— 그란디 아침저녁으로 저 갯가에서 멀 먹었더랑가? 그냥 내내 굶었당가?

— 굶기는 왜 굶어? 갯가에는 먹을 것 천지요. 하지만 먹을 참이 없더랑께!

이규진 신랑은 달 바라기하며 무심코 응수하듯 한마디를 던졌다.

— 오매! 그것이 먼 소리랑가. 사람이란 배가 고파서 사는 법인디? 배가 고픈께 먹고 살라고, 이리 설치고 저리 땀 흘려 일하고, 챙겨먹고 잡아먹고 죽여서 먹고 뺏어먹고, 하다못해 남의 것을 속여서라도 먹고 사는 시상 아니랑가. 배가 고픈께 사람이고, 걸씬거리며 사는 법이랑께.

종순이가 제법 울렁거리는 사춘기의 음성으로 말을 이었다. 눈빛이 살았고, 코밑이 제법 검었고, 어깨가 보암직하게 떡판처럼 벌어졌다. 날마다 튼실한 송아지와 씨름을 해댔고, 집안 가꾸기와 터전 다지기에 앞장을 선 상일꾼의 모색이었던 것이다. 몸을 사리거나 게으름이 없는 당실한 일꾼이었다.

애잔하고 대견한 눈길을 보내고 섰던 규진 신랑이 새잡이로 입을 열었다.

— 산다는 노릇이 먹고 살라고만 설칠 것인가. 사람이란 밥만 먹고는 못살아! 하여간 군대란 걸 가보면, 맨날 죽이는 일이 태반이랑께.

하다가 아차! 싶었으나, 이미 늦었다. 군대 이야기는 평생 입 다물고 살아라, 하던 이오지마 수비대의 훈련대장 무라기 히로마사의 당부가 얼핏 떠올랐다. 제국세상에서는 인생살이에 결코 이로울 일은 없을 터라는 협박성 당부였던 것이다.

— 오매! 어째 죽이는 일 태반이란가. 그라고 멋진 옷을 입고, 총칼을 차고 댕김서, 게우 한다는 짓이 죽이는 일이란가?

— 군대 훈련이란 게 죽이는 일이제, 살리는 일이당가? 총칼이 머신디? 땅땅땅 쏘아 뿔면 사람이나 짐승이나 죽지, 살것냐. 그냥 우리네 땅뺏기가 아니랑께! 잘 죽이고 많이 죽이는 것이 훈련 아니더란가.

호승심 넘치는 동생 종연의 궁상에 답답하다는 신색으로 종순이 아는 척을 한다. 그 눈들을 바라보며 규진 신랑은 지난 몇 년 동안, 아니 실상 단지 일 년이 채 못 되었지만, 대체 무얼 했던가 얼핏 떠올리며, 순정한 얼굴이 달아올랐다. 군대 훈련이란 죽이는 일이제. 총칼이 머신디? 너무나 맞는 말이다. 지당한 눈빛들을 속일 수는 없다는 절망감이 새삼스레 고개를 쳐든 것이었다.

무한 경쟁을 유발하는 작전이, 수비대의 비상이라는 구리바야시 다다미치 사령관의 항시전장 실상은 무참하고도 적중했다. 기상부터 잠자리에 드는 순간까지, 아니 잠자리에 들자마자 골아서 나가떨어지는 훈련기간 내내, 무한 경쟁은 편한 잠자리 숨 쉴 틈조차 허락하지 못했다. 사격 훈련만 해도 표적지를 향하여 숙달해질만하면, 다음에는 허수아비의 가슴이요, 산 목숨의 대가리, 멧돼지며 검은 개나 늑대 산 짐승이요, 어느 날부터는 부들거리며 웅숭그린 산 목숨 사람이었다.

작살을 해서 포를 떠오고, 머리 잘라오고, 그런 짓은 항상 선착순이었다. 필리피안이라고 했다. 짱꼴라라고 했다. 조센징이라고 했다. 어느 날은 양코백이라 하였다. 총질에 칼질에, 거침이 없어질 무렵이면 죽여서 허겁지겁 먹고 사는 법을 촉구하였다. 사흘 굶고 닷새가 지나고 보면, 그것은 바로 항시전장의 훈련생활이었다. 선착순은 실로 처절한 경쟁이었다. 인육人肉의 절통과 살벌함! 그것은 단지 서로 마주보는 검붉은 눈빛이었다. 서로 모른 척, 여기저기 검은 숲속에서 싸지른 모닥불이 타닥거리고, 솟구치는 불길은 서럽고도 아름다웠다. 설마하고 바비큐로 익어가는 살코기 앞에 차라리 걸신을 달가워했던 셈이다. 밤 부엉이는 유난히 구슬픈 울음을 대신 울었다. 이 차, 삼 차, 사 차, 아니 죽어서 나가 떨어 질 때까지, 꾸물거리는 배를 움켜쥐고 도발하고 도전하고, 돌진돌격하고 그 모든 행사에 앞장선 이규진, 아니다. 다나카 이치로는 부대의 우상이었다. 하지만 그 달리기가 급기야 한 달간 선발된 마라톤으로 이어지다가, 제국의 전군 마라톤 대회에서 선착순으로 앞장을 세울 수 없는 조센징인 덕분에 뒤꿈치 심줄을 끊기고 본즉, 죽은 목숨으로 목숨 건져올 빌미가 될 수밖에 없어진 것이었다. 걷거나 뛰지 못하는 몸이란, 제국 충용 무쌍한 군대에서 징병에도, 징용에도 허접스러운 사역병에도 쓸모없는, 단지 군량미만 축내는 존재란, 하루라도 두고 볼 수 없는 인육시장의 폐기물로 사종 취급을 당한 것뿐이었다. 하지만 명분은 화려했다. 대 일본 제국 군대의 광영을 위하여 명예롭게 자폭하라. 제국 수비대 사령부 전상처리 장병 다나카 이치로는 어느새 제국에 헌신한 조센징 자원병의 영웅이었다. 영웅은 결코 눈물 흘리지 않는 법. 하지만 이규진 청년으로 살아온 신랑은 저도 모르게 흐르는 구슬을 미처 감추지 못했다. 은구슬 저절로 철렁거리면 보름달빛처럼 명경한 거울로 비쳐오는 제 칼질에 잘려진 대가리들이 둘 셋씩 비켜갈 때에 구슬을 떼치지 못했다. 순심의 부드러운 뱃구레를 어루만지다, 불현듯 그 속에서 벌렁거리는 핏덩이를 제 손가락질러 끄집어내는 착각에 사로잡혔을 때, 두려움과 징글맞음과 인면수심의 치욕감이, 몇 차례의 땀 구슬로 씻겨나가는 기적이란, 세상에는 없는 법이었다. 그것은 다름 아닌 인정이라 할 터였다.

— 사람이건 짐승이건 산다는 노릇은 무엇인가 죽여야 마땅한 일 아닐랑가. 논밭에다 씨알을 뿌림서, 땅속에 묻혀 죽지 말라고, 꼭꼭 밟아주는 멍청이는 없을 테니까. 죽고 썩어야 새싹이 나오는 법이랑께.

하다가 규진 신랑은 이것이 대체 누구한테 무엇 하자고 하는 소리인가. 어부대지만 철부지한 어린 것들에게, 스스로 난감했다. 정신없이 땀을 쏟고 몇 날 며칠인가 땅 두더지로 지내며, 정작 돌아온 정신은 죽은 목숨이라면, 제대로 죽어버려야 새롭게 산다는 각성이었다. 내가 세상사는 것이 아니다. 내가 어미 뱃속에 스스로 들어앉아 본적 있었던가. 내가 세상에 나올 때에 이러저러한 처소를 택하여 본 적이 있었던가. 내가 세상에 나올 때 사타구니에나 핏덩이 몸에 기저귀 한 장이라도 걸치고 나온 적이 있었다던가. 도무지 아니었다. 내가 아수라 생지옥 이오지마의 훈련소에서 살아 돌아온 일에, 무엇을 하였던가? 억울하고 통탄하면서 끌려갔다가, 뛰라고 해서 열심히 뛰었고, 야간 보초 서다가 느닷없이 칼침을 맞았고, 졸도하여 자다가 깨고 본즉 가라고 해서, 뱃길을 따라서 천리만리 돌아온 것 뿐이었다.

불시에 호출장이 날아들었다. 그 또한 아니다. 호출을 적시에 집행하려는 듯 동척 현장의 총감독 대리와 오꾸다 히데오 면장과 이노우에 다케히코 주재 소장이 통변 박광수를 거느리고 나타난 것이었다. 지역 기관장들의 총집결인 셈이었다. 시미즈 겐타로 총감독이 사라진 후, 동척의 항구 목포지점 현장 부책이던 이시하라 유지로小澤一郎 헌병군조 출신이 대리를 맡고 있었다.

그들은 자전거에서 내리닫자마자, 새집 건너 터전에서 깎고 다듬기에 여념이 없어진 강 목수와 덕성 씨에게 덤벼들었다. 순심 새댁과 신랑 규진의 새집 터전을 착수한지 사흘째 되는 날이었다. 객들은 당도하자마자 다나카 이치로, 이규진 장병을 찾았다. 제국의 전상 장병 호출이라는 문서전갈이었다.

— 대체나 또 먼 쪼간이라요. 숨잔 쉴만하면, 이런 염병들잉만요.

— 대체 먼 조간이라니, 성은이 망극한 좋은 일잉께, 서둘러 주시오. 이규진 전상 장병은 어디에 기신가. 산에 벌채하러 간 게요?

강 목수가 반갑잖다는 투를 여실하게 드러내듯 내질렀다. 이에 질세라 박광수가 거만스레 대거리로 나섰다. 소나무 숲 창창하게 얼크러진 선산을 둘러보는 그의 거무튀튀한 얼굴이 심상치 않았다.

— 연목구어라거니, 그냥 가만히 놔두는 게 백성들 살리는 길인 것을 모른단 말인가. 면장님 서건, 나리님들은 그 일을 알아야 목민의 첫 걸음이 되는 법을 아신다 말이요. 자고로 제국에서 통상이건 동인일시건, 왜구들이 설치고 나설 때마다 하늘이 아는 일잉께. 더구나 장정들 호출해 다가 전장터에 세우는 일이 천황성은망극이라니, 흰 까마귀가 웃을 소리랑께.

— 뭐시라? 왜구들이 설치다니, 지엄하신 천황폐하를 비웃고?

고라 바가야로—하며 습관적으로 칼집을 철렁거리던 주재소장, 이노우에 군이 어금니를 악물었다. 안경을 추스르며 꼬나보는 눈길이 새파랬다.

— 허어! 시간이 없다는디, 먼 놈의 배배꼬인 말장난인가. 다나카 이치로 군, 제국의 이 장병을 불러오시오. 어서 말이라. 냉큼—냉큼!

— 다나카 이치로 군이라니, 이규진 장병 말이신가? 뭔가는 모르것는디, 자기 현장에 나가셨구만이라.

박광수의 채근에, 급기야 멀건이 바라보던 최덕성이 나섰다. 그를 반기며 동척의 현장 대리 이시하라 유지로 군이 다감한 얼굴로 껴들었다.

— 오이! 현장이라니요. 간척지 현장이라, 어느 쪽으로 갔다는 말인가요?

— 그 장병 현장은 항시 별천지랑께! 자기 집을 지어도, 그거는 모른다 하요. 천하없어도, 도대체 먼일인가. 하여간 말씨 알부터 내질러보시오.

— 성은망극이라 하지 않았소. 일본제국 이오지마 수비대 다다미치 사령관님 특명이 내린 일이요. 제국 은총이 하해같이 이르렀다는 말이요. 알아듣겠소?

— 제국의 이오지마인지 다다미치 특명인지 먼일인지는 모르것소만, 이규진 병사는 여기 안 기시다 그 말이요. 지 몸뚱이 가지고 자기 맘대로 댕기는 자유는 누리는 사람잉께. 아시것소?

— 허어 이사람 강 목수, 관청에서 하는 일에 이리도 깐족깐족 말이 많다는 말인 거여 시방? 목숨이 몇 개씩이나 되는가? 나를 모르것는가.

— 와마 대체 먼 말씀이라. 양조장 면장님을 모를 사람 조선 천지에 있당가요.

오구다 히데오 면장의 질책성 발언에, 강 목수가 고개를 절절이 흔들거렸다.

사리 때 썰물이 물러간 갯벌은, 치열한 삶터였다. 개펄 난장은 펼쳐지고 있었다.

한 마장 거리에 널찍하게 펼쳐진 간척지의 갯벌에서는 갖가지 해산물들이 철철 거리며 파닥거리고, 철퍼덕거리며 날고 기고 맴 돌았다. 그 위를 겨누고 청동 오리와 갈 까마귀와 딱총 새들이 무리지어 부리를 쏘아댄다. 너나없이 잘 먹고 잘살자는 짓거리요, 살림살이의 자랑이었다. 날고 튀는 모색이 아름다운 장관이요, 볼수록 날렵하고도 대견스럽다. 그렇게 먹고 살아가고, 살라하시는 자연의 섭리인 것을, 저토록 기름지고 풍성한 갯벌 뒤집어 파고 나르고 쌓고 메워서, 물길은 갈리고 살길이 막혀 가는데, 급기야 차츰 고린내를 풍기며 죽어가는 죽은 갯벌바다를 장엄한 위업이라도 이룬 양 상전벽해라 한다.

파랑 바다와 찰진 갯벌은 저들의 몫이다. 저들이 낳고 씨알 뿌리며 스스로 자라서 서로 먹히며, 제 살도 나누고 증식하고 누리며, 살림살이라 하심이다. 이것은 한울님의 지나치거나 모자람이 없는 낙낙한 조화가 아니랴! 사람은 마땅히 산을 타고 산에서 구하고, 산발치 들녘 가꾸고 다듬어 살림의 몫을 챙기면 사방팔방으로 넉넉하고 풍양하지 않으랴. 벌써 서너 마지기 이 천수답을 보아라. 천수답이란, 오로지 하늘의 단비 기다리며 씨알 뿌리고 공들여 가꾸는 은총의 터전이다. 이토록 대견하고 자랑스러운 목숨의 결정을 보아라. 세상은 지켜보란 말이다. 하다가 이규진 신랑은 입을 다물지 못했다. 속절없이 밀어닥치던 야차들이 철렁거리며 내려오고 있었다. 하지만 앞장을 선 박광수는 낮

익은 인물이요, 강 목수, 선말 양반은 어쩔 수 없이 반가운 얼굴들이다. 더구나 앞에 나선 붉은 군모의 주재 소장과 당고 바지 각반차림의 동척 대리가 느닷없이 거수경례를 붙였다.

수인사를 치렀다는 듯, 주재소장 이노우에 다케히코 군이 사령장을 전했다.

— 대 일본 제국 군대의 전상 장병님께, 성은이 임하므니다. 금번 이오지마수비대 구리바야시 다다미치 사령관님 특명에 의거, 동양척식의 목포지점 사업 관찰대의, 현장 총책으로 임명 되었스미다.

한동안 갯벌에 눈을 떼지 못해 멍멍하던 규진 청년이 복어처럼 입을 열었다. 싯누런 군복 벌건 별 초라한 군모를 바라보며, 강 목수가 눈짓으로 재촉했다.

— 그것이 대체 먼 소리요. 이 몸으로 또 나서라는 염병지랄은 아니제라오.

— 오이! 염병지랄이라니, 다나카 이치로 상이야 말로 동양척식사업장 총괄 감독은 물론이요, 이로 인하여 제국에 진충보국하는 엄명이 임한 것이므니다. 대일본 천황제국은 그대의 헌신충절을 결단코 잊지 못하므니다.

말을 전하며 이노우에 다케히코 소장은 중얼거렸다. 대일본 천황폐하가 인신人神이라면, 이오지마 수비대 구리바야시 다다미치 사령관님은 군신軍神인 것을, 어쩔 것이랴. 욱일승천旭日昇天깃발이 세상을 뒤흔드는 천지가 아니던가? 아! 하지만….

— 오이! 지발 덕분에 나로 하여금 징하고 징상한 다나카 이치로 잊어 불고 이 규진 청년으로 살어 갈랑께, 그냥 놔두시오. 사종 처리된 몸 못 보시오. 이미 일본 제국 이오지마 훈련장에서 죽어버린 몸이요. 천황 제국에 바쳐진 몸이라 그 말이요! 알아듣겄소. 두 말하면 일본도는 확 찔러 버리는 것이, 우리부대 훈련의 숙달인 것이요! 잘 알아들었으면, 당장 꺼져버려! 비리 먹은 똥개새끼들아! 이것이 바로 저그들 몸에 익힌 훈련이라, 그런 말이라!

이규진 아니, 다나카 이치로는 본색이 불같이 펄떡펄떡 거칠어지고 있었다. 논을 치던 삽날 치켜들며 생니를 갈았다. 모두들 눈이 희번덕거린다.

— 오이! 진정하시고, 총칼 대신 오로지 잣대만 굴리는 지휘봉을 맡기신 셈이 아니요? 수락 여부를 조속히 보고해야 합니다. 실상 우리 본국의 항구 목포 동양척식 지휘탑은 당분간 철수할 작정인 것이오. 아니면 방침이 달라질 수도 있소. 하여간 이런 제국의 성은을 감히 외면하신다는 말이요?

— 아니, 대일본 제국의 동양척식이 철수를 하다니요?

— 그 일은 작전상 극비입니다. 일억 총궐기 작전체제로 집중하려는 거지요. 내외의 사업들은 현장의 인적 물적 자원의 실정에 맡기려는 작전인 거요.

본심을 털어놓아버린 듯, 감독 대리와 주재 소장이 동시에 꽁초처럼 말을 던졌다.

차분하게 고개를 주억거리던 최덕성이 한숨을 돌렸다. 강찬진 목수와 눈길을 맞추며 입을 열었다. 면장이 나서려는데, 강 목수가 먼저 나섰다.

— 하여간 그런 일이라면, 본인의 입장을 참작하며, 장고長考할 시간이 필요할 듯합니다. 사세불급이라, 하지만 근자에 다른데 신경 쓸 여가란 없으니까요.

— 하여튼 이 일은, 지역사회에 중차대한 일이외다. 머뭇거릴 이유가 없겠지.

오구다 면장은 똥마려운 강아지처럼 무언가 안타깝다는 안색이었다.

— 와마, 자네 대단하네. 잉! 겁나게 무섭더랑께. 동척감독이나 주재 소장을 당장 박살을 내버릴 작정이랑가. 사내들이 사지를 사시나무같이 떨어대는 꼴이라니.

— 오매, 어르신들 앞에서 막말해서 송구항만이라. 하지만 저 놈들은 대제국의 이오지마 수비대 다다미치 사령관이라면, 자다가도 에비야! 하고 벌벌 떠니께요. 다다미치 사령관 특명이라면 전국적으로 초비상이닝께.

이규진 신랑이 잠시 머뭇거리다가, 내친 김에 쏟아놓았다.

— 그 사령관 특명이라면, 신병들 훈련에 제국에서도 소문난 악종이지요. 먼저 목부터 칼질해놓고 따져라, 먼저 죽여야 제국이 산다는 무한 경쟁이다, 이겁니다. 전장에서 돼질 놈은 먼저 죽여라, 먼저 죽여 놓고, 따져라. 그겁니다. 하지만 싹수를 본 자기 부하들은, 죽은 송장이라도 끝까지 챙기는 별종이닝께라.

— 하여간 자기들은 물러가고, 지역 감찰대의 총책이라면 동양척식이 간척지 사업장의 대장으로 자네를 특명했다는 말 아닌가. 그래서 경례를 바친 게야? 하여간 대단한 출세 아닌가. 도대체 무슨 속셈일까. 그나저나 여기만 해도 한 살림은 낙낙한 터전잉만. 이것이 바로 그런 제국군대 상무정신이랑가.

— 군대정신이라고도 하지요. 일본도 한 자루만 가지고 막사를 하루 만에 건축하라. 오이! 산돼지 잡아오라. 오이! 적대가리 따오라. 오이! 그 뿐잉께요.

— 그나저나 소문난 시국이 아무래도 심상치는 못한 모양이라.

— 그랑께요. 작전상이라고 손바닥으로 하늘 가려도, 인신이라던 천황폐하가 죽었지요? 나석주 열사가 동척에 폭탄을 투척해서 혼쭐을 뺐다지요. 김좌진 장군 청산리 전투에서 1300명의 일본군이 똥개처럼 사살당하여 대패했지요. 조선 총독부에 의혈단 김익상 열사가 폭탄 투척하여, 수십 명 참사 당했다지요.

— 지난 독립 만세사건 때는 강진읍 장터서도 일어났지만, 칠량 면소에서도 들썽거렸거든. 광주나 목포 대처에서는 날이면 날마다 학생들 불끈거리는 소식이 쟁쟁하당께. 지 놈들도 다 듣고 보며 생각이 깊어 밤잠 설칠 것잉만! 안 그랑가.

규진 신랑이 눈으로 보고 그리듯, 차근차근 나열하는 시국을 들으며 강 목수와 선말 양반은 진지한 심사로 당면한 문제를 모색하였다. 이런 혼란한 판국에 과연 밑밥을 던진다고 해서, 덜컥 물어볼 것잉가. 동척의 제국사업이란 대체 무엇이던가. 상당한 투자를 해놓고 그리 쉽게 철수를 한다. 과연 마무리 공사를 잘 감당할 여력은 무엇일랑가. 전상 제대 장병에게 이 일을 맡기고 성은이라며 생색을 낸당가. 쟁취했다가 쫓겨 가는 적산가옥이나 불하하는 거 맹키로!

일찌감치 바지게를 챙겨지고 작업장을 나선 뒤, 서너 마지기 천수답을 바라보며 그 대단한 결과에 놀라는 두 어른을 따른다. 검붉은 흙바탕에 돌들은 군데군데 봉우리로 쌓였고, 갯가를 돌아가며 논둑이 자리를 잡았다. 풀뿌리 맹감나무나 상수리나무가 뒤집어진 채 누렇게 말라서 땔감도 풍성했다. 달포 간에 이처럼 광대한 수답 개척지란, 생각지 못한 놀라운 결과였던 것이다. 성치 못한 몸으로, 이게 한 사람의 일터전이란 말인가? 근자에 골골마다 성행하는 울력이라면 온 마을 장정이 동원되어도 달포걸이는 될 성싶다고, 강 목수는 혀를 내두른다.

— 자네 생각은 어짜 싱가? 머니 뭐니 해도 자네가 결정을 할 문젱께.

— 먼 놈의 결정이라. 지는 천수답에서 한 걸음도 안 나갈 것잉께라.

— 금—매! 자네 다부진 꼴이 그랄 성도 싶드랑께.

— 지가 꿈에라도 이규진 성함 버리고 다나카로 살아갈 듯 싶것소. 어르신들 새집 짓기를 시작하셨어도, 이 터전을 떠나지 못하는 심사를 이해하여 주십시오.

— 금—매! 그러고 말고제 잉!

— 하여간, 그러고 말고제 마는 그라면 저 간척지 현장을 어째야 쓸랑가. 생선파장에 똥파리 몰리듯, 환장들하고 덤빌 사람이 태반일 텐디?

— 그랑께, 벌써 저 신마 부락의 박광수 눈빛이 새침하지 안텅가.

섣불리 결정할 문제가 아닌 것을 새삼 깨닫는다. 더구나 오꾸다 면장의 한

마디가 뜻하는 바가 컸었다. 양조장 출신의 순수한 조선 사람이었다. 약삭빠르게 시속을 타고 들었지만, 그래 일찌감치 출세를 한 셈이다.

사리 때가 지나고 조금 물때가 두 차례 바뀌도록 숙의熟議는 끝나지 못했다. 그 동안 두 차례나 사령장을 들고 이시하라 유지로 동척 대리와 다케히코 주재소장과 오구다 면장이 덤벼들었다. 면장 안색이 붉다가 새파랗게 변하고 있었다. 하지만 아무도 생각지 못한 일이요, 추호의 탐심이 없던 터라 강 건너 불구경이나 별다름이 아니었다. 강 목수는 먼저 간척지 사업이 과연 합당한 일인가를 마을의 향반 원로들에게 타진하여 보겠다는 의견이었다. 사업은 수문거리로부터 이미 중반을 넘어서서, 강치 돌로 둑쌓기와 터다지기로 진척이 되고 있었다. 과연 주재소장의 언질대로 극비의 사항이었던지, 공사장 인부들은 아무런 동요가 없었고, 단지 박광수 눈빛이 날로 살벌해지고 있었다. 번뜩거리는 부엉이 눈빛이요, 똥개 눈살이요, 늑대 응얼거림이요, 조선 호랑이 숨겨진 발톱이라 할 터였다.

— 애초에 조선 백성들을 위한 자비량사업은 아니었응께.

— 천천만만에 그라무요. 저그 식량증산 위한 진충보국이요, 제대군병들 송출하기 위한 후방 기지창이라는 작전이었당께요.

— 당면지사는 전상 장병에게 성은이라며 위탁하고, 자기들이 철수한 후에도 당분간 사업이 지속될 수 있도록 완공 시까지 자금조달은 가능할는지? 단지 자력으로 마무리 하고 이후에 본전을 뽑아가겠다, 그런 속셈인지? 그것인데. 아마도 히데오 면장은 계산이 빠삭할 거요.

— 양조장 출신 면장이라면, 그런 속셈이야 서너 수는 앞을 보는 사람이랑께.

— 광수 씨가 저리도 안달하는 기색이라면, 환한 속셈 아니것능가. 몇 년씩 적공 들이고 통변이라 개발 새발 하다가, 하다못해 마름 자리라도 감지덕지 할

판인 디. 통째로 뺏기겠다 싶응께 속에서 열불 난 걸 이해는 혀야지요.

— 이해는 물론이지만, 이 판국에 서로 힘을 모아야 대사를 치를 게 아닌가. 조센징들이 과연 이처럼 던져준 먹이로 서로 박 터지게 쌈질이나 하고 감당을 할까보냐, 저울질이 한창일 거 인디. 앙 그런가, 내 생각이.

선말댁 정소례는 조요히 귀 기울이며 남정들 토론을 들었다. 밀수제비로 저녁을 치른 평상에서 중순 달빛이 은실처럼 찰랑거렸다. 새댁 순심은 부른 배에 아가 윤심을 어르며 놓았고 종순, 종연이 나란히 새끼를 꼬고 있었다.

선말댁이 설거지를 마치고 나서며, 불현듯 입을 열고 나섰다. 며칠 동안을 듣기만하다가 처음으로 의견을 고한 셈이다.

— 전에 정 다산 스승님께서, 얼렁럴 상사뒤야! 사설조로 이런 이야기를 남기셨어라. 한세상을 넓고도 존귀하게 보시는 어른이신지라.

— 어디 한 번 읊어나 보소. 달 밝은 밤에 막걸리 한 잔은 없지만….

— 어찌 막걸리 한 잔이 없다 하시오. 신랑 덕분에 지방관장들이 큰 절 하는 마당에? 먼저 지 소리나 들어 보시요! 새댁아, 거기 진달래 주를 내와 보랑께.

— 와마 일판이 커지것는디? 어서 읊어 보시오 잉? 술맛이 절로 나것소.

강 목수의 추임새에 선말댁은 서슴없이 낭랑한 소리로 읊기 시작하였다.

언 진산 높은 곳에, 홀곡은 깊고도 깊어 / 온산 골짝마다 모두 황금이더라. 물 걸고 모래이니, 별처럼 반짝거려. / 외씨 같은 사금가루 눈앞 어지러워라. / 금구덩이 팔 때마다 천지가 수척해지고, / 다투어 찍는 도끼질에 산신령도 쪼개지네. /밑으론 황천까지, 위로는 구천까지 / 산골짝에 불꽃 튀어 산줄기가 끊어졌어라. / 살과 힘줄 찢겨서, 골짜기만 앙상하게 드러났네. 산정은 가지 끝에 슬피 울며 앉았고, / 도깨비는 대낮에도 어지러이 달아나네. / 살인범에 도척까지 구름처럼 몰려드니, / 남몰래 숨겨주고

눈 속여 감춰주네. / 파헤친 구덩이가 팔 구천에 이르러서 벌모이듯 개미
고이듯 / 한 고을이 이뤄지니 노래 소리 피리소리 달밤에 어지럽고, / 꽃
핀 아침 잔칫상에 술과 고기 향기로워라. / 이름난 기생들이 날마다 모여
들수록, / 평안도 다른 고을은 더더욱 시들어가네. / 농가에서 머슴을 구
해도, 품 팔사람 나서지 않고, / 하루에 백전 삯도 마다하는 형편이니, 마
을은 피폐하고 / 논밭은 거칠어져 잡초 우거진 황무지가 되었어라. / 산과
연못이 이익이라면 모두가 나라의 것, / 어찌 교활한 자들이 제 멋대로 한
단 말인가? / 새로 오신 사또님을 백성들은 눈 부비며 기다리니 / 금구덩
이 메우시고 논밭일이나 재촉하소. 논밭일이나 재촉하소. / 얼럴럴 상사
뒤야. 얼을 차리고 정신 차려야 산다네. 이 강산 백성들아!

— 요 노래가 바로 금 캔다고 사람들만 버렸다네, 이 강산 백성들아! 얼차려라
정신 차려라! 하신 탄식 가락이랑께요. 얼럴럴 상사商事뒤야!
— 참 기가 찬 탄식잉만요. 사람마다 선 물질에 빠지면 헛것 뵈게 마련잉께.
　강 목수가 감탄조로 말하며 문득 한마디를 보탠다. 순심 새댁이 아가를 종순
에게 맡기며 술상을 차려왔다. 백자기 출렁거려, 잔을 따르기도 전에.
— 전에 노량 해협에 출전을 앞두신 충무공 성웅께옵서, 밤새 잠 못 이루시다
이따금 하시는 대로 점괘를 뽑으셨더래. 그만 흉괘 자가 안 나오는가. 찔끔하
셨지만 나라와 백성 위하는 일 멈출 것인가. 이튿날 아침에는 철릭을 입으시
는디, 아 그만 옷고름이 칙—하고 떨어 졌것다. 어찌셨것소. 아! 그야 애석하게도
그냥 칼을 빼들었제요. 그랑께 일신에 불운이 닥칠 것을 미리 아시고 마지막
일전을 치르신 덕에 왜적을 괴멸하셨고, 그 덕분에 저 고금도 뒷산 등에서 여
덟 달 동안이나 가묘 살림을 하셨지라.
　강 목수의 애석해하는 석명釋名을 들으며, 덕성이 모처럼 서슴없이 입을 열

었다.

— 그랑께 옛날이나 지금이나 큰일이란, 그만한 대가가 따르기 마련잉께라.

그 말을 새김질하듯 듣고 있던 강 목수가 작심한 어조로 입을 열었다.

— 세상에 큰일이라면, 상전벽해란 문자가 맹랑한 일이란 말이시. 저 바다를 메워 거꾸로 가는 짓거리지만 바다가 갯논 된다는 시대의 변천이 요상하지. 본래 춘향전 완창에서, 상전이 벽해 된다한들 내 절개 변할 손가. 한목숨 내밀어 사또 수청 거부하고, 하여간 이런 시국일수록 길흉사간에 대의를 생각하고, 처신이 올발라야 할 터잉께. 그것이 견리사의見利思義라. 일본대제국 이토오 히로부미를 대의로서 총질한 안중근 의사 대장부의 길이 아니겠능가.

어딘지 모르게 겉돌아가고 있었다. 더구나 한 잔술 막걸리와 진달래주가 목구멍을 뜨겁게 후비고 내리자, 고단한 몸들이 이내 봉화산 안개처럼 풀어지고 있었다. 오늘도 뚜렷한 결론을 내리지는 못할 것을 선말댁은 의식하면서, 그냥 착하고도 대범한 사내들을 안쓰러운 눈짓으로 바라보았다. 아무튼 크고 벅찬 일판이 벌어진 것은 분명하다. 도대체 어찌 감당을 하려나? 그냥 나 몰라라 하고, 발길질에 채인 집돼지처럼 보리뜨물 넘실거리는 우릿간 구렁으로 숨어들고 말것이랑가?

여섯 마당

함바집

갯마을 공사 동척현장의 함바집은 갯가에 정박한 우람한 군선을 닮았다. 세월의 파도에 한없이 떠돌다가, 이름 모를 항구에 정착한 군선이었다. 장대한 세 개의 굴뚝에서 아침저녁 한낮을 가림 없이 싯누런 연기가 솟아오르고, 갈매기가 유난스레 검은 지붕 위를 나풀거리며 끼룩거렸다. 먹이 탐하는 갯가 어시장바닥인 듯싶었다. 끼니때마다 득시글거리는 함바집 살림은 난장판인 듯 소란했다. 하지만,

— 와마 내 사람들아, 그리고 벌써 큰 물통을 다 채웠더랑가? 장하시, 장혀.

— 이까짓 거야, 새벽부터 맘 묵고 다섯 차례나 댕겨 부렀단 말이랑께.

한준이가 양철통 물지게를 기울여 항아리에 쿨렁쿨렁 쏟아 붙고 털렁거리며 돌아서자, 서둘러 단잠을 털고 매무새 갖추고 나서던 서중댁이 대견하다는 눈빛으로 상찬했다. 장한준이가 앵무새처럼 큰 눈으로 서중댁을 앙망한다. 떡벌어진 어깨가 제법 사내티를 내고 있다. 서중댁 낭자머리는 유난히 다부지고 통실했다. 뒷머리에 주먹덩이 달고 있는 듯, 쪽진 가르마는 오롯이 선을 긋고 동

서를 갈랐다. 주름치마 깡똥하게 졸라맨 허리가 늘씬했다. 통통한 암소가 쟁기 멍에를 매고 들녘에 나서듯 부엌으로 들어선다. 새벽부터 누가 들깨우기도 전에 잠자리 떨치고 물지게를 걸머지고 나서는 꼴이 볼수록 대견하기도 했다. 누군가 들깨우기는커녕 공사 현장 함바집에 잠들어있는 삼백여명 대 식솔 중에서 제일먼저 거동하여, 그 양철통 소리가 단잠 든 서중댁을 깨우고, 녹초가 된 단꿈으로 웅얼거리는 과수댁들을 들깨우다가 급기야 역군들을 들깨운다고 해야 옳았다. 어미 손길이며 잠투정이 한참일 때 아니던가? 겨우 열너댓 살짜리 떠꺼머리다. 어미 아비를 뱃길에서 한날 잃었다는 어미 아비 잃은 설움을 어쩔 것인가. 볼수록 짠하고도 대견스럽다. 한 살 터수인 박대철이 덜렁 받는다. 몸은 비록 마른 명태처럼 야윈 편이지만, 목소리가 울렁거린다. 한 몸이듯 먹고 자고 날마다 새벽부터 물지게에 사생결단 매달려 일하는 물담살이 꾼이다. 함바집은 그렇게 볼수록 힘에 버거운 꼴이었다.

— 잔 쉬었다 하자해도, 형아가 단참에 할 일은 해 부러야한다고.

— 아직도 두 항아리를 채워야 할 것이랑께. 할 일 놔두고 눈치나 보는 개 팔자란 게으름뱅이라 그런 말이여, 앙 그라요?

— 그려, 그려! 큰 부자는 하늘이 낸다지만, 조선 땅 작은 부자는 손발이 낸다. 내 사람들아! 어서 보리숭늉이라도 한 사발씩 휘저어 마시더라고, 벌써 시장기가 덤벼들 것인께, 안 그랑가. 장하고도, 장한 내 사람들아!

서중댁은 말끝마다 장한 내 사람들이라 호칭한다. 서중마을은 장군봉 아랫마을이었다. 대나무 숲이 유난히 서성거리는 마을이다. 장대한 전설의 장군봉은 삼동의 자랑이었다. 임진왜란 때 전부터, 해안 갯벌을 침탈하여 패역질하던 왜구들을 웅장한 산세의 신통력으로 몰아붙이던 장군봉이요, 저 멀리 마주대하는 봉화산을 우러르며 자라는 총아들은 장차 큰 인물로 길러 내리라는 전설의 아담한 산이다. 장하고도 장한 내 사람들아! 천애 고아들인 고독자의 신상을 헤아린 셈이다. 원말 공사장이 시작되면서부터, 굶주린 밥술이나 배불리 먹자고 덤벼든 처지였을 터다. 전에 연동댁이 통변 박광수에게 청하여 들였다고 했다. 곱상하고 태깔 좋은 서중댁은 자신의 아들딸들은 마을의 서당 출입 외에는 애당초 함바집 근처에 얼씬대지도 못한다. 물지게 걸어진 아이들을 대할 때마다 노상 짠하고도 안쓰럽다.

— 와마 참말로 우리 숭늉 맛이란, 겉보리 흉년에 살찌는 소리라고 십장들도 막걸리 맹키로 마셔대 등만, 좀 남았을랑가요.

— 암-먼, 작은 단지에 두 몫은 항시 챙겨두었네. 장한 내 사람들아!

양철 물통을 철렁거리며, 두 소년이 물지게를 나란히 내려놓고 항아리로 덤벼든다. 더 못 먹이고, 더 못 거둬서 한이라는 서중댁의 심상이었다. 하긴 내 사람들이건, 끼니때마다 벌떼 새처럼 몰려드는 일꾼들이건 한 가지였다. 그래 밥 때마다 정성껏 끓여서 마련해둔 숭늉 항아리였다. 서중댁의 숭늉 맛은 전에 현장 총 감독 시미즈 겐타로 상도 감탄하며, 구수하고 고소하면서도 온 몸으로 육즙처럼 스며드는 맛이라고, 자주 찾고 마시던 명물이었다. 그 맛이란 다름 아닌 정성 맛이라 할 터였다. 실상 보리 뜨물을 정성껏 씻고 부비고 걸러서, 한 솥씩 느글느글 팥죽처럼 끓이다가 챙겨두었던 가마솥 누룽지를 재차 볶아서 끓여내는 숭늉인 것이었다. 보리 뜨물을 첫 술은 살짝 씻어내 버리고, 두 번째부터 맷돌에 참깨 문지르듯 으깨 대는 법이다. 그리 정성 들이면 파슬파슬한 보리 밥맛도 고실 고실해지고 정작 보리쌀 태아가 숭늉 맛으로 제격인 셈이었다. 보리 흉년에 궁여지책이라 했던가. 흔히들 보리 뜨물을 하찮게 여겨 훌훌 씻어서 훌쩍 내버리거나, 잘하면 돼지뜨물로 내버리기 십상인 것을 서중댁은 지성으로 챙겨온 셈이다. 구수한 보리뜨물 죽 맛들이면 처자 얼굴에 살빛이 도라지꽃 눈빛이요, 기침가래쟁이 할망구들 쭈그렁이가 오동포동 밤알처럼 살아난다는 속설이었다. 버릴 것이 없는 삶의 지혜였다. 서당書堂 문자로 태생 땅에서 진액처럼 몸으로 솟구치고 저절로 사대육신에 스며들고 우러나는 알짜배기 신토불이라 했던가. 함바집 살림살이란, 거창한 대가 살림이었다. 신 마량 갯가 공사장에 나란히 늘어선 네 채의 간이 숙소와 밥집에서 나달이 먹고 자는 삼 백 여명의 대 식솔이었다. 한 이레 동안 뚝딱거리며 세웠던 군병들 막사처럼 썰렁한 판자 집이다. 부엌 조리실 옆으로 현장 사무실이 나란히 자리 잡았다. 루핑이라는 왜식 종이에 새카맣게 기름칠한 지붕 위에는 해풍막 돌멩이가 덩실했고 비가 올 때는 창대 두드리는 소리가 요란했다. 루핑 지붕은 해가 기울면 어느덧 떼 무리로 덤벼든 오종종한 갈매기 떼들 날갯짓하며 꾸르륵거리는 쉼터로 제격이었다.

전에 연동댁이 담책으로 있을 때부터 겹살림 시작이었던 서중댁이다. 그 역시 과수댁인 마량 포구의 두 아낙과 연동댁 넷이서, 삼백 여명의 식솔을 책임지고 삼시 세 끼니를 감당했던 셈이다. 끼니때마다 가마솥 셋씩을 어김없이 삶아내야 했다. 반찬도 김치 깍두기며, 두세 가지는 의식적으로 챙겨야 했다. 작년가을 배추 농사가 짓무른 탓에, 총각김치가 그나마 상차림을 도왔다. 총각무 씹히는 맛이 유난이 아삭거렸고, 상큼한 살맛이라 했다. 조선 식탁에 국물이 한 끼라도 빠질 수나 있다던가. 갖은 생선이건 마른 미역이건, 잡초, 산채, 해초 간 가릴 턱은 없었다. 잘 익은 된장만 낙낙하게 풀어 넣고 푹푹 고아대면, 해장 술국으로도 상책이 아니던가. 이삼 년 어간 그리도 손발이 척척궁 했다. 말수 적고 눈치 재바르고, 자색도 겸비했던 연동댁이었다. 형님 동상하며 정붙어 지내던 연동댁이 그토록 흉악한 꼴로 바닷물귀신이 되어 버릴 줄이야. 석산 기술자요 총책이었던 사이조 히데키가 그리도 징글맞은 사이였다던가. 군대식으로 일손도 야무지던 책임자였다고, 시미즈 겐타로는 아쉬움을 거침없이 말했다. 하여간 남녀의 정분이란 정녕 알 수가 없는 일이었다.

한동안 마량포구 수다들 입방아가 살맛 돋우었었다. 남녀의 엉겨 붙은 사체가 검은 머리 얼렁거리며 상열지상으로 연안을 돌고래처럼 떠돌았다.

— 오매 워-매, 정분도 좋고 춘정도 좋다할망정 우리네 갯벌을 어쩌꼬 잉!

— 그게 먼 소리랑가. 단순하게 정분났던 사이가 아니더랑께.

— 서로 눈 맞고 배가 맞았으면, 그게 춘정이제 먼 짓이랑가.

— 연동댁이 정분이라도 났더라면, 그리도 무작스럽게 결단 했을라고? 번번이 저녁참마다 사이조상이 불러 냈댐서, 무작스럽게 훈도시나 풀고 덤빈께, 그 고진한 성깔에, 그만 목숨줄을 움켜잡아버렸을 거여. 앙 그려?

— 하-따! 그 잘난 대 일본 제국이란 게, 아무 때나 성난 구렁이 대가리만 쑤셔대면 자기 세상일중 알았다던가? 서럽기도 하제만, 장하고 오지기도 합다.

새로 부임한 이야이시 에이지보다 한결 인간성이 텁텁하고 말씨도 정감이 일었고 수인사가 분명하던 인물이었건만, 어찌 그리도 한 몸뚱이로 엉겨 붙어서 물귀신들이 되다니, 말이 된다는 말이던가. 눈치 봐가며 수다 즐기던 아낙들도 때마다 그 참혹한 꼴이 눈에 밟혔다. 하기야 바다 건너 홀아비에 조선 과수댁이라면, 그리하여 눈이 맞고 정분났다면 오하! 한판 흐드러진 잔치로 살맛 누리면 대체 뉘라서 탓하리. 도대체 어이가 없는 일이라고 총감 시미즈 겐타로 상은 한동안 황당한 심사 감추지 못했다. 조센징들이라면, 으레 얼시구! 얼럴럴 상사相思 뒤야로, 하늘땅에 고하고 뒤풀이로 신바람 날일이 아니던가.

— 하여튼 무섭다. 조선 여자들이란, 정말 무섭고도 독하다.

— 조선 여자들만 아니라, 조센징이란 죽어도 결코 다 죽어버린 것은 아니다. 대일본 제국의 식민 정책이란, 결코 망상에 다름 아니라 정녕 망상이거니.

시미즈 겐타로 총감독은 무시로 자문자답하며, 서중댁을 어렵사리 대했었다.

— 정조라니, 기생들도 정조를 지키기 위하여 은장도를 비장하련다고.

— 도대체 누가 누구를 위하여, 무엇 때문에 이런 짓이란 말인가.

— 이런 세상에서 도대체 무엇을 위하여, 이리도 허청거린다. 그런 말인가.

— 제국 백성들을 위하여, 천황폐하에 의하여 대 일본 제국의 대동아 공영 대업을 위하여? 라고, 하이 웃기지 말라고 해라. 제발 좀 웃기지 말라고, 군국주의의 망상들이여. 사무라이 정신의 걸신들이여, 이 같은 현학적 지론이 어찌 나의 절친 기무라 젠이치 교수의 절레절레 고개 흔드는 절통뿐이더란 말인가.

시미즈 겐타로 총감독은 때마다 거침없이, 하소연하듯 자탄을 감추지 않았다. 그리하다가 어느 날 느닷없이 밤새 안녕하신가, 하는 문안도 없이 산천의 봄바람처럼, 황색 골초의 연기처럼 종적을 감춰버려 얼마나 뒷말이 많았던가.

하지만 함바집 살림이란, 단 하루라도 결코 쉴 새 없고 멈출 수 없는 지엄 막중한 일이었다. 그 일을 자청하여 도맡고 나선 살림이었던 셈이다. 삼세 끼니란, 아침저녁 갯벌의 밀물과 썰물보다 한결 정확한 사람 살림이었으니 말이다. 잘 먹어야 산다. 사람이란 한울님 섭리로 삼시 세끼씩 잘 챙겨 먹어야 잘 싸대고 또 살아가는 거룩한 목숨 짓이 아니던가? 목숨이란 어질고도 자상하신, 삼신님 점지하신대로 억겁창생의 귀한 존재가 아니더란 말인가. 세세무궁토록 살아가야 할 생명이시다.

— 어-야 동상들, 나는 아침마다 보리 뜨물 받고 파슬파슬 가뭄 탄 안남미일 망정 밥솥 안칠 때마다 옹 가슴 심정이 환해진다 말이시.

안남미란 찰지고도 입맛 나는 조선 쌀 대신하여, 근자에 들여온 남녘의 수입 쌀이라 했다. 찰지고 뱃심 돋우는 조선 쌀은 제국일본으로 다 빼돌리고 저 남녘식민지의 값싼 수입쌀, 입맛은커녕 파슬파슬 찰기 없는 질감이 보리쌀보다 못했다.

— 머가 그리도 좋은 신세라고, 함바쟁이 자랑이랑가요?

서중댁의 상냥한 언설에, 나이 지긋한 수인댁이 황소 뿔 머리로 치받는다.

— 그리도 좋은 신세라니, 성님은 듣지도 못했소? 전에 우리 마량 훈장 어른께서는 솥단지 살림이, 나라 임금님 정사政事중에 상책이라고 하셨지요.

— 오매, 대체나 잘난 소리요! 잉. 솥단지 살림이 임금님 통치상책이라고.

— 훈장 어른께서 솥단지는 밥이다, 밥이란 목숨이다, 밥에서 권력이 나온다, 이식위천이란 바로 그런 소리라고요. 중국의 고대 황제들도 세발 달린 솥단지를 왕권의 자랑으로 여겼다고 안하시던가.

— 의식족이지예절衣食足而知禮節이니, 문자로는 그리 가르침스로, 정작 밥 짓는 아낙들이란 식순이니, 밥 데기, 부엌데기라느니, 침모針母니, 하천이니, 상것 아랫것이니, 그러고도 배불리 잘 살기를 바란다니, 암소가 웃을 세상이제라.

— 어찌 그리도 한 맺힌 소리랑가? 그래도 우리가 지금 술쟁이 서방들 술국 끓인당가? 노름쟁이 마누라 뒷돈 챙기기에 한숨질인가? 게으름뱅이 못난 사람들에게 산밥질이던가? 인생 병중에 큰 병은, 산수 갑산에 백약이 무효라는 게 으름병이라. 저 잘난 사람들 꼴이지만 진충보국이라. 남의 강산을 침탈해서라도, 좁은 땅 갯가에 갯논을 치고, 백옥 같은 조선 쌀을 생산한다는 대동아공작에 몸이나마 빌리게 되었으니, 월매나 자랑스런 일이랑가?

— 금-매 말이요. 그랑께 왕이라면, 백성들에게 밥을 먹여 줄 수 있어야 진짜 왕이라는 말이요. 잉! 그러니 우리 살림 날마다 삼백 명씩 함바집 살림이라.

— 전에 우리 큰 고모님도, 그 어른은 부처님이라면 사족을 못 쓰고 사시던 분인디, 큰맘 먹고 김제 만경들 곡창지대에 자랑인 금산사를 댕겨 와서 하는 말이, 신라시대 진표율사이래 장엄한 미륵 전에 설치한 세발짜리 커다란 무쇠 솥을 손으로 만져보고 너도나도 복을 빌더라고, 자랑이 대단하셨지요. 추수 끝낸

각처 농부들이 찰진 햅쌀을 바리바리 싣고 와서 무쇠 솥에서 추수감사제를 지 낸다더라고 합디다.

― 그려! 그랑께 미륵불이란, 백성들 밥 해주는 구세주라는 거여, 앙 그려요?

― 오매오매! 징상하고도 장하다, 그 말이요 잉! 하여간 사람이나 즘생이나 무 릇 산 목숨이란 서로 먹고살자는 노릇이 농사요, 장사요, 공사요, 사기치고 전 쟁하고, 송장 떼몰이로 죽이고 죽고, 이런 게 다 잘살아보자는 사람노릇이 아 니던가…?

하다가 서중댁은 새롭게 어린 물지게꾼들의 사역을 챙겨본다. 아낙들이란 수다쟁이, 한 다리 걸치기만 하면 좀체 발을 빼기가 어렵다. 함바집 터전에서 밥 한술 후릴 때 거리라지만, 새벽부터 다섯 차례씩 항아리 셋씩을 채워야 끼 마다 살림을 처리할 수 있다. 천행으로 갯벌 가에는 둘러가며 석자씩만 파두면 은빛초롱 민물이 고인다. 고인 우물 등짐 사역이 저들의 밥벌이요, 품팔이다. 갯벌연안에는 짠 갯물이지만 서너 발 안택에선 신기하게도 민물이 고인다. 저 리도 흔하게 조석으로 출렁거리는 바다 갯물이란, 실상 생활에는 하등 소용이 없다. 저 흔한 갯물로는 아무리 목 타고 갈증이 극심해도 단 한 모금을 마시지 도 못한다. 마시는 순간 갈증은 목을 태우기 때문이다. 빨래도 못한다. 얼굴 소 쇄도 못한다. 설거지에도 어림없다. 그 뿐이랴? 배추 상치나, 그 어떤 채소 한 포기도 가꾸지 못한다. 농작물에는 물론이요, 나무 한그루도 키우지 못한다. 야생 잡초에게도 그야말로 독약이다.

하지만 그 얼마나 무진장한 생선을 기르고 키우고 품어서, 인생들에게 무한 정 베푸시는가. 그래서 알찬 부자는 해안가에 있다고 했다. 큰 배를 보아라.

단지 물이란, 민물이라야 마시고 밥하고 빨래하고 소쇄하고 살림을 누린다. 저 어린 것들의 등짐지게로 삼백 여명이 살아가는 셈이다. 장하고도 장하다. 내 사람들아, 부모 없다 설워마라. 형제 없다 자탄하지 말자. 자라며 더욱 커가며 꼭 필요한 인재가 되자는 그런 말이다. 정녕코 오늘처럼만, 여기서처럼만 아니리라. 큰 부자는 하늘이 낸다지만, 인심이란 천심이란다. 알차고 옹골진 부자는 새벽부터 설치는 손길이라 하더라. 아니 그런가? 내 사람들아.

장한준이는 몸이 탄실하고 눈길이 살아있건만, 박대철은 아무래도 약골이다.

이제 곧 밥솥을 채우자. 보리쌀 너 말에 파슬파슬한 안남미가 겨우 두 말씩이다. 큰 되박이라지만 삼백 명 살림에 이 모양 요 꼴이다. 그래도 구수한 밥 냄새에 살맛이 나고 갯벌 바다에 잔챙이처럼 사람이 꼬인다고 한다. 잔챙이가 떼거리로 활개 치면, 하늘에는 갈매기 떼가 서로 먼저 알고, 깩깩거리고 날갯짓하며 춤바람 하듯 달려드는 활기찬 꼴이라니, 무릇 산 것들의 살림이란 이토록 푸짐한 낙원이라 하였던가. 대체 그 뉘의 솜씨라 하던가. 그 뉘가 마련한 산 목숨줄이런가?

— 어서들 서둘러서 밥솥들 안치더라고, 안 늦었당가.

서중댁이 팔 걷어 부치며, 쌀독 앞에 나선다. 수다로 한눈팔다가, 늦어진 셈이었다.

— 밥이야 날마다 그 타령이제만, 국거리가 마땅찮아서 걱정이랑께.

— 걱정도 팔자랑가. 있는 대로 정성을 쏟아드리면 그만이것제 잉. 아낙들 손맛도 모르고 살뜰 손끝에서 살맛나는 법도를 모른당가?

— 그저 우리들 할 일이란 없는 탓이 아니라, 보리 쌀 뜨물이라도 잘 챙기자, 그런 말이시. 상머슴 고봉밥에, 새참은 못 챙길망정 다른 도리가 있당가.

정녕 아낙들 수다란 살림밑천이라는 옛 말은 그른데 없다는 말대로인 듯싶었다. 일손이 급할수록 입놀림 또한 쉴 새가 없는 듯했다. 살림 살맛이었다.

— 오늘도 시커먼 미역국이랑가. 산모들 맹이로 날마다 미역국이라고 잡도리할 턴디, 어쩌꼬 잉. 그나마 돼지비개 살이라도 시늉은 함께 다행이라.

아낙들이 서둘러 벗어부친 몸놀림으로 보리쌀 씻기, 가마솥 휘두르기, 아궁이 지피기 돌아칠 때에 물지게는 연거푸 들락거렸다. 씩씩거리며 힘자랑이다.

— 어째 미역국 뿐일랑가요. 서대가 네 상자요, 시퍼런 고등어 생선도 한 바지게가 들어왔고 만이라. 오랜만에 목구멍 때들 벗기게 되었고만이라.

하고 어깨를 움츠리며 들어선 사람은 서중부락 출신 김 십장이었다. 본디 함바집 부엌에는 금남의 구역이었다. 허나 근자에 김봉길 십장이 번번이 물량을 조달하는 추세였던 것이다. 아쉬운 소리 없이 자청하는 심사를 뉘라서 탓을 하리요. 그저 고맙고도 아짐찮은 일이었다. 남녀 간 행사가 유별하건만 무시로 허드렛일 보살피는 장정이다. 서중댁은 그리 믿고 알자고 하였던 셈이다. 김봉길 십장은 자청하여 화목도 바지게로 챙겨 날랐다. 아무튼 부엌살림에서 인심이 나고 부엌살림 편해야 집안이 편한 법 아니던가. 이런 난장판 공사장일수록 함바집이 탄실해야 한당께라.

— 하여튼 간에 밥만 먹고는 못살아, 암만해도 밥만 먹고는 못 산당께라.

하고 스스로 깨달은 도통이라도 부르짖듯, 김봉길 십장은 주장하고 나섰다. 그는 무언가 갈수록 절박한 심사가 굳어지고 있었다. 밀물과 썰물이 날마다 뒤바뀌고 개나리 진달래가 환장하게 피었다가지고, 갯바람 설렁거릴 때마다 그 몸과 맘씨도 덩달아 군실거리는 셈속을 헤아릴 길이 없어진 셈이었다.

— 그려 무릇 사람이란, 살내 나는 사람에게 맘도 주고 정도주고, 몸도 주거니 받아야 사는 법이 아니더랑가. 그리 못하는 사내란 이내 몸은 봄날이 가고 달이 갈수록 살맛이 없는 것인가? 정녕 그러한가 보다.

그는 자책하듯, 스스로 부르짖었다. 하고 본즉 저절로 말길이 트이고 있었다.

— 그려 사람이란 밥만 먹고서 백 년 천 년을 살아가라는 법도가 아니더라 그 말이여. 앙 그랑가. 그래서 너도나도 연분을 찾고, 짝도 찾아가는 저 들새를 보더라고. 봉화산의 고라니는 어떻고, 구만리장천 큰고니가 홀로 날아가는 꼴을 보았다던가. 무릇 사람이란 게, 어찌 저 날 짐승만도 못하리?

하고 김봉길 십장은 스스로 다짐했다. 그러자 저절로 그의 발걸음이 시시때때로 함바집을 드나들게 된 셈이다. 눈치코치란 어쩔 수 없는 노릇이었다. 맘이 쏠리고 정이 다습고 몸이 홀가분해지는 이 노릇을, 대체 무어라 할 터인가. 서중댁은 전부터 아름 알고 지내던, 그저 황소 닭 보듯 눈 씀벅거리던 사이였다. 청상과부라 했던가. 아들딸을 알차게 거느린 대찬 살림꾼이라 들었다. 허나 삼사 년 전에 섬마을 청산에서 상처한 후, 정처 없이 나섰다가 서중 부락에 정착한 후, 섬마을 뜨내기라고 하시 당하던 김봉길이었다. 정나미 떨어진 배를 다시 타랴. 때마침 원말 공사가 시작되자, 남 먼저 얼럴럴 상사뒤야 뒤풀이 현장을 찾았고, 고진한 성실성을 인정받았고, 십장직으로 현장 살림을 맡게 된 터였다. 감당할 일은 나날이 산더미였다. 시미즈 겐타로 총감의 눈에 들었고 이후 공사 현장의 각종 연장이며, 각종 공사 자재며, 심지어 식량이며 부엌 살림살이까지 챙겨야 하는 입장이었다. 일거리만 새로 생기면 으레 불러대는 김 십장이었다. 본래 십장이란 일꾼 열 사람의 길라잡이가 아니던가. 그 권세 지나치면 감독이 되고, 큰 소리쳐대는 현장 지휘관이 되고, 식권을 쥐고 흔드는 이권으로 설쳐대는 판세가 날일꾼 공사판이었다. 작업배당이며 단가가 그 손에서 좌지우지되기 십상이었다.

하지만 김봉길 십장은 첨부터 달랐다. 십장 감투를 쓰고서도 하인처럼 굽실거렸다. 장골의 우람한 체구에 마상의 각진 얼굴, 눈시울이 망아지처럼 동실거렸다. 어찌 보면 수려한 총각 상이었다. 상투가 덩실했으나 스스로 감추지 못하고 몹시도 저어하는 기색이었다. 그래서 홀아비 대접 받는다 할까? 상투 탓으로 상투 값으로, 단발령이라는 시국 따라서 잘라버리면 봉두난발이라니, 차라리 홀가분할 터 아니던가. 어찌 그리도 외곬수였더란 말인가.

신체발부는 수지부모라. 내 어찌 한 가락 남은 부모님 흔적마저 지우랴. 언젠가 어느 자리에서 그 한마디가 자기 신상을 드러낸 전부였다고 했다. 신상에 대하여는 말수가 아예 무탈 종적이었던 셈이다.

김봉길 십장은 언제 어느 때나 일터에서는 앞장이었다. 큰 일이건 작은 일이건, 궂은 일이건 좋은 일이건 일이 터지면 몸이 저절로 덤벼드는 습성인 듯 했다. 돛배를 보면 손바닥에 침을 탁 뱉고, 어느새 상 격군으로 나섰다. 하지만 목도꾼으로도 길라잡이였다. 설 소리가 기름진 물레처럼 구성졌다. 삽질이건 곡괭이질이건, 통나무 쪼개는 도끼질이건, 등짐 지기건, 낯가림 없고 몸 사림이 없었다.

몸으로 말하고, 몸으로 일하고, 다만 몸으로 제 갈 길 황소처럼 서걱거리며 나아갈 뿐이었다. 한순간 지나면 세상만사는 나 몰라라 하고 일과 몸이 한 타령으로 덩실거렸다. 그의 뚜렷한 이력은 공사판 초기에 입증이 되었던 셈이다. 그는 함바집 건축 공사가 마무리되기도 전에, 홀로 나선 일이 장관이었다. 벌써 몇 해가 저문 일이건만, 여전히 회자에 올랐다. 무작정 덤벼든 그의 삽질은, 함바집 주변에 땅 구덩이 파기였다. 갯벌가가 아니라 산비탈로 자리 잡은 그의 홀로 공사는 이틀 사흘 지나며 역군들 입 초사에 올랐다. 열 개 넘어 스무 개의 몸통만한 구덩이를 홀로 파 들어갔던 것이다. 그는 말없이 황소처럼 이마에 솟구치는 땀을 훔치며 열중했다.

— 대체 먼 짓이랑가? 대충 짐작은 하네만, 무덤 구멍을 미리 파들어 간당가. 여기가 죽고 죽이는 전쟁터도 아니거늘, 무덤구덩이라니? 그는 어처구니라는 듯 쳐다보다가 혼자 중얼거렸다. 하긴 무덤구덩이란 맞는 말이다. 그처럼 소중

하게 잘 먹고, 잘 싸대야하는 제 몸속, 날마다 묻어버리는 짓이거니, 똥 잘 싸자고 그리도 잘 먹고, 잘 살기를 바라는 짓거리가 인간사란 말이 아닌가.

— 꿩 귀 먹는 소리들 그만두고, 어서들 판자대기 걸칠 목이나 챙겨오란 말이시.

— 똥두간도 모른다 말이여? 밥집을 챙기려거든, 쌀 집 단속해야 사람 짓이라.

— 하긴 사람이란 먹어야 살고, 살라면 잘 먹고, 잘 배설해야 하는 법이제.

— 그랑께 그 대책을 저라고 혼자서라도 감당할 셈이랑가.

그제야 그는 차분하게 입을 열었던 것이다. 만 사흘 만에 열린 입이었다.

— 아무도 설두하는 입이 없으니, 나라도 어쩔 것인가. 사람 노릇이랑게.

— 그랑께, 그것이 도대체 먼 짓이란 말이여. 측간을 챙기자는 노릇이것제.

— 그렇지라오. 저 잘난 대제국 신민들은 개펄이나 산천이면 아무데서나 작은 일, 큰일도 그저 눈만 가리고 봐버린다고 합디다. 삯군들이란 갯가에 내절러라. 그러기에 이처럼 무대책이라 하지 않는가? 허나 인의예덕을 기리는 백성들이야 근본부터 다르지라오. 앙 그렇습니까? 달라야 하제라오.

— 그야 그렇지. 자고로 측간과 사돈 길은 멀고도 가까워야 한다고.

— 측간이라지만 실상은 해우소라고, 인생사 온갖 근심 걱정 풀어주는 평강의 장소란 말이어라. 자고로 궁중에선 매화梅花틀이라 하여, 가장 고상한 문자를 남발하였다지만, 잘 먹고 잘사는 사람들 냄새가 가장 고약했다는 것은 정설이지라. 우리네 하천들이야, 소 나귀처럼 상큼한 채소에 들밥이 고작인 것을, 냄새라고도 하고 자실 것도 없겠지만, 고 자리에 앉는 순간만은 세상만사 무슨 근심걱정 걸림이 되었으리요. 상놈이나 양반이나 임금님이라도 응응거리며, 속 시원하게 푸욱 쏟고 나면 천지가 환하게 열리는 것을, 앙 그렇습니까? 잘 싸지 못하면 주지육림이라도 그림에 떡이지라. 어찌 그런 소중한 자리를 소홀히 하리요. 아니 그렇습니까? 막말로 함바집이란, 곧장 벌어서 먹고, 잘 싸대

는 똥집이제라.

　하여간 공사판의 역군들은 그의 단호하고도 진중한 언설을 결코 잊을 수가 없었다. 그것은 현장의 총 감독 겐타로 시절 태업이라도 불사할 듯 항변하던 문제였다. 다름 아니라, 함바집의 부실한 식사를 개선하라는 당연한 요청의 궐기였던 것이다. 이대로는 먹고 살아가며 일을 할 수가 없다는 주장이었다. 첨부터 부실하기 그지없던, 함바집의 식단이었던 것이다.

　— 소나 말이나 염생이는 풀만 묵고도, 살도 찌고 일도 잘하고 잘 살제라.

　— 하지만 우리는 사람이란 말이요. 사람이 어찌 하구한 날 풀만 묵고 소증素症이 동해서, 무슨 일을 할 수가 있다는 말이랑가.

　— 우리는 개나 돼지도 아니랑께. 소나 말도 아니랑께. 우리는 사람이요.

　너나없이 일손을 멈추고 일터를 비우고 나선 일이었다. 처우를 개선하라는 주장이었던 셈이다. 하루 종일 일당이란 밥집 식권 넉 장씩이었던 것이다. 그저 죽을 만큼 일하고 서너 끼씩 밥만 겨우 챙기라는 셈속이었던 것이다.

　너도나도 울근거리며 삽과 곡괭이를 치켜들고 막가판으로 치닫고 있었다. 너무나도 당연하고 정당한 주장이었다. 문민설득의 동양척식 사업장이라 하였다.

　— 우리 조선에는 재미있는 속담이 있다는 말입니다.

　말수 없이 해우소를 자청하여 마련한, 김봉길 역군이 나섰다. 총감 시미즈 겐타로 상이 눈을 열고 들었다. 스무 개의 구덩이를 홀로 파대고 해우소로 주변을 깔끔하게 다스린 일꾼이었던 것이다. 언설마다 사무라이 정신을 내세우던 대 일본 제국의 추저분한 실상을 여지없이 질타한 셈이었다. 실상 전장터에서도 똥 터진, 변소 간은 분명히 하여 작전상 기밀을 유지한다고 했다던가? 하루 전날 배설물 똥이 다르고 이틀 사흘 전날 배설물이 유다른 것은 자연의 상식이었다. 그 배설물로 적정을 살피던 군사전략을 모르쇠라 할 터였다던가.

— 그래, 그게 도대체 무어란 말인가. 재미있는 속설이라니? 말을 해보라.

— 말을 하면 무슨 대책이 있을 것이랑가요.

— 요-시! 제국은 말하면 반드시 말씨대로 이룬다는 사실을 모르는가.

— 게으른 계집은 몽둥이로 잡고, 게으른 일꾼은 먹자거리로 잡는다는 말이랍니다. 심지어 소가 쟁기질을 하다가 힘겨워 쓰러지면 된장국도 먹이고 생 낙지도 서너 마리씩 먹이고 나면, 벌떡 일어섭니다. 항차 사람인 것을….

그 날로부터 한 이레에 한 마리씩 돼지 멱따는 소리가 공사판을 살렸던 것이다. 그렇게 당당한 주장 주거니 받던 역군이, 바로 홀아비 김봉길이었다.

그로부터 김 십장은 동척의 역군으로 현장의 해결사가 된 셈이었다. 물꼬가 막히고 배알이 뒤틀리고, 오매! 답답한 거, 하여간 가슴 두들겨 대는 상명하달이 불통일 때마다 사사건건 불러대는 김 십장이었다. 그가 나서면 풀리는 물소리가 칠팔월 가뭄에 한자락 소나기처럼 산천을 적셨고, 푸성귀는 날 춤을 추어 대게 마련이었다. 그 손길이 잘 먹고 잘 싸보자는 함바집 들락거린다 해서 뉘 감히 금남구역을 들추어 댈 수가 있더란 말이랴. 으레 그러려니, 그런 줄 알았던 셈이다. 하고 본즉 함바집이란, 정분난 살맛 집이었다. 정분이란 너나들이로 살맛이었다. 수다가 살아 올랐고, 부엉이 눈꽃이 초롱거리며 살아 올랐다. 입맛이 동하고 살맛이 동하는 아지랑이처럼 춘정이 일었다. 함바집이 그 진원이 되었다. 실상 아직도 무시무시하고 끔찍한 갯벌 연안의 추억은 때로 소름이 돋기도 했다. 그래서 뒤숭숭한 춘사라 했다던가? 하여간 새콤달콤한 소문이란 으레 그런 것이었다.

— 그리도 암차고 고상하던 서중댁이, 그라고 정신을 잃었다는 말인가.

— 그랑께 얌전한 강아지가 부뚜막에는 먼저 오른다는 말이시. 항차 사람이란

봄바람 살랑거리면 이팔청춘이 따로 있고, 불혹지절이 홀로서고, 예로부터 칠칠 팔팔이란, 대체 먼 소리였던가? 진시황 꿈이 따로 있고, 상전하천이 다르던가? 양반이란 문자로, 남 먼저 설치는 법이 바로 그 법이 아니던가?

— 정이 가고 맘이 가고, 봄바람에 춘정이라 그것이 어째 사람만의 일이랑가?

하지만 정작 당사자라 할 수 있는 김봉길 십장은 꿀 먹은 벙어리였다. 아니 귀먹은 농아였던가? 가타부타 말이 없고 아무런 소견이 없었다. 온갖 잡설을 듣고도 못 들은 척, 알고도 모른 척 그저 날마다 일상 업무에 수걱수걱 황소처럼 충실할 뿐이었다. 허나 그 가슴 속에는 무엇인가 새싹이 터 오르고, 줄기가 피어오르고, 봉오리가 맺히고, 향기품은 송이 영글고 분주할 터였다. 한 송이 가을꽃을 피우기 위해서도, 봄여름은 결코 한가하지 않은 법이었다. 무서리가 내리고, 천둥이 울렁거리고, 높새바람은 산천 윽박지르기도 하는 법이, 자연이라는 기괴한 법칙이라 아니하던가. 그는 함바집 서중댁의 손길 한 번을 잡아본 적이 없고, 그 주변 얼렁거리며 사내 궁기를 탐해본 적은 없었다. 허나 그 눈길이 아련하게 붉어진 일은 참을 수 없는 본능이라 할 터였다. 이따금 마주치는 눈길 딱 부딪치면 서로 간 부엉이의 두 눈처럼 붉고도 푸르게 달아오른 것이었다. 천지간에 뉘라서 그 속셈을 알리요. 다만 그 뿐이었다.

그렇게 봄날이 가고 여름이 지나고 산천이 누렇게 익어가는 가을이 왔다. 이제는 머잖아 저 봉화산 등 너머로 샛바람이 불어 닥치며 낙낙한 마음들이 썰렁하게 얼어들 기세가 완연해지고 있었다. 춘풍은 간데없고 무참하게 들볶는 창대 같은 여름을 지나 알알이 영글어가는 결실의 절기 가을이었다. 그 가을에 느닷없이 함바집 공사판에서는 전에 듣지도 보지도 못할 큰 일이 터진 것이었다. 문자 그대로 흉악한 쟁투 사건이 터졌던 것이다. 추야장 달 밝은 밤에, 함바집 들창 기웃거리던 장정을 발견한 김 십장이, 각설하고 황소처럼 덤벼들자 시커면 두억-시니가 엉겨 붙었고 두 물체는 마을 수탉들이 멀리서 화를 칠 때까지 나뒹굴었다. 더벅머리 물지게꾼의 숨넘어가는 앙청을 듣고, 서중댁이며 밥집 역군들이 다가서자 엎치락뒤치락 뒤엉기며, 황소 떼가 울부짖는 소리로 뒤죽박죽이던 쟁투는 겨우 끝났으나, 진흙탕 사람의 꼴은 알아볼 수가 없다고 하였다.

그 날 밤의 쟁투가 분명한 일은, 도깨비 싸움은 아니었던 것이다. 허나 그로부터 함바집은 언감생심 사내가 넘보지 못할 지엄한 청정구역이 되었던 셈이다. 하지만 갯마을 동양척식의 함바집은 그렇게 밥 벌어먹여 살리고, 살다보면 내남없이 정이 들고 살림을 일구어나가는 사람들의 살집이라 할 터였다. 달이 가고 해가 바뀌면서, 혹은 추석이나 대 명절 설대목이 지나칠 량이면, 훌훌 떠났던 일손들도 함바집 입맛과 살맛을 잊지 못해서 되돌아왔다는 속살 정담情談도 늘어갔던 셈이다.

일곱 마당
거두고 담글 때

산을 타고 어물쩍 내리는 선들 바람은 시고도 맵고 취나물 맛처럼 쌀쌀하다. 봉화산 북녘에서 헐떡거리며 산등을 타고내린 하늬바람은 냉염하고도 서늘하게 가슴을 적시고 앙가슴속이 덜덜거리면서도 상쾌하였다. 이따금 미어지려는 가슴을 움켜쥐고 웃자란 동백나무이듯 선채로 선말댁은 그 바람에 마음을 실어 비손의 간절한 가락을 띄운다. 멍울진 눈길이 아득한 하늘을 우러른다.

한울님을 거푸 부르고, 삼신님을 앙청하여 아들들의 안위와 학덕과 형통을 기원하는 터였다. 한울님은 하늘처럼 넓고도 크시어서 가슴이 아득하여 쉽지 않지만, 삼신에 이르면 그 거리는 한결 좁아져, 삼신산三神山이라면 금강산, 지리산, 한라산으로 등장하거나 삼신불이라면, 법신불, 보신불, 응신불의 세 부처가 웃는 낮으로 다가선다. 하지만 선말댁 비손 앞에서는 이윽고 조석의 끼니를 챙겨주시는 부엌의 조왕신이 되고, 산신으로 목숨주시고 명줄을 지켜주시는 삼신할미요, 의연히 형통한 길 열어주시는 전능한 신이 되는 법이었다. 어느덧 햇수로 사년 째, 일장의 소식마저 돈절된 큰 아들 종구야! 어느 대처에서 대체 무슨 복락을 누리는가. 조석끼니 간데없는 지경은 아니던가. 어찌 요리도 무심할꼬 잉! 낮에는 정처 없을 대처 살림살이에 얽매여 여념이 없다할지라도 꿈결에서나마, 이리도 간절한 어미아비가 보이지를 않던가. 뿐만 아니라, 그리도 당당하고 의연한 모습으로 홀연 사자처럼 나타나, 검은 갈기 속에서 동척 간부들이며, 경찰서장님, 칼 찬 주재소장이며 오꾸다 면장을 손가락 끝으로 한바탕 지휘하여, 봉홧불을 탕탕 터트리며 사진촬영이란 걸 찍고 꿈결처럼 왔다가 떠나갔던 둘째 아들 최종수 또한 해가 바뀌었건만 어찌 이리도 아비 어미를 잊고 있다는 말이란가. 이제는 어엿한 사진 관장님이 되었것제! 사리가 번연하여 청천하늘의 낮달처럼 분명하건만, 어찌 이라고 무상한 돈절이라니, 대체나 이것이 세상 천지간에 무슨 조홧속이런가. 부모자식 사랑이란 이토록 모질당가?

삼신님 한울님, 그저 모든 허물은 이내 몸에게 물어 돌리시고, 온갖 망령도 이내 몸에 징벌도 하시고, 그저 온갖 무지부족도 이내 몸에 책벌을 물으시고 아들들에게는 자비만 베푸소서. 송축은 저들에게 돌리시고 앙화는 이리 물으소서. 복락은 저들에게 돌리시고 재앙은 이 몸에게 멈추소서. 이 정성 부족타 마옵시고, 이리 빌고 요리 맘 드려 백 배, 천 배 굴신하오니 굽어 살피옵소서. 그녀의 새벽 성지는 으레 숙골짝이었다. 새 터 집을 어긋나게 벗어나, 선산 등으로 끼고 오르면, 골짜기가 안온한 품속으로 반기는 곳으로 산자갈 따갈 거리고 맹감나무 울창한 좌우로 다복솔 듬성한 안택이다. 거기에 생수가 퐁퐁거리는 옹달샘이 새살림 옹구바지처럼 옹골졌다. 거기 무릎 꿇어앉고 서며 부처님을 우리르듯 연신 비손 올리다보면, 하늘은 한결 가깝고 산천은 눈앞에 한 줌으로 펼쳐지는 것이었다. 새벽 미명의 산길이 훤하게 밝아지는 체험은 삼신님의 자비요, 응보라 할 터였다.

숫골이라고도 했다. 그러고 보면 저 귀선 동산을 넘어 돌아 먼 갯벌을 건너 마량북산 편으로 안골이 마주보이는 습지가 펼쳐진다. 그 흔한 소택지가 언젠가는 저수지를 이루어 간척지 갯논에 젖줄이 되리라는 접경이었다. 안온한 숫골에서 웅혼하고 음습한 안골을 건너다보는 음양의 조홧속이라니, 산천도 무심치는 못하리라는 기대감이 뒷박처럼 한결 부풀어 오르는 절경이었다.

하지만 그 수컷골짜기 벗어나, 안골을 멀리 바라며 갯벌을 내려다볼라치면 으레 땀내처럼 밀려드는 비린내를 절감한다. 갯것비린내는 비리고 음흉스럽고 구리다. 구정물에 담갔다가 섣불리 씻고 나선 게으른 아침의 의젓치 못한 여편네의 자탄이요, 민망함이랄까. 남녘의 갯바람은 그리도 어기찬 비린내와 음흉한 냄새 풀풀 품어 올리고 파랑파도처럼 달려왔다가 썰물 때 파도처럼 저만치 사라져버린다. 하얗게 거품만을 휘날리면, 흡사 조롱하는 헛소리가 아린 속을 거위배처럼 뒤집는다. 저 비린 갯벌을 삯군으로 메우고 둑을 쌓고 산을 뒤덮어 갯논을 간척한다는 일은, 얼마나 대견하고 장엄한 발상이던가. 대 일본 제국이라! 골골이 섬나라로 풍성하다는 제 나라 땅도 부족한 듯, 현해탄 천만리 바다를 건너, 남의 땅을 침탈해서라도 그토록 살림의 궁리가 터진 제국이란, 일본 나라의 백성이 부럽다. 비리고 시린 억하심정일까. 삼가 제 남정이나 사내들을 훼상할 심사란 언감생심이라 할 것이다. 하지만 근자에 절절한 비손을 하다가도 그리 느껴지면, 옹달샘으로 초초히 달려드는 선말댁은 억하심정에 무시로 사로잡히는 자신을 추세기가 어렵다. 사내들이랗게, 지 구실 몸으로 내지른 자식도, 제 품안에 보듬고 앙달 복달하던 기집도, 깝죽깝죽 절해가며 섬기던 조상 가문, 심지어 삼천리금수강산이라는 나라 땅도 지키지 못하는 허수아비 꼴들이라니, 저번 참에 문득 내질렀던 푸념 꼬리가 구렁이처럼 대가리를 치켜들었다. 모처럼 인심 쓴 진달래 주 한 잔씩 걸치자, 봉화산 사자 능을 휘감던 장군의 결기들이 안개처럼 난실난실 풀어져서 결판을 내지도 어쩌지도 못하고, 허구렁 맷돌처럼 맴돌던 저녁에, 쥑댁 발길에 채인 집돼지처럼 구정물 넘실거리는 우릿간 구렁이로 숨어들고 말 터인가? 목구멍으로 옹알이 했었다. 말이란 질기고도 억센 독초였다. 독소에 멍든 가슴들인가. 독사에게 물린 사내들의 꼴인가. 그 꼴을 그리 탄핵해온 입장만은 아니다. 고진한 숙명이거니, 그저 한울님 점지하신 선량한 백성들이거니 자탄을 해도, 맥줄 놓고 지켜만 볼 수없는 입장이 되었다.

아무튼 근자의 비손은 한결 절실한 가락을 사릴 수가 없는 입장이다. 제국의 다다미치 사령관 뭐라나 하는 야차의 특명이 바로 이녁의 코앞에 떨어진 셈이었으니 말이다. 이규진 신랑에게 내린 지역감찰 대장의 특명 말이었다. 강 목수서건 집안 사내들이 두 조금 동안 난산하는 암소처럼 안절부절 못하는 수락 여부가 결국 사돈댁 청맹과니에게 무릎을 조아리게 된 터다. 이 궁리 저리 잰 궁리 끝에 결국 문자 점을 쳐보자는 제의는 강 목수의 소견이었다. 원포마을 원로들과는 애시 당초 말길이 트이지 않았고, 본인이랄 수 있는 규진 신랑은 아예 상종조차 불허하는 삼엄한 기색이다. 자나 깨나 절쑥거리는 몸을 이끌고 동터 오는 새벽부터 동산 밑 갯가 다랑 배미 천수답에 몰두하였고, 순심 새댁은 둥실한 뱃구레 자랑스럽게 앞세워 점심에 새참 나르기를 천분으로 알았다. 중캐로 자란 복실, 복동이가 고개 절렁거리며 앞장서는 동행이었다. 강 목수가 순심의 뒤태를 굽어보며 흐뭇한 눈길로 일렀다.

— 하여간에, 응분은 치러야 할 것잉께! 이라고 똥마려운 강아지처럼 세월만 죽일 일이 아니라, 사돈댁 문자 점을 들어봄이 어쩔랑가.

— 오매-그게 먼 소리랑가요. 그 양반은 점이라면, 경을 칠 것이요 잉!

선말댁이 화롯불에 댄 듯이 화들짝 놀랐다. 덕성이 스스럼없이 잘랐다.

— 점은 점이제. 토정비결도 아니것고! 문자 점이란 분명하당께.

― 불학무식한 신불의 점괘 아니라, 문자란 인간사 길을 훤히 밝히는 한울님 조홧속이라고, 단지 첫걸음 천자문에 불과하지만 문명文明이라, 그 가운데 천하 만물을 비추는 명경이 들어 있다는 것잉만요. 그래 밤낮 그 문자 속에서 세상을 바라보는 오상고절傲霜孤節의 자태시랑께요. 국화야 너는 어이하여 동남풍 다 보내고 낙목한천에 네 홀로 피었느냐. 아마도 오상고절은 너 뿐인가 하노라. 서릿발 속에서도 굽히지 못하는 절개를 가을국화에 비유한 이정보 선생의 시가서로 벗을 삼아 매양 서늘 하시당께요.

선말댁의 고언에 의지하여 결국 궁실 방에 들어서자 언젠가 처럼 왜 이리 빙글 빙글거리며 사방을 뒤지다가, 이제들 오시는 게야. 질책 반, 반가움으로 영접했다. 청결한 방안에 죽창이 선명하였다. 그 눈길이 삼엄하게 희고도 붉었다. 금세 자리를 떨치고 천자문 강독을 마친 종수, 종연 형제들 등 두드려 밀어내며 일렀다. 그들은 근자에 들어 새벽 참부터 조반 때까지 아침공부를 시작했던 것이다. 별로 내켜하지 않는 일을 선말댁이 간청을 넣었다.

― 도령들이 참말로, 석자 갈치면 열자를 깨친다더니, 꼭 그 말이랑께! 얼매나 오지고 장한지. 오늘도 일참마다 하루 글은 꼭꼭 암송을 해야 할 것이제 잉!

― 그 까짓 거는 암 것도 아녀라오. 뭣보다도 재미가 진께요.

― 그려도 글이란 누에고치 뽕잎 먹 디키, 날이면 날마다 야금야금 먹어대야 하는 것잉께! 한잠자고 또 먹고, 한잠 자고 또 먹고, 막잠 잘 때 까장!

― 씨가 다르고 밭이 찰진디, 어디로 갈랍디여? 와―마! 나, 입 잔 보소.

강 목수의 자탄을 새겨가며, 이윽고 낭랑한 천자문구가 청맹과니 허공을 떠돌 듯, 막잠자고 깨어난 누에고치이듯, 술술 풀어지고 있었다. 중중모리 낭송은 한 동안 천정을 떠돌다가 문득 멈추자, 성음이 날파리처럼 솟구쳤다.

― 아니야! 아니랑께. 그 사람은 당최 아니야. 잘들 듣고 보자고. 그 사람은 입 꼭 다물고, 그저 죽은 듯 살아야 할 사람이랑께. 이 대목에 환하게 빛이 난다

말이시. 그래서 문명文明이라! 그저 천자 속 문자로 밝히는 앞일이랑께.

> 없을 망罔, 말씀 담談, 저 피彼, 짧을 단短,
> 남의 단점을 알더라도, 절대로 말하지 말 것이다.
> 아닐 미靡, 믿을 시恃, 몸 기己, 긴 장長,
> 자신의 장점을 믿고, 자랑하지 말 것이라.
> 믿을 신信, 부릴 사使, 옳을 가可, 엎을 복覆,
> 믿음은 절대로 변하면 안 될 테니, 마땅히 지켜야 한다.
> 그릇 기器, 욕심 욕慾, 어려울 난難, 헤아릴 양量,
> 인간의 기량은 깊은 것이니, 헤아리기 어렵다.
> 먹 묵墨, 슬플 비悲, 실 사絲, 물들일 염染,
> 흰 실에 검은 물이 깃들면 슬픈 것이니, 매사에 조심하라.

— 이라고 분명 하신디, 어찌 준동할 것인가. 그저 조심조심 입 다물어 자랑도 말고, 제국에서 믿어주는 믿음을 그대로 지키고, 근묵자흑이거니, 난감한 세상과는 거리를 두고 평생 수신제가하며 살아야 할 사람잉께. 그리들 알고 일러두시오 잉! 사람이 신용을 버리면, 사람이 아니랑께.
— 그라면 다른 길이 없겠능가요? 이 일은 안팎으로 보통일이 아닝께라오. 이제는 더 이상 머뭇거리고 망설거릴 염치도 지나 버렸응께요.
— 세상에 길이 없을라고요. 사방팔방이 막히면, 하늘에도 길은 열리는 법인디라. 아참 그라고 본께, 사돈댁 어른이 덕성 양반이시제라. 오매 그라고 본께. 멀고도 지척이라 가깝소 잉. 이런 문구가, 무슨 깨침일랑가요?

> 이길 극剋, 생각 념念, 지을 작作, 성스러울 성聖,

생각과 수양을 꾸준히 잘 쌓으니, 성인의 자리에 오른다.

큰 덕德, 세울 건建, 이름 명名, 설 립立,

덕망으로 행하면, 그 이름을 세우고 빛내리라.

형상 형形, 단정할 단端, 겉 표表, 바를 정正,

행신 바르고 단정하면, 겉으로 나타난다.

— 이 아니, 정곡正鵠인가요. 다른 데 기웃거릴 까닭이 없 것 지라오. 앙 그요. 옛날 상국에서 성인 공자님도, 일평생에 알아주는 군자를 못 만난 탄식으로 해설피 울었다고 하지 안 턴가요. 선말 양반만한 덕망으로, 그만한 선치 자리를 만나고 행신이 바르시게 임자를 만난다면, 그것으로 인생의 복락이지라오. 사람마다 타고난 그릇이 다르고, 천명이란 제가끔 다른 법이랑께요.

사돈댁의 말씨는 삼가 저어하기 난감한 확신이었다. 서늘한 샛바람이었다. 그리 될 줄은 꿈에도 몰랐던 일이었다. 하지만 사사스런 신불 의지하여 혹세무민하는 문자점이 아니라, 문명으로 인간사를 밝히고 길을 열어간다는 확신 앞에서 다른 소리란, 언감생심이었던 셈이다. 선말댁은 스스로 부끄럼을 느꼈다. 눈 벌겋게 뜨고 밤낮으로 입신양명을 소원으로 설치는 사람들이, 허옇게 눈먼 소경을 찾아 길을 묻고 장래사를 밝히려 든다는 방참을 떠올리며, 날마다의 비손이 얼마나 가여운 노릇인가, 자괴하는 심사였다. 하지만 천생 습성을 저버리기란 결코 쉬운 일이 아니었다. 그래 더욱 절실해지는 비손이었던 것이다. 강 목수는 그제야 한숨을 놓았다는 듯 하늘에서 점지한 큰일을 앞두고, 이제야말로 얼럴럴 상사賞賜뒤야라! 홍복으로 내려줌을 감축하고, 상사相思난 징을 두드려 그리고 기려 널리 울리고, 상사商事북으로 사업융성 장구치고, 상사想思라거니 설레발을 치다가도 냉철하여 곰곰이 생각하는 꽹과리 뚜드려 봉화산 발치 삼동에서 뒤풀이나 서둘자고 졸랐다.

— 대외 명색은, 이규진 전상 장병이 수락을 하고, 실무는 시속에 밝은 최덕성 경륜이 맡는다 하면, 이 아니 장상지재이리요. 아니 그랑가!

— 아니 떡줄 놈은 생각지도 못하고, 김칫국부터 마신다고 설치시오. 또한 쑥떡인지, 맹독인지도 모른다, 그 말 아니던가요.

— 떡줄 놈이라니, 자기들은 현장에서 하루속히 철수하고 감찰 대장에게 위탁하라는 사령장이 뭐 시당가. 김칫국에 쑥떡인지 독인지는 살펴볼 일이요, 흉년 보릿고개에 풀독도 쑥떡으로 빚어 만드는 쑥 개떡 맛을 몰라라 하지는 못하지요. 앙 그랑가. 우리 땅 터전에서 우리가 못 다한 사역을 대제국 군병들이 설레발치고 눈귀 뜸이라도 한 셈잉께. 시작이 반이라, 반타작도 있것제.

그렇게 귀결이 나고 있었다. 강 목수의 속셈은 밝고도 다부졌던 셈이다.

이규진 새 가정의 집짓기는 낮밤 서둘러 손꼽아가며 진척하였다. 어쩐지 다급한 심사들이 스스로 재촉하는 일이었다. 하건만 정작 집들이 주인장들은 철저히 외면하였고, 강 목수와 종수, 종연이가 재량껏 주무르고 들었다. 선말댁 부부는 대사를 코 앞둔 안팎살림에 발싸심하듯 조섭하였다. 선산 벌채는 몇 차례나 개떡 소쿠리에 드나드는 생쥐처럼 넘실거린 오꾸다 면장의 반허락으로, 이녁 선산에서 자유자재로 땀을 쏟았다. 단지 태평한 세월은, 신혼부부였다.

특명 사령장의 접수는 강 건너 불구경으로 아랑곳없이, 그저 갯가 다랑 배미 천수답 작업에 몰두하며 살맛을 누리고 있었다. 순심 새댁도 아예 그곳 농막으로 거처를 옮기고 싶은 기색이었다. 어느 날은 그곳에서 날밤을 새며 별 바라기로, 중천달밤 풍월을 새콤달콤한 살맛 누렸다. 맛깔스런 신혼살림이 그럴싸하다고, 선말댁 부부는 계량거리나 챙겨 보태주려는 작정이었다. 정분의 힘이란, 삼복더위도 강추위도 아랑곳 못하는 열병이 아니던가. 단지 사흘간의 씨받이 신혼의 살맛이란, 얼마나 포한아린 노릇이었을까. 집짓기 밥 짓기의 인생인 것을, 이야말로 살림살이 진미를 살맛 보게 하리라. 어버이다운 노릇이, 흐뭇한 느낌을 실컷 맛보게 하였던 셈이다.

첫돌이 지나며, 자박자박 걷기를 대견해하는 윤심 아기마저 어미에게 떠안긴 새댁은 아예 다랑 배미 무논 치기에 맛들인 기색이었다. 아침녘 설핏해지면 선말댁이 서둘러 챙겨준 먹자거리 새참 보퉁이나, 점심소쿠리이고 나섰다. 규진 신랑은 눈뜨기 무섭게 아랫배미로 내리닫는다. 새벽 일판이 한나절 거리는 너끈하다는 주장이었다. 진창을 파고, 덩치 돌을 뒤집고, 상수리나 풀뿌리 찍어내고, 맹감나무를 간추려내고, 그러다보면 개척지 속살 깊은 땅이 검붉은 개흙황토로 드러나는 것이었다.

— 와마! 이라고 벌써 나오신당가. 아직 밥값도 못했는디? 어쩌꼬 잉!

일머리 추세기에 정신없다가도 설렁 바람이듯 새댁이 나타나면 대낮 햇살처럼 환해지는 신랑이었다. 으레 온몸이 질펀한 땀질투상이었다.

— 나가 봉께로, 밥값 네 사람 몫은, 낙낙하겠소. 앙 그라요.

— 어마님이랑 세 식구에 뱃속에 사람이 들어앉아 있응께, 갑절씩 해야 쓰것인디.

— 쌍둥이라고, 그람 그라제라오. 나가 날마다 두 몫을 묵는다 말이요 잉!

— 두 몫만 묵어서 쓴당가. 시 몫 다섯 몫을 묵어야, 가운이 터질 것 인디. 그라고 요즘은 뱃속 아가가 발길질을 자주 할 것 인 디. 어짜등가.

— 오매-매! 어찌 그라고 꼭지 점쟁이 맹키다요. 소쿠리를 이고 나설 때마다 꼭 지가 앞장을 서서, 아바님 뵈러 갈란다고 설치는 것 모양 툭툭 내지르며 나선다 말이요. 어쩔 때는 웃음이 남 롱, 살살 달래감서 오닝께라.

— 꼭지 점이라니, 먼 소리랑가. 어마님 앞에서는 혹시라도 그런 소릴 해서는 혼쭐이 날것잉께. 무슨 사사스런 점쟁이란가.

— 워-매, 나가 깜박 했고만요. 천천만만에 신불점쟁이가 아니라, 문구문명

文句文明이랑께. 참말로 곰곰 생각해보면, 단지 천자문 속에 그처럼 동서팔방 길문이 훤해진다니, 신기하고도 놀랄 때가 많아져라오.

— 그리고 말고제. 그 인물이 쌍둥이 아니라 두 세 사람 몫을 할 인물이닝께. 아범이 못다 이룬 승전보를 온 세상에 꼭 전하고야 말 사람이란 말이시. 마라톤을 잊지는 못 하제 잉! 신기한 일이랑께. 저그 놈들이 아무리 조선의 심줄 끊고 발악을 할지라도 피는 못 속이고, 천재는 못 가리는 법잉께. 앙 그란가.

아금받은 임질 소쿠리를 천상에서 내리는 상여賞輿라도 되는 양 받아들며, 아귀 입이 함지박이다. 골고루 챙긴 밥상이었다. 고봉밥 아니라, 아예 밥통이 그들먹하고 푸성귀 겉절이에, 갓김치, 무말랭이, 산취나물, 더덕무침, 도라지나물에 이따금 꿩알이 서너 개씩, 들밥 건거니 치고는 만만찮다. 게다가 국거리는 으레 짱뚱어나 문저리, 쏨팽이, 갯것을 조리고 지져서 맛깔을 돋우었다. 갯고동, 파래, 돌미역, 자반 깨소금치고 기름 흠씬 먹었다. 선말댁 지성이요, 덕성의 보살핌이요, 순심 새댁의 눈치 보기였다할 터인가. 아니다. 위아래가 함초롬히 어울린, 지극정성일 터젼이었다.

귀선동산 용머리에 동백나무가 한아람 졌다. 그늘이 창창하였고 늦은 가을이면 다투듯 검붉은 꽃송이가 벌 나비를 불러 들였다. 거기 멍석만한 너럭바위가 평상으로 제격이었다. 종수, 종연이가 간 겨울에 간척지 갯가에 오리치를 놓고 이따금 엎드려 망을 보던 자리였다. 간 여름의 갯벌 조금 때, 밀물에는 해수물놀이에 안성맞춤이었다. 근자에는 부부의 식탁으로 낙낙하였다.

— 이거요, 겉절이 맛이 어쩡가요. 아아! 더 크게!

아금받은 밥숟갈 기린 듯 바라보며, 손가락으로 집은 시퍼런 건거니 내민다. 신랑의 함박입이 한껏 열린다. 아귀처럼 덥석 물어간다.

— 이거는 씹힐 맛이 얼큰하고 맵고도 장하제라.

더덕무침이었다. 연신 먹이고 수종하는 모양이 잉꼬어미 새끼 노랑 입이다.

— 맛깔은 그만인 디, 이거 이 몽땅 선말댁 아줌마 솜씨 아니랑가. 정성에서 입맛 나고, 아낙네 손끝에서 살맛이 솟고, 앙 그려요…?

— 오매-매, 그것이 먼 소리란가. 나가 손이 뻘겋게 무치고 지졌단 말이랑께요. 못 믿것 지라. 이모님 한티 요리 공부하니라고 정신이 없단 말이요 잉!

— 임자도 묵어감서, 먹이시랑께! 그래사, 지가 살맛이 나제 잉.

나란히 마주보며 식사가 끝나면 강순심 새댁은 주섬주섬 거리기 무섭게 동산처럼 부풀어 오른 만삭도 깜빡 잊은 듯, 신랑이 힘겹게 후벼낸 덩치 돌을 품에 안았다. 맨흙 바닥에서 논둑자리로, 한 덩이라도 옮겨보련다는 작심이었다.

— 와마! 저런, 저것이, 저거 이 또 먼 짓이랑가.

— 나가 이까짓 거는 시쁘디 시쁜 디라오!

— 워-매! 새댁 기운은 솔찬하것지만, 그 몸이 대체 어떤 몸이란가?

— 어떤 몸이어라? 두 몸이, 한 몸이제요. 엇 샤! 엇 샤! 엇 샤!

— 그랑께! 그 몸으로 대관절 먼 짓이냐 그 말이여. 임자몸이 아니라 아가 머리에 덩치 돌을 얹어놓으면 어치께 되라고. 나가 또 죽는 꼴을 볼란가.

신랑은 대경실색이었다. 새댁 품에 덩이 돌을 뺏으려는 화급한 걸음이 저도 모르게 들쑥날쑥 절름거린다. 벌겋게 달아오른 얼굴이 황당객이었다. 통박을 들어가면서도 금세 덤벼들었다. 급기야 신랑 손길에서 온 몸이 두둥실 떠오르고, 둘은 헐떡거리며 자리를 잡는다. 번번이 치르는 암소씨름이었다.

— 임자가 그리 밥값 안 해도 죽었으면 열 번 죽었지, 자네 밥 안 굶긴당께! 그럴라고 날마다 이 짓거리인 것을 도통 몰것당가.

— 그라고 절통 안 해도 밥을 굶고는 안살 것잉께, 몸 아끼잔 말이요 지발!

— 나가 이까짓 거는 아무것도 아니랑께. 아! 날마다 죽이는 훈련을 죽도록 받

다가, 어마님 비손이랑, 새 마님 덕분에 살아온 몸인 디라. 날마다 살리자는 작업잉께, 머시 한이 것당가. 당장 죽어도 여한이 없당께!

— 오매-매! 지발 그 죽는단 소리 좀 그만 하시란 말이요.

— 금-매! 말이요. 지도 모르게 내질러 송구항만. 그랑께 내 말 듣고 가만히 앉아서 구경이나 하란 말이, 배동이랑 지켜보면 얼매나 힘이 나것능가.

그라제요. 그라제라! 하고서도 돌아서면, 또 다시 덤벼드는 새댁이었다. 일손을 놓고는 한눈 못 파는 천성인가도 했다.

여름 가을이 지나며, 어느덧 일곱 배미에 서너 마지기 천수답이 늘펀하게 펼쳐졌다. 수답은 땅을 고르고 자갈만 골라내면, 곧 바로 메밀 씨라도 뿌리게 되었고 봉화산 유수의 물길만 잡아 나서면, 올벼농사도 가능한 옥토였다. 서너 해가 지나고 땅을 삭히면, 문전옥답이 저리가라일 터였다.

그 날 아침 순심 새댁이 마침 당숙 강 목수가 한 다리 들여온 삶은 개고기를 감지덕지 신명나게 소쿠리를 이고 나설 때, 어마님이 미적거리며 살창을 열고 내다보았다. 대뜸하시는 소리, 오늘은 아무래도 일수 불길한 문자라고 염려하였던 것이다. 근자에 첨 들어보는 겁먹은 탁성이었다.

— 아야! 아가야, 오늘은 이냥 들어와서 먹게 혀라. 고단한 몸도 쉴 겸해서….

— 어마님, 그냥 다녀올라요. 한 끼라도 지가 가서야 몸을 챙긴다 말이요. 밥 먹고 자시고 그랄 틈도 없당께요. 얼른 다가서 쉴 참에 억지로라도 먹여야 일을 하고 몸을 살필 것잉께라.

— 아야! 아가야, 내 말을 들어야! 아무래도 별일이당께. 그냥 가란 말이다.

— 어마님 걱정 마시기라오. 지가 꼭 가서야 몸을 챙긴다 그 말이요.

— 허어이! 참, 새벽부터 나가 낭송하는 문자에 빛살이 멈추시기를,

살필 성省, 몸 궁躬, 나무랄 기譏, 경계할 계誡,라 했거늘
자신을 항상 살펴서, 나무람이나 경계함을 가져야 한다.
사랑할 총寵, 더할 증增, 겨룰 항抗, 다할 극極,
총애가 더할수록 교만하지 말고, 더 한층 조심해야 한다.
위태로울 태殆, 욕될 욕辱, 가까울 근近, 부끄러울 치恥,
신임을 받는다고 욕된 일을 하면, 머지않아 부끄럽게 된다.
수풀 림林, 늪 고皐, 다행스러울 행幸, 곧 즉卽,
욕되게 사느니 숲에 묻혀서, 편안히 지내는 것이 낫다.

― 이라고도 자상하게 사방팔방으로 가르치신 디, 어짤 것잉가. 대명 문자가 세상을 속이는 법이란 천하에 없다는 말이랑께.

― 글안해도 아범이 어떠케나 몸단속 해 쌓는디, 춘향이 걸음으로 항상 조신 또 조신하닝께 안심하시기라. 천천히 다녀 올랑께요.

― 아가야! 암만해도 맘이 안 놓인다. 산달이 코앞이랑께!

― 아직은 달포나 남았고, 귀한 집 산모일수록 몸 놀리고 부지런해야 순산하신다고 일러 주셨응께로… 걱정은 마시고 맘 편히 기시시오 잉!

하여간 그날 밤 순심 부부는 일터 전에서 머물렀다. 이따금 달 밝은 때마다 그러했으매, 그냥 웃었다. 이튿날에도 감감이어서 사흘째 되는 날, 급기야 선말댁이 소쿠리를 챙겨 이고 나섰더니, 왓 따―매! 대체나 먼 일이랑가. 순심 부부는 난산을 치르고 있었다. 수숫대 농막에 들어서자 산통이 일고 양수가 터진 지는 하루가 지났다며, 규진 신랑은 시뻘건 얼굴로 옴니암니 물을 길어놓고, 솔가지를 꺾어놓고 어디선가 빨간 고추 펼쳐놓고, 배내옷도 앙큼하게 챙겨놓고 눈알 부릅뜨고 용심을 태질하며, 나뒹구는 산부 새댁을 들여다보며 창자를 끄집어 올리듯 애를 태우고 있었다.

— 이런 철부지들 하고는. 날씨가 서늘한 디 구들장도 없는 난장에서 이것이 대체나 먼 짓이랑가? 아이고 매- 삼신 할머님, 산신 한울님!

— 어치께 업고 가기도 어려워서라오. 순산을 하고 나면 통기를 할라 했당께요.

신랑은 연신 비손하듯 손을 비볐다. 진통하는 산모보다 땀을 비질거리며 일 저지른 망아지처럼 설렁거렸다. 이틀 낮밤 천지가 아득한 몸살이었던 것이다. 가던 날이 장날이었다. 선말댁이 들어서며 앞뒤를 추슬러 자리를 살펴주자, 이내 악악거리며 발악하듯 순산이었다. 삼신할미도 영특하시제.

하지만 아가는 종내 낭랑 방가를 터트려보지도 못한, 사산死産이었다. 애통해라!

— 오매-워 매! 시상에도, 무참한 시상에도, 고추 부자지가 주먹덩이 같은 배내아가, 모지락스럽게도 코가 비틀리고, 머리에는 옹구박으로 세 군데나 새카맣게 멍들어 꺼졌더랑께. 내가 차마 못 볼꼴을 두 눈으로 봐 버렸으니, 어째야 쓸고 잉! 참척이라더니, 정녕 내 죄가 그리도 큰갑소 잉!

그 말을 선말댁은 끝끝내 삼켜버렸다. 새카맣게 명치가 꺼지고 짓눌려 죽어버린 산아産兒였다. 덕성 쥔 양반에게도, 산모 부부나 세상에 그 누구도 알아서는 아니 될 혼자만의, 이러지도 저러지도 못할 불덩이였다. 마량의 황매란 의녀가 좇아오고 침을 놓고 약제를 다스려 산모를 살린 후에야 한숨을 삼켰다. 멀겋게 뜨거운 매생이 국을 멋모르고 삼킨 선머슴처럼, 불덩이를 삼킨 목구멍에 소주잔이 흘러내리듯 뜨겁고 서러웠지만 참아야 했다.

— 아니 저런 몇 달 전에는 다 죽어간다던 왜년 산모도 순식간에 살려내던 솜씨가 도대체 어디로 갔당가. 참말 사람하고는 못할 노릇잉감만.

선말 쥔 양반의 절통어린 탄식에도 입을 다물어야 했다. 멀뚱한 암소 눈에 눈물이 글썽거렸다. 천생과부댁 가슴앓이가 바로 그런 짓이었다.

— 죽고 사는 인명은 재천이라, 사람이 사람을 다 살리고 본다면 신불이랑께.

— 신불이 사람을 살리는 일만 한다고 합디여? 신불도 못하는 노릇이것제.

강 목수와 주거니 받는 자탄을 들어가며 규진 신랑은 멍청한 낯빛이었다. 사람으로 못 당할 참척이란 그런 것이던가. 짱뚱어처럼 멀뚱한 눈으로 사리물 찰랑거리는 갯벌 지나쳐, 봉화산 건너다보던 규진 신랑은 향반 마을 원포 동구 밖에 세워진 고목 장승처럼 고개를 숙였다. 무언가 할 말 많은 속셈을 감추고 있는 듯했다. 순심 산모는 나흘이 지나자, 겨우 정신을 차렸다. 아니 정녕 본정신은 놓아버린 듯 멍청했다. 그리 다감하고 정화수처럼 맑고 밝은 신랑과 새댁 조카의 첫 사랑열매가 이리도 무작스러운 참척의 사산이라니, 대체 뉘를 탓하리. 배퉁이에 수답 돌 얹어 날랐다는 말을 듣고도 질겁하기만 했더니, 이럴 줄을 몰랐던가. 문자 점으로 일수 길흉 챙겨가며 애간장 태워 타일렀건만, 서로 속내 깊은 다정도 병이려니 귓가로 들었거늘, 이리도 큰일 저지른 사람은 자상하고 매사 야물진 선말댁이라던 이녁이었응께. 내가 왜 좀 더 아무지게 향도를 못했던가. 선말댁은 가슴을 두드리며 자책하였다. 자책하는 앙가슴에 공자님 문자라더니? 게우 천자문千字文으로, 조석 간 안방타령만으로 강강술래이듯 중중모리 읊어대는 사돈댁 청맹과니 문자 점은 날이 갈수록 어렵고도, 두렵고 난해한 신비감으로 다가선 셈이었다.

여덟 마당

나누고 앗길 때

— 저것들이 도대체, 뭐하는 짓들이랑가? 저리도 창창한 허공을 훨훨 날고, 솟구쳐 오르고 내리면서도, 저렇게 징상 맞은 아귀 다툼질이랴. 그래서 천년만년 잘 먹고 잘살아보자는 탐욕짓거리란가. 염병지랄들을 하고 자빠졌네.

선말댁은 절로 터지는 욕설을 옹구채로 설거지 물 쏟듯 내뱉자 앙가슴이 헐렁해지는듯했다. 하다가 누가 들었는가 싶어 곁을 살핀다. 근자에 저도 모르게 몇 차례 잦아진 욕설이었다. 세상사 기가차고 맥이 빠지고 하 얼척이 없다보면, 염병 앓다가 땀을 내고 죽을 놈의 인간사란 저주가 쏟아진 것이었다. 그란해도 부풀었던 기대가 한껏 무너지는 순간, 심상이 변덕맞다 못해 갯가 그물에서 헐떡거리는 멸치 떼처럼 부글거리는 판이었다. 동척의 간척지 공사판 난장에 기대하고 조마거렸던 사진사 아들은 트럭에 실려 훌쩍 떠나버린 후 종무소식이었다. 다만 삼동에서 몰려든 낯익은 삯군들이며 누린 땀내 나는 인파가 숭어 떼처럼 파닥거렸으나 선말댁 심상은 허전하고 자못 편치 못했다. 그래저래 망연한 하늘에 눈길 돌린다. 청파란 하늘에서 쳐다볼수록 장관이 펼쳐지고 있었다. 새파란 갯벌에서 날름 찍어 올린 갯것이 갈퀴 발에서 번뜩거리고 파닥거리며 솟구치는 순간, 어디선가 나타난 또 다른 검독수리가 득달같이 덤벼들며 쟁탈전이 벌어지고 있었다. 솟구치고 내리닫고, 다시 솟구치며 헌칠한 날개를 파닥거리며, 연신 쫓고 도피하고 그러다 어느 순간 끼룩거리는가 싶더니, 기어이 먹이는 놓치고 말았다. 흑점 먹이가 팔랑거린다. 허나 번개처럼 되돌아선 날갯짓이 아래로 내리닫는 갯것을 향하여 설핏 낚아채고 솟구친다. 놓치는가 싶던 검독수리가 다시금 덤벼든다. 창천에 오르고 솟구친다. 그 모양새가 비상하고 가히 장관이었다. 대체나 저것들이 그저 먹고 살자는 짓거리인가. 설마 싫어지는 것이었다. 아마도 제격에는 사랑 짓인가? 다툼인가도 싶었다.

하여간 산다는 노릇은 저리도 치열한 다툼이던가. 저걸 포기하고 그 흔한 갯가로 왜 내리 꽂지를 못하는가? 겸사나 양보란 오로지 그나마 인간들 몫이던가. 지금 이 땅에서 벌어지고 있는 이 사건이란, 도대체 무엇이던가.

그처럼 지악스럽게 설쳐대던 동양척식이 썰물처럼 물러가고, 그 사업터전에 주인 된 조선 백성을 세우겠다는 노릇은, 인간사의 가관일 터였다. 이것이 귀에 옹이가 자라도록 주절거리는 설조대로 대동아공영의 작태란 말인가. 그 음흉한 속셈을 시시콜콜 따지고 자실 여기는 없다. 새삼 그럴 일도 아니지 않은가. 자고로 조선 땅에서 설치는 왜구들이라면, 벼룩의 간을 파먹자고 덤비는 족속들이요, 근자에 들어 삼천리강산의 토지뿐만 아니라 인종의 살과 뼈는 물론이요, 가죽과 핏줄과 성씨姓氏까지 차근차근 수탈하여 도륙을 내자는 아귀 중에 염마졸 야차가 아니었던가. 하지만 산천의 독초라도 쑥버무리 개떡으로 빚어가며 보릿고개를 넘어 살았고, 징하고도 푸진 살림살이 쫓아오나 뒤태 살피며 견뎌온 백성들이다. 비록 왜구들 야차가 시종은 아니었다. 오죽해서 걸귀신은 사또 양반 동헌대청이 안택이라 했다. 옥반가효玉盤嘉肴는 만성고萬姓膏요, 금

준미주金樽美酒는 천인혈千人血이라는 암행어사 출사표가, 어찌 춘향의 이 도령 타령이라 했던가. 흥부전 아들들의 배고픈 걸귀신 타령은 언제부터 불러본 구슬픈 절통가락이었던가? 선말 양반 덕성이 이따금 중모리로 읊어대는 애절 양이, 다산 스승님만의 절창이더란 말인가.

살림살이란, 나누고 빼앗는 저리 오지고도 잔인한 소꿉장난인지도 모른다. 진정 갈대처럼 갯바람의 들녘에서 짠바람에 웃자란 어른들의 소꿉장난이다. 해류 탕 겉물은 마시면 마실수록 목이타고, 갈증이 심각해지는 법이었다. 내 몫을 챙기고 내 몫에만 집착을 하다보면, 항상 모자람과 갈증이 따른다. 드높은 창공에서도 서로 먹겠다고 날갯짓하고 할퀴고 타박하는 살림살이란, 너나 없이 소중한 목숨들의 일이란 말인가. 선말댁이 앙가슴에 저절로 솟구치는 상념에 하염없이 빠져드는 순간, 요란하게 징징거리며 메기 치던 사물놀이가 한바탕 상천에 고했는가 싶었다. 귀에 농익은 사물소리도 허기에 찌들었던 땀내 나는 다 큰 머슴들의 소꿉장난인가 싶었다. 갯가의 함바집 안택에 마련된 연설 무대에 이규진 청년이 고개를 숙이고 앉았고, 그 양 옆에 이노우에 다케히코 주재소장과 오꾸다 면장이 자리 잡았고, 선말 양반과 강 목수에 이어 늠름하게 앉은 향반 기관장들이 어깨를 거들먹거렸다. 누군가를 초조하게 기다리는 모색이었다. 갯둑에는 누렁개들이 어슬렁거리며 꽁무니를 쫓기도 했다. 갈매기가 끼룩거리며 설쳤다. 함바집의 연기가 잦아들고 있었다. 저 밥집은 어찌 되려는가. 선말댁은 고개를 떨어뜨린 조카사위 신랑의 심사를 거듭 헤아렸다.
— 그랑께, 매를 맞아도 먼저 맞는 놈이 당상이요. 똥 장군이라면 등내밀고 먼저 덤비는 사람이 장땡이라지 않던가. 그리 떵떵거리던 양조장 팔아다가 면장 자리를 챙기고, 그도 모자라 오꾸다 히데오로 아예 귀화를 선언했더라는 대구 면장을 생각해보더라고. 위아래가 그런 시상이 아니더냐? 그런 말이여.

강 목수가 안타까운 심사를 드러냈으나, 신랑은 묵묵부답이었다. 한참 만에,

— 그리 죽으나 이리 죽으나, 마찬가진께. 사즉, 생을 혀라! 그런 말이제라.

— 어찌 그리도 거룩한 이름을 댈 것인가. 허나 누군가는 매어야 하는 짐이라 하지 않던가. 자네가 속내 말씨 그대로 마지막인, 다나카 이치로의 이름만 빌리소. 세상 돌아가며 밤낮으로 용틀임하는 본새가 아무래도 자기 성씨나마 지키며 살기는 폴세 틀린 일이 아니냐. 그런 말이랑께. 내 말이.

— 그라제라. 그라제라오. 지발 이제는 다나카 이치로는 아조 죽어 번지고, 규진이로만 평생을 살랑께 그리 아시오 들! 죽고 또 죽었지만 기어니 나가 핏덩이를 살려서, 승전보를 울리는 큰일을 하고 말 것잉께요. 순심 새댁과도 그리 다짐을 했응께라오. 내 씨가 바로, 그런 씨란 말잉께요.

하면서 처음 본 듯 닭똥 같은 눈물을 풍풍 떨쳤던 것이었다. 지금 저 자리에서도 그런 눈물을 흘리고 앉았구나, 하고 선말댁은 앙가슴으로 헤아려 본다. 그 흉악한 참척의 태아 사산 자리에서도 끝내 보이지 못한 구슬 같은 눈물이었다.

처 숙질간인 선말 양반의 마지막 당부가 어마님의 문자 점을 확인하는 셈이었다. 그렇게 열흘이 지나고 순심 새댁의 삼칠 이레가 몸살풀이로 지나자 일판이 벌어진 것이었다. 강 목수 전갈을 들은 안경잡이 주재소장과 이시하라 유지로 동척 대리와 면장이 서둘러 박광수 씨를 다그치며, 일판은 급속하게 마련이 된 터였다. 먹쇠 호장이 삼동에 고하여 아침을 들깨웠다.

이윽고 마루야마 겐지 군수와 아오야마 고쇼 경찰서장이 박광수와 주재소장의 안내를 받으며 올라서고 있었다. 그들은 트럭으로 마량포구까지 당도한 직후 곧바로 자전거를 타고 끌며 신마 뒷산 길을 거쳐 온 것이었다. 환영사 가락인지, 상천에 고하는 사물풍장이 재벌 한바탕을 울었다. 오늘 따라 최덕만 아제의 상쇠잡이 가락이며 옷차림이 오색깔로 휘황하고 산뜻하였다. 상모 자

락이 긴 꼬리를 끌면서 하늘로 치솟다가 고요히 착지하는 가운데, 이시하라 유지로 동양 척식의 현장 감독 대리가 군수 영감을 안내하여 강단에 나섰다. 박광수 통변이 뒤를 따랐다. 중대한 연설이 시작될 모양이었다.

하지만 이 날 별다른 연설은 없고 그저 제국군대의 첨병이었던 전상 장병 다나카 이치로 군에게 제국의 명예와 동양척식의 은택으로 간척지 총책임과 사후 관리의 현장 감찰대장으로 임명한다는 군수 사령장이 전달될 뿐이었다. 다나카 군은 말 그대로 바람에 절쑥거리는 허깨비처럼 커다란 액자 받들어 곧장 선말 양반에게 내려놓았다. 이어서 삼동의 근실한 유지로서 덕성 씨는 간척지 현장 대리 부책을 맡긴다는 군수영감 선언이 고작이었다. 단상 몇몇 인사와 이규진 군이 박수를 쳐대자 와자한 환호성이 일었다. 마침내 무거운 똥 장군을 먼저 등 내밀었다는 눈치였다. 이규진 신랑은 다나카 이치로 군의 전공이니 어쩌고저쩌고 하는 잡소리가 생략 된 일이 무엇보다 다행이었다.

하지만 통변 박광수가 문서로 전한 계약조건은 새삼 겁나는 것이었다. 3차년부터 200만 평의 미곡 생산 작업이 시작될 터이었고, 이어 30년 간의 대차지가는 생산량을 싹둑 잘라서 반타작이었다. 그것이 대동아공영의 진충보국이요, 성은에 감축하는 신민의 광영이라고 나열하였다. 반타작이라지만 실상 생산비와 인력은 온전히 자가 부담이라면, 삼칠제에도 못 미친다는 계산은 뻔했다. 제 나라 땅도 아닌 남의 나라 해안에다 말뚝 꽂아놓고 3, 4년 간 간척사업이네, 성은에 감지덕지 멸사봉공하다가, 세세연연 우려먹자는 외통수를 단박에 알아채지 못할 멍텅구리는 세상에 없을 터, 한동안 불근거리는 훤소가 일었다. 누군가 나서며 진정하려는 기미도 보이지 않았다. 단상은 서둘러 파장이 되고 있었다. 무언가 아쉽고도 민망한 기색을 어썩거리듯 수인사 주고받는 단상에서 선말 양반 덕성은 처치 곤란한 액자를 들고 엉거주춤 망설거렸다. 등허리가 짓눌리는 무거운 짐이었던 것이다.

어느 틈엔지 징징거리며, 징이 울려 퍼지기 시작한 사물 판이 깨갱깨갱 깽깽하고 소갈머리 좁은 잡소리 말라는 듯 꽹과리를 두들겨대자, 남해안 강산은 만선의 깃발 휘날리는 갯머리처럼 흥청거렸다. 천 천지 북 가죽! 기름 발라 개가죽 북소리는 둥둥거리며, 한 살이 세상에서 저마다 맺히고 서러운 앙가슴을 파고들었고, 동당동당 장고소리는 가볍고도 환하게 위로와 은택을 나누듯 남녀의 가락으로 어절시구 심정을 다스렸다. 이윽고 굶주린 들판에서 무지개떡과 막걸리 판이 펼쳐지고 북장고와 기름 발라 개가죽이 펄러덩거렸다. 얼떨결에 어 헐럴럴 상사商社디야의 황당한 상사眞詞뒤풀이였던 셈이다.

초저녁달이 붉었다. 한사리 때인즉 둥실한 달이었으나, 석양을 흠뻑 머금은 달은 농익은 옥수수 이파리 빛으로 물들어 정한에 사무친 여인네의 가슴인 양 수줍은 회포를 감추지 못한 성싶었다. 그 달빛을 평상에 앉은 온 가족이 우러러보며 한동안 말을 잊고 있었다. 간만에 일가가 다 모인 듯 흐뭇한 자리였다. 설거지를 마친 순심이 종수와 종연이 사이로 자리를 잡았다. 규진 신랑이 반기는 안색으로 달빛 우러르던 눈길을 보낸다. 사산 후에 핼쑥해진 안색은 달빛어린 동실한 얼굴이 유난히 보얗고 아름답고도 마음이 쓰리다. 달빛을 향하여 희롱거리는 청맹과니 어마님을 바라보던 입이 불현듯 열리며 말끝을 이었다. 건너편 검은 청소나무 숲에서 저녁 부엉이 울음소리가 청개구리 우짖음이듯 기다란 꼬리를 끌었다.

— 그라고 본께, 지가 제국군대 훈련병 시절에 건성으로 들었던 말이 생각 낭만이라. 하도 징상한 소리들이 많았지만, 잊히지를 못하는 소리인디라.

— 대체 먼 소리란가? 그리 무거운 입이 열릴 터이면, 보통일은 아니것제.

— 그대 이오지마 수비대 장병들은 무사히 군복무를 마치고 제대해서 고향에

돌아가면 대지주가 될 것이라고, 그리 알고 훈련장에서 땀 한 방울이면 전장에서 피가 열 방울인즉 열심히 훈련하라고, 살벌한 경쟁을 다그치는 소리였지요. 조선 땅에서 간척사업은 제대 장병들을 위한 대제국의 전략이라는 거였당께요.

강 목수가 성큼 받는 대꾸에 신랑은 진지하게 답했다. 진충보국 목숨을 건져 제대만 해가면 팔자를 고칠 터라는 격려였던 것이다. 그것이 빈 말은 아니라고 주억거려보는 셈이었다. 삼 칸 집짓기는 이제 곧 상량을 올리자고 나설 만큼 기둥이 서고 서까래를 다듬고 대들보도 손질해 놓고 있었다.

— 그것이 어찌 조센징이라고 하대하는 조선 백성들만 위한 전략이것능가. 다 저그 놈들 속셈을 챙기자는 수작이것제.

— 저그 놈들 속셈이건 그게 아니건, 아무튼 나라 백성 위해서 남의 땅 침략을 하고 거기서도 바다 메워 땅을 늘리고, 더군다나 제대 군병들 살림살이까지 챙기려드는 나라들이 장하제라. 조선 천지에서 언제 한 번이라도 백성들의 살림 위하여 땅을 늘린다거나, 이웃 나라를 건드려 본 일을 못 봤응께. 그저 좁은 골짝에서 남인 북인이네, 동인 서인 파네 하고 복작대다가, 그나마 몽땅 내몰리고 각자도생各自圖生이라니, 이런 나라꼴이 아니덩가요. 매가리 없고 징상한 놈의 시상이제라.

어린 윤심을 품고 있던 선말댁이 조곤조곤 호소하듯 말했다. 언중유골이라. 은연중에 서늘한 선들 바람이 일고 있었다.

— 와마, 와마! 어째 이라고 또 사내들 면박을 쏘아댄당가. 사내들 숨구멍은 틔어져야 그나마 사람 사는 꼴을 볼 것이 아니당가?

— 그랑께 통제사 이순신 장군께서는 임진왜란 전쟁통에도 저 건너 고금도 수군 본영에서 논밭을 파고, 씨알 뿌리고 농사를 손수 지셨다든 디요.

어미 아비의 자탄 실랑이에 도령 최종순이가 냉큼 반박하고 나섰다. 동생 종연이도 어깨를 들썩이며 동의하는 낯빛이었다.

— 오-매! 장한 거. 장해, 내 사람들! 대체 누가 그라고 자상하게 이르시던가.

— 우리 할머니 선상님이제라. 한문자만이 아니라 이약을 잘해 주싱께요. 노적봉이랑 강강술래랑, 거북선 용머리에 불 대포랑, 얼매나 재미지다고요.

어린 종연의 자랑에, 형아 종순이 의연하게 대꾸했다.

— 이야기만 아니라, 다스릴 치治, 근본 본本, 어조사 어於, 농사 농農, 농사를 다스리는 근본을 삼으라. 힘쓸 무務, 이 자玆, 심을 가稼, 거둘 색穡, 힘껏 일해서 심고 거두어야 한다. 비로소 숙俶, 실을 재載, 남녘 남南, 밭이랑 묘畝, 양지 바른 남쪽 밭에 경작을 하다, 하고 천자문에서 안 가르치던가.

— 오매! 이라고 장한 내 사람들아! 그랑께 선상님은 시상에서 제일 잘 만났고만 잉! 석자 배우면, 열자를 깨친다더니! 들자하니 경우에 합당한 말은 은 쟁반에 황금대추요, 금사과라 덩만. 안 그런가들?

선말댁의 감탄에 종순이 연신 환한 벚꽃 봉오리를 터트렸다.

— 그랑께 농자는 천하지대본이라고, 논두렁에 나설 때마다 꿩 메기 사물놀이 깃발을 휘두름서 장려를 안하덩가.

— 그란다고 대처 상급학교 진학을 때우려는 속셈은 죽어도 안 될 것이요. 잉?

— 그것이 먼 소리랑가. 천벌 맞을 소리제. 엔간히 형편 피면 형들이랑 합세를 꼭, 할 것잉께. 우선은 열심히 하더라고.

종연의 아금받 다짐에, 아비 덕성은 찔끔하는 심사로 거들었다. 볼수록 오지고도 장하고 안쓰럽다. 사돈댁은 들은 듯, 못 알아듣는 듯 서녁하늘 달님 우르르며 눈길을 휘두르고 있었다. 저리도 학동들 훈육이 지엄한 사돈댁을 뉘라서 청맹과니라, 앞 못 보는 하릴없는 어른이라 할 터인가.

— 그나저나 당면지사를 어쩌야 쓸란지, 일판은 벌어져 낳는디 말이라.

— 금-매, 결코 쉬운 일은 아니제라. 이제부터 장기판처럼 갯논을 치고 둑쌓
기를 마무리해서 육수를 잡아야 할 것인디, 갯벌이란 육수로 적어도 석 삼년은
우려내야 전답 구실을 할 거잉만. 매사가 말처럼 쉬운 일이 아니제. 그란다고
다 해논 밥에 코만 빠트리고 멍하니 있을 수도 없는 일잉께.

강 목수가 목수다운 셈속을 여실히 드러내고 있었다. 느닷없이 생각지 못한
감투를 쓴 셈이었으나, 실상 보통일이 아니었던 것이다. 물량의 조달은 계속
보장이 될 것인지, 수 백 필지의 논두렁과 치수관개 사업을 위한 설계는 어찌
감당을 할 것인지, 도무지 선험先驗이 없는 일이었으니 말이다. 더구나 인부들
뒷바라지며 옴니암니 곰곰이 생각할수록 도무지 막막하고, 어간이 막히는 일
이었다. 더구나 그들의 꿍꿍이속을 확연히 들여다 본적도 없는 일이었으니 말
이다. 난장에서 적산가옥을 불하하듯 떠맡기고 철수를 하겠다니.

— 노략질로 생업을 삼던 왜 사람들이, 사람노릇으로 갯논치고 씨알 뿌린다며
시작한 일이요, 대동아 공영이라고 설쳐대든 일판이거늘, 조선사람 우리라고
못할 일일랍디여? 갯논이 이백 만평이면, 만 섬지기는 될 텐디, 일속에 밥이
있고 밥줄 속에 일판잉께요. 무슨 한량들 근심걱정부터 앞을 세운다요.

— 걱정 근심 한량이 아니라, 숭어 이깝 크다고 자랑할 일은 아니랑께 말이제.

— 그릇 봐감서 밥 담고, 사람 봐감서 일 맡긴다고 감당 못할 일을 아무나 던져
줄 시러베장단은 세상에 없다 말이요. 더군다나 분명한 속셈 손볼 일이란 시작
은 했을망정 타산이 맞지 않겠다 하는 속내는 아닐 것이고, 설혹 농사를 다지
어서 수탈을 당할망정, 떡고물에 땅덩이 짊어 가지는 못할 것잉께. 농사 질 백
성들은 살려감서 속셈을 챙기겠제라.

선말댁이 자신감을 심으려는 듯 살림꾼다운 셈속을 드러냈다. 그 말에 힘을
누린 듯 강 목수가 연신 박달나무 쐐기를 박았다.

— 그려, 그려! 천리 길도 한 걸음부터라고, 가마솥에 누른 밥을 혼자서 다 묵

을 것인가. 밥하는 사람 따로 있고, 일하고 배고파서 허겁지겁 게 눈 감추듯 묵을 사람도 따로 있는 법잉께. 세상이 살라고 있는 법이제, 죽으라는 것인가.

강 목수의 조언에도 규진 신랑은 아예 오불관언이었다. 이야말로 다나카 이치로의 상훈이요, 일판인지도 모른다. 하지만 말 그대로 다나카 이치로는 온전히 죽고, 이규진으로만 살아가려는 다짐은 철석간장이었다. 그런 신랑을 찬찬히 바라보고 앉은 순심은 안쓰럽고도 대견스러운 안색이었다. 척척! 척척! 뛰어서, 뜀박질 마라톤으로 세상을 제패하겠다던 아무진 꿈하고 바뀐 일판이었다. 그 모습과 꿈에 홀짝 반했던 사랑인지도 몰랐다. 하지만 그 꿈일랑, 절대로 포기할 수 없다. 아들을 낳고, 또 낳아서라도 기어이 이루고야 말겠다는 정담을 주고받았던 터이다. 그 뜨거운 품속에 첫사랑 품고 열 달을 견디었던 참척을 치유할 수 있었고, 이제 하루 속히 잊자 다짐했다. 뿐만 아니었다. 가슴에 코를 문지르며 고백하기를 차라리 통탄할 일이지만 핏덩이가 죽고, 내가 이렇게 다시 살게 된 것인지도 모른다. 내 사랑 순심 뱃속의 핏덩이를 생각하고 꿈에도 그리며, 일본 제국 땅에서 훈련이라는 이름으로 저지른 일을 생각하면 자다가도 벌떡 일어서지 않을 수 없는 이유가 있단 말이시. 그 말은 내 입으로 차마 못 하것네, 하며 출렁출렁 달기똥 눈물을 뿌렸던 것이다. 순심은 무언가 짐작하는 바가 있었다. 죽고 또 죽어 마땅하다는 자탄이며, 밤낮 죽이고 벗기는 짓거리가 제국 군대 훈련이라는 그런 훈련에 선발대는 항상 다나카 이치로였더니, 탄식하는 소리가 바로 그것이었다.

— 암—먼! 살아야제라. 자석이야 어머님 말씀대로 일곱을 낳을 수도 있고 열을 낳을 수도 있는 법잉께라. 이녁 씨알은 보통이 아니랑께. 앙 그래요? 내는 철석같이 그리 믿을라요. 나가 첫날밤부터, 심 황후 대접을 당신한티 받고서 얼매나 황송감축을 올렸던가요. 자다가 생각 만해도 오지고도 황홀해라 잉!

— 그러고 말고, 그러고 말고제. 시상 사람치고 눈물 없는 사람이 있다등가?

씨리고 아픈 앙가슴 지녀보지 못한 사람이, 대체 누구요? 손발에 피투성이 범벅을 씻지도 못하고 한세상 견뎌온 사람이, 천지간 어디에 있다 하등가.

— 어느 누가 상처받아보지 못한 가슴 지녔으며, 어느 누가 깨진 무릎을 비벼본 적이 없으며, 어느 누가 코피 나는 코를 어루만져보지 못했으랴. 도대체 어느 누가 칼로 벤 손가락을 칡넝쿨로 감싸 잡아 묶어보지 못했으랴. 사는 게 그런 거고 삶이란 그렇게 깨지고, 부서지고 견디며, 망가져가며 만들어가는 이력인 것을, 앙 그라요.

그렇게 절로 터진 앙가슴 소리를 서로 주고받으며, 가슴에 코를 묻고 뱃구레에 얼굴을 묻어 부비는 사이에, 입술이 입술을 깨물어 감청-질을 부르고, 살결이 살결을 뒤대고 피가 피를 섞으며, 오지고도 찰진 밭에 낭창 씨알을 낳고 받으며 한밤을 지새웠던 터였다. 들으시고 아시는 자상하신 삼신님! 한울님이 어찌 무심하시리오. 그러며 우리 땅 우리 터전은 갯논가의 천수답이요, 거기 내 살과 땀을 쏟으리라 하였다. 어마님의 난생 문자풀이대로 상사賞賜뒤야! 라거니 정신 차리고 얼차려, 어 헐렁렁 상사商事뒤야에, 상사詳事뒤야라. 하여간 자신을 항상 살펴서 나무람이나 경계함을 갖고, 총애가 더할수록 교만하지 말고 더욱 조심하고, 신임을 받는다고 욕된 일을 하면 머지않아 부끄럽게 될 터인즉, 욕되게 사느니 숲에 묻혀 맘 편히 지내는 것이 낫다 하였다. 거북선 동산 숲에 암꿩처럼 숨어서 세상에 없는 듯이 살아 갈랑께. 하지만 내 꿈은 내 사랑 순심 낭자 당신이 알고, 새댁인 당신 몸에 내 씨알이 자라면, 그 핏덩이는 기필코, 우리들 꿈을 이루는 승전보로 척 척척! 척척! 장군이 되고야 말 것인께. 그도 말고제. 밤새껏 주고받았던 것이다.

자리가 사람 만들고, 사람이란 자리 값하게 마련이었다. 동양척식이 백중사리 때 썰물처럼 물러가고 사업현장의 총괄감독으로 임명받았던 규진 청년은 여전히 오불관언이었으나, 선말 양반 덕성은 달랐다. 은근짜 섞인 선말댁의 훈수를 들어가며, 사람만나는 일부터 추슬러나가지 않을 수 없었던 것이다. 그런 일에 앞장 설이가, 바로 신마 박광수 통변 선험자였다.

강 대목의 훈수 들으며, 우선 만남 자리를 마련하자 하였다. 마량의 신설 우체국 옆 청주집에 자리 잡았다. 상쇠잡이 최덕만이 합석하였고, 박광수 씨는 서중 출신의 김봉길 십장을 대동하였다. 강 목수가 앞장을 선 것은 물론이었다. 청주집은 몇 해 전에 개업한 신참이었다. 김 십장의 딱 벌어진 어깨가 유달리 다부져보였다. 하지만 얼진 얼굴은 순박한 촌부였다. 그가 있어 신마 현장이 잘 굴러간다는 평가를 전에 시미즈 겐타로 총감시절부터 듣던 사람이었다. 일꾼들 다그쳐 하라기 전에 몸 사리지 않고 착착 감당해가는 솔선수범이었기 때문이다. 청주집의 옴팍 자리에 앉자마자 주모를 향하여 최덕만이 서둘러 입을 열었다. 그 역시 십장으로 겐타로의 신임을 받았던 인사였다. 각종 연장이며, 물량의 수납 책임 관리자였다.

— 여그는 막걸리판인 것을 아시제라. 어쩌까, 오매불망 제국 샌님들이 썰물처럼 물러가 버렸으니, 아무래도 간판을 바꿔야 하겠제요.

— 누가 간판만 탓을 할랍디여? 막걸리에, 소주, 청주에 골고루 갖출랑께요.

청주집의 심추자 주모가 환한 낯으로 영접하면서 대거리했다. 그 입술이 붉었고 허리가 낭창하고 가냘픈 과수댁이었다.

— 서방님들 입맛을 맞춰 불라요. 그들이 아시기라오. 막걸리 입, 청주 입질이 따로 있당가요. 양반 입, 상민의 입질이 한 가진디라.

— 와마, 말만 들어도 푸짐하고 오지네. 하오나 청주마시고 쉰 소리를 할 팔자가 된당가. 대제국 나부랭이도 아니고. 우리는 오나가나 조선 농투산잉께, 배부른 막걸리가 장땡이라. 앙 그란가.

정녕 말길 트려는 속셈이 분명하였다. 선말 양반이나 박광수 씨의 입장이 피차 억색한 자리인 것을, 앞장서서 길라잡이 하고 들었던 셈이다. 아닌 게 아니라 말길이 어우러져도 피차 대거리 없이 눈치를 살핀다.

— 와마! 어쩌까라우. 거시기한 자리에, 따끈한 청주를 대접해야 할 턴디.

최덕성이 먼저 주전자를 쳐들며 입을 떼었다. 상석에 박광수를 앉히고 마주 보며 둘씩 자리를 잡은 다음이었다. 자리에 잠간 실랑이가 있었으나, 곧 진정은 되었다. 박광수가 먼저 손사래를 쳤던 것이었다.

— 아니 상좌에는 마땅히 현장 감독님이 자리를 잡으셔야제라. 그런 자리가 아무나 챙길 수 있는 보통 자리더랑가?

들고 새겨본즉, 쓰린 가슴이 엿보이는 소리가 분명하렷다.

— 와마! 감독이라니, 대리라지만 천만에요. 통변 박 선생님의 공로가 지대하신 디, 어찌 그런 말씀을. 어서 잔을 잡으시제라.

— 오매오매, 오늘은 이 아낙이 한 잔씩 먼저 쳐야제라. 신생 감독님 축하주로다가, 안 그요? 비록 촌구석 아낙이제만, 시상 물정이야 어찌 모른다요.

주모가 인사치례하며, 철철철! 잔을 채웠다. 누구도 아무런 대꾸가 없었다.

— 말은 옳은 말이제라. 이 자리가 겸사 겸사로 공사장의 새잡으로는 초인사 자린께로. 앙 그요. 어서 드시제라오.

한 잔씩을 쭉 들이키기를 기다려, 최덕성이 급기야 무거운 입을 열었다.

— 알아야 면장을 한다더라고, 저희는 아는 게 있어야제라. 현장이 어떻게 돌아가는 것인지, 차근차근 갈치고 지도편달을 바랄 뿐입니다.

— 오하! 갈치고 지도편달이라니, 어찌 그리도 과분한 말씀을…!

비로소 광수 씨의 무거운 입이 열렸다. 허나 꼴을 보고 있던 강 목수가 대뜸 한마디를 뒤엉긴 풀싹처럼 던졌다.

— 자고로 크고 작은 일에는 선후가 분명하제만, 무불간섭이 젬병이라. 전에

다산 선생께서 이르시기를 목민심서에, 백성은 그 길을 간섭하지 아니함이 스스로 일하게 하는 신명이거니, 배 두드리고 신명나게 일할 수 있도록 앞뒤나 고루 살피시게. 일은 사람이 하고, 사람은 저절로 자리를 아는 법잉께. 마당쇠는 마당 쓸고, 깔개는 꼴망태 지고 나서는디, 마당 쓸어라. 소꼴 비어라 하고 설치면, 빗짜락 내던지게 마련이거녕, 앙 그라던가.

이렇게 시작하여 얼큰한 자리가 익어갔으나 갈수록 서먹서먹한 기운을 떨치지는 못했다. 통변 박광수가 도무지 말길을 닫았던 것이다. 그리고 본즉 그 후로도 그는 덕성이나 강 목수와는 한사코 거리를 두었다.

— 그나저나 현장의 뒷감당은 박광수 통변께서 여전히 하시고, 마량의 시미즈 겐타로 씨 사택에도 곧 입주를 하실 모양이요. 오꾸다 면장하고도 그리 이야기가 되었응께 말이제라. 갈수록 중책이싱만이라.

느닷없는 서중 김봉길 십장의 언변이었다. 대충 그리 짐작은 하고 있었지만 이야말로 마름 실권의 확인인 셈이었다. 시미즈 겐타로의 빈집 사택에 입주를 한다니? 실속은 다 챙겨 그리 될 터이니, 그리들 알라?

하여튼 현장의 물량은, 그런대로 잘 돌아가고 있었다. 달포마다 한 트럭 씩 실어오는 곡물도 변함이 없었고 동척의 돼지도 나흘 걸러 한 마리씩 잡았다. 오히려 물량이 한층 풍성한 듯하여, 찜찜한 낌새였다. 어딘지 샌 구석이 있었고, 그런 구멍 자리가 막히자 드러난 현상이었다. 하지만 지난일은 일체 간섭 말고 이제부터 잘 추스르자는 것이 덕성의 방침이었다. 그런 책임을 온전히 오촌 덕만에게 일임하였다. 첫 달포가 지나며 서중댁 함바집에는 최덕만의 필체로 커다란 방문이 붙었다.

정량대로 먹고, 양심대로 일하세!
갯논은 나라 땅, 백성들이 주인일세!

너나없이 읽고 듣고 새기며, 고개들을 주억거렸다. 정량이란 제법 뱃구레가 살아나는 밥그릇 물량이었다. 갯논은 나라 땅이라니, 일본 제국인가? 아니면 서러운 조선 땅인가. 하여간 물담살이 박대철이와 마당쇠도 무언가 신바람이 난다는 투였다. 촐랑거리며 물지게를 지고나선 발걸음이 한결 가볍고 어깨춤을 추었다. 단지 선말댁은 끝내, 함바집 주변에 나타나 얼씬거리지 않았다. 성주 집안일과 규진 신랑의 갯논치기 뒷바라지가 급하고도 허기졌던 것이다. 선말 양반의 큰 일손을 뺏긴 탓이었다. 순심 새댁과 일손이 맞은 신랑의 천수답은 서마지기가 넘었다. 다부지고도 옹골차게 들어붙었다.

— 아니 저 몸을 가지고도, 저라고 설치다가 또 먼일을 당할랑가.

— 나가 이 몸으로 두 몫, 시 몫을 한단 말이요 잉! 그란 하면 우리 아가에게 지은 죄를 갚을 길이 없단 말이랑께. 그라고 일해서 밥자리부터 챙겨보라고 삼신님이 거둬 가신 것으로 알아진다 그런 말이요! 어마님 말씀대로 다 삼신 조상님의 훨씬 높은 뜻이 기시것제라오.

신랑의 성화에 아랑곳 하지 않았다. 강순심의 그악스러움이 자극이 되었다. 부부는 죽을 판 살판으로 천수답 논 치기에 땀을 쏟았다.

그해 새 뱀이 천수답에는 볍씨를 뿌리지 못했으나, 메밀 씨를 파종하였다. 바닥이 고르지 못했고, 잔돌이 많았고, 논둑이 실하지도 못해서 논이라기에는 어설펐다. 하지만 서마지기 논두렁에 메밀 씨를 파종하고 본즉 부자가 부럽지 않았다. 메밀이란 메밀가루를 치고 보면 그 식양 쓰임새가 다양했다.

메밀 죽은 물론이요, 메밀묵에 메밀칼국수, 메밀수제비, 메밀 전에 메밀 냉면 메밀 싹 즙, 메밀응이는 쓰린 속풀이었다. 위와 장을 튼튼히 보하고 변비에 설사를 지하고, 딸꾹질을 멈춘다. 무병장수의 삼백초 즙이라고 했다. 순심 새댁의 자상한 살림살이 솜씨가 제법 살아날 셈이었던 것이다.

메밀 씨를 파종한 날에, 어마님은 상기한 모습으로 상찬을 아끼지 않았다.

— 오늘 아침에 낭송 문자의 빛을 보았거늘, 이는 길운이라. 나가 비록 청맹과 니라 할 수 있는 바가 없지만, 훈육이란 선견지명이리니, 힘쓸 무務, 이 자滋, 심을 가稼, 거둘 색穡, 힘껏 일해서 심고 거두어야 한다. 비로소 숙淑, 실을 재載, 남녘 남南, 밭이랑 묘畝, 양지바른 남쪽 밭에 경작을 한다. 나 아我, 재주 예藝, 기장 서黍, 피 직稷, 기장과 피를 심는 일에 정성을 다하겠다. 거둘 세稅, 익을 숙熟, 바칠 공貢, 새 신新, 곡식 익으면 세를 내고 햇곡식으로 종묘에 제사를 올린다. 이아니 대장부다운 사람 구실이랑가. 이렇게 사람의 도리를 다하자면 천운天運이 따르는 법이라.

훈수를 거듭 들어가며 땀 흘려 제 힘을 쏟고, 자기 몫을 챙긴다는 노릇이 그리도 신바람 나는 일인 줄 몰랐다. 더구나 사랑으로 한맘 한뜻 이룬 일판이었다. 하는 일마다 신바람이 배가하였던 셈이다. 더구나 절쑥거리는 몸놀림이었지만 규진 신랑이 죽은 목숨에서 봄꽃 피어오르듯 신바람 내었고, 그 모습이 순심에게는 천하를 얻고 새 생명을 누린 듯 오지고도 옹골졌다. 모질게 다그치던 천수답 논 치기에 메밀 씨 파종하고 저녁거리에서 순심 새댁은 터지는 욕지기를 구차히 숨기려 들지 않았다. 샛노랗게 바라진 얼굴에 홍조는 잠시였다. 여인네들 무람없는 벼슬이었던 까닭이 아니던가. 지긋이 바라보던 선말댁 낯꽃이, 초겨울 동백아름처럼 활짝 피어올랐다.

— 오매 매! 저리도 어여쁜 짓이랑가. 어 야! 조카사위 자네들 말 짓 했고만, 그려! 아이 고매, 얼씨구절씨구 지화자라. 사부인님 이리 좀 와서 뵈시게라.

— 그란 해도 날짜를 꼽아보고 있는 중이제라. 모두들 큰 정성 아즘찮소 잉!

방안에서 천자문 낭송소리처럼, 차랑차랑한 청맹과니의 대꾸가 살아 올랐다. 앉아서 동구건너 지척천지간을 살펴보고 있다는 응대였다. 이규진 신랑이 넌지시 말했다. 아닌 척 콧등이나 문지르듯, 태연 작약한 응대였던 것이다.

— 와마, 지 가 한 일이라고는 그냥 그랑께. 좋은 디라. 어쩔 것이요.

— 그것이 다 어지신 삼신님, 하늘 땅 어울리는 음양의 공덕이라고, 앙 그라 등가.

얼근 얼굴의 선말댁 눈가에 어리는 이슬은 진주와 같이 맑고도 밝았다. 못 당할 참척 후에 한동안 맺히고 서린 옹 가슴이, 춘설 눈 녹듯 풀리고 있었다.

아홉 마당

아리고 슬픈 청춘

— 인간사 한평생 살다 죽는 짓거리가, 결코 사람에게만 있을 수 없다는 말은 사실일까? 실상 진실은, 그게 아닌가. 이런 속셈이란, 실제로 사람에게 가당치도 못한 일인지도 모른다. 자기도 모른 새 낳고 커가며, 살고 살다가 이런저런 세상사에 얽매여 헐떡거리다가 늙어 병들고 죽어가고… 이런 게 인간사라 하지 않던가? 하지만 대를 잇는 일이란, 인간사 번뇌와 더불어 피치 못할 운명인지도 모른다. 왜 사는가. 왜 살아야 하는가.

하는 생각들이 꼬리에 꼬리를 물었다. 최종구는 꼬리 없는 말을 삼키면서도, 물음은 멈출 수 없었다.

전에 동몽선습, 명심보감을 읽고 배웠던 훈장 조부님의 궤연几筵에 엎드려 늦게나마 예를 올리면서부터 지속된 물음이었다. 전라도 전주에서, 광주 거쳐 강진읍에서 때마침 연결된 트럭을 타고, 마량포구를 찾아들었다. 이틀 길 여정이었다. 소경이 더듬거리듯 당숙 댁에 들어서자, 훈장 할아버님께서 넉 달 전에 소천 하셨다는 소식을 먼저 들었고, 오촌 당숙 덕만의 안내로 상청에 엎드렸던 것이다. 상쇠잡이 최덕만 오촌은 종구 형제들이 유난히 좋아하고 따랐던 인척이었다. 덕만은 장 질항을 만나자마자 예를 올리게 하고, 이어서 곧바로 새 터전에 안내 길을 나섰던 것이다.

─ 장조카 최종구, 자네 부모님 선말 양반은 여기서 안 살아.

─ 어디? 어디로, 멀리 떠나셨능가요.

─ 그라제, 멀리 가셨지. 아조 멀리 저 멀리라고, 선산발치로!

─ 선산아래 발치로요?! 뭐라고요? 아니, 그런즉 선산발치라면?…!

종구는 입이 얼었다. 도대체 어디로 가셨기에 선산발치라면? 덕만은 검정구두에 신식 양복으로 차려입은 질항의 얼굴이 벌개지는 당혹을 대하자, 장난 끼가 솟구쳤다. 흔연스레 입을 열었다. 사실은, 사실을 말한 것뿐이었다.

─ 그라제 선산밑 발치로, 아조 난장판 세상을 등지고 평안히 가셨당만!

─ 선산밑 발치로요? 세상을 등지고요? 선산밑 발치라면 도대체 저희 부, 부모 형제들이 주, 죽어서 묻혔다는 말인가요.

─ 아항! 그게 아니라, 천만에 그런 게 아니랑께!

덕만은 아연 당혹하였다. 그리도 심각한 연상이라니, 설마 그리될 줄은 몰랐던 것이다. 그리된 걸음이었다. 앞장을 서게 된 급한 걸음이, 한숨을 후르르 썰물처럼 내지르며 사람이란 살림이란, 사랑이란 도대체 무엇이든가. 물음을 계속하는 최종구였다. 진정 이처럼 무시로 가슴 설레는 사랑이란 무엇인가. 생각만해도 온 몸이 전율하는 이런 사랑이란, 진실은 대체 무엇인가. 모를 일이다. 하고 본즉 모르는 게 하 많은 것이 인간사인지도. 하지만 부모 형제 사랑보다 나의 사랑은 달달한 환상만은 분명코 아닐 터이다. 사랑은 슬프다. 아니다. 가슴 설레는 사랑의 청춘은, 아리고도 슬프다. 청춘은 슬퍼서 아름답고도, 찬란한 빛살이 아니겠는가, 하고 종구는 상념을 곱씹으며 마을을 둘러보았다. 놀이와 배움에 항상 목이 말랐던 어린 시절 갖가지 추억의 안택이셨던 훈장 조부님의 죽음, 그 궤연 앞에서 어설픈 예를 마치기도 전에 선산밑 발치에 살림 자리를 잡으셨다는 낙향하신 부모님의 막다른 선택이란, 도대체 무엇인가. 그리 될 줄로 짐작 했었다. 하지만 생각은 뜻대로 풀리지 않았고 무엇을 주목했던지, 스스로 깨달을 수 없었다. 한 평생의 죽고 삶이라. 그런 거창한 문제였던가. 왜 하필 이처럼 오랜만의 귀향길에 그런 엉뚱한 생각이 들었던가. 사랑이란 그런 것인가. 청춘이란, 아리고도 슬프다. 극단과 극을 오고가는 나의 청춘은, 그래서 아름답고 슬픈 것인가. 실상 대처 살이 삼사년 만에 꿈결처럼 서럽게 아리송해진 부모님의 모습보다는 이내 화사한 진달래처럼 피어나는 김옥주의 아려한 모습이 얼씬거렸다. 이리도 아련한 모습이 아니라면, 그녀가 아니라면, 이제는 꼭 죽을 것만 같다. 살아야 할 이유가 무엇인가. 아직도 영판 모르겠다.

그 이름 김옥주金玉珠! 구슬 진주라. 김 씨 선조 할아버님은 김제의 원님을 살았다는 당당한 가문이었다. 하지만 나라 잃고, 오라버님이 대처로 만주로 떠나신 후에 생활이 곤궁에 처했다는 말은 슬펐다. 그녀의 고즈넉한 말이라면, 어쩐지 슬픔이 앞선다. 세상이 무섭고 두렵다는 말도 슬펐다. 전주 제사製絲 공장의 쿨렁거리는 모든 기계들이 두렵고 무서운 것인가. 어찌 그런 속에서, 생활을 꾸려가야 하는가. 부모님이 일찍 타계하셔서 외롭게 오라버님의 신세로 살아왔다는 말도 무척 슬펐다. 내가 그 착한 오라버니가 되어 주리라. 아니다. 나를 믿어다오. 이제부터 나의 전 생애를 그대와 함께 하리라. 내 말을 꼭 믿어다오. 김옥주! 그 이름은 나의 빛이다. 나의 목숨이요, 나의 살아야 할 이유인 것이다. 이번 섣달그믐께 귀향길도 목적은 오로지 그것인 셈이었다. 이제 부모님께 말씀을 올리리라. 사랑이 생겼다고! 장남 아들 최종구 장손에게도, 세상을 힘차게 살아야 할, 이유와 목적이 분명하다고…! 당숙을 뒤 따르는 그 발걸음이 힘차게 전개되어지고 있었다. 사랑을 가슴에 품고, 생각만으로도 청춘의 힘은 조랑말처럼 솟구치는 법이던가. 하지만 왠지 자신감이 순식간에 사라지고, 매사 두렵기만 한 까닭이 무엇인가. 마치 기적처럼 손길에 붙잡힌 푸른 진주를 얼핏 놓치기라도 할 성싶은, 아슬아슬한 두려움이었다. 그 두려움 탓으로, 그동안 다른데 신경조차 써볼 여유가 없었던 셈이다. 금번 구정절기를 맞이하며 그녀가 일깨워 준대로 고향의 방문길에 나선 터였다. 말씨마다 사리가 밝고 아려한 체구에서 품겨오는 영롱한 은빛처럼 지혜가 번득이는 연인이었다.

아리송하던 생각이 풀려가면서, 연동 원포를 지나 둘러본 숙마골의 마을은 안온하고 차분했다. 섣달그믐이 닥쳐왔는데 어디선가 농익은 향기 솟구친다. 저녁 짓는 고소한 밥 냄새인가. 아닌 걸! 동백꽃 향기 진동하는 듯싶다. 그리운 향기다. 닭소리가 갯가 파랑처럼 출렁거렸다. 저녁 송아지가 길게 울었다. 앞장서서 껑충거리며 걸어가는 오촌 당숙 종만의 걸음걸이가 어찌 저리도 당당하실까. 사물놀이의 상쇠잡이로 다져진 걸음새였다. 얼핏 주눅이 든다. 어쩐지 어두컴컴한 막간대로 끌려드는 기분이다. 어머님! 아들이 오고 있습니다. 장남 아들이 이렇게 삼사년 만에 귀향길에 들었습니다. 하지만 하고 본즉, 무겁고 무엇인가 잃어버린 듯 허전한 심사를 감출수가 없습니다. 왜 이럴까요. 모르겠습니다. 모를 일이 참으로 많습니다. 어머님! 내가 사랑하고 항상 잊지 못하는 어머님, 아버님! 최종수, 종순, 종연아 잘 있었겠지. 이 몸은 장남 아들이라니, 동생들은 얼마나 많이 컸을까? 하지만 불러만 보아도 어쩐지 숨결이 막힐 듯싶습니다. 그는 가방을 추켜올렸다. 겨우 하나를 장만한 일본 제국 여행 가방은 제법 묵직하였다. 아니다. 실상은 그녀 옥주가 챙겨준 임시로 빌린 가방인 것이었다. 하지만 내 것이 그녀 것이고, 그녀의 것이라면 내 것이 아니겠는가. 내 몸이 그녀의 몸이요, 그녀의 몸이 내 몸이라면 생각만 해도 하늘이 아려하고 찬란해진다. 그것이 사랑이란 이름으로 나눌 수 있는 모든 것의 가치 아니겠는가. 아직은 잘 모르겠다. 모를 일 참으로 많고도 많은 세상인가 보다. 어머님 모를 일입니다. 아직은 무어라 말해야 옳을 런지요. 이 맘씨를 무어라 변명해야 할런지요. 저는 사랑에 흠뻑 빠졌습니다. 좌우 가리지 못하고 앞뒤를 챙기지도 못한 듯합니다. 용서해주시겠지요. 부모님 허락도 없이 하라는 공부는 소홀하였고, 그저 밥벌이 삼아 직장이라고 찾아 나선 후, 이토록 사랑에 흠뻑 빠지고 말았군요. 결코 공부 길을 모를레라 하지는 않았습니다. 하지만 생활 방편을 좇아 서둘다보니, 살림을 해야 합니다. 생활의 기초가 잡히는 대로. 하지만 이것이 장성한 아들의 마땅한 도리라고 이해하시겠지요. 하지만 무엇이라 입을 열어야 합니까. 아직도 잘 모르겠습니다. 오촌 당숙이 무언가를 말하며 앞장을 서 왔지만, 도무지 듣지를 못했습니다. 그처럼 허겁지겁 뒤를 따르며 제 생각에만 골똘하게 얽매인 셈이었던 것입니다. 무언가 새로워진 삶 터전이 너무도 궁금하고, 하고 싶은 말들 많았건만 거무칙칙한 숙마골 동산을 바라보며 다시금 오촌의 커다란 깨우침이 들렸다.

— 그랑께 성주 집을 두 채씩이나 지었다는 말이시.

— 웬 집을 두 채씩이나 지었다고라오.

— 자네 집안의 삼간 채는 벌써 끝났고, 이규진 신랑 조카님, 강순심 새댁의 또 한 채가 곧 상량식이랑께. 상량문자는 내가 썼지.

— 와마! 저 원말 둑 공사장이랑 세상이 온통 벽해상전이 됐고만이라.

그러고 보니 삼년 세월이 아득하였다. 그렇게 허겁지겁 뒤따라 들어선 집이었다.

선말댁이 버릇처럼 숙마골 마을을 살펴보고 있는 참이었다. 방안에 사부인의 낭송소리가 멈추었고 개가 짖었다. 두 마리 암캐였고 모두 만삭 배불뚝이로 어슬렁거렸다. 아침부터 무언가 잡히는 듯 안절부절 들떠서 눈을 번뜩거리던 청맹과니 사부인이 들창을 열어 제치며 낭송 소리를 질렀다.

— 이 사람들아 들어 보랑께. 나 말을 좀 귀담아 들어보란 말이시, 하고는 입을
열었다.

들 입入, 받들 봉奉, 어미 모母, 거동 의儀, 집에서는 어머니의 행동과, 가르
침을 본받아야 한다. 모두 제諸, 시어미 고姑, 맏 백伯, 아재비 숙叔, 고모와
백부나, 숙부 등은 친척이다. 같을 유猶, 아들 자子, 견줄 비比, 아이 아兒,
조카들도 자식과 같이, 차이를 두지 말 것이다. 구멍 공孔, 품을 회懷, 맏형
兄, 아우 제弟, 형제는 서로가 사랑하고, 의가 좋아야 한다. 같을 동同, 기운
기氣, 연결할 연連, 가지 지枝, 형제는 부모와 한결같은 기운을 받았으니,
나뭇가지와 같다.

— 대체 와 이런당가. 누군가 꼭 들어야 할 사람 가까이 오고 있음이랑께! 이것
이 보통 일이 아니란 말이시. 거기 누가 없는가? 날 좀 보시랑께.

하자 암캐들이 연거푸 응얼거렸다. 때마다 청맹과니 사돈댁의 문자 점이 그
토록 신통방통하게 앞길을 열어준 셈이다. 그렇게도 기다리고 고대하던 아들
과의 상면이 이루어진 것이었다. 선말댁은 차분하게 느닷없이 돌아온 아들을
영접하였다. 두 눈에서 까닭모를 눈물이 주룩주룩 흘러내렸고 입에서는 연거
푸 삼신 한울님께 감축의 비손이 올라가고 있었다. 새벽마다, 아 아니다. 밤이
나 낮이나 의식이 깨어있는 한, 쉼 없이 올려 지던 비손이었다. 꿈인 듯 생시였
던 것이다. 하면서도 다시금, 종수야! 내 사랑아! 하고 당장 눈앞에 보이지 아
니하는 둘째 아들을 불렀다. 단참에 번개처럼 나타나 제국사람들을 일목요연
하게 대장의 손길로 지휘하여, 사진을 철렁철렁 찍고, 곧 다시 오마 하던 둘째
아들을 생각했다. 까마득 멀어진 듯싶다. 가슴 아리 숨 쉬고 있는 아들이었다.

이래서 가지 많은 나무 바람 잘 날이 없다 하였던가. 이토록 질기고 끈덕진 인연이란 대체나 무엇이던가. 그래서 어미의 시린 눈물은 어룽거리는 값진 진주인지도 몰랐다.

— 내 사랑 큰 아들이 이처럼 불쑥 나타나다니, 이것이 꿈인가 생시랑가.

선산 밑 집안에서 한 바탕 굿거리가 난장을 떨친 듯했다. 사람살이란 이런 것이던가? 세상에 이런 날도 이 풍진 뜬세상에서, 꿈이 아니라 백주대낮 생시에 절기마저 잊은 듯 샛바람처럼 닥칠 수도 있다는 말이었다. 실상 지난 몇 년 어간이 갯바닥 물위에 흐느적거리는 뱃머리에서 봉화산 타고내리는 바람결 둥둥 실려 가고 두둥실 들뜬 듯 살아온, 이 풍랑의 뜬세상이었던 셈이다. 어느날 어디로 다시금 내 몰릴는지 조석끼니도 모를 나달이었다.

— 어디 보자. 내 아들! 내 장남 아들 최종구야, 어찌 이리 걸출한 대장부 체신이 돼야 부렸다는 말인가. 종수, 종연아, 선말 양반아! 요리 좀 보시오.

더구나 큰 절을 올리자 말자, 주춤주춤 내미는 일본 제국 여행 가방 선물이 의외로 풍성하였다. 온 식구가 대처에서나 맛볼 수 있던 눈깔사탕도 고루 돌아갔고, 선말 양반 아비에게는 옥양목 한 감이, 선말댁에게는 양단 옷감이 한 벌씩이요, 동생들에겐 설면자雪綿子라는 신식 내복이 한 벌씩이었던 것이다.

오–매! 오매! 이리도 오지고 풍성함이라니, 생각도 못한 호강이요 호사였다.

하지만 어쩐 노릇인지 장남 아들에게는 안정감이 없어보였다. 무언가 연신 두리번거린다. 눈길을 바로 뜨지 못한다. 무언가를 말하려다가 곧장 삼킨다. 조심스레 삼간다. 눈에 뜨이게 조심스럽다. 손님인가? 잘못 들인 나그네인가. 아들아, 이 집은 바로 자네 집이라. 맘 푹 놓고 섣달그믐, 설날 대 명절을 오랜만에 복되게 지내다가, 곧장 대처로 나서야 할 셈이 아닌가. 대처 행신이란 그리도 다급하고도 정처가 없던 일을, 동생 사진사 최종수를 통해서, 봄바람처럼 오고가던 가슴 털렁거리고 눈이 아리게, 짭짤하게 맛보았다는 말이라. 아무 걱정을 말고 그저 하루라도 어미 아비 품안에 차분하게 지내다가 서둘러서 가야 하겠지. 품 안에 자식이라니, 더구나 대처에서 큰살림 일구어나가는 장부가 아니던가. 그 세정을 다 안다는 말이라 잉!

　하여간 선말 양반 덕성은 자랑스러웠다. 순심 조카에게도, 천수답에서 허겁지겁 불려 올라온 규진 신랑에게도 대놓고 자랑하며 사물놀이 장단을 치고 싶었다. 상사거나 경사거나, 명절에나 만선 풍월에도, 인간사 절기에 매듭이 지어질 때마다 으레 사물놀이가 먼저 생각나는 까닭을 모르겠다. 그 설맞이 사물놀이 장단 가락이 귓가에 아련한 터에 장남 아들 종구는 바람처럼 흔적도 없이 떠나가 버렸다. 겨우 사흘 밤을 흔들거리는 뱃머리처럼 정처 없이 지내다가 사리 때 썰물처럼 물러가버렸다. 아니지, 그런 건 아니었다. 참말로 오지고도 야물 탁진 흔적은 안기고 간 셈이다.

— 그랑께 이리도 큰 목돈을 임자에게 맡기더란 말이랑가.

— 나가 빈말을 하것소. 아무튼 쥔 양반이 이제는 야물게 간섭하시오 잉!

— 그 돈이 얼매나 큰돈인지는 아는가? 오백 원이라? 간척지 공사장 상머슴이 하루에 5, 60전잉께 석 삼년, 석 달 열흘 한 푼도 안 묵고 안 쓰고도 모태야 만져볼 돈이라, 그 말이랑께.

— 그랑께 묵고 써버리자는 몫이 아니라, 키우고 늘려야 자식들 앞가림 할 거 아니것소 잉! 요량 껏 간엽을 하시라, 그 말이요!

— 그라나 저라나 임자는 아들이랑 속 깊은 정담을 나누어 보았당가. 어째 아비하고는 어석버석하고 말길이 트이지 않더만, 묻는 말에도 그저 그렇고 사업은 무엇이당가? 생활은 어떻고, 당최 무슨 제사 공장에 기술자랑가.

— 오매, 어째 그런 걸, 아낙 어미에게 묻는당가요. 이녁이 알아서 챙길 일이

제. 명주실 제사 공장인 디, 전주란가 광주대처에서도 차를 타고 너 댓 시간 가 얀담시롱, 대충 그리만 알라고 합디다. 때가 되면 알려지겠지라요.

암소 고르기로 작심하고, 강진읍 장터에 나서는 최덕성의 발걸음은 날개를 달았다. 뭐니 머니해도 목돈은 가업 신 암소에 묻어야 해마다 새끼 송아지를 치고, 쟁기 일손을 크게 한 몫 할 터라는 궁리에 합의하였다. 옥양목 두루마기에 중치 자락이 하얗게 설렁거렸다. 선말댁의 철야 솜씨로 빚어진 설빔이었다. 장남아들 종구가 초이틀에 꿈결같이 떠나가고 나자, 오일 장날에 곧 바로 나선 길이다. 숙마골을 지나면서부터 속셈이 자못 분주하였다. 온순하면서도 주홍색으로 때깔 좋은 암팡진 암소가 눈앞에 선연하고 환하다. 치아가 하얗게 빛나고, 쪽 골라야 한다. 콧등은 수수 빛처럼 검고도 윤이 나야한다. 뒷등이 늘씬하고 차분해야 한다. 눈이 깊고 방울지고 수줍어야 한다. 앞가슴이 널찍하고, 오달져야 한다. 그래야 뒷배가 아낙네 엉덩이처럼 낙낙해 좋고, 첫배부터 새끼가 바로 서고 순산을 한다. 그리저리 암소 암상에 저도 모른 새 숙마골을 지나고, 원포마을을 지나쳐 걷다가 돌아섰다. 강 목수를 청빙할 셈이었다. 어찌 그까짓 암소 한 마리 흥정에 이처럼 가슴이 설레고 무어 동행을 다 청한다니, 아니 그게 아니다. 이것이 보통 암소란 말인가. 집안 업을 들이는 일이다. 암소란, 선말댁 훈수대로 가업 신을 들이는 일이다. 전날에, 낙향 전 아니 대처행전에, 그까짓 암소야 열 마리, 열댓 마리까지도 흥정을 했고 줄줄이 고삐만을 챙기고 앞장서 끌어가며 강진읍장으로, 장흥 장으로, 영암 장으로 떠돌던 시절도 있잖았던가. 하지만 아들 종구가 챙겨준 거금 500원을 안주머니에서 어루만지며 다시금 가늠해본다. 거금 300원이면 약간 어릴 터이고, 서운 찬하게 350원 정도면 쟁기질 일도 잘 배웠고, 이내 암내가 나고 새끼를 품게 되리라. 느닷없이 군침이 돌았다. 신선마을의 큰 이모님 배냇소는 벌써 새끼를 배었고, 새댁 아낙처럼 순항께 종연이 담당이요, 이번 암소는 새잡이로 질들일 때까지 종순이가 전담하리라. 한 몫들을 챙겨주면 집안에 훈김이 솔솔솔 돌것잉만. 그라고 말고제.

— 쥔 양반, 기신가요.

원포 위뜸에 서자 곧장 소리를 질렀다. 고함소리가 황소처럼 우렁찼다. 싸릿대가 촘촘한 울타리는 철지난 호박 넝쿨에 뒤엉겨있었다. 삐끗딱! 소리와 동시에 부엌문이 열리고, 목수의 낙낙한 얼굴이 활짝 놀란 빛으로 나선다. 섣달 그믐날부터 설날 마지가 풍양했다. 그리도 장한 아들들이라니, 사진사 작은 아들도 대견했건만, 큰 아들의 환향이 제 일처럼 푸짐하고도 오졌었다. 사돈간이지만 남의 일 같잖게 흥감한 노릇이다. 하지만 이녁은, 이런 꼴이라. 홀아비 늦은 아침 설거지가 끝난 듯싶었다. 어설픈 웃음으로 길손을 맞는다.

— 와마 정초에 웬일로 이리도 반가운 상객이시랑가. 까닥 까치가 울더니만!

— 설 대목 지나고, 초장 아닌가요. 운수 대통하라는 초장 걸음인디라. 그냥 윷놀이 판에 막걸리라, 귀경만 하기는 아깝다는 말이랑께요.

하고 들어서며 덕성은 성큼 말하기가 아까웠다. 암소를 골라야 할 모양이란 말이요! 동행이 없어서야 이 어찌 섭섭하지 않컷소, 그 말이랑께.

— 그라면 먼 속인지는 모르겠지만, 장날 개 따라가드키 나서 볼까라. 그나저나 항시 반가운 사람이 집구석 문안에 들었는디라, 정초에 입가심이 없어서야 인사가 아니제라. 안 그랑가. 어서 올라 앉으시게라.

— 개 따라가드키라니요. 친고 따라 강남 간다더라고, 피차 조반은 챙긴 듯 하신께, 어서 나서제라오. 오늘은 한턱을 단단히 쓸 일이랑께요.

— 아니 섣달 그믐께부터, 장남 아들 덕분에 벌써 몇 턱을 내밀었응께. 인자는 아들 보내고 허허한 심사를 나가 달래야제라. 훌쩍 떠나간 아들이라. 아니 그

렇소? 그래서 다들 품안에 자식이라고, 사람살이 인사란 거이.

그리도 말마디가 찰지고, 푸짐할 수가 없었다. 두 나그네 서둘러 나서자 연동 앞자락에서 서넛의 장꾼들이 합세가 되었다. 장꾼들 중에는 원포 김 진사 어른의 일꾼 둘과, 그들이 지고나선 한약 재료랑 기름단지가 괄목이었다. 으레 그랬다. 당귀 목단뿌리, 동백, 더덕, 사삼은 물론이요, 참쑥뿌리, 칡뿌리, 뽕나무뿌리, 오디는 지천이요, 갖가지 봉화산의 물산이었다. 채집이나 씻고 말리고 가지런히 묶어 상품답게 꾸리는 일등, 거개가 깔담살이 솜씨였다. 진사댁의 상일꾼은 꺽쇠라 하였고, 그를 에비처럼 붙좇아 다니는 깔담살이는 귀남이라 불렀다. 김 진사가 지어준 아명이었다. 원포마을에 동냥치로 들어왔는데 부엌 앞에서 밥 먹는 그 자태가 의젓하다하여, 진사가 불러다가 이름을 물은 즉 없다는 대답이었다. 이름이 없다니, 아비 어미가 없다는 말인가 하였다. 부자지는 있느냐, 했더니 벌쭉 웃으며 중치 자락을 걷어 보이는데 과시 망아지의 거시기처럼 당당한 놈이었다. 그 귀한 물건을 달고도 그리 험하게 되나 캐나 살아서 쓰겠는가 물었더니, 대감마님이 저를 거두어주시면 귀하게 살겠노라는 대답이 돌아왔다. 그래? 그럼 네 이름은 귀남이라 하자, 하고 그날부터 집안에 거두어 꺽쇠의 방에서 지내며 조석으로 소꼴을 베어 날랐다. 귀남貴男이란, 대감마님 소리를 듣고 지어진 이름이라 하였다. 이름뿐만 아니라, 그 몫으로 해마다 새경 쌀 서 말씩 저축하여 벌써 두 가마였다. 새경 쌀은 그 부인 덕동댁이 쥔 양반의 뜻을 받들어 알뜰하게 관리하고 있었다. 강진읍 장날이면, 김경신 진사는 세상 물정 통기하는 날이라 하였고, 으레 앞장을 섰다. 그의 가내에는 이고지고 갈 안팎으로 장거리가 풍성하였다. 대구 면소 지나고, 칠량 면소를 거쳐 60리 길이거니, 가거니 오고 왕복100리 길이 넘었다. 근자에 마량 포구에도 오일 장판이 서야 한다는 여론을 주도하는 인물이, 바로 대구면소 히데오 면장과 김경신 진사였다.

― 그랑께 이 징한 놈의 시상이, 이제는 완전히 전쟁판이 될라는 갑제.

― 언지는 땅뺏기 놀이가, 애들 장난이랑가요. 다 동네 아애들 맘이 인심이요 천심이라고 그래서 예부터 동요가 세상을 뒤집기도 다반사였거늘!

― 어찌 동네 아애들 맘뿐이랑가. 정 다산 스승님의 시가 서에도,

한 밤중 울타리에 호랑이 나타나서
온 산이 고요한데, 천둥같이 소리 지르네.
아이가 혼자서 사립문 밀치고 나가
앞개울까지 쫓아가서, 개 빼앗아 돌아오네.

― 하고 그 장쾌한 아애들의 대범한 처사를 노래했거늘, 이 시국이란 이런 객기가 절실한 때는 분명하당께. 아애들의 생각이란, 때로는 어른들이 깜짝 놀랄 만한 기발한 착상도 있는 법이제. 그래 신동이란 문자가 성행하거늘! 우리 글방에도 이따금 아애들의 장난 짓이나, 허는 소리를 듣고 볼작시면 눈이 번쩍 뜨이는 일들이 다반사랑께. 시상이 다 망한 듯해도 후생들은 면면히 커가는 것을, 어찌 귀한 쌀보리 밥을 먹고 한탄질만으로 일을 삼을 터랑가.

연동 마을의 울창한 차경 솔밭을 지나며, 원포 구장 조제민 선생이 한마디를 시작한다. 마을 훈장으로 아애들을 뒷바라지한다는 그의 겸양은 근동의 선망이었다. 그 역시 장날은, 이 풍진 세상의 유일한 접촉이었다. 흰옷 다려 입은 십 여인의 장꾼들 영접하고 전송하듯 청학 칠팔 마리가 차경 솔밭에서 날갯짓 펄럭거렸다. 긴 부리, 긴 다리로 끼룩거리며 다툼질하는 듯도 싶었다. 너나없이 짊어진 작은 망태기를 출썩거렸다. 가뿐하고 알뜰한 차림들이다.

― 어찌 그리도 살벌한 이야기뿐이더랑가. 다산 선생의 눈과 귀는 자상하시고도 푸짐하신 것을, 이런 노래도 맛살이 쏠쏠하던 디. 들어들 보실랑가.

앞산에서 나무하다, 노루 잡아 돌아오니
온 동네가 기뻐하고, 집집마다 술렁이네.
파, 마늘 고추장 곁들여 질화로에 구워내니
촌사람 고기 씹을 줄 모른다고, 어느 뉘 말했던가.

— 안 그려? 촌사람 입이나 상감님 입이나, 양반 입이나 상놈 입이나 입질로는
뒤질 사람이 세상에 그 누구랑가. 그 스승 양반은 자나 깨나 촌사람이며 굶주
린 백성들 편이었당께. 하지마는 아무래도 이 시국이 나라님 안팎으로 제국들
설치는 꼴이 흉악한 세상으로 굴러가는 모양새는 분명하당께.

김 진사의 응대에 모두들 암울한 심사가 어우러진다. 그 집안에서는 모내기
때마다 으레 통개를 잡아 마을 일꾼들을 먹이고 품꾼에게도 넉넉한 인심을 베
풀어 온 덕망이었다. 처신에 합당한 말이라고 수긍들을 한다. 하지만 강 목수
의 한마디가 빠질 수 없다. 가는 장날에 무언가 기대가 서린 탓이었다.

— 아! 설날 흰 떡국들 먹고, 억하심정으로 정초부터 운수불길한 소리만 씹어
싼당가. 말이 씨가 되고 심은 대로 거두는 법칙이, 한울님 법인 것을 모른당가.
까치설날 쌀떡 국을 먹었으면, 철들이 들어 야제. 앙 그려들?

앙 그려들? 하고 강 목수가 이 얼굴 저 낯익은 자태를 둘러보자 마침 김 진사
의 눈길이 그 옆에서 고개를 숙이고 말없이 발걸음 재촉하는 선말 양반 최덕성
과 마주친다. 활짝 반기며 다가서는 김 진사, 새삼 수인사를 건넨다.

— 하아! 이런 지척이 천리더라고, 그리고 봉께 현장의 중책 맡으신 최덕성 어
른이시구려. 공사가 분망하실 터인즉, 이렇듯 여유로운 걸음이 되셨당가요.

— 분망하기는 항시 그렇지요. 아까 참, 얼핏 수인사를 나눴지요.

— 아궁불열我躬不閱이라, 내 몸도 돌아보지 못하는 형편이니 다른 일 생각할 여

지가 없더라고, 그만 허수가 되여 버렸당께라. 어째 그간 현장은 잘 돌아가는 가요. 서로 풍설로만 오고가니, 이렇듯 무상한 일이 돼야 버렸당께요.

— 현장이사, 이 사람이 하는 일이란 따로 없은 께라. 그저 막힌데 열어주고 굽은데 살펴가며, 가만 살펴보면 법도대로, 처지대로 돌아가게 마련잉께라. 정량대로 먹고, 양심껏 일하세. 갯논은 나라 땅, 백성들이 주인이다, 하고 내 맡긴지 오래제라. 하고 보면 다산 스승님께서 그리도 주장하신대로, 그저 양반이니 관장 나리들이니 하여, 손끝에 흙은 안 묻히고 큰 몫을 챙기자고 제 것인 양 설치는 나리들만 없으면, 세상은 잘 돌아갈 듯싶어진당께요. 다들 먹고 살자고 하는 짓들 인디라. 소는 풀만 뜯고도 살찌고 힘도 세제라. 지렁이는 땅만 파먹고도 하루 세 치씩 자라나고, 그 입을 거친 황토는 옥토가 되는 법이 아니던가요. 항차 사람살이가 어찌 시시콜콜 간섭을 해야 한다는 짓거리가, 벌써 못난 꿍꿍이랑께요. 지는 그리 생각항만요.

최덕성이, 평소 마음에 고였던 한을 뱉듯, 속을 풀었다. 저절로 뜻밖이었다.

— 허허! 덕성 어른께서, 군자지도를 궁행하시는 셈이요. 그려! 듣자하니 선산 밑에 터 잡이 하기도 쉽잖은 일일 터인즉, 논어 학이 편에 이르기를, 고 제왕告諸往 이지래而知來라. 지나간 일을 말하여, 장차 올 일을 알아차린다 하였지라오. 그것이 바로 실천궁행이라. 아무튼 함자 성씨대로 덕성이 팔방에 미치기를 새해맞이로 축수 드립니다. 그래 오늘은 웬 걸음이신가요.

하자 잠시 머뭇거리는 덕성을 앞질러, 강 목수가 나섰다.

— 집안 경사가 난 셈이지라. 거년에 차남 아들이 사진사로 왔다 가등만 이번에는 객지에 나선 장남 아들이 사년 만에 귀가하여 암소 한 마리 값을 떨구고 가겠당만. 궁리 끝에 초장 길에는 가업 암소를 장만하게 된 셈이지라.

— 허—어이 듣던 중 반가운 낭보로 소이다. 객지 자석이 사람 구실이라니….

— 사람구실이 별다를랍디여? 객지에서 제 몸 가리기도 천행일시, 부모 형제

챙기려 든다면, 어사또가 그 아니 굿거리장단 칠 일이지라. 감축을 드리오.

— 그나저나 이런 시국이라면, 아들이건 딸 가진 입장들 모두 태풍 갯바람에 초가집 단속이라. 갈수록 흉설분분해지는 시국인지라. 근자에 아조 대놓고 관에서는 인구파악에 큰 눈 모로 뜨고, 세모로 뜬다더군요. 대처에서 징병이다, 징용이다 해쌓더니, 이제는 내실 낭자들도 모집을 해다가, 일정 제국 군수 공장에 파견 한다고 설쳐댄다는 꿍꿍이라니, 하여간 갈수록 태산이라. 나라가 거덜 난 목숨들이라니, 뉘게다 하소연이라도 할 것잉가 그런 말이요.

원포 향반 구장 일을 맡은 조제민 선생의 탄식이었다. 어려운 소리가 분명하련만 무언가 작심한 듯, 푸념처럼 내질러진 자탄이었다. 무거운 입소리를 듣고 있던 김 진사 어른이 걸음을 주춤거리며 입을 열었다.

— 허어! 이런 시국에도 사람값이란 따로 있당께요. 자고로 고진감래라. 난세에 그 험한 일을 당하고도 자중하신께, 대처에 나선 자손들이 이런 복록을 마련하여 오신 거요. 감축드릴 일잉만요. 암만요! 감축을 올리고 말고제.

연동 마을을 지나며 마량포구 수인마을에서, 서서히 모아지는 장꾼들이 울래줄래 늘어간다. 시속이랑 인간사 정담은 갈수록 풍성해지게 마련이었다. 그것이 닷새돌로, 각처에서 열려지는 장날의 푸짐하고도 아름다운, 세상世上 상사詳事요, 산촌의 인생사 상사賞詞, 상사常事뒤풀이의 범상凡常한 난장일 터였다.

열 마당

하늘땅을 원망하라

김성란成卵이는 동그란 얼굴에, 머릿결이 곱고 살빛은 희고 맑았다. 눈빛이
차분하고 넓어서, 좌우를 살피는데 한결 빨랐다. 몸놀림 또한 그러하였으니,
생긴 대로 논다는 말이 맞는다고, 보는 이마다 귀애하였다. 덕동댁이 건지지
못한 딸처럼 가까이 두고 귀애하는 결실이었다. 아들딸 열을 낳았으나, 건지기
는 겨우 아들 둘에, 딸 하나였으니 말이다. 그래 친딸 진숙振塾이나 다름없었다.
김진숙이는 이팔청춘 십 육세요, 김성란이는 이제 일곱 살이다. 그 성씨나 이
름 또한 김 진사 하사품이었다. 임오년 흉년에 부모가 한꺼번에 굶주려 헐떡거
리다, 설사병으로 죽었으나 핏덩이 홀로 살아남아 성도 이름도 없다하였으매,
경주 혁거세처럼 알에서 나온 아이라 불렀다. 천애고아라 할 수밖에 없는 계집
아이에게 어찌 감히 나라의 시조 박혁거세의 전설을 차용했을까 마는 세상에
는 그나 내나 단지 한 사람 뿐일터라는 김경신 진사 귓가를 스쳐간 인내천人乃
天, 사상이 작용했을 터였다. 과연 알에서 스스로 터트려 나온 아이처럼, 성란
은 자랄수록 우아하였다. 이따금 고요히 삐악—삐악거리면서도 깨어나려는 자

립성이 유달랐다. 그 핏덩이를 처음 맡아 건사하게 된 짓은 원포마을의 단골인 삼월이었다. 살리자고 맡은 일이 아니었다. 바짝 보타서 시퍼렇게 죽어가는 길에 고통이나 덜고 편히 가라며 술지게미를 떠서 넣었더니 옴질옴질 삼키고, 또 넣었더니 이내 얼굴이 발갛게 상기하는 꼴이 하도 서러워서, 보리 뜨물 연신 넣어준 것을 받아먹고 저절로 산 목숨이라 하였다. 그래선지 그 낯빛 보리 뜨물처럼 하얗게 고와서 탈색을 했다는 거였다. 세 살 배기로 신주 불당을 모시고 삼동마을 오고가고 소분한 단골을 대신하여, 원포 덕동댁이 자청하여 거두게 된 계집아이였다. 단골은 오고가는 길마다 자주 들러 동냥젖을 물리듯 살폈다.

— 오-매 워 매! 구시월에 서리 맞은 봄배추가 동백 이파리처럼 번들거리며 피어 낭만이라. 덕동 마님 솜씨가 삼신님 재롱이듯 피어났당께라오.

— 나 솜씨가 아니라, 겨울 동백꽃은 모질고도 시린 샛바람을 견디면서도 저스스로 피는 것을! 아무튼 남녀 간에 들여다봄서 어여쁘다, 어여쁘다. 상찬만 하면, 제풀에 저절로 낯꽃이 붉어진당께.

단골의 서슴없는 상찬에, 덕동댁은 머리 손질을 추스르며 겸양을 드러냈다. 동백기름을 발라 머리를 다듬고, 남색이나 자줏빛 옷을 입히고 거두는 일을 덕동댁은 취미로도 즐겼다. 장차 귀남이 짝이라, 하여 인치고 생각하다가 한 울타리에서 자란 것이라면, 오누이일 터인즉 망령된 짓이라 하고 웃었다. 볼수록 재바른 모색이 야무져갔다. 일찍부터 덕동댁의 안방 요강을, 자박거리는 품에 안고 소쇄하는 지정을 보이더니, 차츰 김 진사의 사랑방이며 진기振基, 진선振善 형제의 건넌방, 진숙낭자의 부엌방 요강을 챙겨들고 나섰다. 이따금 진흙을 요강에 퍼 담아 유기가 반들반들하게 제기를 닦듯 헹구어 내는가 하면, 스스로 조롱박을 머리에 이고 무명치마를 거머잡고 샘 길을 오르내리는 발걸음이 앙증맞고 사뿐거렸던 게다. 이른 새벽마다 김 진사의 세숫물을 떠서 나르는 일도, 뉘라서 간섭치 않은 자청 일이었다.

그 뿐만이 아니었다. 동그란 얼굴에 양 볼이 발갛게 물들며 커갈수록 하는 짓마다 놀라웠으니, 김 진사 주목을 끈 것은 뭐니 머니해도 제 오랍 씨들의 서책을 탐하는 일이었다. 첫돌 지나면서, 나부죽하고 엎드려 방바닥에 코를 박고 공경하기를 배웠으며 세 살 네 살 때부터 허리를 조아려 배꼽에 손을 얹고 인사하기를 지성으로 알았다. 언니나 오라비들을 어렵사리 따르고, 말끝마다 고개 주억거리며 순응했다. 또한 감이나 밤, 대추, 곶감이나 뭐든 먹자거리가 생기면 으레 반은 먹고 반은 남겨두었다가 뒷배를 챙겼다. 그래서 진숙언니나 오라비들보다 소꿉살림이 항상 풍성한 편이었다. 서책을 탐하는 일도 서책이라기보다, 그날그날 서당에서 쓰고 버릴 한서지를 그악스럽게 챙겼다. 창호지 한 장이라도, 큰 선물로 알아서 도령 진기는 일부러 챙겨다 주었던 것이다. 챙겨다 준 서책을 오라비가 짚어주는 대로 노상 중얼거렸다. 실상은 어깨너머, 등너머 곁눈질 배움이었다. 벌써 천자문은 참새처럼 암송을 마쳤다고 했다. 그날 후덕한 덕동댁은 활짝 웃었고, 혀 내두르며 단골 불러 식혜를 내리고 곶감이며, 대추랑 인절미에 조청을 상 차려 먹였다. 책 갈이 잔치를 베풀었던 셈이다. 노랑저고리에 남색 치마 입은 성란이 곱다랗게 나붓한 절을 올릴 때, 김 진사 양주는 오지고도 아롱진 눈물이 저절로 겨웠다.

― 그래 이제는 무엇을 더 배우려 허능고?

양아비 김 진사의 물음에, 꽃게처럼 서슴없이 뒤를 대었다.

― 언니랑 오라버님들 뒤꿈치를 따라가 보고 싶사옵니다.

― 뒤꿈치라니, 어찌 하필 뒤꿈치란 말이던고.

― 천자문 말미 쯤에 이르기를, 외로울 고孤, 더러울 루陋, 적을 과寡, 들을 문聞, 외롭고 고루해서는 식견도 재능도 없다 하였고, 성인의 뒤꿈치를 따름이 사람

의 도리라 하였으니, 소녀는 착하신 언니와 장대하신 오라비가 성인처럼 보이니 이를 말이옵니다. 또한 진숙 언니의 고운 수틀과 알들 살랑한 정성을, 어마님의 알뜰하신 선덕과 에-또 아바님의 어-흠! 으흠! 하시는 호탕을, 배우고 싶사옵니다.

— 허어 이! 고루과문이라니, 깊이 새길만한 문구로다. 뿐만 아니라 이 무슨 과람한 언사당가. 언니 오라비가 착하고 장대하신 성인이라니, 갸륵한 천성의 시선이로다. 또한 어미 아비가 그리도 귀감이었더란 말이던고. 나가 저절로 어린 눈결에 몸이 사려지는구나. 하여간 이제부터는 틈틈이 동몽선습을 익혀서, 무량대처에 차근차근 학동의 도리를 따르라. 사람이란 너무 많은 기대를 지니면 허사되기 십상이니라. 또한 아녀자란, 가문에서 마땅히 현모양처의 자질을 길러야 하느니, 알아듣는당가.

— 아바님의 은택을 하해와 같이 받들겠습니다.

— 이제부터는 등 너머로만 배우지 말고, 아침저녁으로 집안에서나마 언니랑 오랍 씨들과 동문수학同門修學하여라. 동문수학이란 문자를 아는가?

— 송구하오나 아바님 어마님, 고상高尙지절 은택이 하해와 같사옵니다.

소꿉놀이에서 말하듯, 천자문 해설을 낭송하듯 또박또박 섬기는 말씨가 새길수록 앵도알처럼 영글었다. 영근 말씨에 아련한 이슬마저 어렸다. 세상에서 천하 박복한 불 상것이라고 하겠지만, 그나마 부모형제도 잃었고, 여식으로 난 짓을 운명이라, 하였다. 아니 아니야. 정녕 삼신 한울님 선덕으로 이내 가문에 들게 된 일이 어쩌면 다행인지도 모를 일이었다. 김 진사는 그리 헤아리며, 애틋한 눈길로 총아의 귀추를 주목하리라 작심하였다.

암소고삐를 움켜쥐지 못하고 걷는 최덕성의 걸음이 허허로웠으나, 맘속은 한결 호방하였다. 강진읍장으로 걸어 올라가면서 동행들 이런저런 세사와 정담에 춘풍농월을 즐기면서도, 오직 암소의 옹골진 자태가 맘을 사로잡았다. 꿍 꿍이 또한 대견해서 해마다 송아지 새끼를 치고 쟁기질 일품이면, 맨손 일꾼의 세 몫인즉, 이제는 농투성이 상일꾼이 되었다는 자부심까지 발싸심하듯 설레 발을 치고 들었다. 하루갈이면 상답 열 마지기는 대처에서 호박 떡먹기다. 내 논이건, 남의 논이건 덕성의 논갈이는 곧고도 땅 심을 깊이 질러서 객토를 뒤 집어내는 상손 잽이라 하였다. 논갈이란, 마땅히 빈구석 없이 지맥과 지심을 고루 질러야 하며, 그러자면 멀리보고 가까이 살펴 쟁기꾼의 자세가 흐트러짐 없이 오연해야 한다. 쟁기 채 잡은 손에 중심이 해뜩거리지 않아야한다. 사사 잡념을 떨치고 오로지 지심을 뒤집어 숨결을 틔어야 한다. 일꾼이라고 다 같은 일손이 아닌 것이다. 덕성은 금년 봄부터는 옹골진 내 암소 몰아가며, 숙마골 이건, 원포마을 상답이건 논갈이로 개량연곡을 벌어들이며 알찬살림을 가꾸 어보리라 하였다. 동척현장의 감찰이라는 간척지 사업장과 아득히 멀어지는 심사였다. 하지만 새해 첫 우시장에 들어서면서, 거간꾼 허풍을 듣자마자 생각 이 달라지기 시작한 것이었다. 우시장은 전에 없이 쇠파리 떼가 설렁거렸다.

— 오늘 장날에도 대목은 대목이지만, 벌써 씨알이 노골하당께. 애당초 물건 이 있어야제. 눈치코치 신경 끄고, 일찌감치 막걸리 판이나 벌려 보드라고.

— 거야 물건들을 지니고도, 서로 눈치들 보느라 뒷심들을 재닝께. 시국이 하 수상한 디 안 그럴 것잉가. 이런 대목이란 일찌감치 막걸리 상판에다 북장구에 꽹과리나 뚜드려 감서, 얼럴럴 상사뒤야! 가 살판이랑께.

— 아녀 그라고 헛배소리나 허들 말고, 어절 시구! 저절시구 잘들 논다, 자알 들놀아, 옹헤야! 옹헤야 타령이, 중중모리로 살맛이랑께.

— 헛소리가 아니라면, 한 바탕 뽑아보더라고. 어짜피 대 명절 뒤끝 아니랑가.

— 그랑께 고소원이나 불감청이라, 댓바람에 뽑아야 막걸리도 나오고 판이 어 울러 질 것잉만, 앙 그려? 자들 나서 보더라고! 첫 장판에 옹헤야! 살판이라면?

어절시구 저절시구, 잘도 한다. 잘들 놀아! 옹헤야! 옹헤야!

시월 달에 보리심어, 동지섣달에 싹이 튼다. 옹헤야! 옹헤야!

달아! 달아 밝은 달아, 이태백이 놀던 달아. 옹헤야! 옹헤야!

너는 처녀 나는 총각, 서로 만나 정담 헌다아! 옹헤야! 옹헤야!

일을 허세 일을 혀야! 문전옥답에 일을 혀야! 옹헤야! 옹헤야!

동지섣달 다 지나고, 정월이라 대보름에, 옹헤야! 옹헤야!

논 두럭에 불을 놓고, 처녀 총각 맞불 놓고, 옹헤야! 옹헤야!

삼월이라 삼짓날은, 사월이라 초파일에, 옹헤야! 옹헤야!

너도나도 꿈을 꾸고, 안방 건넌방 불이 붙고, 옹헤야! 옹헤야!

오월 단오, 유월 유두는 나랏님도 춤을 추네. 옹헤야! 옹헤야!

칠월칠석 견우직녀, 팔월대보름 처녀 총각 궁합이라. 옹헤야! 옹헤야!

일을 허세, 일을 혀야! 동지섣달에 꽃 본 듯이! 옹헤야! 오 옹-헤야!

—그려, 그려! 이 풍진 세상이라고 살맛나는 사랑 짓을 너도나도 후회 없이 장판 시세야 지난 대목장에 이미 판정 나부렀제. 너도나도 한탄이라니, 그게 아니랑께. 하늘보고 땅을 보고 옹헤야! 옹헤야, 탈춤 판에서 그 까짓게 대체 먼 소리랑가. 세상은 사람들 사는 곳이고, 살아가라고 난 사람이랑께. 앙 그려? 이 백성들 가는 곳마다, 선소리 판이 상사뒤야 살판이랑께.

거나해진 거간꾼이 귀에 익은 옹헤야, 선소리하고 춤을 추며 거들먹거렸다. 사실 이 옹헤야 타령 가사에는 딱히 정형이랄 것이 없었다. 굶주린 백성들의 노적봉을 사모하는 진양조 가락으로 시작하여, 중모리 중중모리 휘몰이로 판을 넓히고 흥취를 돋우는 강강술래처럼 선소리꾼을 흥취 따라서, 입가심 따라서, 시속과 풍습에 대한 자각을 따라서, 어설픈 양반네들 흉도보고 비웃기도하고, 조롱으로 난장을 이어대고 둘러대며, 사방팔방 끌어대는 맛이 일품이었다. 그 살맛에 이끌려서 너도나도 옹헤야! 후렴 합창으로 어깨춤이 들썩거린다.

어디선가 징징거리며 사물놀이 판이 다가오고 있었다. 북소리와 장구소리에 꽹과리가 한층 신명을 돋아오고 있었다. 정녕 때 이른 상사뒤야! 난장일 터였다.

거년부터 소 값이 청정부지라는 것이었다. 암산이 턱없이 달라진 것이었다.

4−500원 가지고는 중소를 만져보기도 어려울 터라는 것이었다. 물량은 갈수록 씨가 마르게 바닥을 치고, 지전 값은 하정부지로 낮아, 도무지 시세를 가름조차 할 수 없다는 판세였다. 눈앞이 갑자기 아뜩해졌다. 허상에 개꿈을 꾸고 놀았던가. 내 꼴에 불각시 암소 타령이라. 어절시구, 저절시구, 잘도 한다, 잘도 놀아! 옹헤야! 옹헤야를 따라하며, 덕성은 문득 오비이락鳥飛梨落이라는 문자가 설핏 떠오른 것을 상고했다. 까마귀 날자 배 떨어진다. 오후한량午後閑良이라는 문자도 살아 올랐다. 활쏘기 몰두한 한량들이 이것저것 정신없이 챙겨먹는다는 비아−냥일 터였다. 세상이 각각 제 몫만을 챙긴다면, 어찌 될 터인가. 선산밑 새살림 가꾸면서 대추나무에 연 걸리듯 신세지고 은혜 입은 처지가, 손 살피처럼 드러난 것이었다. 당장 강찬진 대목 대접은 어찌해야 하는가. 거저 석 삼년을, 나 몰라라 할 터인가. 순심 새댁 헌물은, 어찌해야 하는가. 규진 신랑의 순정한 헌신은, 나 몰라라 하여도 그뿐인가. 더구나 원포 유지 김경신 진사의 수인사는 동양척식 현장 중책을 맡은 입장을 떠올리게 하였다. 동척현장 감찰 대리라는 중책이 어찌 한가로운 발걸음이란 말이던가. 그런 중책을 맡고 해가 바뀌기도 전에 텅 빈 집안에서, 가업 신인 암소부터 들이다니, 이야말로 인심이 힐긋거릴 일이요, 고시에 이하부정관李下不整冠이라, 오얏나무 밑에서

는 갓끈 매지 말라고 하지 않았던가. 이에 이르자 암소시세 고하간 하르르 맘이 바뀌고 말았다. 소고삐 움켜쥐고 덜렁거리며 내려올 뻔했던 철부지한 자화상이 눈앞에 화끈거렸다. 어느덧 거나하여 중치자락을 거머쥔 강 목수와 더불어 속내는 반쯤만 밝혀가며 너 댓 잔을 추가로 마신 후 낙낙한 흥정을 거쳐 빈손에 엉뚱한 보따리를 둘러메고 내려오는 발걸음이 그토록 쾌활할 줄은 몰랐던 것이다.

― 아니 갑자기 암소에게 등을 돌리는 까닭이, 대체 무엇이랑가요. 알다가도 모를 일잉만, 시세 따라 등급을 조그만 낮춰 잡으면 될 일 아니랑가.

― 금―매, 그게 아니고요. 삼시 세 끼 끼니가 간데없던 사람이 불각시에 암소타령이라니, 황소가 하늘보고 웃을 노릇이제라. 더구나 명색 현장 감찰대리 아니덩가요. 수백 명 살림에 물량이 들락거리는 현장이라, 그런 말이어라. 흰 눈쌀이 어찌 없을라고요. 흰 눈썰미에 잡힐 일만이라도 삼가야 도리제라.

― 아니 삼동이 다 아는 장남 뭇이거늘, 어찌 이리도 청풍농월에 청출어람靑出於藍이랑가. 푸른 물감은 쪽 풀에서 뽑아낸 것이나, 그보다 더 푸르다. 스승보다 뛰어난 제자라, 최덕성 양반 가문이 사사하시는 다산 선생 시문에,

　　술 취해 정신없는 사람들 속에, 몸가짐 단정한 선비가 있었네.
　　모두들 그에게 손가락질하며, 이 사람만 미쳤다고 몰아세운다.

― 하더니, 당장에 내리닫이 새김질하는 그런 짝이 아니랑가.

― 와마 어찌 감히 그리도 고결한 스승님 처신에 비길 법이나 한당가요. 하여간 흉내라도 내보며 살아야 한다는 짓이, 내자 선말댁의 주장이싱께라.

　　하고서 철지난 청맹과니 사돈의 옷가지 설빔과, 순심 새댁과 규진 신랑의 설빔에 강 목수와 마량포구 호장 김 씨의 소소한 설빔들을 옴니암니 속셈하며

어물쩍 끼워 넣었다. 보퉁이가 제법 둥실했으나, 발걸음은 한결 가벼웠던 것이다. 하늘이 붉어지고 산새들이 귀소하며 청량한 노래를 불렀다. 동능재를 넘어서자 처량하기가 그지없던 서너 해전의 귀향길이 떠올랐고, 그리도 그악스럽게 통 장군 신세를 타박하며 울부짖던 둘째 종수의 모색이 떠올랐다. 수인마을 장군봉과 봉화산이 화안이 영접하는 모색이었다. 차경 솔밭을 단참 결에 지나고 연동마을 원포를 갓돌아 선산밑이 가까워질수록 덕성은 엉뚱한 보따리 내력에 화들짝 웃음을 터트리며 즐거워할 아낙의 얼근 얼굴을 떠올리며 가슴이 할랑거렸다. 스스럼없이 할랑거리는 발걸음은, 옹헤야! 옹헤야! 타령하듯 경중경중 재바르기 그지없었다.

— 오매! 오매 쥔 양반 대감은 하는 짓마다 오지고도 장하시오. 잉! 소인배가 유다르고 군자가 따로 있당가요. 고루고루 지 몫만 챙기는 게 소인배제라.

— 그래봤자 임자 몫은, 아침 그대로 맡겼던 살림주머니나 얼핏 챙겨가소.

— 금—매 그래야 싹수가 있는 집안이라 하지라오. 내 몫이 아니라니, 열배나 더 흥감요. 그랑께 갈수록 살맛이 난다는 그런 말이어라.

아낙네의 쟁쟁한 환호성에 곁들여 아침결 집을 나서는 참, 암캐가 새끼들을 낳는데 마릿수가 징하고 겁나다고만 들었던 일이 생각났다. 처조카 순심 새댁의 둥실한 뱃구레도 환하게 떠올랐다. 덕성은 자신도 모른 새에 벌씬거려지는 웃음을 숨길수가 없었다. 하늘이 풍랑을 거느린 듯, 파랗게 흘러가고 있었다. 암내 맡다가 하늘을 흘기며 웃는 황소마냥 연신 벌름거렸다.

이규진 신랑은 설 대목부터 심장이 우둔거렸다. 생각할수록 눈앞이 아득하면서 살 맞은 고라니처럼 눈빛이 파랗게 젖어갔다. 그동안 한사코 미뤄 왔던 처갓집 신행을 다녀와야 할 일이 콧등을 치고 달려든 것이었다. 칠량면 신선마을이라면 삼십 여리 길이다. 그까짓 거야, 한참이면 탁상이었다. 하지만 그것은 까마득한 옛말이었으니 말이다. 더구나 금번 설 대목에는 장모님이신 선말 댁 큰 이모님이 몸이 편치 못하여 출입을 못하신다는 전갈을 받고서, 순심 새댁이 별러온 일이었다. 칠순 고래희의 극 노인이었다. 하루라도 속히 나서야 했다. 하지만 그 먼 곳까지 아니다. 실상 반나절 길도 아니건만 절쑥거리는 걸음새를 생각할라치면, 천리만리처럼 아득한 거리였다. 그렇다하여, 소달구지를 빌릴 입장도 아니다. 마량포구에서 트럭이라도 왔다가는 절호의 기회가 있다는 말인가. 생각다 못해 그 징상한 놈들, 분견대 주재소라도 찾아가 도움을 요청해볼까 하는데 이르렀다. 숨결이 가팔라졌다. 아무 때라도 대일본 제국은 명예로운 전상 장병인 그대를 보호하고, 협조할 의무를 진다하지 않았던가. 사건 있을 때마다 협조를 요청하시오, 구리야바시 다다미치 사령관님의 특명을 받드는 우리들의 권리요 광영입니다, 하고 말하지 않았던가. 하지만 때마다, 오이! 다나카 이치로가 살아나야한다. 생각만 해도 치 떨리고 새빨간 오장이 혓바닥 이끌고 튀어나올 일이었다. 죽어도 다시는 그리 못할 일이었다. 이 생각 저 궁리 골몰하다보니 설날 아침부터 입맛이 시고, 굳어버린 쑥개떡처럼 싹 가시고 말았다.

— 오매! 어쩐 일로 그리 숟가락이 무겁당가요 잉! 이 지짐이는 내 솜씨란 말이랑께요. 한볼 태기 더, 자세 보시오 잉!

— 와마, 그냥 배가 더부룩한 께 되얏 고만이라.

— 오매! 자신 것도 별로 없는디, 어쩐 일로 배가 더부룩 하당가? 체하셨능가.

— 체하기는 멋을 체하고 자시고 하것소. 그냥저냥 걱정은 말랑께라.

그러면서 설날 아침에도 바지게를 챙겨지고, 천수답에 나서는 것이었다. 그 발길을 붙잡고 늘어진 순심이가 이내 속셈을 알아차린 것이다.

— 오매, 어째 그리도 혼자서 속을 썩인다요. 나가 안 있소. 나 손을 붙잡고 싸박싸박 눈길 걷드키 걸어서 다녀오면, 얼매나 오지것소 잉! 앙 그라요.

손에 손을 마주잡고, 새하얀 발자취 뒤로 남기며 눈길을 걸어가 듯, 흥분하는 가슴으로 멀리멀리 가고 싶은, 소녀적 환상이었다. 하지만 남정의 심사는 그것이 아니었다. 척척! 척척척 달리던 승전보의 꿈을 버리지 못한 한풀이였다.

― 와마? 머시 그리 오지것능가. 별진짤쑥, 병신 육갑한다는 소리도 못 들었당가. 내 꼬락서니가 바로 그 짝이랑께.

그 대목에만 들어서면, 자신도 모르게 벌겋도록 성깔이 솟구치는 것이었다. 하다보면 으레 다 죽은 목숨이랑께! 하고 사색이 나서는 습성이었다.

― 오매! 오-매 서방님! 세상에나 그것이 먼 소리랑가요. 대체나 그것이 먼 소리랑가. 나가 하늘같이 모시는 서방님인디, 대체 누가 무슨 소리랑가요. 그라고 어마님 말씀대로 삼신 한울님 은택으로 이런 시국에 전화위복이요, 새옹지마塞翁之馬가 분명한 복락인디라. 목숨보다 더 귀한일이 세상천지간에 머시랑가요. 문자 그대로 전장 터에 나섰다가 몸을 상했지만, 그 후로 젊은 후생들이 다 나가서 백골이나 싸들고 죽어오는 마당을 당하고 봉께, 상한 몸 덕분에 목숨 건졌다는 고사 아니랑가요. 그랑께 어찌하던지 하늘땅을 보면서 원망하고 탄식할 일이 아니라, 감축을 올리며 살아가면 뱃속에서 척척! 척척척! 달려나갈 승전보가 무럭무럭 자라고 있다는 말이랑께라. 앙 그라요? 꼭 그라고 찰떡같이 믿으시란 말이오, 잉.

애가 타고 입술이 바작거리며, 속이 누렇게 익어가는 어투였다. 번번이 그 대목에 이르러서야 맘이 풀리고 저도 모르게 하늘을 우러러 암내를 탐하던 수소처럼 벌씬거리는 규진 신랑이었다. 그려, 맞는 말이랑께. 내 사랑 공주마마의 뱃속에 내 아들들이 자라고 있다. 낳고, 낳고, 또 낳고 나의 핏덩이가 날마다 한 치씩 자라나고 있는 것이다. 그랑께, 한 평이라도 개간지를 늘리고 금년에는 메밀 씨를 뿌렸지만 명년부터는 살지고 오지게도 찰벼를 흠씬 뿌리리라.

영영 죽어버린 다나카 장병 들먹일 까닭은 꿈에라도 없었던 셈이었다. 이규진 신랑은 겨우 몸과 맘을 추스렸다.

마침내 집을 나서는 그들의 몸가짐은 의젓하였다. 갯것으로 훑어 들인 낙지가 살아서 꿈틀거렸고, 선말댁이 골고루 갖춰준 때 늦은 설빔 이바지가 한 짐이었다. 첫 번 만남의 가을이던가. 규진 총각의 갯것 수확물 중에서 큰 이모님 죽이라도 쑤어 잡수시라던 배려의 감동을 새긴 낙지였다. 뱃구레 둥실한 순심을 대신하여, 종순이가 바지게로 챙겨 자청하고 나선 길이었다.

─ 와마, 큰 이모님한티는 지가 나서야제라. 큰 은혜는 한 잔 술로 갚아야 한다고 내동 가르쳐놓고, 이 판국에 뒤로 빠지라고라. 지가 꼭 갈라요. 가서 설날 큰 절도 올리고, 한 잔 술을 따라야제라.

─ 오매! 그리고 오진 소리랑 할 줄 아신당가. 그리고 말고제. 내 사람아!

아들의 자청에 흥감하였던 선말댁이 찬탄했다. 이에 덕성이 나서기를,

─ 인사를 차릴 줄 아는 일이, 사람의 소관이라. 허면 배냇소는 어쩌실랑가. 하루 한시라도 떨어져서는 못 살 것인디? 앙 그란당가!

정말 그랬다. 종순의 배냇소 사랑은 지극정성이었다. 코뚜레 전부터 그 손에서 놀고먹고 마시며 함께 자라온 한 몸이었다. 등때기를 날마다 긁어서 반질거렸으며, 뱃구레나 뒤 안에나 허리에 피를 빠는 잡것이나 등에 한 마리, 그 흔해빠진 쇠파리 한 마리가 감히 붙어 접지 못했다. 꼴망태에는 푸른 곡초가 항상 넘실거렸다. 여름이면 더울세라, 샛바람이 들이치면 추울세라 맨 먼저 배냇소 단속으로 허리에 짚 부대 씌우고, 어깨에는 낡고 헤진 바지를 보온재로 덮어씌웠다. 따끈한 보리 뜨물과 곡초와 이물개로 소죽을 쑤고, 간식 꿀을 챙겨서 입 놀림에 쉼을 없이 하였으니, 그 바람에 빨갛게 달아오른 털빛이며, 투실한 살성은 보는 이가 혀를 두를 지경이었다. 배냇소란 배안의 소는 내 것이라는 뜻

도 되거니와, 내 배가 곧 그 배라는 일심동인 일체였던 셈이다. 어찌 단지 하룬들 멀어져 생이별을 할 수가 있다 하리오.

— 그랑께 나가 빨리 댕겨 와야제라. 상노인 걸음으로 벌써 다녀가신지 두 해가 지낭만이라. 앙 그라요. 맘대로 못 오신께, 이제는 내가 가야제라.

실로 해를 걸러 몇 차례나 노구 이끌고 다녀가신 은택의 길이 아니었던가. 큰 이모님의 선산 밑 이바지 심방은 생각만 해도 오지고도 푸짐했었다.

하지만 그 발걸음이, 강순심에게는 어마님 임종의 걸음이 될 줄은 꿈에도 몰랐다. 손에 손을 마주잡고 눈길을 걸어가듯 낮참에 간신히 대구면소를 지나다가 부고를 접한 것이었다. 순심이가 낯익은 신선 마을의 호장을 반기자, 헐레벌떡거리며 숙마골을 향하던 부고잡이인 것을 알게 된 것이었다.

— 워−매, 어른은 신선 마을의 호장 영감 아니신가요.

— 금 매, 강순심 새댁이 맞지라. 부고는 부곤 디, 선부고先訃告 될 성싶당께라.

— 그것이 대체 뭔 소리다요. 먼 소리라. 혹시라도 우리 마마님이?

— 옳고 만이라. 운명을 꼭 하실 성싶은디, 내 딸 강순심을 눈감고도 노상 찾아싸신께, 이라고 급히 나섰단 말이요. 참말로 지성이면 감천이더라. 이라고 먼 저 먼 길을 나섰당가요. 어서, 어서 가십시다요.

하지만 어서 어서, 내 달릴 입장이 아니었다. 재촉하는 말을 들으면서 규진 신랑은 어느덧 눈물바람이었다. 척척! 척척! 거리며 단숨에 뛰어가지 못하는 불타는 심정이었다. 정이란, 진정이요 모진 것이었다. 실상 그 마마님 사랑이 맺어준 인연이었다. 임종으로 숨결을 모으시던 어른이, 다 늦게 당도한 순심 부부의 영접을 받고, 그 손에서 보얗게 끓여낸 낙지 죽을 한 모금, 또 한 모금씩 젓수시기 시작하였다. 한 이레를 맑고 환한 초롱초롱한 빛으로 사시면서, 이런저런 한 세상살이를 이르시다가 환한 눈꽃으로 소천하신 것이었다. 맑고 환한 정신이 들 때마다, 순심 부부의 손길을 꼬옥 잡고 속삭였다.

— 나가 자네들을 볼 때마다, 주책없이 꼭, 생각나는 일이 있다 말이시.

— 오매! 무슨 생각이 그라고 주책없다고만 하시이요.

때로 가쁜 숨결에도, 주저리주저리 늘어놓는 정담은 그냥 하염없는 물레질인 듯,

— 금—매, 주책없는 일이제. 망령일랑가. 부부란 질기고도 청승인연이라! 미운 정, 고운 정이라니, 나가 영감이 지천명에 훌쩍 먼저 떠나 버리신 께, 남은 시상을 어찌 살거나, 하고 탄식을 했더니만, 언젠가도 주책 부린 대로, 그 양반이 냉기고 가신 곰방대를 댕겨 물고나 봉께, 허옇게 피어오르는 연기처럼 입맞춤하던 풋정이 자상하게 물씬거리고, 고물고물 살맛이 나드란 말이시. 그래서 이날 이때 까장 저 곰방대를 벗으로 삼았느니, 숭한 소리제 잉!

— 어마님, 숭한 소리는 머시 그라고 숭한 소리라요. 오지고도 꿀맛처럼 재미가지요. 앙 그라요, 이녁은?

순심이 신랑을 넌지시 살피며 실눈 끔벅거리자, 규진 신랑은 벌겋게 웃었다. 고즈넉한 방안에 훈훈한 열기가 살풀로 올랐다. 물레질은 동지섣달 긴긴 밤이었다.

— 숭한 소리라고 할랑 갑제라. 허나 잊히지를 못하는 일은, 그 영감은 다 늙도록 나 젖을 그리도 탐하더란 말이시. 젊어서는 오달진 손길로, 다 늙어서는 대추처럼 쭈그렁이를 꼭 쪼물거림서, 나가 이 봉오리 덕에 한 세상을 잘 살았니, 하고 고마워도 하드랑께! 나는 그 소리가 어찌 그리도 오지고 살맛이 나덩가. 그 입에 봉오리 물리고 단잠을 자고 했더란 말이시. 숭한 소리제. 하여간 이제 막가는 길잉께 막하는 소리 같지만, 곧 다시 훨훨 날아서 고프고 맺히고, 아프고 서럽고 고달팠던, 이 몸을 훨훨 벗어 버리고 떠나서 그 양반도 만나고, 입을 맞추고 사대육신 녹아들던 옹골진 젖 물리고, 그 씨알로 젖을 먹여 길러서, 먼

저가고 뒤따라오는 인연들, 오면 가맹 하늘 끝까지, 별나라에서 살아갈 일 생각함서나, 이리도 후련하당가.

바튼 입술에 보리 찻물을 떠올리며, 순심은 새삼 정겨워 눈물이 설렁거렸다.

— 어마님은 신선댁 할마님이싱께, 그리고 오진 꿈이랑 이라고도 하얀 백발이랑가요. 명주실 사리 사리에 당연히 그래야제라.

— 그랑께, 이 시상이 모질고도 험하다고 하대마는 남녀지간에 부부 사랑의 연을 맺고, 아들 딸 열을 낳고 일곱을 건졌지마는 또 이리 영생을 누리게 되는 도리가 산수 갑산에 천생연분이라. 그 무슨 진기한 은택 아니랑가, 그런 말이여. 그리 알아서 피차 소중하게 살아가라는 말이라. 나가 그래서 이렇게 숭한 소리도 다 털어놓는 셈이랑께.

— 하시는 말씀마다, 하도 오지고 달달 하신께 나가 뼈 속까지 새겨징만요.

규진 신랑도 젖은 눈으로 굽어보며, 가슴이 아리고 녹아내리는 듯했다. 그 한 이레가 순심 부부에게 또 다른 별천지요 은택의 나날이었다.

— 오매! 오-매! 이라고 오지고도 푸짐한 잔치 초상을 치르기도 쉽잖은 일이랑께. 우리 어머님 맘씨, 맵씨, 솜씨 고우신께, 막내딸 사위랑 하늘 사랑받고 떠나셨응께 무슨 여한이 또 있을랍디여.

순심 이모의 낙낙한 푸념에 너나없이 한마디씩 실한 찬탄을 아낌이 없었다.

— 그랑께 고종명에 임종복이 대복이라 한당만, 신선처럼 사시다가 신선이 되셔서 떠나신 양반이 복중에 상사_{喪事}! 얼럴럴 상사_{賞賜}복이제라. 대체나 앙 그라요?

치상 중 말끝마다 대복타령이 옹헤야 선소리처럼 저절로 쏟아진 것이었다.

어찌 칠십 평생 장수하시고, 영결종천하셨다고 하늘땅에 탄식하고 원망하랴. 상가 마을에서는 검정돼지를 두 마리나 잡았다. 상가 집 음식이 푸짐하고도 살판났다고, 입들이 걸었다. 순심 부부는 초상 치르는 내내 눈물이 비 오듯

이 쏟아져 울면서도 속이 환하게 트여오는 서광을 보았던 것이다. 가는 세월 따라 영영 가시는 허망한 목숨에 한울님 큰사랑 따라서 다가오는 산 목숨의 질긴 은택이 풍성하였다.

열한 마당
첩첩산중

정이월이 저물어가자, 남해안의 마량포구 근동을 돌아가며 오쿠다 히데오 면장과 박철신 산업계장과 오자와 이치로小澤一郞호병계장의 출장이 잦았다. 산업계장은 앞장서서 창씨 개명한 수인부락의 박철신, 신마 부락 박광수의 사촌 동생이었다. 도저한 모양새로 대머리에 콧수염을 길렀고, 도리우찌와 당고바지로 차림도 왜식이라니, 거들먹거리기에는 그럴싸했다. 출장의 명목은 영농지도와 산업진흥 편달을 위한 상부의 대동아 공영시책이라 하였다. 출장의 자전거부대가 찌르릉거리며 다가 올 때마다, 개들이 유달리 짖어대었고, 낮닭이 홰를 치면서 청아하게 긴 울음을 하늘에 고했다. 초동들은 마을에 유다른 낌새가 일때마다 화급히 들녘의 소를 몰아들이고, 개와 닭들을 울안으로 가두었다.

관원들 중에 분견대의 이노우에 소장은 붉은 별이 그려진 모자를 괜스레 들썩거리며, 으레 봉화산 바라기로 한눈팔았다. 나의 소관사 아니라는 듯 초연했던 것이다. 단지 그 손길에 가죽 칼집이 철렁거렸다. 통변 광수는 관원들의 일이면 으레 앞장을 섰다. 씨암탉을 잡았고 탁주를 대령하여, 구장을 중심으로 마을마다 접대가 융숭했다. 손님 기리는 조선 백성들의 풍속이라기보다, 제국 관원들의 심기를 건드려서 좋을 턱이 없으리라는 유지들의 지레짐작이었다.

대낮에도 급히 하명을 받은 깔담살이 귀남이가 간짓대로 뒤뚱거리는 닭을 좇는다. 닭들은 필사적으로 맨드라미 벼슬대가리를 쳐들고 날개꼬리 펼치며 도망질쳤다. 꼬꼬댁거리며 파닥거리는 닭을 잡고 모가지를 비틀어 꺾으며, 김 진사 댁 상머슴 장칠복이는 심정이 상했다. 으레 양복쟁이 서너 명이 들어 닥치면 씨암탉도 서너 마리씩 죽어야 했다. 머슴의 아내인 서중댁이 일곱 살백이 김성란이와 함께 부엌일을 맡아서 거들었다. 종종걸음을 치는 성란이는 눈치 빠르고 몸놀림이 재발라 쓸모가 많았다. 풍속을 좇아서 장모 사랑에 사위 접대를 위한 씨암탉이라면 누가 뭐랄까. 온 집안 대소가들이 얼마나 신바람이 날 터인가. 닭죽을 쒀서 온 사촌에 팔촌까지 나누기 십상이었다. 진숙 아기씨를 위하여 그 일을 서둘고 있는 낌새였으나, 들리는 소문은 흉하기 짝이 없었다. 그럴수록 초조한 낯빛이던가. 김 진사 접객후대는 융숭하기 그지없었다. 대처는 물론 강진읍이며, 산골마다 깊숙한 손길이 미쳐 댕기머리 처녀들을 모아 목포와 광주 대처로, 군수공장으로 심지어 현해탄 망망한 대해를 건너 일본 제국까지 징발해 간다는 소문이 돌았던 터였다. 그래저래 과년한 낭자를 슬하에 둔 가문에서는 가슴이 저리고 밤새 안녕하시냐는 수인사에 조석으로 손발이 떨리고, 흘깃거리는 눈짓들이 허옇게 흉흉한 정국이었다. 이팔청춘을 당한 낭자 거느린 집집마다 혼사를 서둘러야 한다는 마량포구 중매쟁이 걸음이 잦았고, 속셈들이 갈수록 맛살 붙고 생피가 올랐다. 갈수록 하루 삼시 세 끼니를 때우기가 어려워가는 시절이었다. 하지만 중매쟁이 배영실은 명주 끈목이며 색동 담배쌈지, 바늘에 실이며, 명경이며 쇠뿔 빗살이며, 심지어 남정들 상투 동곳 등, 낭자들의 소관놀이 애물이며 잡살뱅이 황아장수를 겸하였다.

그 무렵 또한 정초부터 마을에서는 울력이 잦아졌다. 실상 갯벌가의 대동아 공영사업이라는 천황 폐하 성은에 진충보국한다하는 원말 둑 공사가 시작되면서, 몇 년 새에 다그치는 관행이기도 했다. 해안으로 길을 내고 신작로 길을 넓히며 마을과 마을간 길 닦는 공사였다. 소롯길은 달구지로, 달구지 길은 장차 차량이 통과할 수 있는 신작로로 넓히고 다듬는 일이었다. 가가호호 인두수 따라, 인두세를 매기듯 일손이 배당되었고 결손이 날 때 사통四通오가五家의 자치 법에 따라, 엄중한 벌금이 부과되었다. 일당은 겨우 30전으로 간척지 공사장 일당 60전에서 반타작이었다. 농가의 품삯은 40전이다. 하지만 제국의 성은은 사사건건 자치적으로 일당을 지불하여 민생을 도탑게 한다는 명분을 세웠던 셈이다. 원포에서 연동 부락 간의 거리가 정해졌고, 연동에서 숙마골 사이 농로가 배당되었다. 대구면이나 칠량면 강진읍 장터, 세세골골마다 유다르지 않았다. 그 만큼 치열한 관치의 시범이었던 것이다. 정월에 시작하여 달 포 간 사흘씩이던 일판이 이 월, 삼 월에는 닷새씩으로 늘었다. 농번기를 피하여 농번기가 닥치기 전에 마무리를 지어야 한다는 관장 나리들 시책이라 하였던 것이다. 아침마다 마을에서는 호장 집사의 전갈에 따라 일손마다 괭이와 삽과 곡괭이나 바지게 짊어진 울력꾼들이 줄을 지어 마을 구간으로 나섰다. 바지게마다 점심거리를 챙겨지고 나섰다. 15세 이상, 60세 미만의 당찬 장정이라야 했다.

한편 부락 출장을 나선 면소 나리들 영농지도 편달이라는 소리는 허발이고 실상은 가가호호 인두파악이며, 영농지도란 것도 벼, 콩, 미영, 옥수수, 배추, 무등, 춘파春播 건, 보리, 메밀, 호밀, 김장 무 배추 등 추파秋播 건 파종을 시점으로 작황은 고하간에, 세수를 마름질하는 계책이라 하였다. 가뭄이 들건, 태풍의 피해를 입건, 그건 당국이나 관원들이 알바 아니요, 오로지 파종의 수량에 따라, 세수를 결정한다는 해괴한 논리였던 것이다. 농사란 지엄한 일이다. 뿌린 대로 열 배, 백 배로 거두는 일은 자연의 법도가 아니더냐. 따라서 국법에 준하여, 국세와 지방세를 매긴다는 그런 법도란 경작 두락 수에 따른 세수보다도 한결 가혹한 수탈이라 할 터였다. 가짓수도 헤아리기 어려웠다. 토지세에 물세, 도로세, 인두세, 부업세목이 붙었다. 그 칼자루 쥐고 있는 관원들에게 굽실거리는 일은, 살기위한 당연한 처세술이라 할 것이었다. 강진읍성에서 파송된 박철신 산업계장이 선두지휘요, 오자와 이치로 호병계장이란 호구마다 징발을 위한 역할이라는 것을 부락민들은 눈치로 알았다. 마을마다 스르렁거리며 독사눈길 스며들었고, 숨겨진 칼날이 번득거리는 피비린 세월이었다. 원포마을의 구장 조제민 선생과 김 진사는 유지로서, 마을의 구심점으로 그 일을 진두지휘하는 입장이었다. 장지연 열사의 매일신문 사설로 전파되었다는 국파산하재의 뜬세상에 각개 구명의 처신이었다. 연동 마을은 그들대로, 숙마골은 숙마 부락대로 구장인 그들 수완에 따라 연간 세수가 결정되고, 그 일은 마을의 생존에 지대한 영향을 미칠 것이었다. 이래저래 남녘갯마을은 동녘 해 뜨고 서녘에 까물거리며 해가 바뀐 정초부터 불어 닥친 북새바람처럼 술렁거리며 뒤숭숭했다.

박물항아장수 배영실은 장사수완이 도저하였고 근동에 신망이 두터운 과부댁이었다. 과부댁이라니, 그건 아니다. 배영실 스스로는 단 한 번도 자신이 과부댁이라 생각하지 않았으니 말이다. 본래 마량 포구의 상선 배 선장이던 김상길의 아낙이었으나, 벌써 칠 년째 홀로 살았다. 아들 셋에 딸 둘을 낳고, 김상길이 대구 청자 토기 배로 대국의 무역 선편에 올랐다가 파선하여 세상을 버리자, 살림을 모질게 챙기며 청상의 박복을 물리치고 하등 세월 기다림과 알뜰 살림으로 자녀들을 양육하며 살았다. 출항한지 석 달 만에 선주 김 씨 상가에서는 설원雪冤제사를 지내고 궤연을 차렸으나, 영실은 한사코 거기에 절하기를 거절하였다. 언젠가는 내 남편이 돌아오리라. 그 사람은 절대로 죽지 않는다. 중국 땅을 헤매다가 살아서, 큰돈 벌어 돌아오리라. 그리 말하고, 그리 믿고 살았다. 한 번도 그 입에서 한숨을 들어본 적이 없다는 아낙이었다. 유복자 막내가 여덟 살이었다. 그 자신이 유복녀란 말도 있었다. 고금도 출신으로 아비가 뱃길에서 죽었고, 어미가 염병으로 세상을 버리자, 출렁이는 세월의 물결 따라 마량포구로 흘러들어와 강아지처럼 옹알거리며 자랐다는 설이었다. 하지만 설운 청춘에도 들꽃은 벌 나비로 향기롭게 피는 자연의 셈법이라 거니, 소녀는 나이 들수록 살결이 고왔고, 가슴살이 상현달처럼 솟구치더니 암상스런 엉덩이가 수줍음 드러내며 저절로 살맛을 누렸던 것이다. 종달새 얼굴에 보조개가 파이고 웃음꽃이 살랑거렸다. 상선 배를 부리던 김 씨네 어가에서 거두어 미쁘게 길렀고, 그녀 나이 이팔에 싹수있는 뱃놈의 아내로 서둘러 짝을 지웠다는 것이었다. 혼인을 하자마자 밭이 좋아 연년생으로 아들 딸 오남매를 오지게 낳아서, 알뜰 살림을 꾸리다가 그리된 생애였다. 기약 없는 기다림은 그녀의 자색을 한층 보드랍고 개결하며, 우아한 자태로 가꾸었다. 집안에 들고 날 때마다 동백기름을 발라 머리를 손질했고, 옷가지도 한사코 산뜻하였다. 말수가 어질고 드물었으며 구지레한 몰골이나 청승이란 걸 한사코 멀리했다. 가을 국향처럼 한미한 훈풍이 일었다.

선말댁 정소례와는 마량포구의 소꿉친구였다. 하지만 피차 궁지에 몰린 첩첩산중에 거하는 입장인지라 한 동안 멀리하고 살았다 할 수 있었다. 사사소리 시답잖게 여기는 선말댁의 성정이 옛 친구도 멀리 할 수밖에 없었다고 할 터였다.

영실은 잡살뱅이 항아장수일 뿐 아니라, 근동의 인지상정에 밝아 박물박사란 거룩한 칭호를 얻었다. 동백기름에 자르르 다스린 태깔이 곱고도 청결하며 우아했다. 머리에서 항시 내려놓지 못하는 박물 짐이 한 몸인 듯 근동을 돌고 돌면서 살았다. 때로는 고금도 섬 자락 더듬어 해산물을 거래하기도 하였고, 멀리 약산 배를 타고 원행하기도 했다. 오고가는 걸음과 주고받는 사람살이의 이력이 안방대실을 넘나들면서 급기야 도령 총각이나, 안방 규수의 짝을 짓고 이루는 중매정담으로 이어지기 십상이었다. 그래서 가는 곳마다 반기는 얼굴들이 많았고 달콤한 사연들도 많았다. 그녀의 박물 짐은 낭자들의 가슴을 부풀리고 으레 선망의 눈길 사로잡는 풍정이었다. 그녀가 가는 곳마다 낭자들이 몰리고 당혼한 자녀를 둔 어미들이 몰렸다. 강진읍장을 열흘거리로 돌아서 시정에도 밝았다. 하지만 소꿉친구 선말댁과는 이태 동안 주변에서 멀리 그리며 뱅뱅 돌던 그녀가 선말댁을 찾은 것은 구정 이후 무렵이었다. 장남 종구가 다녀가고 생활의 안정을 누리면서 선말댁이 자청한 셈이었다. 두문불출하던 정소례의 신중한 입장이기도 하였다.

그녀가 오늘은 원포마을 김 진사 부인인 덕동댁의 안방에서 나란히 앉아 점심 수저 놀리며 입을 열고 있었다. 소담한 밥상을 들였던 성란이도 물린 채, 단 둘만의 자리였다. 발싸심으로 들고 나던 적조한 입장이었다.

─그랑께, 딸 가진 집안 걱정들이 이만 저만이 아니제라. 마님!

─금─매 말이시, 어찌 딸만 이랑가. 아들들도 마찬가지것제!

─ 아들이사 봉화산 산자락에 내굴려도 대명천지에 호랑이가 물어간당가요. 딸이랑게 나면서도 가슴 덜렁하고 커가면서도 가슴 졸이고 애가 타는 일들이 얼매나 많은디라. 더구나 이런 시국에 대처 공장이라니, 거기다가 현해탄을 건너서 제국 본토 파송이라니 사람하고는 참말로 귀를 막고도 못할 노릇이제라. 가는 곳곳마다 수선거려서 제 귀를 씻고 싶당께요.

─금─매 말이시. 찬이 부실하제만 어서 더 들게. 왜 수저를 놓는당가. 더덕 찜

이 짭짤하니, 성긴 입맛을 댕긴다말이.

— 시상사 남의 일만이 아닝께, 생각만 해도 먹고 산다는 일이 실없어져라.

배영실이 근심어린 눈빛으로 느긋이 수저를 놓으며 안방마님을 살펴보고 소곤거린다. 항시 우러러 피차 조신하는 사이였다. 덕동댁이 먼저 과부 살림에 오남매 자녀 거느리고도 평판이 도저한 영실을 살가워하는 입장이었고, 행여 마음에 흠집이라도 남길세라 삼가는 처신이었다. 말만한 낭자 진숙을 염두에 둔 자리였다. 입을 열기가 피차 어려운 입장이었다. 배영실에게도 이팔청춘 딸이 줄줄이었다. 큰 딸 선화가 진숙과 동갑이라던가. 피치 못할 동병상련이거니.

— 그랑께, 소문만이 아니라 실제로 대처에 끌려간 낭자들이 있기는 있당가. 설마 목을 매달아, 억지로 끌려가는 세상은 아니것지라.

— 왜 아니어라. 이 소리, 저 소리 달콤한 소리들이 요란했것지라. 우선 일본에 가면 공부를 시킨다거나, 대처 공장에 들어가 벌이가 크다거니, 그랑께 솔깃해서 자석을 내놓고 소식이 돈절하여 후회하는 부모들 심정이 오죽 하겠는가라오? 마랑에서 김 생원 딸이며, 둘씩이나 나섰고, 수인에서도 박 씨 가에 하나, 서중부락에서도 장문순이라고 하나가 나섰지라오.

— 김 생원 딸이라니, 선창가에 소금 장수하던 그 집안인가. 소식 듣고 설마 했더니, 이제는 공공연히 사람들을 징용해 끌어가는 감만, 저 사람들 딸각거리면서 저리도 설치는 까닭이 도대체 멋일랑가.

— 저 면소 관원들은 신마 간척지 농장이 들어서기도 전에, 토지세를 측량도 하고 파종시기 앞당겨 볼라고 애쓰는 모양이제라. 명년 봄부터 파종을 서둘러야 한다며, 다그친다고 하지라오. 아마 파종만 하고나면 가을에는 빈 가마 세수 섬씩 쳐들고 설칠 것잉께라. 징상한 놈의 시상이제라.

— 둑막이 공사가 끝나자 말자 토지세라니, 갯벌논둑 밭둑이 구역지기도 전에

세수라니, 날도둑도 빠르단 말이 빈말 아니시.

덕동댁은 덜컥하는 심사로 한숨을 푹 내쉬었다. 들을수록 남의 일이 아닌 것이었다. 영실이도 선말댁과 마주 대하여 나누었던 한숨이 새삼 저절로 터졌다. 현장의 총감 대리로 일하는 선말 양반의 처지가 갈수록 난감하다는 탄식이었다. 하여간에 조선 백성들은 얼결에 봉화산 고라니나 산토끼, 무주공산의 짐승처럼 이리 몰리고 저리 쫓기는 곤경이었다. 하다본즉 저도 모르게 올가미가 씌워지고, 구석지로 쫓기다가 몰리는 입장이었던 터이다. 악몽처럼 사방에서 숨통 조여 오는 흉악한 손길을 뿌리칠 도리가 없는 앙탈이었다. 그나저나 이런 시국이라면, 웃자란 낭자 진숙이를 하루 속히 짝을 지워서, 이 흉악한 시절을 견뎌야 할 일이라고 절감하는 셈이었다. 이런 살가운 마당발에게 그럴만한 자리를 구할 수밖에, 한층 애가타고 초조해지는 심사를 숨기기 어렵다. 한동안 상심에 젖은 말이 없다가 새롭게 입을 연다.

— 어-야 동상, 그랑께나 자네가 눈여겨 볼만한 자리가 없던가? 하긴 자네 코앞도 석자라고 할 만한 처지제마는.

— 금-매 말이제. 저야 어찌 진사 양반댁 규수와 동류라 할 수 있당가요. 가는 세월 따라 오는 풍랑 따라서 밀려 댕기는 도리 밖에는요.

— 양반 댁이라니 당치 못하이, 이런 시국에 하여튼 임자를 찾아서 짝이라도 지워 놔야 견뎌볼 여지라도 숨구멍이 생기지 않겠는가. 그 말이랑게.

— 그랑께 가는 곳마다 처녀총각 천세가 난당께라. 참말 모진 시상인디라. 하여간 헌짚신도 아닌디, 성성한 제 짝이 없을랍디여?

— 어디 맞춤하게 천거할 만한 자리가 있것당가.

— 그랑께, 그런 일이란 입을 열다보면 걸리고 가리는 일들이 한 두 가지여라 말이제라. 이 댁 규수야, 선뜻 생각나는 자리가 두어군데 있기는 있지라오.

그리 시작된 말꼬리에 아귀가 맞아가고 있었다. 선말댁 장손 아들이 입질에 올랐던 것이다. 지난 섣달에 다녀갔다는 대처 객지의 대견스러운 아들에 대하여 소문은 대붕의 날개를 달았고, 영실이 거기에 기름을 붙고 있었다.

쇠뿔도 단김에 빼야 한다는 설조대로였다. 들은 대로 선말댁도 이번에는 경황 중에 장남 아들에 대한 조치가 늦었지만, 혼사란 인간 지중 대사가 아니던가. 비록 선산밑 뒤지고 산다는 향반 비아냥 푸념들이 일었지만 그만한 덕망이라면, 김 진사 댁으로서도 불감청이었던 셈이다.

— 아예 택일하여 혼약이라도 서둘러야 마땅하리라. 자네가 힘을 좀 써 주세야 쓸랑갑네 잉! 맞선을 보고, 혼서지가 오고가고, 그럴 시절도 아니잖은가.

그렇게 매듭이 풀어지고 있었다. 하지만 덕동댁은 내심으로 거치적거리는 바가 없지 않았다. 그것은 지나가는 소리 같았지만 진숙이, 저는 이런 산촌에서는 혼인하여 살고 싶잖다는 말이었다. 너른 세상도 두루두루 살펴보고 남정 못지않게 큰일도 도모하여, 세상 난 보람을 찾아야 하겠다는 하소연이었다. 근자에 한양의 유학생이라던 천안 유관순 처자의 기미년 만세운동이, 그 거룩한 순국의 피 값을 조선 천지간에 봉황불처럼 등천하였다. 여식으로 난세에 큰일이 도대체 무엇이랑가. 서울에서부터 지니고 내려왔던 태극 깃발이 천안의 장터거리에서, 충청도로, 전라도, 경상도로, 금수강산 전국을 순방하듯 청춘의 열정이 솟구치듯, 만세! 만만세 운동 깃발을, 이 풍진 뜬세상에 두루두루 휘날렸던 시국이었다. 조선 처자들 숨통이 트이고 암나귀들처럼 두세 귀를 들썩거리며 수다를 떨어가며 엿들었다.

하지만 두루두루 얽매여 속절없이 가는 세월만 한탄하는 입장이었다. 경성의 이화여전 유학생이라 하였다. 낭랑 십육 세 소녀라 하였다. 성춘향의 나이에 어울리건만 감옥에서 순국의 피 쏟을 때까지 하도 당당하고 호탕하여 간수들까지 혀를 내둘렀다는 풍문이었다. 그 피에, 그 기개를 닮았음이던가. 빼앗긴 나라를 위하여 바칠 목숨이, 단지 하나뿐인 것이 무엇보다도 절통하다는 그

한 마디가 듣는 가슴들마다, 기름을 붙고 불질을 하였던 터였다.

바깥이 갑자기 수선거렸다. 밥상 물리며 영실이 밖을 내다보았다. 호랑이도 제 말하면 나선다더니, 마을에 항아장수가 들었다는 소문이 돌았던 것이다. 진숙을 앞세운 말만한 낭자들 서너 명이 섣부른 세상사는 저리가라는 듯, 석양난장의 떨이꾼들처럼 세살거리며 들어서고 있었다.

진숙은 키꼴이 멀쑥한 편이었다. 아비 김 진사를 빼닮은 신장에 귀티 나는 아미가 환하고, 살결이 곱고 희었다. 눈길이 맑고 깊었다. 콧날 오뚝하여 이지적이요 몸놀림은 단정했고, 매사에 재발랐다. 규수 나이 이팔에 당찬 처자였으나 눈치 봐가며 마을 출입이 잦았다. 그렇다하여 여성스러움이 모자란 건 아니었다. 두 사내 동생을 건사하는 일이나, 배다르고 뼈 다른 성란 누이를 차별 없이 보살피는 일에, 어미를 감동시키는 자애심이 깃들었다. 김 진사나 어미도 딸자식이라 하여 얽매는 고루한 입장은 아니었다. 단지 그녀가 호사하는 상쇠잡이만은 달갑잖게 여겼다. 여식으로 어찌 그리 사물놀이 굿거리장단 상쇠잡이를 호사 갈망하는가. 징징! 징이 울리고, 북 가죽이 둥둥거리면 밥을 먹다가도 눈빛이 달라지는 것이었다. 꽹과리 소리 좇아 설거지 바쁘게 수탉처럼 설치고 나서는 꼴을 보다 못해 아비가 조심스레 타일렀으나 잠시 움츠리는 그 때뿐, 사물소리에 몸이 먼저 동하고, 맘이 끌리고 얼혼이 빠질 듯 쏠리는 노릇이라, 스스로도 삼가지 못하는 심성이었다.

꽹과리가 설두하여 앞장을 끌어가는 당찬 놀음에 흠뻑 빠져들곤 하는 것이었다. 한 세상 천만가지 구설 잡사를 한 순간에 하늘땅으로 한껏 끌어올려서, 천 천지 북 가죽! 기름 발라 개가죽에 동구당, 동구당당, 당가당 장구 소리로 신천신지에 펼쳐가는 그 모색이 절경이요, 깨갱 깽 갱! 꽹과리의 그 창랑풍광이 세상에 달리는 비길 바 없다는 설조에 이르면, 입에 군침이 말랐다. 자기가 남정으로 태어나지 못한 한이 있다면, 어찌하여 상쇠잡이는 으레 남정이어야 하는가 하는 자탄이라 하였다. 내 비록 여식의 몸이지만, 언젠가는 상쇠잡이 사물놀이로 천지 팔방을 이끌어 앞장서겠다는 야무진 꿈이 부풀었다. 단지 그 뿐 세상이 알지 못하는 웅지나 포부가 서렸던 것은 아니었다. 하긴 알 수 없는 일이었다. 저는 이 도령의 한양 길 서러워 기리는 춘향이나 홍루낭자가 아니라, 비록 서출낭인이라지만 홍길동이란 처사처럼 보름달을 바라보고 화살을 날리며, 스스로를 뒤집어 세상을 바꾸어보려는 높고도 너른 가슴이 그립다. 사내란 마땅히 그래야 한다. 조선의 남이 장군처럼 이십대에 청운의 큰 뜻 세우고 자신을 치리하여 치국평천하 길을 닦는 웅지가 부럽다고 공공연히 말하는 입장이었으니 말이다. 그녀가 아는 세상이란, 그저 그 뿐이었던 셈이다. 꿈을 꾸고 상상할 수 있는 근거로 보고들은 자산이 봉화산 산골마을에서, 그저 그 뿐으로 빈약했다. 거기 기미년 독립운동 유관순 언니가 기름불을 부어댄 소문이 갈수록 풍선처럼 타올랐던 터였다.

따라서 봉화산은, 그녀의 산나물 터전만이 아니었다. 세상을 한껏 널리 보고 멀리 살필 수 있는 유일한 기회요 풍광이었다. 저 산 너머 산이 있고 그 산 너머 남원으로, 청주로, 여주로, 오대산을 넘어 한양 남산으로 봉홧불이 전해진다는 이조 적 전설에 이르면 가슴이 부풀어 오르는 것이었다. 그래서 유난히 사랑하는 봉화산행이었다. 이른 봄부터 시작하여 늦은 가을 초겨울까지 그녀의 산행은 빌미가 한이 없었다. 산에서 나고 산에서 자란 산 처자인 듯싶었으나 그녀는 거칠거나 모질기보다 한없이 여린 편이었다. 산의 정기가 맑고 환해서, 그녀를 선녀처럼 빚은 듯하다. 사람들은 그리 말했다. 황아장수 배영실은 그런 진숙을 말없이 지켜보면서, 그 짝을 속셈으로 골라보는 것이었다. 과연 저 품에, 저 가슴에 꼭 안기고 안을만한 그릇이 어디에 있을 것인가? 그만한 재목이란 만만찮고 수월찮은 일이다. 선말댁의 큰 아들 최종구를 생각하다가, 고개를 저었다. 그는 이미 대처 객지에 물먹은 사람이다. 마량의 선주아들 장칠기를 생각하다가, 역시 고개를 저었다. 뱃사람과는 어울리지 못할 여인이다. 실상 총각 장칠기는 일찍부터 장 씨 선주가 알토란 살림에 야무진 배영실의 둘째 딸 김선화를 점찍어 살피는 입장인 것을 모르쇠 할 수 없는 처지였다. 하지만 뱃사람이란, 그 서러운 풍랑의 한 살이를 영실부터가 이제는 신물이 나는 심상이었다. 그런 입장에서 오늘은 당자라 할 수 있는 진사 댁과 마주 앉아서 선말 댁 장남아들의 혼담이 무르익은 셈이었다. 서둘러 날을 잡고 통기 넣어서 사람을 불러들이고, 대사를 치르자. 다 된 죽에 코 빠트릴 얼간이가 아니었다. 이래저래 영실은 산정의 솔개처럼 맴을 돌았다. 낭자들은 수인사 바쁘게 댕기핀이며, 귀걸이, 옥 단추, 실타래 등 잡살뱅이 황아 물을 들먹거리며 귀애하고 부러워 갖가지 세설을 떨어대지만, 진숙은 등 너머 구경하는 일인 듯 초연했다. 명주포목에 손을 대었다가 그마저 시들한 구경이었다. 원포 처자들은 부업이 짭짤하고 봉화산행의 물산도 푸짐한 터에 계절마다 물목도 좋아서, 의외로 손이 걸었고 푸짐하여 오졌다. 고르고 밀고 댕기는 상거래가 시작될 판이었던 속셈이다.

— 오-매 보름아, 너는 어찌 그라고 세 가지씩이나 들고 안절부절이랑가.

— 그랑께 하는 말이제, 셋 중 하나만 골라야 한다는 게 당최 심이 차야제. 총각 동곳 핀이냐. 자주색 치맛감이냐. 철부지 낭자 규방 노리개냐. 몽땅 다 가져 뿌러야 시원하것는디.

— 양손에 떡 이라는디, 시 손에 찰떡이랑가. 새서방 등골 빠져 불것다 잉!

— 그랑께, 이놈 신세가 만날 부엌 귀신이랑가. 환한 대처로 핑하니 나설 것잉가. 아니면 대일본 제국 대동아 공영으로 뛸 것잉가. 오가라는 데는 많고, 몸은 하나뿐잉께 이라고 망설거린당가.

— 금-매 그랑께 골라, 골라 잡으랑께! 큰 맘 묵고 골라잡아야 봉화산 같은 큰

살림을 일궈 보제, 앙 그려? 이래도 한 시상, 저래도 한 시상 꿈결 같은 이팔청춘에 부평초 같은 인생이 아니더랑가.

진양조 가락으로 넋두리 하다가, 까투리처럼 화들짝 웃음을 터트린다. 장보름이는 중풍 앓는 홀어미에 동생 둘을 치다꺼리하는 가모 낭자였다. 주근깨 닥지닥지한 얼굴에 웃음꽃은 항시 만발하였다. 그녀를 마주보며 진숙이 살가운 눈빛이었다. 양손에 떡이라는디, 대거리하는 처자는 조 선생 맏딸 문자였다. 셋이 유다른 봉화산 길동무였다. 진숙 낭자는 보름이의 꿈결 같은 선포가 부럽다. 과연 골라잡아야 하는 인생은 분명한 일이 아니던가. 인생은 순간순간이 선택의 길인 셈이다. 선택에 따라서 결과는 행운일수도 있고 불행일수도 있는 법이다. 부엌 귀신이 아니라, 멀리 날고 싶다. 저 멀리 일본이거나 제국이거나 봉화산 저 너머로 날아가고 싶다. 고라니처럼 봉화산자락을 펄쩍펄쩍 뛰어넘고 저 푸른 하늘 큰고니처럼 훨훨 날아서 왜 못가야 한다는 말인가. 어머님 아버님의 뜻을 새길 때마다, 가슴이 활활 거려서, 징징 징! 울다가 꽤깽! 꽤깽! 깽매깽! 하고, 사물놀이 판에 한바탕 휘돌고 싶어지는 것이었다. 마침내 상모자락을 휘돌려 하늘땅으로 오르내리면 그 얼마나 장쾌하고, 호탕하고, 신바람에 아름다울 것이랴? 신선이 따로 있고 선녀라고 유다를 것이랴? 훨훨 허공중의 뱃구레 내지르며, 그네를 탄다. 풀썩풀썩 땅을 박차고, 하늘 향하여 널뛴다. 하지만 징상하게도 얽매인 인연이랑가. 다시 그 자리, 그런 자리로 엉겨 붙고 마는 이 노릇 어찌하면 옳다는 말이던가.

진사 댁 안방을 나선 배영실의 발걸음은 선학처럼 가벼웠다. 논둑 밭둑을 질러가면서 이따금 펄썩거리지 못하는 날개가 아쉽다. 그 발걸음 두 말하면 귀 어두운 상늙은이 잔소리라. 단참에 동백나무 숲지나, 숙마골 거쳐 동산 등 너머 늦은재 밑, 선산댁이었다. 선산댁이란 소꿉친구이기도 한 선말댁을 이름이다. 한결 가벼워진 머리의 황아 짐을 출석거리며, 오늘 장사는 이걸로 끝이라 했다. 인간지 대사 혼담상사보다 더 거나한 상담이 대체 무엇이랴. 하긴 잘하면 단술 석 잔이요, 비긋거리면 개 뺨이 석대라는 세속이란 변함이 없다. 하지만 김 진사 댁 마님과 아귀가 맞아 떨어진 혼담이란 좌면우고할 처지가 아니다. 내 일보다 더 흥감한 일인 셈이었다. 해전에 겨우 단 한차례 둘러보았던 솔숲의 삼 칸 집이 아연 활기차고 훈풍이 돌았다. 등 아래 새 터전에서, 성주 공작이 어세성하고 분주하게 설치고 있었다. 반갑고도 대견스럽다. 가슴 아리게 짠하고도, 눈물겨운 뜬세상이 아니었던가. 암캐들이 컹컹거렸지만 오지고도 정답다. 씨암탉이 한 무더기 병아리 떼를 거느리고 경치는 소리를 꼬꼬거리며 감싸고돌았다. 때마침 저녁새참 바라지하던 선말댁이 황아장수 동무 환하게 반긴다. 이심전심이랄까 단순한 친고가 아니다. 항라하게 안아들고, 살붙이로 보듬어 들인다.

가슴에 안은 황아 짐을 내리며 받고, 수인사가 오고가고 때늦은 집들이 인사라는 예물로 옥양목 한 필이 건네진다. 깡마른 천지에 흥감스러운 귀물이었다.
— 외돌고 갓끈 죄이듯, 내숭떨 새나 있것능가? 우리 사이에, 잉!
— 그려! 그려-어, 웬 문자랑 쓰시고 그런당가. 하여간 이따금 보고잡데야.

시상 살이 팍팍할수록 어마님 생각, 철부지 시절 그리운 짓은 사람 짓인가. 잡다한 수인사가 단참 큰 아들 최종구의 혼담으로 물꼬가 터지자, 선말댁은 엉뚱한 생각을 떠올리며, 우둔거리는 가슴을 열었다. 선머슴이랄까. 오매 사삭스러워라. 내 귀한 아들 장남에게, 이 무슨 망발이런가. 못 올 데 왔던 우두거니처럼, 어리둥절 서성서성거리다가 훌쩍 떠나버린 장남 아들이 내내 가슴에 얹혔던 일은 안타까움이요 지절한 슬픔이었다. 이런 터에 정초 때까치소리처럼 들이닥친 청혼청담이라니, 구물거리던 봉화산 자락이 환하게 트인다. 저절로 옹 가슴에 솟구치는 함소를 금하기 어렵다. 허나 이는 동방의 예가 아니다.

― 그야 다름 아녀. 내 곰곰 생각해본즉, 숫기가 돌았다 그 말이여, 암내를….

하다가 선말 양반 덕성은 입을 다물었던 것이다. 그래 부부유별이거늘, 부자유친이 이런 처사라면 뒤바뀌고 남을 세상 아니던가.

장남 아들이 훌쩍 떠나간 뒤, 뒤숭숭하던 부부간 잠자리였던 것이다. 도대체 저리도 안절부절못하는 처신이란, 대체 무슨 까닭이란 말인가. 노역에 피차 곤궁한 단잠은 삼십 리로 멀어지고 궁리가 많았었다. 느닷없이 암내라니, 하긴 내숭 없이 농담꺼리를 가끔씩 내뱉는 부부지간이긴 했다.

― 그리도 속셈이 단단한 장남에게 암내라니, 대체 무슨 억하심정이 그리도 깊더란 말인가요. 쥔 양반 대감이 속을 털어놓으시고, 맘을 푸시랑께요.

― 허―이참! 억하심정이라니, 그건 아니고 바람이 들었다 말이여, 청춘 바람이라. 제 버릇대로 그만, 황소가 암내 맡은 꼴을 못 봤더랑가. 그런 말이시.

― 오매, 오매! 부자유친이라, 문자랑 써 가심서 부부유별인디, 어찌 그러고 내숭하고도 비린 말씀을 쏟는다 말이요. 허면 서둘러서 짝 지을 일이 부자유친 아닐랑가요. 아낙네 속셈으로도 그리 짐작은 했고만이라.

― 그렇고말고, 사내들이란 재물이 보이면 무엇보다 숫기가 솟고, 숫기 솟으면 열정이라, 눈이 붉어지고 귀가 초롱거리고, 손끝발가락이 치열하고 아랫도리 불뚝거리는 장심기운이란, 세상에 다른 무엇으로도 어거할 도리가 없는 법이라. 그래서 마시고 부어대는 술 길이요, 싸질러대는 불길질이라, 길 열어라, 큰길 비켜라 하면서, 장원급제에 고대광실로 나라님이나 쓰시던 사모관대를 일생에 단 한 번 허락하신다, 그런 말이시. 그리되면 서둘러서 말뚝을 단단히 박아둬야 안정이 되고, 눈길도 올바르게 뜨이고, 부모 형제도 보이고, 재물도 모이게 마련인 것을. 그래서 인간지 대사라 하는 셈이라. 앙 그려? 잉!

― 그라고 말고 지라. 어찌 사내들뿐일랍디여? 씨암탉이 수탉 보고난즉, 밤낮으로 알 부림하며 둥우리 찾고 쥐불 켜대고 씨알거리는 밤 고양이나, 음풍을

좇아 비호처럼 나대는 강아지, 망아지도 어른 말씨대로 암소 맡은 황소가 천지간에 황망한 꼴이라니, 모두가 한울님 조홧속이요, 천지상하 동서가 화답하는 자연의 이치가 아닐랍디여? 오매, 나도 모르게 음풍농월일랑 갑소 잉! 내 아들 장남을 두고 이라고 망령이라니, 이것이 대체 먼 짓이랑가.

　―그려, 그랑께 긴 사설 줄이고 서둘러 부자유친 할랑께, 임자가 심을 써 보시야 할 것잉만. 관아에 추달을 받아도 먼저 난장에 엎드려야 상투 끝이 덜 시리고, 어가에 상찬을 들어도 먼저 엎드려야 콧바람이 굳세어진다고 안 하던가. 지체 말고 부지런히 서둘러 보소.

　그러던 지경의 혼담이었다. 더구나 향반이랍시고 으레, 한수 위로 쳐보자던 원포 유지 덕망인 김 진사 댁의 고명딸이라 한다. 그건 아니다. 사내 동생들과 배다르고 씨 다른 누이 성란이 까지 살갑게 거둔다는 규수에 대한 풍설은 자자했던 터이다. 귀 설은 터전이언만, 강찬진 사돈어른 목수의 상찬이었다. 더구나 향반 김 진사 안댁에서 먼저 말을 꺼내고 신신당부하더라는 전갈이었다.

　상달의 단감처럼 혼담이 무르익었다. 배영실 동무가 새삼 고맙고, 외로운 처지가 새삼스레 애틋하게 다가왔다. 돈절한 장남의 소식이 열리는 대로 택일하고 홍복에 겨운 혼사를 치르면, 어연번듯하게 대처 살림 분가해야 하는 입장인 것이다. 섣달그믐 첫 귀향심방에 천만 뜻밖의 거금을 맡겨두었고, 암소를 들인다 하던 읍장 보기가 그리도 흥감스러웠던 일이, 이래저래 한울님의 속내 깊은 뜻이거니, 선말댁은 저도 모른 새 축수의 비손을 모았다. 저절로 우러르는 감축이었다.

　하지만 세상만사란, 이리도 허망하고 부질없는 사연이던가. 내일 일은 나도 모르고 그대도 모른다 했던가? 아들 자랑은 칠푼이요 마누라 자랑, 딸 자랑은 팔푼이라 했다던가? 소죽은 입 맛나고 오지게 쑤었어도, 개는 못 주는 법이라 했다던가?

그로부터 달포가 채 못 되어, 원포 향반의 세 자녀들 줄줄이 그물코에 걸린 숭어처럼 파닥거리며 수인고개 동능재를 넘었던 것이다. 귓속을 후비고 싶은 소식이었다. 속달공사가 그리도 잦았다던가? 김 진사 댁 진숙 낭자와, 조 훈장 댁 조문자와, 또한 중풍 병든 엄마를 차마 떠날 수 없다던, 주근깨 덕지덕지한 보름 아기씨도 막장 눈물을 삼키며, 엄마야! 우리 엄마야, 꼭 새살림 차릴 돈 벌어 올 터닝께 잉! 이런 대명 천지간에 한평생 먹자거리에 목을 매달고 살 것인가요? 하고 선창가에 출렁거리는 막배를 타듯, 단봇짐을 싸들고 펄썩펄썩 합류하고야 말았다. 마량 포구에서 고금도로부터 실려 온 암말 처자들이 한 뭇은 넘었다고, 장탄식이었다. 군관민을 망라한, 일본대제국의 환송식이 창랑하고도 요사妖邪했다.

열두 마당

갈수록 태산

　원포부락 강찬진 목수는 오라는 데 많고 귀하게 모시는 사람들은 문전성시였지만, 할 일은 그저 머 거시기 했다. 그 손길에 야무진 망치나, 설렁거리는 대패를 쥐어볼 어간이 없었다. 신마 부락과 숙마골 갯가에 집 짓기, 밥 짓기가 대목을 불러 모시고 집터며, 안택 자문을 구하기 습관이었던 것이다. 어중이떠중이로 공경했다.

　— 요 집터가 어쩌신가요? 저 짝으로 남향이 길운 터지라. 고명高名광영이라. 어르신 손길을 맛봐야 살맛이 날 성싶당께요.

　갯벌 바다 건너 고금도에서, 약산에서 청산도에서, 울레줄레 건너와 집이랄 것도, 대목 손을 빌릴 것도 없는 청솔가지 움막을 치면서도 동남향 좌청룡우 안택이거니, 들은풍월 무성했고 씨암탉 옹알이하듯, 갯것들 알 터 잡이 하듯, 꼭 다짐을 받아야 했다. 제방 공사가 외해로 석공 쌓기가 마무리되고, 내해로 석공과 펫장 입히기가 끝나면서 몰려든 이주민들이다. 공사장의 인부들 중에도 정들면 고향이지, 고향이 따로 있당가. 아예 집터자리 잡고, 살림궁리

가 터지고 들었다. 갯마을 숙마골에서, 건너편 갯벌 신마부락으로 날마다 불려
가는 일마다 집 짓기 밥 짓기가 살맛이거니 했다. 삼간 겹집도 아니다. 사칸 담
집도 아니었다. 겨우 두세 칸 울담 집으로 갯가에 널린 갯돌 날라서, 갯가 흙을
짓이겨 첩첩이 쌓고 서까래 걸면 이엉이 올라간다. 갯바람이 살랑거려 흙담집
은 순식간에 지붕을 떡하니 걸머진 꼴을 갖추었다. 하여간 저 이엉 지붕 위에
서 새하얀 박꽃이 피고 참새 떼들이 재잘거리겠지. 해마다 노란 이엉으로 용머
리 살아나겠지. 바라보면서 목수는 눈물겨웠다. 쌈지에서 아끼는 연초 쟁이기
에 의젓했다. 샛바람처럼 화급히 끌려가서 갯벌 가에 용머리 점지해주듯 집터
잡아 다독거리고 고개 주억거리면 그게 다였다. 지관의 풍모로 지침계하나 손
댈 것 없고, 톱질하고 대패질하고 까뀌질하고 그럴 처지가 아니었다. 그저 도
끼로 텅텅 찍어 자르고 낫으로 다듬어 걸면 서까래요 들보였다. 허나 그리 쉰
내 인심은 아니었다. 먹자거리 천심은 푸짐한 살맛이었다. 등 파란 고등어, 숭
어, 민어, 오지고 비린 갯것들, 풍성한 상차림 막걸리 판이 낙락했다. 산자락마
다 진달래 개나리가 환장하게 지천이던 봄여름 다가서며 벌써 열서너 채였다.
가을 전으로 신마 갯가에 거북등처럼 늘펀한 열 채는 더 들어설 거라 했다. 연
신 다가서는 바지 중의 차림에서는 시큼한 살맛 비린내가 진동했다.

─ 지는 청산면의 장세동이라 합네다.

　머리에 누런 수건 질끈 동여맨 핫바지들이 경배를 드리듯 고했다.

─ 지는 고금면에서 주낙배 타던 김일도라고 합네다.

─ 지는 춘포에서 문어 잡이 하던 손장수라 합네다. 난생 첨 육지에 올라 고명
하신 강 대목님을 뵈닝께로 이제야 살성싶고만이라. 아랫녘 뱃놈살이 떠나서,
육지 대처행이 평생에 소원이었당께요.

─ 과공은 비례라. 어쩌자고 그리 큰 절이랑가. 와마 자네는 이제 봉게로 장군
봉 서중부락 김봉길 십장 아니던가. 가대를 아예 이거할 셈이당가.

— 그러고 말고제라. 이리도 알아봐 주신께, 겁나게 감읍하당께라.

강 대목이 눈을 치뜨며, 집터 잡이 삽자루를 바투 쥐는 상투머리를 보고 일렀다. 그 눈길을 마주보며 넙대대한 큰 입이 헤벌쭉거렸다. 전날 동양척식의 시미즈 겐타로 총감 시절에 두어 차례 동석한 적이 있었지, 아마? 그 무렵 야무지게 일손을 다잡으며 역군들의 먹자거리 처우를 주장하던 모색이 떠오른 거였다.

— 참 그라고 봉께 감축할 일이 아니덩가. 서중댁 과수하고 짝을 이뤘다는 말이 새콤하더랑께. 사람하고는, 어찌 그라고 은근짜 노름만이랑가. 이집 짓고는 대사 안 치르고는 입주를 못할 것잉께 그리 알더라고.

— 금-매, 말이제라. 홀아비살림에 서캐가 서 말이라는 말은 빈말 아닙디다. 이것도 천상의 인연인 갑다 하고, 한숨쉬어가며 빈둥거리던 야밤에 내질러 부럿제라오. 암만이요. 잔치 야물게 치러야제라. 어르신들이 옴니암니 도와 주신께, 이리도 사람 살맛을 본다. 집들이는 단단히 할랑 만이라.

— 그려, 그려 옹헤야, 옹헤야, 데야! 그것이 살맛이랑께. 야밤에 내질러 부럿당께 얼매나 오지당가. 그 서중댁 통통한 손으로, 아침마다 대접하던 숭늉 맛이 세상에 감칠맛이라고 겐타로 감독상도 오이오이! 달가워했거늘….

강 목수는 크게 웃었다. 그려, 그려 사람이란, 사람 찾는 맛이라야 살맛나는 법인가 했다. 남녀 간에 사람이건, 사랑이건, 은근짜 야밤이건, 치열한 낮이건 사람이란 사람을 찾아야 산다. 그래서 갯가 산골 부락마다 수시로 사람이 꼬이고 넘쳐나는 사랑방인가부다. 이 마을에도 저 부락에서도 새롭게 사람이 꼬이고, 사랑이 영글고, 아기들의 웃음소리가, 닭소리가 개짖는 소리가, 송아지 망아지가 뛰놀고, 사람 살아가는 세상이 열리리라. 집집마다 하늘에 연기가 앙청하는 기도로 치솟아 오른다.

간척지를 따라서 이주민들 거개는 완도군 섬마을 벗어나 대처를 그리던 섬

사람들이다. 그들은 비린 입마다 갯것들, 징상한 살림 한탄하고 저주했다. 검푸른 바다살림을 탄식했다. 철마다 태풍에 움츠리던 가슴, 가슴마다 물 때 먹은 사연이 깊고도 징상했다. 망망대해로 나가면 돌아오지 못하는 남편을 그리다 못해, 섬마을의 늙은 홀아비가 생과부를 꿰차고 새 터전을 나선 걸음이었다. 자고로 섬 살이란, 그리도 한스러운 물위의 검실구름이던가. 그리고 본즉 이 원말의 제방 공사란, 새 세상이 열리는 삶의 터전인 셈이다. 어찌 하필 흉악한 왜놈들 손 갈피에서 묻어나는 일이었을까. 섬나라 대일본 제국이라. 대동아공영이라 호탕불기라지만 실상은 섬마을의 본능인 셈이 아닌가? 저 야차들이야말로 철마다 태풍에 숨죽이던 게다짝 딸깍발이 왜구들이다. 철마다 드르륵거리며 진동하는 지진에, 불 화산 폭발에 헐떡거리던 몽매의 떨거지들이다. 오죽하면 자나 깨나 해적질이요, 대륙의 꿈결에 야망을 품고 살던 족속들이 급기야 침탈한 갯가라도 땅 뒤짐이라 할 터인가. 이일을 과연 한울님 베푸시는 각자도생이라 할까. 고진감래라 할 수 있을 터인가. 사람이란 제 각각 살아갈 방법을 도모 하련다. 고생 끝에 낙이 온다? 아니다. 이야말로 금수강산 다 빼앗기고 이제는 산천도심 골골마다, 말씨도 앗기며 정신과 혼과 얼을 다 앗아가는 마당에 각자도생이라니? 고진감래라니? 손톱 밑에 가시 드는 줄은 알아도, 염통 속에 쉬 쓰는 줄은 모른다 하는 통탄지사가 아닐 터인가. 진정 얼이 깬 백성이라면, 그리도 얼시구 절 시구 어절시구하며, 지화자 좋구나. 하늘땅을 우러르며 얼을 불러라. 혼을 깨워라. 꿈에라도 삼천리금수강산 조선 백성들 혼을 깨워라 얼럴럴 상사뒤야! 목이 쉬어 터지도록 앙천대곡하며 불러봐야 옳을 듯 싶당께.

전과 유다른 여름살이가 아니었다. 최덕성은 날이 갈수록 입맛이 썼다.
도무지 살맛이 아니었다. 하지만 사사건건 간여하여 구린 입을 열지 않을 수 없는 입장이 난감했다. 간척 사업장의 현장 대리 감독이랴. 그 입과 처분만 바라보는 수백의 눈길이, 갈수록 애살스럽다. 때 이른 봄바람에 썰물처럼 물러간 동척의 시미즈 겐타로 현장 팀이 비우고 떠난 간이 사무실이다. 함바집도 썰렁한 식당 사무실에서 십장들과 머리를 마주 댄 사업장의 진로가 갈수록 탁탁하였다. 날마다 도수장에 끌려드는 암소처럼 수선거리며 현장을 살폈지만 전에 없이 알아야 면장도 한다는 옛말을 날마다 실감하는 판이었다.

— 그랗께 석공들 할 일이 아직도 태반이라. 그런 말이 아닌가?

— 그야 물론이제라. 저 외해外海에 석축이란 게 게우 처 삼촌댁 설렁방구맹이로 건성건성 경치 돌은 메워 놓았는디, 태풍이 한 바탕 불어뿔면 맹탕 헛짓이랑께. 칠월 칠석 전에는 이차 공기를 서둘러야 할 것잉만요. 앙 그요.

— 그걸 누가 모른당가. 더 다급한 일은 봄빛 마르기 전, 뗏장 떠다가 내해內海에 둑 단속을 서둘러야 장맛비를 견딜 것 아닌가 말이여. 앙 그라면 애써 쌓아 놓은 논둑이란 것도 말짱 헛것이랑께. 한바탕 물난리가 확 쓸어가 버리기 전에 뗏장이 생살 뿌리를 박아야 둑이 살제라.

작년 추석을 지나며 인부는 반타작이었다. 삼백여 명이 들썽거리던 함바집이 썰렁하게 설 대명절 지나며, 대목장에 돌아올 줄을 모르는 적막강산이었다. 공사판 인심이란 그런 것인가. 일꾼이야 밥심으로 일한다는 주장도, 동척이 물러간 뒤로 낌새는 한층 썰렁했던 터이다. 산이 커야 골이 깊다고 했던가. 발등에 불이 떨어진 이 노릇을 난 몰라라 할 입장이 아니다. 석공 십장 원포의 박중배나, 토공들 십장 김봉길이나, 제 각각 각자도생이라 할법하였다. 인부 다툼이 날마다 대사였으니 말이다. 인부 수대로 밥그릇도 줄어들었고, 밥그릇 수대로 인부도 줄었다. 인부가 밥 부르고, 밥이 입을 불렀다. 석공이 삼십 명씩은 들어붙어야 추스를 터전에, 열댓 명이 굼실거렸고 그나마 석공 거개가 엉터리 솜씨로 겨우 경치돌이나 다루는 기술자였다. 토공이라지만, 그 터전 역시 모두가 기술자라고 나서지만 투덕투덕 삽질로 뗏장이나 다스리는 햇것들이다. 안면몰수하고 다투듯 손길 끌어가기에 시끌벅적하지만 이야말로 용지법이요, 용지불갈이라 할 터였던가. 도무지 일판을 추셀 수가 없었다. 그 뿐만이 아니다. 동척의 자본이 거의 바닥난 마당에, 어부지리를 챙기려던 면소 산업계장과 강진읍내 수리조합이라는 데서 조건부로 보아주는 뒷배가 낙낙할 수 없었다. 그 조건부라는 게 생사람 잡는 노릇이 아니던가. 상가 진설 방에 생쥐처럼 들락거리는 산업계장 박철신이라는 녀석은 세상에 달통이라도 한 듯, 입만 열면 자랑스럽게 털어놓았다. 뻔히 아는 속내로, 대단한 제국 바람이라도 쐬였다는 듯, 의시대지만 그 출신이란 게 포구에서 소싯적부터 노름꾼으로 소문난, 박창배 건달의 장남이 아니던가. 박창배는 뱃머리 노름방에서 쌈질하다, 개평꾼들 난장질에 싸리문간에서 고꾸라져 죽었다. 그 장례식이라 하여, 각처에서 몰려든 노름꾼 잔치에 난장 법석을 떨었던 짓은, 왁자한 입 초시에 올랐던 풍설이었다.

— 저 대 일본 제국 태평양 건너에 미국米國이라는 쌀 나라가 있다는 말이여. 몇 년 전부터 국토를 넓혀서, 쌀 문제가 해결되고낭께 이제는 서부로 가자. 거기는 금덩이 땅이라. 먼저 가서 밧줄만 치고, 손대지 말라, 내 땅이다 하고 선포하면서, 노다지 굴이라 한다 그런 말이랑께. 그게 '노터치'래야.

— 그랑께 인자는 어서어서, 공사만 끝내라. 간척지 갯논 논두렁에 밧줄치고 여기는 손대지 말라. 노다지로 '노터치' 할 셈이라, 그런 말잉감만.

— 대 일본 제국이 조선을 묶고 나면, 그 다음에는 먼 줄 아는가? 대륙 중국을 거쳐 언젠가는 기어이 그 노터치를 건드릴 속셈이랑께. 저 태평양을 건너서, 그랑께 대동아시아 공영이랑 거여. 지금 하고 있는 정치를 보더라고, 천황폐하의 천하 일본日本이란 해 뜨는 대제국이라, 대단한 나라가 아니랑가.

　호병계장 오자와 이치로의 맞장구였다. 그는 박창선이라고, 신마부락의 박광수 사촌동생이었다. 창씨개명부터 앞장 서둘렀고 으레 신식 당꼬 바지 왜복장에, 도리우찌를 멋들어지게 얹고 거들먹댄다. 자고로 눈치코치라면, 산중 절간에 가서도 우멍한 곡차에 살코기 뜯게 된다는 배포였다. 난장 시세 따라 갯벌에 밀물 때 따라서 착착 죽이 맞았고, 백중절기에는 썰물 따라서 뒷배가 맞아 돌아가는 판세를, 실눈 뜨고서야 누군들 모르리.

서둘러라. 서둘러야 사는 법이라 한다. 금년 여름가을에 서둘러 간척지원 둑 공사를 마무리해야, 명년 봄부터 모내기 설 소리 들을게 아닌가. 근면철저한 조선민족의 본때를 보이자고, 제법 우국지사연하는 풍모를 자랑스레 보이기도 서슴지 않는다. 그러면서 내 놓은 조건부라는 계약서가 눈이 부셨다.

— 우리 간척지 갯벌 논은, 소작인이 아니다. 각개 엄연한 지주로서 십 년, 백 년 내 땅에, 내 농사를 짓는 터이다. 단지 물 세, 임대 세, 경작 세는 너무도 당연한 제국 신민의 광영 의무가 아닐 터인가. 그런 말이랑께. 앙 그려들?

세목에 대해서는 아직 때가 아니라고, 천하에 다 때가 있는 법이라고 얼렁거렸다. 진충보국하는 열혈남아의 머리에 동백기름이 번들거렸다.

그 무렵 대구 면소에 일본 제국의 심상 소학교가 설립되었고, 첫 입학생을 선발한다는 통문이 돌았다. 조선학동들에게 보통학교라고 하는데, 하여간 신식학교로 월사금은 별로 비싸지 않아도 배울 건 다 배운다고 했다. 강진 군내에서 두 번째라는 신식 학교에 대하여, 순식간에 봉화산자락 삼동 마을에도 하늬바람에 꽃샘처럼 의론이 설왕설래하였다. 설상가상으로 서당이 융성한 원포마을에서는 이제야말로 조선 사람들의 혼 갈이를 할 심산이라고 탄식들이 먼저 터지는가 하면, 자석들 장래 위해서는 대처를 꿈꾸던 마량포구와 근동의 농가에서, 마침내 새 세상이 열리는 길상의 징조라고 내심 반겼다.

— 하여간에 자석들을 갈쳐야 사는 시상이닝께.

— 금-매 갈치기는 해야지만, 심상尋※뭐라나 하는 소학교에서는 제국의 신민들이 도대체 뭘 가르친당가?

— 보통학교랑께. 애당초 글러먹은 싹수가 뻔 혀! 국어 산술이랑 수신이랑가. 뜀박질하는 체육이랑, 골고루 갈친다는디, 그 놈의 국어라는 게 인자부터는 조선말이 아니라, 아예 일본 말이라고 안 한다고.

— 그것이 어쩐다는 말인가. 대처에서나 강진읍내에서는 벌써 자석들 대일본제국 동경에 유학들을 못 보내서 탄식이란 디, 못 배운 자석들이란 항시 상놈의 팔자를 못 면할 시상이라, 그런 말이랑께.

— 그람 언제라고 치를 떠는 사돈네, 논밭사라고 암소 팔아다 줄 중 알았다던가. 다들 골마지 뜯어갈 셈속에, 아조 넋이라도 챙겨가자는 배포 것 지라.

근동의 분분한 설레발 들어가며, 덕성 일가에서도 의논이 진지해졌다. 남달리 대처를 서둘렀던 일가인지라 당연히 앞장을 설법했건만, 천자문에 이어 동몽선습을 거쳐 명심보감에 맛들이던, 종순, 종연 형제부터 뭔가 찜찜하다는 기색이었던 것이다. 적동색 배냇소는 알토란같은 암송아지를 낳았고, 검실검실한 수염자리가, 걸걸한 성대를 우려내고 있었다. 이제나저제나 대처 학습을 은근히 재촉하면서도, 살림 속내를 아는지라. 속으로만 궁실거리며 함박 명주실 구리 할마님 훈육이 유다른 재치였던가? 동서고금 재담현석이며, 흥부전에 춘향전에, 옥루몽이랑 무엇보다 신출귀몰하는 이야기보따리가 매양 흥미진진했던 터였다. 옛이야기 즐기면 가난뱅이 신세를 면하기 어렵다는 지청구 들어가면서도, 밤이면 겹겹이 풍성한 배움터였다. 눈앞 못 가리는 청맹과니 할마님이었지만, 지혜와 진설 조 입가심은 무궁무진이었다. 순심 새댁의 새집 건넌방은, 아예 학동들 서당글방이었다. 새신랑 부부는 동산 밑, 수답 터전이 밤낮의 일터요, 쉼터였다.

— 인제는 조선 글이랑 말도 못하게 하고, 한문자도 맘대로 못 가르치게 하고

왜놈 말만 가르친다는 소리도 못 들었당가. 게우 일본 놈들 꼬붕 노릇하자고, 심상 소학을 가란 말이여. 독문서당 해서라도, 소학에 대학공부를 할 셈인디?

종순의 우렁우렁한 말씨에 청솔 도끼질에 몰두해있던 종연이 앙바틈한 낯빛으로 형을 바라보며 대꾸한다. 동탕한 얼굴에 수염자리도 검실하다.

— 신식 공부랑게 다 그란당께, 어쩔 거잉가. 앙 그려?

— 난 순사가 될 라고 하다가, 칼집 덜렁거리는 일본 순사 놈들 꼴 보고 진작 포기해 부렀는디, 도루묵에 중뿔난 그 타령이랑가.

토방에서 아들들 토론을 듣고 있던 선말댁이 대견한 눈빛으로 하늘을 우러렀다. 하늘빛이 파랗다. 막내 윤심이 아장거리며 그 품을 벗어나고 있었다.

— 그래도 대장부들이 세상에 나서고, 순사나 선생님이 될라면, 신식공부는 해야 것제라. 강산이 온통 일본 넘들 시상잉께라.

마침내 선말댁이 입을 열었다. 묵묵부답하는 쥔 양반의 착잡한 심사를 어찌 모르랴. 집안 일 대소사 간에으레 그래온 처사가 아니던가.

— 그랑께 예부터 지피지기라고, 상대적수를 알아야 이길 길이 열릴 터 아니던가. 배우고 갈쳐야 할 기회란, 다만 때가 있는 법이랑께.

집안 일 만이 아니었다. 근자에 진척이 더디고, 한 없이 더뎌서 골머리라는 공사판 일들도 사사건건 의견을 물었고 공론 따르기로 습성이 되고 있었다. 가내에 언로가 트였다고 할까. 소심 탓이라 할까? 버겁다하는 문제는 으레, 이웃집 사돈댁 한마님 고견을 청하기도 버릇이었다. 문자점이라고 감히 말 못하지만, 그런 한문자로 밝히는 문명을 청한 셈이다. 막중한 학동들의 진학문제를 도외시하랴. 먼저 나설 문제였건만, 아직은 공론이 덜 무른 상태였다.

대구면소란 숙마골에서, 갯가 자갈길로 원포 연동을 돌아 수인고개에서부터 신작로로, 시오리 길이었다. 전에 규진 총각이라면 척척! 척척 뛰어서 반에 반나절도 못되는 거리였지만, 학동들의 오고가는 발걸음이란 결코 쉬울 리 없었다. 그나마 숙마골에서 세 명, 연동 부락에서 두 명, 마량과 서중 부락에서 세 명으로, 원포마을에서는 결코 나서기를 꺼렸다.

그 서당 골 원포마을에서 앞장서듯 김진숙이랑, 선생 댁 조문자 아가씨며 중풍 병으로 사족을 못 쓰는 어머님 모시기에 효심이 지극정성이던 보름이가 망연히 그리던 대처를 향하여, 봉화산 고라니처럼 산등을 타넘고, 큰고니처럼 하늘을 훨훨 날아서 수인 고개를 넘어선 일은, 놀라운 사건이었다. 장남 최종구와 혼담이 무르익었던 선말댁이나, 선말 양반 덕성의 충격은 한동안 벗어날 길이 없었다. 단순하게 다 된 밥에 코 빠트렸다거나, 영실의 혼담에 늦가을 단감맛을 감축하던 홍복이 곧 바로 처창悽愴한 참척을 맛보게 된 셈이었으니 말이다. 늦게나마 대구 면소 심상 초등학교로 나서 자거니 아니다. 거기에서 도대체 무얼 배우고 자시면서, 청승 떨어야 한다는 말인가. 더구나 자칭 향반가라는 마을의 원로들이 꺼리는 마당에 기왕 신학문이나 신세계로 나설 바에는 아예 대처로 나서는 게 마땅한 진로라 할 터 아닌가.

한동안 의론이 분분하고, 엄동에 하늬바람처럼 뒤숭숭 하던 설왕설래 현장에 대구면소의 양조장 출신 오쿠다 면장과 박철신 산업계장 그리고 오자와 이치로 조선인 호병계장 출장이 빗발처럼 잦았다. 이따금 나카무라 준코라고 부르던 면장 부인이 동행하기도 했다. 그녀는 으레 하늘로 솟구치려는 듯 하얗게 피어오른 설화나 벚꽃 모자를 쓰고 옷깃을 부여잡은 기모노 뽐내듯 화사하게 웃음 지었다. 그들은 대 일본 제국 번영과 대동아 공영을 부르짖는 성세를 보아라. 이는 일본제국 자랑스러운 애국부인들이나, 신여성의 각성에 따른 멸사봉공 헌신적 활동에 힘입은 결과라 하였다. 무엇보다 배워야 한다. 학습원이나 고등 보통학교 전문대학이나, 상급학교에 진학하여 신학문을 익혀라. 신여성이 되라는 말이다. 가정 형편상 그리 못할 지경이면, 새로운 기술을 배우고 익혀서, 산업전선에 투신하여 가정 경제를 살리고, 국가 경영에 동참하는 역군이 되자는 일이다. 산골짝마다 철컥거리는 베틀의 느리고 질려터진 직조보다 열 배, 백 배가 빠른 방직 기술이, 얼마나 자랑스러운가. 저 미국이나 영국유럽에서는 거창한 국책사업이 되고 있음이다. 신생 의료와 간호 기술을 배워라. 각종 생산 기술을 배우고 실용하라. 이에 뒤처지는 인생이나 국가는 약체가 되고, 지배를 당하게 마련이다. 이것이 오늘날 삼천리금수강산이라는 조선이나 대륙중국이나, 대만 국이나 월남이며, 필리핀의 현실이 아니던가. 망설거리지 말라. 산촌에서 움츠리지 말라. 평생 부엌 귀신이 되고 말 터인가. 세상이란 거창하고 할 일도 많고, 신기술과 신학문 세계가 밀려오고 있는 터전이다. 때마다 연설은 낭랑하고도 활기에 넘치며, 산촌 마을을 파고들었다. 대처의 경성에서 자원하여 일본 제국으로, 대학원으로, 산업기술 현장으로 구름떼처럼 몰려가는 현실을 바로 보아라.

전부터 세상을 훨훨 봉화산 고라니처럼, 하늘의 큰고니처럼 날아서 신천지에서 살아보겠다는 김진숙이었다. 보름이나 조문자 봉화산의 낭자들이었다. 우리가 비록 여아들이지만, 새 세상을 살아보자는 그 말이랑께. 벌써 십여 년 전부터 조선천지 온 누리에 꽃불처럼 새겨진 신 여성 유관순 언니의 독립운동의 열망을 듣고 사모하는 심정이었다. 거기 기름불이 쏟아지고, 그 일에 앞장선 진숙이었다. 원포마을의 조 선생이나, 김 진사 어른이나 이제는 시세 따라서 자석들의 진로를 함부로 막아서는 아니 되리라 하였던 것이다. 새파란 밀물처럼 솟구치는 새 시대의 새 풍조라는 요사한 각성이었다. 온갖 잡설이란, 세상인심의 샛바람이었다.

김 진사 댁 서당이며, 사랑방에서 의논이 분분할 적마다 재떨이를 당겨가며 무거운 입이 열렸다. 어른들의 입이 열릴 때마다, 수다스런 잔입들이 막혔다.

— 국파산하재의 난세라. 임금이 사라지고, 왕비가 난창질을 당하는 마당에,

이래라 저래라 나누어볼 지혜가 세상 어디 매에 있더란 말잉가.

— 그라면 윤리 도덕이 다 망가져도, 손을 놓아야 한다는 말잉가. 내 말이?

— 금-매 말이제. 윤리 도덕이라는 말이, 아직도 살았다 그런 말잉가. 다 도적 맞아 부럿다. 그런 말 아닌가. 군신유의가 깨지고, 부자유친이 사라진 마당에 각자도생이라니, 누가 누구더러 이래라저래라, 먼 놈의 잣대를 댈 것인가.

— 용지법이라는 문자가 득세를 할랑갑소. 그래서 용지불갈이라고 헐떡거리는 세상이랑께. 옛 문자가 한 마디도 그른데 없다 말이시.

— 아니 그란다고 이런 난세에, 다 큰 딸 자석들을 흉악한 야차에게 거저 내 맡긴다는 그런 말이랑가. 향반 영감들이 죽어도 곱게 죽을 일이제. 세상이랑 다 함꾼에 팍팍 썩어버린당가. 오매! 오매-매 내 가슴아! 이내 가슴아, 천지간에 이 노릇을 대체나 어째야 쓴당가.

아낙들 탄식이 하늘로 솟구쳤다. 탄식에 눈들이 벌겋게 달았으나 다른 이론이란 석 달 가뭄에 물꼬 막히듯, 연못가 송사리 떼처럼 울렁거릴 뿐이었다. 향반들의 게으른 입질에, 한층 속이 타고 기가 질린다는 아낙들의 가슴은 옹구방망이질이기 십상이다. 세상천지가 왜 이리도 좁아들었는가? 바로 저 질긴 양반타령을 듣고나보자. 그 판에 끼어들기 꺼리는 관서 면장이나, 호병 계장은 걸신대지도 다그치지도 않고 다만 화사한 풍문을, 동남풍 샛바람처럼 들이 밀었다. 저희들끼리의 꿍꿍이 작전이니라, 순박한 조선 백성들은 눈치도 채지는 못했다. 그렇게 서너 달이 흘러가면서 홍시감이 익기를 기다리는 사이, 저 유관순 열사 언니를 보아라. 호랑이를 잡으려거든 봉화산 뒷골 호랑이 굴로 들어가야 한다는 주장이 득세한 셈이었다. 배영실 황아장수 들락거리며, 대처의 최종구와 혼담에 한 동안 마음을 다 잡던 김진숙이나, 집안에서도 꿀 먹은 벙어리가 되어가고 있었던 터이다.

그 날 만호성 마량포구에 마련된 환송연장에는 대구 면장이며 분견대 소장이며, 지역 유지들에게 거나한 송축연을 베풀었고, 강진 경찰서장도 그들의 진충보국하려는 정신대의 장도를 송축한다 하였고, 수염이 풍성한 마루야마 겐지 군수영감은 흠승거리며 일장의 연설을 베풀었다.

— 에에−또, 이야말로 천황 폐하의 일시동인 성은에 화답하는 대동아 공영의 첨병이라 그 말입니다. 정신대란 무엇입니까? 정신挺身이란 글자 그대로 큰일에 한 몸을 바치고 일으켜 앞장을 서는 일입니다. 더구나 신 학문의 나라 대 일본 제국대열에서, 신식의 기술 문명은 물론, 국체國體호지의 선견지명에 화답하는 거룩한 입신출세라, 그런 말인 겁니다.

조선의 약삭빠른 유지들이 고개를 끄덕끄덕 설레발을 쳐가며 화답하였다.

— 그야 물론입지요. 제사 공장에서 신식 방직 기술을 배우거나, 선택에 따라 신학문 학업에 정진하거나, 그 길은 탄탄대로라 할 시국이란 그런 말입니다.

— 역시 조선의 낭자들은 대단한 데가 있습니다. 정조와 기개가 살았다, 그 말입니다.

마루야마 겐지 군수로서는 더 이상 말할 필요가 없었다. 터부룩한 수염을 다스리며 생각이 많았다. 음흉한 기색을 감추기는 내심 어려웠다. 하지만 이는 벌써 몇 차례나 본국 전시 사령부의 전통문을 받았던 거슬릴 수 없는 대세가 아니었던가.

1932년도 상해사변이 터지면서, 해외 파견군 참모장 오카무라岡村 寧次 중장 각하의 나카사키 현 착상 발신이라 하였다. 중국 점령지 여성들에 대한 일본 작전군의 무차별 강간, 성폭행 강탈사건을 수습하기 위한 대책회의였다. 보국 정신대라 하였다. 진충보국 특수 간호부대 간호보조원, 근로보국대, 생산 보국대, 보국헌신 위안부대, 대동아시아 공영 기치를 들고 확대일로에 있는 충용 무쌍한 대 일본 제국의 전장에는 당연히, 명칭은 고하간에 군수물자와 함께 위안부대가 따라야 마땅한 일이 아니랴? 상당히 어색한 장면인 논리 앞에서는 으레 군사적, 작전상 비밀은 당연한 법이라 하였다. 군사 작전상 비밀이라. 일급비밀이라는 말이라. 이는 곧 성역이었다. 승승장구하는 대 일본 제국 천황 폐하의 성은을 기리는 터에, 어찌 여인들이라고 망설거리랴. 이제 곧 일억 총궐기 전시 동원령이 선포될 계제가 아니던가. 전승전지인 삼천리 반도강산에서, 전시물자의 동원령이 착착 진행 중이었다.

군수 영감의 사부인 야마구치 게이코의 맞장구에, 오구다 히데오 면장 부인 나카무라 준코라는 기모노가 벚꽃처럼 활짝 거리며 시뻘건 입으로 웃었다. 몇몇의 일정 깃발이 펄렁거리며 박수를 쳐댔다. 하지만 이날 사물놀이 판은 나서지 않았다. 징징 징을 울리고, 북장단에 한판 일구라는 전갈을 들었던 최덕만 상쇠잡이나 소리꾼들이 하나같이 불참하련다는 핑계가 많았고, 관서에서도 뭔가 멋쩍은 기색으로 별다른 적극성이 없었다고 할 것이었다.

— 암만해도 장날에 개 따라 나서드키, 나설 일은 아니란 말이여.

— 거룩한 우리 사물 놀이판 상사뒤야 라, 설자리 앉을 자리를 못 가린다던가?

— 그랗께 옛 말에도 눌 자리 봐감서 다리 벗으랬다고.

— 그게 바로 철들고, 눈치코치가 살아있고, 북장구 주거니 받거니 살판 아닌가?

상쇠잡이란, 거저먹기가 아니었다. 향도嚮導란 지혜의 지도자요, 앞장선 단골이다. 마침내 갯벌의 안개가 짙게 서린 여름날 아침에 삼동과 서중 부락, 마량진 포구 분견대에서 열두 낭자들이 머리에 백색 띠 두르고, 작은 개짐보따리를 보물처럼 껴않은 채, 강진읍과 대처에서 보내온 군용 트럭을 타고 눈물바람을 휘날리며 설레는 마음으로 난생처음의 장도에 올라 마을을 떠났던 것이다. 트럭이 떠날 때, 병든 홀어미를 모시고 살던 보름이는 많이 울었다. 어매, 어매!

우리 어매, 내 사랑 우리 어매, 눈 질끈 감고 이삼 년만 기다려 주소 잉. 신식 기술도 배우고, 돈도 옴니암니 모아갖고나, 천리만리라도 날아올랑께. 봉화산암 고라니도 나가 보았고, 하늘로 건너가던 큰고니도 나가 다 보았단 말이시. 설마 사람노릇이 산짐승만도 못하고, 산새들만도 못할랑가. 김 진사 딸 진숙이나, 조 선생 딸 문자는 울지 않았다. 다만 어매, 어매! 우리 어매 울지 마소, 울지 말랑께. 칠흑 밤에 부엉이 울거든 내 딸인가 내다보고, 봄날에 뻐꾹새 울거든 이 딸의 창가인가 귀 기울여 들어나 보소 잉. 봉화산 딸들인 우리가 돌아올 때는 만세 깃발도 휘날려보고, 유관순 큰 언니 열사가 못다 이룬 한풀이를 하고야 말랑께. 갯마을 산천에서, 때마다 진달래꽃처럼 흐드러지게 솟구치는 강강술래가 어째 이조 쩍 아낙들의 한풀이였다고만 하등가. 충무공 이순신 장군 대감의 하해와 같은 지혜는 지금도 펄떡펄떡 살아있다는 그 말이랑께. 정말 앙 그라요? 나가 평생에 한풀이던 사물놀이 상쇠잡이로, 고깔 쓰고 하늘땅을 무질러감서나 한바탕 삼동 울릴 것잉께. 꼭 그리 알고 눈물을 거두란 말이랑께. 어째 자석들 대처 행에 눈물바람이랑가.

생떼를 부리면서도, 숨길 수 없는 두려움과 불안이 바다의 파랑파도와 같이 밀물처럼 엄습해 오는 걸 막을 수는 없었다. 그럴 때마다 면장님이나, 수염 풍성하던 마루야마 군수 영감의 당당한 찬사와 선포를 떠올리고, 화사 찬란하던 야마구치 게이코의 기모노 옷자락의 평화로운 모습을 떠올리며, 내심의 충동을 상기하였다. 그려! 결코 넘지 말라는 봉화산 안태골의 팔자란 없는 법이다. 여인네라고 한 평생 부엌대기로 살라는 법은 없는 법이다. 신세계, 신학문 시대가 착착! 다가오고 있는 세상을, 눈 부릅뜨고 보자는 말이다. 봉화산 동무들아! 봉화산이 철마다 품을 열어 더덕이며, 목단 작약이며, 지천이던 산도라지, 감초, 산초, 두릅으로 논밭 들녘의 자운영 꽃처럼 우리를 길렀다면, 흘러넘치던 옹달샘에서 여름 갈 동안 마른 목을 축였다면, 그 너럭바위에서 우리 동무가 갖은 수다로 앙가슴을 풀었다면, 우리가 봉화산 그 정기를 세상에 널리 펼쳐야 옳다는 말이 아닌가. 정말 앙 그려?

이야말로 천심의 화답이요, 시세에 다행이랄까. 이후로 삼동 마을은 한 동안 잠잠하였다. 호시절 섣달그믐이면 설날이요, 이월이면 대 보름, 삼월이면 삼짓날이요, 사월이면 초파일 오월 단오에, 유월 유두 칠월 칠석이라. 팔월 한가위에, 구월이면 국중. 시월이면 상달이요, 동지섣달 돌고 돌아 팥죽 잔치에 인심 솟고 천심이 동하는 세월이었다. 명절이나 절기 때마다 산촌 마을을 화사하게, 동백꽃처럼 아름답던 낭자들이 떠나간 허허로운 빈자리에, 의혹의 눈길이나 한숨 쉬고 염려근심이란, 가당찮은 기우라 하였다. 차라리 누군가는 한숨 쉬고, 근심 걱정 다 떨쳐버리고, 산골 처녀 바람났네, 옹헤야 타령으로 가슴을 열자 하였다. 저 윗녘 강원도 지방 보리타작 민요라 하였다. 옹헤야! 옹헤야, 어절시고, 저절시구로 잘도 논다. 잘도 한다. 보리밭에서 메추리가 알을 낳고, 금년 농사도 풍년이라. 아들딸 장가가고 시집보내 이내 평생 즐기고 놀아나 보세, 옹헤야! 옹헤야, 어절시구 잘도 하고 잘도 논다.

아니 아니다. 도리어 신천신지가 활짝 열리고 있는 저길 보아라. 사자 상호의 봉화산 아래골 삼동이며 마량 서중골에서는 간척지 현장에서 역군으로 진충보국하는 셈이라며, 게다가 각 면에서 십 여인의 낭자들이 출정한 선덕이라고도 했다. 한 동안 징용징병이나 관서 신역이나 삼동 울력의 추달이 뜸하였지만, 원말 공사는 한층 서둘러대었다. 동네 개들이라도 불러 모아라. 섬마을에 널리 알려라. 사돈네 팔촌이라도, 이주민을 불러 들여라. 신촌신개지가 열리고 있잖은가 말이랑께. 우리가 당당한 지주되고, 우리 농사 우리 손으로 가꿔서 우리 쌀밥에 배를 불리자는 그런 말이랑께. 겨울 지나고 새봄에는 아무튼 논둑 밭둑에 종자를 뿌리게 하라. 풍성한 결실을 거두게 하라는 산업계장과 호병 계장의 촉구였던 것이다. 현장의 총감자리를 맡았던 규진 신랑을 대리하여, 덕성은 그저 정신 줄을 챙겨보련다는 속셈마저 어리둥절할 지경이었다. 이 풍진 바람으로 뜬세상인 것을, 새삼 절감하는 심사일 뿐, 어느 날은 문득 비밀문서를 들추어보듯, 대처에서 금돈을 들여 챙겨보던 유성기와 창가 판을 어루만져보다가는 눈치 보는 심사로, 아니다 지금은 때가 아니다. 언젠가는 대동공영의 절기, 차분해지는 때가 오겠지, 하고 스스로 타이른다. 번번이 주눅이 들고 기가 꺾이는 이런 심사가 도대체 무엇이란 말인가.

그럴 때마다 상쇠잡이 아우님, 최덕만의 애가 터지듯 하소연하던 설조가 살아 오르는 것이었다. 내 것이라. 우리의 소리요, 대대손손 조상님들의 지혜라는 그 말이요. 금수강산 신토불이라 하는 문자도 살려가야 한다는 그런 말이랑께.

— 어 헐럴럴 상사뒤야— 어절시구 저절시구로, 옹헤야! 옹헤야를 우리가 불러서 농자 천하지대본 깃발, 천 천지 북 가죽— 기름 발라 개가죽으로 상천하지에 신명바람을 휘날려 보자는 그런 말이랑께! 대체나, 앙 그려 들?

열세 마당

속절없는 눈물

이규진 새 가정은 점차 안정되는 듯했다. 새집들이 이후 실상 집안 살림은 청맹과니인 어마님의 몫이라 했다. 자고새면 오직 갯논치기에 매달려 혼신을 쏟아 붙던 일터가 정착이 된 셈이었다. 당숙이신 강 대목님이 선말댁 아래쪽으로 서너 마당길이나 내리 잡아준 살림집은, 아담한 초가삼간으로 아궁이에 불이 잘 들고 방마다 구들이 고루 따셨다. 분통처럼 정갈한 부엌에는 두 개의 무쇠 솥이 항시 개기름으로 번들거렸고, 장독항아리에 숙골 샘물이 찰랑했다. 숙골 샘물은 아침마다 종순, 종연 형제의 자청하는 사역이었다. 부엌구석에 잡목 땔감이 첩첩히 쌓였고, 소나무 장작도 토방 옆에 노랗게 쌓여 있어, 눈앞이 어두운 문장가 어마님도 차분차분 불 지펴 밥솥을 달구어낼 수 있었다. 살림살이란 때마다 바지게 등짐 져 나르는 강 목수 집안에서 옮겨온 것들로 고루 갖추어 있었다. 강 목수는 새집들이가 끝나면서, 아예 안택이 버리고 떠난 살림살이를 조카 새살림으로 작심한 듯 옮겨온 셈이었다. 성질머리 사나운 안택이 영감을 버리고 아들 둘을 거느려, 대처로 대국 만주로 떠나버린 후 넋을 놓친 듯 사립문짝에 기대어 졸던 대목이었다. 그 일로 수년간 얼어버렸던 입이, 숙마골 선말 양반 성주 때부터 트이면서 새롭게 시작한 늙마의 낙인 듯했다. 원포마을에서는 선말 양반 최덕성의 후덕으로 새사람을 살렸다며 서로 기렸고, 근자에는 숙마부락과 신마부락의 집짓기에 천세가 났다고 갯벌의 꽃게들처럼 수런 거렸다. 모두가 정겹고 아름다운 수다풍경이라 할 터였다.

갯가 천수답 서너 마지기는 이제 곧 모내기를 서둘러야 할 판이었다. 논둑치기가 한참이었다. 마지기 마지기로, 논둑을 치고 뗏장을 심는다. 둥실한 만삭의 몸으로 일터 주변에서 지켜보며 오지게 좋아하고 훈수하던 순심 새댁, 새참 곁들여 다섯 차례씩 상차림이 푸짐하고 옹골졌다. 뿐만 아니라 새댁은 울안의 텃밭은 물론 천수답 주변에서 쉴 새 없이 씨를 뿌리고, 잡풀을 거두었다. 울안에 고추와 부추와 가지 오이 감자는 물론, 이른 봄 호박심기와 돌창 미나리 자운영 심어 보살피고 즐겼다. 한껏 농가월령 권농을 실천하는 모범이었다. 그 일들에 애가 타고 속을 끓이는 가슴은 오직 이규진 신랑과, 귀를 추세고 들은 어마님이었다. 저리 북통같은 몸으로 저 짓이 대체나 뭔 짓이랑가. 저 몸이, 한 몸이당가. 두 몸, 시 몸이 아니당가.

그러던 염려의 세월도 언뜻 단오절기 지나며, 드디어 순산 진통이 다가왔다. 달무리처럼 허연 눈을 번뜩거리며, 진통에 귀 기울이던 약산댁 청맹과니 어마님이 눈물을 주르룩 주룩 쏟았다. 어인 눈물 바람이냐고, 선말댁이 다그쳤으나 토방 둔덕의 두꺼비처럼 울렁거리던 입이 열렸다.

—사돈 마님 댁은, 잘 아실 턴디요.

— 대체 무엇을 그리 아신다는 말씀이신가요. 자석들 앞에 출산 날 눈물바람 이라니. 순심 새댁 며느리는 호박덩이 쑥 빠지듯, 순산일 텡께 맘 편히 잡사요.

— 어째 자석 앞에, 출산 날이라. 하신당가요? 삼신 할마님 앞이지라오.

— 금-매 말이오, 삼신할미도 눈물 앞에서는 고개를 주억거리신다고요?

— 바로 그 말이제라. 사람이나 삼신이거나 한울님도, 여인네 눈물 앞에서는 함께 웃고 울어주신다, 그 말이요.

잠시 머뭇거리다가 마마님의 입이 두꺼비 소리로 나직이 다시 열렸다.

— 백수 문 사자성어에 이르기를, 울 명鳴, 봉황새 봉鳳, 있을 재在, 나무 수樹라
고, 명군 성현이 나타나면 나무 위에서 봉황이 울더라, 거니.

— 오매, 오매, 그랗께 어느 어미 아비가, 이 지경에 명군성현 기리는 심사가
아닐랑가요. 봉황새 울음이라, 그 문자 말씀이 지극정성이랑께요.

여인네의 눈물이란 더구나 어미의 눈물이란, 그 살피 땀이 녹아들고 뼈 속
피가 마르고, 사대육신 진액이 솟구치다 못해 짜고 비리고, 시리고 명명하게
오색 빛깔로 열린 진주가 아니던가. 목숨줄, 생명줄의 진주라 그 말이라. 그 진
주를 받으셔요. 그것이 치성기도요, 오장육부 정성이란 것이제라.

청맹 할미 지극 정성을 누린 순산이었던가. 삼가 조신 조신이던 순심 새댁의
순산이, 치성에 힘입은 듯 순조롭게 산후조리가 끝내자 한층 활기를 누린 것
이다. 선말댁이 이심전심 눈물바람으로 받아든 떡두꺼비 아들이었다. 눈이 맑
고 귀가 크고, 봉우리 뱃구레 아래로 부자지가 오지게도 탄실하였다. 선말 양
반이 벌겋게 달아오르던 눈으로 함박웃음 터트리며, 삼동에 고하여 잔치하자
별렀고, 고추 금줄을 걸기도 전에 마량 포구 주재소장 이노우에 다케히코가 어
찌 알았던지, 축하물로 옥양목 한 필과 돼지고기 서 근을 자전거로 배달해왔
다. 그 민활 신속한 정보력에 놀라며 덕성이 성의로 받고 알리지 않았다. 강 대
목이 뒤질세라, 어느새 헐떡거리며 달려들었다. 그 걸망에도 제법 푸짐한 먹자
거리에 마른 미역타래가 덩실거렸다. 이태민李太閔이라는 가문에 큰 이름을 명
주실꾸리 어마님이 지어 내렸다. 클 태太자, 문안에 민閔, 글을 품은 인물이라고
했다. 내리서리 연년생으로, 작명 바쁘시겠다며 작명 턱도 내라고 강 목수를
따라 홍소를 터트렸다.

그로부터 규진 신랑의 한도 끝도 없이 이어지던 불안의 그림자가 순식간에
사라진 셈이었다. 이해는 하고도 남았다. 핏덩이 첫 아이를 가슴에 묻은 아비

가 아니던가. 단순한 핏덩이가 아니었다. 정신이 말짱할 때마다 눈길에 밟히고 채이던 핏덩이다. 인과를 떨치지 못한 천지신명의 진노라고 하였다. 날이면 날마다 자고새면 기합소리 질러가며 심장을 찌르고, 눈알 파고, 배통을 째고, 하문을 후비고, 대가리를 올망졸망 거두었던 목숨줄이 몇몇이었던가. 훈련이라면 천하에 못할 짓은 없고, 그런 생활이 바로 이오지마 수비대 훈련의 나날이었지. 살벌한 경쟁이었다. 그런 일과에 으레 선발대로 앞장을 섰었지. 그 일이제국에 충성이었고 진충보국의 길이었지. 잊으려야 잊을 수 없는 무시로 기억을 파고드는 피의 절규였다. 하늘로 눈길을 돌리면, 하늘이 붉게 물들기 십상이고 바다를 훔쳐보면, 으레 바다 빛이 적황색으로 얼룽거리고, 산천으로 눈을 돌려봐도 산색이 늘 가을 단풍처럼 익어버렸다. 핏발 선 눈이라 했다. 그 눈길들 피하려던 절박한 습성인지도 몰랐다. 단지 습성은 살아남아 있었다. 새로운 인생살이의 습성이었다. 낮이면 쩔쑥거리며 땀투성이가 되어 갯벌 논에 쉴 참 없이 엉겨들고, 밤이면 사흘 걸이로 당당하게 찰떡방아질 하던 그 습성 말이다. 신랑은 도피처를 찾아드는 심사이듯 한 낮이면 갯벌 논을 파고들었으나, 석양이면 쩔쑥거리며 갯벌을 파고들어 민대가리 굵고 긴, 산 낙지를 무한정 잡아올렸다. 갯벌 바탕을 엎드려 육감의 눈살에 집히는 대로 뾰로통한 구멍을 후비고 긴팔로 찔러대면 영락없이 엉겨 붙어 나오는 산 낙지였다. 해넘이 어슬 거릴 때, 으레 서너 뭇씩 잡혔다. 언젠가는 천생 갯것으로 뱃놈신세를 못 면하는 수작이라고 자탄할 때마다 몸보신 하셔야제라. 몸보신하라고 삼신 한울님이 이리도 풍성한 수확을 주신만이라. 오매, 오─매, 오지고도 찰진 거! 그게 먼 소리냐고 보양식이라며, 새댁 순심이 환한 얼굴로 반기는 수확물이었다. 선말댁에 큰 이바지 떡 나누듯 반타작씩 올라가고도, 아침 저녁거리가 풍성했다.

　신랑은 새댁 순심을 마주할 때마다, 안쓰럽고 안타깝다. 봉화산 하늘 꾸르륵거리며 날아가는 큰고니처럼 언젠가는 화들짝 날아가 버릴 듯싶은 것이었다. 나무꾼 선녀도 아들 딸 셋을 낳기까지는 맘 놓지 말라 하였것다. 잠들기 전 까지는 으레, 젖가슴을 움켜쥐었다. 봉오리 만지작거리며 무언가를 셈하다가 어느 결에 흠신 덤벼들었다. 입으로 흡착 물이듯 파고들었다. 입안에 넣고 놓 치기가 싫었다. 놓치면 다시는 돌아오지 못할 듯싶었다. 그 부드러움, 그 무궁 한 포만감 부피가 신기하고도 안쓰럽고 안타까운 절박감이었다. 그렇게 폭삭 익은 몸을 받을 때마다 새댁 순심은 둥둥 두둥실 떠오르며, 심 황후 대접을 받 는다고 으레 그러려니 하고 견디면서도 즐겼다. 오매─이리도 당당하신 대감 님! 내 대감님! 으─흐! 으─흐! 응─응응! 하고 내지르는 감청을 사양하는 법이 란 천하에 없었다. 몸과 마음 온통 쏟아서 부었다. 사람이란, 신랑 신부란 으레 그러려니 하고, 그러며 문득 문득 신선 큰 어마님이 임종하시며 남기신 말씀을 달콤한 상상으로 곰곰이 새겨보는 것이었다.

─ 나가 그 양반 떠나신 후에, 어찌 살아가나 하다가, 곰방대를 물고 보닝게 살 아갈 마음이 새록새록 일더란 말이랑께. 곰방대가 그 양반 입술이라 그 말이 여. 입맞춤이라, 숭한 소리제만 그라고 남은 평생 살아 봉게 이라고 가서, 다시 만나볼 때가 온 것이랑게. 손가락이 항시 젖꼭지에 엉겨 잠들고 날을 새웠더라 는 속삭임이었다. 신랑이랑 첫 신행에서, 마지막 임종을 치렀던 것이다. 부부 란 그리 살라하신 천생 연분이란 것잉가. 그래서 이리도 오지고 한정 없이 날 이면 날마다 심 황후 생환 잔치란 말이덩가.

순심의 낭창한 몸을 받을 때마다, 이미 남실거리는 하문을 비집고 들 때마다 신랑은 안타깝고 그러다 어느 순간부터 한없이 아늑해지는 안태 집이었다. 바 로 거기서 이녁 몸이 생성되었고, 거기가 영영 살아갈 처소인 듯 평안했다. 도 피처요 안식처였다. 느짓느짓 저절로 무질이 시작되면, 함박 입으로 터트리는 새댁의 감청이 꽃불처럼 달콤하고, 달달하고 온 몸은 시리고 비렸다. 여인이란 이런 것인가? 더 깊이 더 깊이 파고들며 안달하듯 몸살 부림 하는 아내란, 이리도 달고 쑤시고 비리고도 아린 것인가. 젖무덤은 한층 오지고도 푸짐한 살맛이었다. 그 품에 엉겨서 안타깝고 훈훈하여 한 평생 아늑할 듯 스스로 감축하는 심사로 하루하루 은택이었다. 날이 가고 달이 갈수록 한도 끝도 없는 이 노릇이, 천하에 다시없을 피안 열락경 신흥 세계였던 것이다. 두둥실 저어가는 뱃노래가 으레 해남 벌 서산을 넘나들었다.

그러던 산모 태도가 순산을 하고 첫 젖을 먹이면서 화들짝 바뀐 것이었다.

세이레가 지나며 겨우 찾아든 합방에서부터 태도가 바뀐 것이었다. 젖내가 푸짐한 가슴을 여미며 손길을 받아냈다. 단호하고도 절박한 손짓이었다.

— 인자 서방님 젖이 아니라, 그 말이어라. 새아가 젖잉게. 그리 아시기라.

— 그거, 그것이 대체나 먼 소리랑가.

— 인자는 아가 몫잉께. 서방님은 손질하고, 입대서는 안 된다 그 말이어라. 우리네 새아가 몫이랑께 아시것제라. 잉!

신랑은 어간이 막혔다. 한 동안 굶주린 심상이었다. 살금살금 곁을 넘보아 온 지가 며칠이었던가. 손질은커녕 입도 벙긋대지 말라는 법이, 도대체 무슨 법이랑가? 열불이 솟구치듯 얼굴이 화끈거렸다. 눈물이 갑자기 펑펑 쏟아질 듯싶었다. 저도 모른 새 퉁명스럽게 받는다.

— 임자말이 도대체 그게 무신 소리여. 그랑께, 손도 입도 대지 말라니?

— 삼신 한울님 법이제라. 지중하신 삼신님이 그리 알라고 하신다 말이요.

— 아니 자나 깨나 내 사랑, 내 주인 임자라는 말은 어디로 가부렀 다던가?

— 가기는 어딜 가라. 삼신님 법도 따라서 남편 지키고, 여편을 지키는 장군이제라. 앙 그요. 옹골진 핏덩이가 사람구실하자면, 천하대장군이 밤낮을 보살피고, 흰 피가 적동색 피가 되고, 삼백 예순 날, 구천 만세전을 살리는 인연이라 하지요.

사내의 눈먼 열정에, 어미가 된 아낙의 논리와 이치는 물샐 틈이 없었다.

언젠가 한바탕 천상열화의 운우지락을 치르면서, 나른하게 젖꼭지 주물거린 채 부부간에 싸움질이란, 대체 무슨 일일까. 이라고 좋은 지정 살림을 살아 감서나 도대체 뭔 일로 토닥거리며, 싸우고 울고불고 하는지 도통모르겠네요 잉! 하는 속살거림이, 문득 떠올랐다. 가난해서 싸운다? 병들어서 싸운다? 정 떨어져 싸운다? 맘이 상해서 싸운다? 뜻 같잖아 싸운다? 일 못해 싸운다? 게을러 싸운다. 욕심 때문에 싸운다. 속고 속여 싸운다. 늙고 질려서 싸운다? 이렇듯 오지고 살맛나는 운우열락을 한바탕 치러 뿔면 세상 잡사가 태풍에 가랑잎 훌렁거리듯, 썰물에 뜬 미역 불려가듯 사라질 것 아닌가! 그런 말이여? 그러들 못해서 대책 없는 살판이라 했던가. 온갖 인생살이 상처에, 대책이 무엇이란 말인가. 생로병사가 인간사의 근본이라는 소리도 들었다. 세상만사란 으레 만시지탄이라는 한탄도 들었다. 만사 불여튼튼이라는 말도 들었다. 맘을 모으고 생각 모으고 정성을 모으면, 못 이룰 일이 도대체 무엇이랴. 이렇게 한 몸 한 마음인 것을, 살아생전 일심동체라는 이것이 부부라는 한 살이 아니던가. 하지만 이렇듯 가닥이 분명하게 네 몫 내 몫이거니, 핏덩이랑 나누어야 한다는 말이 야속타 못해 눈물겹다. 이래서 나무꾼 선녀 간에도 아들 딸 셋까지는 맘 놓지 말라했던가. 품안의 여인네란 언젠가는 하늘로 훨훨 날아갈 운명이라 했던가. 솟구치는 눈물은 막을 도리가 없다.

핏덩이 아기를 두려워하는가. 시샘하는가. 마주 보지 못하는 심사, 눈치로 살펴보면서 자칫 썩은 생선처럼 내쳐버릴 듯 어처구니없는 충동이 두려웠다. 그래서 감히 넘보지 말라는 절박하고도 엄숙한 다짐이었다. 하지만 그 고요하고 비릿한 젖내 나는 몸에서, 제 싹을 본다. 오물거리는 다리는 길고도 가늘었다. 고라니 뒷다리처럼 쥐어본 발목이 한줌에 들었고, 발가락이 유난히 길어서 눈물겹다. 이 작은 다리로 척척! 척척! 하고 뛰어갈 세월이 아득하게 다가선다.

한 줌밖에 못되지만 언젠가는 긴 다리, 긴 발가락 움직여 세상에서 젤로 앞장을 서서가는 내 다리, 이내 발가락이 되고야 말리라. 앙 그란당가.

태민아! 내 아들 이태민아! 너는 보통 사람이 아니랑께. 나가 대 일본제국의 이오지마 특별 수비대 사령부에서도 제 일등 마라톤 선수였고 그로 인하여 불운한 별진 잘쑥하는 불구가 되었다지만, 내 아들 태민의 이 작고도 한정 없이 커나갈 다리며 긴 발가락을 세상천지 그 누가 손이라도 댈 것잉가. 앙 그려? 이 아비가 목숨 걸고, 천지신명이랑 합동해서 지켜 줄 것잉께. 안심하고, 지켜낼 것잉께. 우리는 그런 씨알이란 말이라. 전에 약산 면소의 젊은 훈장님께서, 천부적인 탁월한 재능 인정했더라, 그 말이여. 약산면이나 완도군 운동대회 마라톤 선수로서 삼 십리 코스를 휠휠 뛰어 저 만치 헐떡거리며 뒤따라오는 이등, 삼등짜리 기다리며 심심해서 지켜봄서나, 멀라고 그라고 급하게 뛴당가. 설렁설렁 바람에 몸 실어라. 바람에 몸 맡기고, 몸을 바람처럼 움직라. 고개 쳐들어, 저 멀리 하늘 바라보고, 뜬구름에 숨어버린 별들을 바라보고 생각을 깊이 함서나 세월 따라가는 법이랑께. 왜들 땅만 바라봄서 그라고 헐떡거린당가 하고 답답해하면, 그 분은 큰북 치듯 박수 쳐대면서 천재라고 했다. 천재란 하늘에서 내린 장차 국운을 살릴 큰 재목이라 했다. 우리는 심장이 크고 폐활량? 그 머드라, 그것이 남보다 배는 클 것이라고. 이 길쭉한 다리를 잔 보랑께. 늘씬늘씬한 발가락 잔 보란 말이시. 땅 뒤집을 거미처럼 세상을 끌어 댕길 천재가 아니랑가 하고 살피면서, 그 핏발선 제 모습 스스로 눈물겨웠다. 내 평생 소원이라면, 언젠가는 우리가 이겼다는, 전 세계에서 가장 자랑스러운 우리들 전쟁터에서 온 세상 향하여, 우리의 승전고 소식을 제 일착으로 알리고야 말리라는 그것이랑께. 알아 들었것제. 그 질기고도 흡사한 유전이랑가? 씨내림이 두렵고도 눈물겨웠다. 순심 내 사랑이 아들을 피퉁이 속에서 건져내었더라, 그 말이랑께. 얼매나 오지고 값지고도, 존귀한 보물이 아닐 것잉가. 그려, 인제는 내 아들, 이태민의 몫잉께. 나가 손도 못 대고 언감생심 입질도 못하는 사연이 있기는 하다만, 이것이 사랑이란다. 사랑은 아픔이랑께. 어쩔 것인가. 앙 그려? 아가야. 내 아가야! 이제 자네만 믿고 다 맡겨 불라네. 잉! 그란디, 어째 이라고 철부지한 눈물이 연신 앞을 가린당가.

　최종순, 종연 형제는 날마다 대구 면소 심상 소학교로 출석했다. 첫닭소리로 잠이 깨고 새날이 트여올 때면 벌써 책보자기를 어깨에 둘러맨 채 득달 걸음을 놓는 것이었다. 가다보면 숙마, 연동, 서중, 마량 근동에서 무리지어 학도들이 나섰으나, 원포마을에서는 절개를 고수했다. 그까짓 신학문이랑게 도대체 뭐란 말인가. 언제 적 일본 제국의 신학문이 이 백성들에게 무슨 덕을 끼쳤더란 말인가. 던적스럽고 아니꼽다는 절개였다. 반만년 조상들의 학문에 대체 무엇이 모자란다는 말인가. 이런 국파산하재의 난세 일수록 더욱 닦고 갈마들이면, 마침내 수신제가 후에 치국평천하라는 대학지도의 맹모삼천지교를 들먹인 것이었다. 고절한 향반 치세와 더불어 근동 상민들의 경거망동을 탓하는 걸불병행乞不竝行의 자존이라 했다. 상거지가 탁발하는 도승道僧을 불쌍타했다던가. 하지만 그 마을 앞 갯가로 지나다니며 형제는 때마다 난색이었다. 거창한 입학식전 면담 통하면서 나이에 상관없이 동몽선습을 읽은 종연은 소학 일학년이요, 명심보감을 읽었던 형 종순은 소학 이학년에 편입되었던 것이다. 4-50명의 학도들이 대구 면소에서 선발되었던 터였다. 아침 조회 때마다 거룩한 흑수염이 자랑스러운 교장 선생님의 훈화가 정신을 번쩍 들게 하였다. 세상은 강력한 자들의 몫이다. 강력한 힘이란, 배우고 가르치는 지식의 힘이다. 인생살이란 철저한 적자생존 수련도장이라는 말이다. 일본제국은 그러한 세상의 공영을 위한 천황폐하 성지를 받들어 대동아의 기치를 높이 들었다. 대 일본 제국 따르라. 일본제국을 배워라. 조선 동포들은 거룩한 성은에 답하라. 하지만 국어공부라는 일본어에 대해서는 반발이 극심하였다. 집에서 꼭 해야 한다는 숙제의 강박이 더했다.

— 그래 대처에는 못 나갔지만, 신학문 소학교에 다녀본즉 어쩌던가?

늦은 저녁을 게걸 하듯 먹고 나서, 숙제라고 펼쳐드는 형제를 보며 선말댁이 물꼬를 열었다. 초여름 달이 밝았고, 모기 쑥불이 일렁거리는 평상이었다.

— 신학문에서 제일 중요한 제목이 국어 공부라며, 그 놈의 히라카나, 가타카나를 읽고 외우라고 촉탁질인디, 날마다 속이 상한다 말이랑게. 그래도 한문자만 보면 눈이 반짝 반짝 떠지는디. 말이여!

— 그래도 산술, 구구단 외우고 보닝께, 수리가 훤히 터지것등만, 앙 그라등가. 그랑께 참고 견뎌봐야제, 어쩔 거인가.

— 제일 좋은 거는 힘은 들어도 체육시간인디, 뛸 때마다 매형 신랑 생각이 난당게. 척척, 척척! 뛰어 뽈면 지까짓 것들이 당해낼 재주가 없을 턴디 말이여, 그 몸으로 갯가에 엎드려 살랑께, 얼매나 속이 상할까.

— 그랑께, 동산 밑 거북선 용머리 터전에서는 이따금 워-매, 워-매! 하고 황소울음을 울어 싼다고, 입질이 자자하등만, 워-매! 분하고도 분한 거.

정말 그랬다. 들물 때 만삭이던 바다가 썰물에 소란을 떨며 텅 물러간 저녁이거나 초승 달빛이 철렁하게 세상 굽어볼 무렵 부릉거리던 갯벌소리가 점차 마을을 휩쓰는 샛바람처럼 불어왔다. 가만히 들어보면 봉화산 밤 부엉이 우는 소리로 들리는가 하면 아니다. 암내 난 사슴수컷 부르는 절박감이다. 그도 아니었다. 청산 바다의 부쇠라고, 청산면에서 이거한 신마 부락민들이 아는 척을 했다. 부쇠란, 팔뚝 만하게 자란 암조기가 수컷을 청하는 황금 빛나는 해물이다. 그 맛이 딱 사람 죽인다. 원말 둑 넘어 갯벌을 내지르고, 삼동을 질러가는 저 소리는 거북선이 다가서는 느낌으로 산천을 윽박지른다 했다.

— 그 소리가 다 아는 소린디, 신랑이 하늘에 고하는 통곡소리랑께, 척척! 척척

하고 달리지를 못하고 갯벌에 엎드려 사는 신세 한탄에다가, 제국 군병들에게 뒷발의 심줄 잘린 원수를 갚지 못해 터져 나오는 폭탄이라는 거여! 그란디 그런 소리가 요새는 잠잠하다고, 신기한 눈짓들이랑께. 그게 언제부터냐 하면, 새아기를 순산 하고 나서부터 쏙들어가 부렀다고, 순심 누나가 제일 살판이라고 안하등가. 고진감래라는 그런 말이랑께.

— 그려 그랑께, 속이 상하고 심이 들어도 참고 견디는 것이 사는 일이라고 안하덩가. 더구나 우리는 지금 호랑이 굴에 들어 간 것이랑께.

— 그랑께! 저랑께. 그 소리부터 고채야 쓴다고 안하던가. 일본말 선생님이 말이여! 그 양반은 조선 사람인지 일본 사람인지, 잘 모르겠더랑께.

형제간에 주거니 받거니 하는 대꾸를 들으며, 덕성은 객지를 생각했다.

큰 아들은 대처 행이요, 소식이 돈절이건만 두 아들은 이런 꼴이다. 일판이 조금만 여유가 생기면, 광주로 나가 일차 수소문해보리라는 생각은 때마다 절절한 굴뚝이었지만, 사사 일로 좀체 짬을 추릴 수가 없는 입장인 터이다. 대단하게 얽매인 공직은 아니라지만, 벌써 한여름이 중반이었다. 원말 공사판이 사건건 절박한 입장을 나 몰라라 할 처지 아니다. 하늘이 붉고 날은 속 터지게 가물었다. 저 갯벌 논이, 소금밭이 되어서는 낭패 중에 죽도 밥도 못되는 낭패다. 안태골 젖무덤이듯, 육수가 잦아야 한다. 죽죽 쏟아지는 단비에 봉화산 물꼬가 골골마다 차고 넘쳐서, 온 갯벌을 풍성히 담그고 갈마들여서, 소금기를 우려내야 하는 것이다. 이것은 목전에 당면과제인 터였다. 하지만 도랑물도 인색하던 봄 가뭄이 초여름을 깡마르게 달구고 있는 무참한 하늘이었다. 삼동 천수답들 모내기도 보리 걷이 뒤질러 목화나 콩 팥이나, 무 배추며 가을 김장 씨 알뿌리기도 망연한 땡 가뭄이었다. 완도 청산 쪽 애태우는 하늘에서 검은 구름이 넘실거렸지만, 오른편 해남 진도 쪽으로 숫기 오른 총각처럼 내지르지를 못하고 댕기 풀어 입 꼬리에 물린 낭자처럼 머뭇거리다가는 물오른 생수 때를 다

놓치고 불쾌하게 시들 베틀거리며, 어둠에 먹히고 마는 나날이었다. 이런 절기라면 대궐문이 활짝 열리고, 금상께오서 수원 성곽에 올라 소머리 생피라도 마시고 하늘에 고하여 기우제라도 올려야 마땅한 시후라고, 원포 향반들이 술렁거렸다. 연동 서중 부락의 깬 입들도 하늘을 우러르며 고개 주억거렸다. 동양 척식이 아니라 인신 천황 대장군이라도, 하늘 상황께오서 하시는 일을 어쩔 것이랑께. 제깟 것들이, 하고 은근짜를 놓았다. 그야 새삼 이를 말이랴.

— 와마, 그라제라. 그라고 말고제라!

하고 덕성은 벌건 하늘 우러르던 허공에서 혼잣소리를 내지르며 벌떡 일어섰다. 젖 떨어지며 제법 앙앙거리던 윤심이를 재워놓고, 삼베실꾸리를 다잡으려던 선말댁이 눈을 크게 뜨며 들장미 눈으로 물었다.

— 그려! 그랑께, 이랄 때 일수록 코 빼고 한숨만 쉴 것이 아니라, 그 말이여! 저번에 신마 갯머리 집터에서 다녀가시며 하시던 강 대목 말이랑께.

— 그 양반이 무슨 말씀을 하셨다고, 새삼 득도得道가 터지신당가요.

선말댁의 차분한 물음에, 덕성은 새삼스레 고개를 주억거린다.

— 그려, 세상이 이대로 끝나는 법은 없을랑께. 이녁 치성대로 단비는 때가 오면 주실 한울님 소관이 아닐 것잉가. 사람일이 더 급하다 그 말이랑께. 이라고 손 놓고 탄식하고 하늘 탓만 할 일이 아니라, 게우 게우 일궈가는 간척지 갯벌 논두렁치기, 마지기당 이백 평씩, 측량마치기, 육수 치기, 수문 앞 옆구리에 견치 돌 쌓기, 장맛비 대령하여 집단속하기, 푸나무 땔감건지기, 마을마다 팽나무 심어 동구다지기, 풋보리 다잡아 여름 가꾸기, 텃밭에 햇감자 북돋기, 논둑 밭둑 풋콩심기, 풀 베어 똥오줌 절여 거름 쌓기, 싸리 풀 베어다 삼태기 엮기, 개돼지 닭오리 가축 기르기, 송아지 코뚜레 살찌우기, 가모 손길에 들린 대로 삼 줄 낳기, 아궁에 불들 살피기, 굴뚝 털어 연기길 잡기, 잔돌 치우기, 이라고 봉께 한숨 쉬고 탄식할 여가도 없다는 말이라. 이것이 집집마다 성주로 살판누

리는 강 대목 훈수만이란가. 앙 그랑가?

— 오–매 매! 오지고도 찰떡맹이로 오진 말씀이제라. 다산 선조 아드님 정재원 양반님 농가월령가 바로 그 가르치심 아니덩가요. 듣고 보자 눈물이 이라고 오진께 눈물이 절로 터지오야! 대감 서방님!

— 그라고도 오진가. 와마, 와마 내가 살것네 잉! 숨 쉬고 살 것당께! 이런 일이 바로 삼각산 도통이제라. 세상살이에 도통이 따로 있당가. 캄캄하던 갈 길에 서광이 비치면, 그게 바로 살림 도통하는 일이것제. 사돈 마나님의 문자점이 안 그라덩가. 그런 말이랑께.

안댁의 낙낙한 호응에, 나날이 남몰래 심화 끓이던 선말 양반은 새삼 감회가 일면서 저절로 눈물이 솟구친다. 이제야말로 청맹과니처럼 납덩이 하늘을 멍청하게 바라보던 썰렁한 함바집 간이식당에 서둘러 불러 모은 십장들을 앞세우고 해야 할 말이, 하고야 말다짐이 절로 터지는 감화의 눈물이었다. 이를 간담상조肝膽相照라 했던가. 전에 낙향 첫 날 밤에 당숙 최 훈장께서 은근자로 깨우치시던 문자가 아니던가. 문득 떠오르는 문자대로, 몸의 간과 쓸개를 서로 보인다 함이니, 깊이 감추어둔 마음속 서로 통하고 난 후의 감동 아니랴? 고개 주억거리며 덕성은 찹찹하고도 살뜰하게 투정 없이 살림 가꾸어가는 아내 선말댁이 새삼 안쓰럽고 자랑스럽다.

급기야 덕성은 대처 광주를 향하여 길을 나섰다. 서둘러, 서둘러야 하겠다. 이제 곧 텅 빈 가마솥만 즐비한 함바집에 불을 일구고, 착수해야 할 대사가 다가오고 있음이었다. 불볕 가뭄을 치르며, 덕성은 그 일이 숨결 가쁘게 다가오고 있음을 깨달았다. 신마 안태골의 질척거리는 습지의 도랑과 연동부락 앞들녘에서 천수답을 적시는 웅덩이들을 더 큰 웅덩이로, 넓고 큰 웅덩이로 늘려가면서 마침내 간척지 갯벌 적셔낼 저수지 공사를 착수하게 해야 할 터가 아니던

가. 저수지 없는 간척지 갯논이란, 구유 없는 마소간이다. 매달 탐방하는 군수 영감과 면장을 대동하는 면소 떨거지들이 나선다면, 진작부터 준비해온 공사를 본격적으로 기공할 터였다. 그 일 전에 사삿일이란 서둘러야 할일이다. 바닷바람이 잔잔하고 하늘이 차분해서 할 일은 안팎으로 중첩이었으나, 아무래도 아비 어미로서 이대로 기다리고 방치할 수만은 없다는 판단이 일치한 덕분에 내린 결단이었다. 의외로 단순한 일이 아니던가.

마침내 강진읍까지 단 숨결 걸어 나선 걸음에, 읍장에서는 군용 트럭을 얻어 타고 대처 광주에 도착한 것이었다. 나주 영암골을 지나면서, 금년 시월상달에는 영암골 낭주 최 씨, 도장산 시향時享에 참배하리라는 소망도 다져보았다. 시조 죽계 어른의 강기와 윤리라는 가훈을 새겨본다. 고려 말기 세풍에 포은 정몽주 어른과 목은 이색 선생 더불어 망국절개의 탄식으로 급기야 직제학을 버리고 낙향하신 이력이라. 강기剛氣와 윤리倫理라. 그 학통 몸으로 사셨던 당숙 훈장 어른도 북망산천에 드시고 이제 이리도 하릴없는 연명이라니.

양림동인가 하는 서양 촌을 더듬어 사진관을 살펴 가면, 수월하고도 지적이 아니랴? 단지 어미 아비가 먼저 나서야 한다는 처신이 당연하다 할 터인가. 까닭 없는 조바심에 설치는 체신도 그렇고, 혹여 아들에게 누가 되는 일이 아닐 터인가. 허나 마땅히 설치고 다그칠 일은 아니라는 이때가 바로 적기라 여겼다. 구름에 섣달 가듯 번번이 얼굴만 내밀고 떠나버린 둘째 아들 종수 사진사는 그렇다 치자. 섣달 가뭄에 단비는 뿌렸다던가. 큰 아들 종구는 정읍인가. 전주 부성이라 했던가? 행방이 묘연하지 않은가. 어느덧 두세 해가 저물었다. 궁리가 이에 이르자, 선말댁이 한술 더 떠서 재촉했다. 대처의 자석들 이야기라면, 눈꽃이 달라지는 아낙이었다. 생떼 같은 자석들을 생판 객지에 버려두고 어찌 하룻밤인들 단잠 들것소 잉. 참말로 이리도 무정한 세월에, 사람하고는 못할 일이제라. 조석 간 치성만 들이고 맷돌처럼 둥글리고 앉아서, 에-미 아비

노릇 다했다고 변명할랍뎌? 그러며 등을 떠민 것이었다. 이틀 만에 양림동 고 갯길에서 개명사진관에 들어설 수 있었다. 사진관장이라는 조창호 장로와도 인사를 트고 본즉 구면이었다. 두툼한 안경잡이와 최종수 사진사가 처음 신마 간척지 합수현장 준공식에서 기념촬영으로 아비 어미를 눈물감동으로 몰아넣 었던, 그 날의 장면이 꿈결처럼 떠오른 것이었다. 그 날 선말댁이 은근히 물었 다. 삼동 유지들과 대처 객손들, 동척의 간부들이 군수영감이랑 경찰 서장 급 들이랑, 유사 이래 첫 장관이었지. 현장에서 진두지휘하며 사진 촬영에 임하 는 저 양반들이 지금 기념사진을, 철렁한다고 하요. 찰랑한다고 하요 잉? 하 고, 정작 꿈에도 그리던 사진사 아들도 몰라보고 휘둘리는 모색에, 덩달아 어 처구니 감동의 눈물바람이었다. 도깨비 불꽃처럼 훌렁거리며 펑펑 불꽃이 연 거푸 터지고, 그 매캐한 화약 냄새라니, 꿈결처럼 나타났다가 홀쩍 사라져버렸 었지.

— 참말로 이리도 어려운 걸음을 하셨습니다요.

— 와마 진즉에 찾아뵈어야 도린디, 이라고 인사가 늦어 면목 없고만이라.

— 오-매, 아니 갑자기 이 무슨 일이신가요.

현상 암실暗室에서 전갈을 듣고 아비를 보자마자, 최종수가 큰 눈을 껌벅거리 다 사진관 바닥에서 넙죽 큰 절을 올렸다. 서로 손길을 마주하며 수인사를 주 고받던 주객이 반색이었다. 덕성은 장성하고 아연 때깔 벗은 아들의 큰 절을 받으며 벌컥 솟구치는 민망한 눈물을 설렁거렸다.

— 무신 일이라니, 네 어미의 조석 간 한울님 전 비손이 어찌 그리도 무심하리.

— 보고지고 이고지고란 말은, 어버이의 치성이라 하옵니다만, 자식도 정녕 무심치는 못합니다. 단지 경황이 없다는 세상사란 말씀도 변명이 되옵니다.

문자를 늘어놓듯 아들의 언사가 눈물겨웠다. 저도 모른 새 동하는 심사였으리.

— 참말로 하느님께서는 때를 따라서 인도하신다는 말씀이, 이라고 적중하십니다 그려. 어서 좀 자리에 앉으시지요. 먼 길에 수고하셨습니다요. 어여! 어서.

조창호 관장은 까닭 없이 안절부절 서둘렀다. 바로 내일 사진관을 사직하여 고향으로 귀향하겠다는 조수요, 문하생인 종수를 보내기가 너무 안타까운 입장이었던 터이다. 후임을 물색 중이었다. 한 육 개월만 더 근무하면 안 되겠는지. 그때 아예 대전의 사진학원에 진학하여 정식으로 사진관개설 자격증을 취득하고 귀향하여라. 정석을 밟아라. 그러며 설득 중이었다.

— 어른께서 이리 오셨으니, 이제는 달리 도리가 없겠네요. 하는 아쉬움이었다.

— 와마! 아니, 아니 그게 아닌디라. 그저 아들 얼굴이나 보았으면, 허나 대전 사진학원에서 정석을 밟아라. 하신 관장님 말씀이 정석인 듯 싶당께요.

전말을 들으며 덕성이 아연실색하자 이야기는 수월하게 풀려나갔다. 종수가 먼저 자립을 하고 싶다. 서둘지 말고 정석을 밟아라. 대처에 자리 잡는 것이 여러모로 유익할 터이다. 그게 아닌디라. 저는 어쩐지 고향 근처에, 강진읍성이나 마량포구에서라도 개업하고 자립하여 살고 싶다하는 주장에, 부모님 가까운데서 모시고 싶다. 살벌한 대처 생활이 왠지 적성에 맞지 않는 듯싶다. 속내는 차마 말하지 못한다. 그래서 더욱 암실과 사진관 내에서만 죽치고 살았지만, 이제는 훨훨 출장을 많이 다니고 싶은 생각뿐이다 하는 주장이 결국은 청춘의 낭만끼라고 말할 수 있었다. 하지만 정석을 밟아라.

서둘러 나섰던 광주에서 덕성은 하룻밤 여관에서 머물고 이튿날 예서 지내던 여기저기 구경하듯 나돌다가, 정작 큰 아들의 행방은 좇아보지도 못하고 내려와 버린 것이었다. 아니다. 유성기 점포 앞에 흐느적거리며 흘러나오는 아아아! 으악새 슬피 우니 가을인가요. 지나친 그 세월이 나를 울립니다. 아! 아, 하는 창가를 실컷 들었다. 제사 공장이라던가. 전주길이 아득하게 멀고도 질리는 심상이었다. 정녕코 선산 밑 터전에 뿌리박힌 맷돌이었던가.

봉화산 산신령에게, 간척지 갯벌 논두렁에 저수지 공사판에서 끌어 댕기는 질기고 질긴 인연의 자락이었던가. 사람살이란 인걸이건, 산천이건, 인연이란 깊고도 오묘한 천상의 가락인가보다. 정녕 그런가보다고 선말댁은 눈시울이 붉어지다가 춘설 매화송이 웃음꽃으로 화들짝 피어올랐다.

열네 마당

다정도 병이런가.

전라도 제사 공장製絲工場은 초하루 보름간 매달 두 차례가 공일이었다. 이 날은 으레 밀렸던 빨래의 날이요, 모처럼 전주 근교의 직공들은 집에 다녀오는 날이다. 팔복동 공장 주변거리가 갯벌의 썰물 때처럼 한산하여 누런 개들도 어슬렁거렸다. 이따금 긴 꼬리를 늘어뜨린 수탉이 암탉을 좇아 파닥거리며 종종 걸음을 쳤다. 한가하고 차분한 거리였다. 하지만 최종구와 옥주는 가슴 설레는 만남의 날이요, 홍복에 겨운 날이기도 했다. 매콤한 들녘바람이 서늘한 초봄이었다. 그들 만남의 장소는 몇 차례나 덕진동 연꽃 호숫가였다. 제사 공장은 그리 멀지 않은 북 전주 정거장 근처였으매 걸어서 한 시간 거리였던 것이다. 동산 촌역이 가깝고 그래서 때마다 뙈-아악거리며 내지르는 연통 기적소리가 앙가슴 두드리듯 칙칙폭폭 검은 연기를 토해가며 산천과 도심을 검푸르게 갈랐다. 햇빛에 두 갈래로 반짝거리는 철길 따라서 좀 더 지나면 삼례三禮라는 아담한 역촌이었다. 그 안택이 팔복동 중심으로 공업산지대였다. 매캐한 유황 냄새 풍기는 성냥공장, 고무신 신발공장에, 잎담배 생산 공장, 쇠붙이 다루느라

왼종일 쟁강거리는 대장간이며, 마소 달구지 목재소 부근에는 일산자본이 신설한 제사 공장의 평평한 가옥들이 자리 잡은 터였다.

근거리인 덕진동 연못은 명소였다. 전라도에서 제일 깊고 넓다는 연못 호숫가 주변에 창창한 적송들이 장관을 이루었다. 이날따라 나들이 상춘객들로 제법 한량한 풍정이었다. 머잖아 전주 부청에서 근린공원으로 지정한다는 풍설을 타고, 일찍부터 단오절이나 명절 때마다 행락객 들썩거리는 솔숲이기도 했다. 호수 주변으로 상당한 세월동안 창공을 향하여 늘 푸르게 지켜온 수백 그루의 노간주와 적송나무들 우아한 자태라니, 호연지기를 뽐내는 듯했다. 더구나 살림인심이 풍성해지던 정초 지난 춘삼월 나들이 절기가 아니던가.

이날 종구는 사년 만에 고향집을 다녀온 후, 첫 외출허가를 받은 날이다. 선달그믐에 광주를 거쳐, 나주 강진읍을 지나 이틀 길로 귀향 해 겨우 사흘 동안 머물렀다가 황망한 걸음새로 되돌아오고 만 것이었다. 고향길 가고 오며 듣고 보아온 온갖 것들이 모두 꿈결 같았다. 웃자란 동생들의 당찬 모습이며 암소를 끌고 자랑스러워하던 종연이는 내내 여보란 듯 암소 등을 긁고 있었다. 젖을 먹자며 암소의 가랑이를 더듬는 송아지 눈빛이 유난히 파랬다. 배냇소를 길러서 송아지를 보았으니, 이제 송아지가 우리 소라고 했다. 꼴망태 걸머지고 대처의 형아 앞에서 주눅이 들었던 종순이며, 바지게 지고 절름거리며 갯가의 수답을 오르내리던 이규진 매형이라. 훌렁한 몸매에 키가 털썩 컸다. 강순심 새댁 누이의 풋아기 사랑의 무지개 눈빛, 그 눈빛에서 종구는 피할 수 없는 듯 얼핏 두고 온 김옥주를 그려 보았다.

— 그랑께 형아는 아직 중등학교 공부는 못하고 있다는 말잉가. 그것이 그라고도 어렵다등가.

내내 보란 듯 암소 등허리 긁으며, 송아지를 자랑스럽게 바라보던 종연이 우렁우렁 내지르듯 물었다. 그때 무어라고 했던가.

— 머 어렵다기 보다 공부는 부지런히 하고 있는디, 배울게 많은 세상이라.

— 먼 놈의 세상이 그리 배울게 많다던가. 맨 날 서로 속이고 뺐고, 놀고 먹자 판이 대처 살림이라던디. 더구나 야차 같은 왜놈들이 판을 치면서 농사일도 서로 안 할라고 꼼수나 부리고, 군병이나 경찰들이 세상을 다 묶어 버렸다고 안 하덩가. 징용 징병으로, 정신대 뭐라나 조선나라가 결단이 나부렀다고.

— 그래도 사람들 사는 세상이라던데, 숨 쉴 구멍은 있겠지러.

— 숨만 쉬면 사는 게 사람이랑가? 사람노릇을 해야 제 사람이란디.

— 아니 그러면 저 염병 짓거리를 다하는 왜놈들 꼴이 사람짓거리란가? 허어 참!

아하! 도대체 언제 적부터, 어린 것들이 이리도 야무지게 맺힌 풍월이랄까. 염병 짓거리란다. 사람 짓거리란다. 숨 쉴 구멍이란다. 어린 동생들의 세상 푸념에 기가 막힌다. 귀가 시려서 잊히지 못한다. 하지만 어간 쉽사리 잊히지 못할 소리는 달리 있었다. 그것은 절기 따라 토정비결을 읽은 문자도 아니요, 그렇다고 특별한 언설도 아니고 점쟁이의 소리도 아니었다. 설날 아침, 어마님을 따라 이웃 사돈댁이라는 할머니 앞에 나섰을 때의 덕담이랄까. 두 눈을 희번덕거리는 문자 풀이였던 것이다.

— 나가 장남 아들이 오셨다닝께 흥감해서 아침 글을 읽는디, 이런 문자가 상서롭게 빛나더라 말이시. 우리 장하신 학도들이랑 들어볼란가.

하고 두 눈을 희룽거리며, 정작 종연, 종순을 향하였다. 최종구는 귀 기울였다.

공손할 공恭, 오직 유惟, 기를 국鞠, 기를 양養,
부모님의 은혜를 잊으면, 아니 되고 항상 공경할 것이다.
어찌 기豈, 감히 감敢, 헐 훼毀, 상할 상傷,

부모님이 주시고 길러주신 몸을, 어찌 감히 훼상할 수 있으리.

계집 여女, 사모할 모慕, 곧을 정貞, 매울 열烈,

여자는 모름지기 정조를 굳게 지키고, 행실을 단정히 해야 한다.

사내 남男, 본받을 효效, 재주 재才, 어질 양良,

남자는 재능을 갈고 닦아서, 어짊을 본받아야 한다.

— 이라고 자상하게 주신 문장이라 말이요. 하찮은 천자문이라, 하지만 날이 갈수록 눈먼 늙은이가 새록새록 재미가 지는 은택이라. 주착이라지만 뜻은 잘 아시 것지라.

오히려 면구스러운 안색이었다. 부디 객지에서 몸조심하라고 소중하고 존귀한 몸 아니랑가. 하는 당부였다. 물론 잘 아는 문장이었다. 천자문에 동몽선습 명심보감을 읽고 외우며 문필 휘지도 탁월한 재능이라고 상찬하시던 훈장 할아버님, 궤연 앞에 무릎 꿇으며 감읍했던 기억이 새롭다. 뿐만 아니라, 어버이 사랑 기리는 앞선 두 문장보다 뒤이은 ―여, 모, 정, 열, 이라시며 또한, ―남, 효, 재, 양, 이라면 부모님 주신 몸을 어찌 감히 상하랴만, 여인은 모름지기 정조를 지키고, 행실을 단정히 하라하심은 내 사랑, 김옥주를 벌써 첫 눈에 알아보시고 이르심이 아니랴. 천생의 인연이라. 모름지기 정조를 지키고, 행실을 단정히 하라하심 아니랴?

— 그랑께 사돈님 문자대로면, 장남 며느리 감이 곧 나서실 운세랑께, 그리 새겨보면, 아 먼요. 정조 굳세고 품행 도저한 낭자가 곧 나설 것이랑께요.

어마님 선말댁이 반기는 안색으로 뒤받았다. 눈을 환하게 뜨시던 할머님,

— 암면, 그러고 말고제. 장남 며느리가 현모양처래야 집안이 다술 것잉께.

— 더도 말고 조카님, 순심 새댁 같은 며느리가, 아직은 공부할 학생이제만.

— 공부가 별 다를 것이요. 옳고 바르게, 수신제가 평천하 할 인물이제라.

— 우리 집안은 중시조 때부터 재물이나 공명보다는 강기와 윤리라, 하거늘 그에 합당한 현모낭자를 보내주시라고, 한울님께 축원하고 있다 말이요.

진정 그렇다하면, 이제부터 더욱 소중히 여기고, 스스로 다잡아 재능 기르고 닦아 어짊을 본 받아라. 새록새록 새길 말씀이었다. 부모님 은혜를 잊지 말고 공경하리라. 그날 아침 생각지 못한 문자 훈육이, 망설거리던 전셋집 값을 몽땅 쌈지 돈 털어내 선말댁 어마님께 드리기로 작심한 계기였던 셈이다. 마땅한 사람노릇이라고 하지만 옥주 낭자는 과연 어떤 표정을 지을 터인가. 그녀는 분명 정숙한 여인이다. 언행심사 단아하기 그지없는 현숙한 낭자이다. 그런 생각을 무지르듯, 사돈댁 훈장 마님이 다시금 입을 열었다.

— 우리 장하신 학도들은 충무공 이순신, 성군이신 세종대왕, 국조대왕이신 단군왕검, 하면 어느 선조어른이 젤로 맘에 쏠리시던가.

— 저요, 저는요 거북선에 이순신 장군님이 젤로 멋지고 장하시당께요.

— 저는요, 세종대왕! 대포도 만드시고 한글도 창제하시고 과학도 진흥시키신 세종대왕님이시라. 젤로 본받고 배우고 싶은 대왕님이시라 말이요.

막내 종순이 팔을 휘둘러가며 거북선 이순신을 그리자, 종연이 우르릉거리는 목소리로 세종대왕을 기렸다. 진지한 음성이었던 것이다.

— 충무공 이순신 장군님 23전 23승 깃발이 아녔더라면 그때 조선 나라는 망해버렸고, 백성들은 일본 놈 덜 종살이 신세란 말이여, 앙 그랑가.

— 그려, 그러고 말고. 장하신 학도들이여, 다들 배우고 본받아야 할 어지신 어른들이시지. 아가 쩍부터 까꿍까꿍覺窮으로 각성을 이르시고, 섬마섬마 도리道理 도리, 잼 잼 곤지困知곤지로 사람의 도리, 홍익인간의 국조창생이나 무궁무진한 가르치심을 한시라도 잊을 수 없으리.

청맹과니는 눈을 희룽거리며 이르다가 잠시 멈췄다. 이어서 실꾸리를 풀었다.

— 하지만 오늘 잠시 한 번 더 생각해보잔 말이시. 조선 나라의 기틀을 깊고 높게 다지신 성군 세종대왕, 현철한 군왕의 덕망이 대체 어디서 나왔을꼬? 그 어른이 일찍부터 글공부를 좋아하셔서, 책을 읽으시면 으레 열 번을 읽으시고 좌전과 초사楚辭는 백번을 읽으신다 말이여, 눈병이 도지도록. 한 번은 부왕 태종께서 그 방의 서책을 모조리 치우도록 어명을 내리셨더라. 빈 방에 상심하시던 세종께서 마침 구석에 남겨진 책 한권, 구소수간毆蘇手簡을 발견하시자 천 번을 읽으신 거여. 천 독을! 그때부터 새롭게 문리文理가 터지고, 속셈 수리數理가 열리고, 철리哲理로 하늘 문이 열리신 것이라. 그런 말이여. 백수천자문 이력을 아시지라. 이것저것 세상을 다 배울 수는 없는 노릇인께, 당장 손에 있는 지리地理를 열심히 읽고 깨우치면 세상살이가 통하는 법이라.

선말댁은 새삼스레 간 여름에 화전을 일구다가 어린 윤심이 젖을 먹이면서 순심 산모에게 일렀던 단동십훈檀童十訓을 떠올리며 고개를 주억거렸다.

나는 대체 무얼 배우고 있는가. 무엇을 하고 사는가. 기술을 배운답시고 일본어를 배운답시고 이리도 허겁지겁하느라 부모 형제도 다 잊었는가. 초라하지만 송진내 울렁거리는 초가집 새 터 둘러보고, 그도 어느덧 두 채였다. 아궁이 앞에서 불땀을 가리며, 좀 앉아 보거라. 옹달 샘물 한통을 떠다 드렸더니, 황감해하시던 모색이며, 아직 쉰 전이실 터인데 그리도 겉늙어보이던 아버님의 먼산바라기 잦던 모색이며, 겨우 사흘 만에 다시금 집 떠나 나설 때, 그래서 가야지, 대처 살림살이란, 더구나 공장에 얽매인 직원이라면, 하시면서도 오대조 선산을 다시 둘러 가라시던 당부며 듣고 본 모든 일이 그저 건성이었다. 매사가 어질 머리인 듯싶었던 것이다. 무언가 쫓기는 듯 그리고 돌아와 이내 공장업무에 매달려 달포가 지난 셈이었다.

본래는 대처의 첫걸음으로, 광주 제사 공장에 자원하였으나, 이미 4, 5백 명

정원이 넘쳤고, 급히 서둘러 찾아든 신설 전주 제사 공장에 견습생을 거쳐 견직고공 사원이었다. 그의 상사라면 오로지 근로보국 은택으로 산다는 생산 국장이었다.

　—나, 요시가와 다이치吉川 大吉라 캅니다. 잘해봅시다.

　하고 첫 인사부터 호방한 기색을 뿜냈던 것이다. 기술공과 출신이라며 먼저 손 내밀 줄 알았고 한 잔 술에 얼큰해지면, 그대들 세상에서 제일 좋은 게 뭔 줄 아는가, 그건 바로 여인네라고. 그 부드러운 손길, 그 화사 찬란한 가슴속 응어리, 만져주고 풀어주고 다듬어 빨아주는 지극정성을 알아야, 그 맛을 온전히 알아야, 겸하여 대 일본 제국 자랑이 무엇인가. 바로 저 여인네들 등에 진 기모노의 화려 찬란한 내력을 알아야 한다고도 했다. 그의 신임을 얻기란 단순했다. 거짓말을 극히 싫어했던 것이다. 진실 앞에서는 모든 허물을 덮을 줄도 알았다. 최종구 신입 견직 공원과 급속히 친밀한 사이가 된 내력이었다.

— 내가 아는 조선말이 무엇인지 아는가.

　하고 한 번은 일본식 어투로 물었다.

— 다른 게 아녀, 밤새 안녕하신가요, 하는 문안과 조반 잡수셨습니까? 하는 인사뿐이라. 그러면서 그 인사 까닭은 아시는가.

　하고 질문 아닌 문답이었다.

— 자네 말씨는 남도 어투인 듯 구수한데, 아침마다 밥 타령은 어떤가.

— 와마! 그리고 벌써 분간을 하시다니요. 대단하신 걸요! 요시가와 다이치 상이라.

— 그럼 그렇지. 하여간 자넨 솔직담백해서 좋아. 우리 함께 잘해보더라고.

　뭔가 더 하려던, 말꼬리를 접고 있었다. 뭔가가 알쏭달쏭한 기분이었다.

　그 신임으로 종구는 작년부터 면단위 생산 현장을 돌며 누에고치를 매입해 들이고 설면자 제품을 출하하는가 하면 나변 공장과의 거래며 물자 조달책이라는 중직으로, 출장과 철야가 잦을 만큼 설친 것이다. 요시가와 다이치 생산국장의 신임 덕이라 했다. 은근히 조센징이라면서도, 일본제국 상사들 신망을 누리고 있었던 것이다. 주경야독으로 익혔던 일어와 주판으로 셈속이 빨랐고, 시세차익의 셈법도 적확하다 하였다. 뿐만 아니라 조장으로 맡게 된 백여 명의 남녀직공들 관리에도 허실이 없다고 하였다. 생산국장의 신임은 대단한 위력이요, 보증이었다. 국장 휘하 이백 여명 여공과 백여 명 보조직, 삼십 여명 사무직원이 가을 방앗간의 참새 떼처럼 들고나는 현장이었다. 일상생활에 활기가 차고 넘쳤다.

어간에 운명처럼 김옥주를 만나고, 그 음성이라도 들어보는 일이 날마다 웅성거리는 공장 생활에서도 그처럼 달콤한 일상이 되어버린 셈이었다. 어마님의 서운하신 눈빛과 동생들의 어처구니 없어하는 기색에 마음이 눌렸으나, 스스로 피할 수도 어쩔 수도 없는 노릇이라 했다. 왠지 다급한 촉박감이 일었던 것이다.

덕진동 공원에 나설 때마다 민물 비린 냄새가 진하고, 연꽃 축제가 볼만 했으나 무엇보다 옥주가 좋아하는 풍광이었다. 덕진동은 서편으로 전주 중심가 고사정이나 완산정과는 반대편이었다. 완산정 다가산 아래가 옥주의 오라버님 댁이라 했다. 큰 언니 한 분은 서울의 장사꾼에게 출가하였고 한 분 오라버님이 만주로 떠나자, 몇 년 사이 불각시 쇠락해가는 댁이라고 눈물겨워했다. 조세하셨다는 부모님에 대해서는 으레 입 다물고 눈물만 아롱거렸다. 이제 날 잡아 찾아뵙고 인사를 올려야 하겠지. 내 사랑 옥주 씨, 어서 그리하자 결심을 하시라, 그 말이요. 팔복동 공장지대의 제사 공장 기숙사에서 만나, 걷고 걸어서 한 시간 만에 이른 덕진동 공원이었다. 항시 파란 생수가 넘실거리는 연꽃 연못, 주변의 적송나무에는 때마다 그네밧줄이 치맛바람을 타고 할랑거렸다. 호연지기를 뽐내는 조선의 아름지기 적송이라니, 그런 맛에 취하고 살가워서 몇 차례나 찾아든 호숫가였다.

　이 소중한 인연이란, 바로 그곳에서의 첫 만남이었다. 그 날이 작년 단오절이었던가. 공장의 공일이어서 달리 정붙일 곳 없던 종구는 연못가의 적솔 숲 관상하며 즐기고 있었다. 바람을 가르며 그네꾼 소리가 술렁거렸다. 저도 모르게 두 아가씨가 쌍그네타고 있는 곳으로 다가섰다. 하얗게 빛바랜 저고리에 검은 치마 자락이 연신 허공을 갈랐다. 터전 주변으로 구경꾼들이 입을 하아! 벌리고 고개를 주억거렸다. 재잘거리는 어린이들과 아낙들이 점점 꼬이고 있었다. 노랑개도 설렁거렸다. 세 마리나, 바람잡이 짖거리였다. 어느덧 이곳저곳에 판이 바뀌는가했더니, 아담한 아가씨가 단신 그네에 올랐다. 이윽고 쌍그네는 저리 가라는 듯 창공을 차고 나르고 태질하며 청학처럼 훨훨 누빈다. 그 자태가 얼핏 어릴 적 마량 포구 회춘마당에서, 창공을 누비던 선말댁 어머님 모색이었다. 정말 그랬다. 선말댁 정소례 어머님은 그네타기를 세상에서 제일 좋아하는 놀이라 했다. 한숨 많고, 눈물 많고, 배고프고, 일감 속에 짓눌리는 인생살이에, 하늘을 훨훨 날고 누비는 저 우아한 고니 황새 닮아가는 그네 타기라, 그 아니 장관이랴. 처녀 적부터 소문난 꾼이라는 자랑일 때는 눈가가 으레 들장미처럼 붉어지는 것이었다. 아담하고 얼금얼금 손님치레가 흠이랄까. 그런대로 때깔도 심성도 고우신 우리 어머님, 한동안 화사한 감상에 사로잡혔던 종구가 쏜살처럼 덤벼들 수밖에 없는 사단이 일었던 것이다. 낙상이었다. 치명상이었다. 유난히 눈길 끌며 활활 거리던 그네 낭자가 우아한 청학처럼 착지하는가 싶더니 왼편 손을 놓치고 털럭, 털럭거리다가 대지에 지절 질질 끌려가다, 나가떨어진 것이었다. 손에 갑자기 쥐가 났던지, 동무들이 달려들고 관객들이 몰려들더니 급기야 혼절하고만 처자를 들쳐 엎은 종구였다. 몸을 부린 낯선 처자를 들쳐 업은 최종구는 헐떡거리면서도, 문득 이렇게 부드러운 살붙이라면 평생 엎고 뛰어도 얼마나 좋을까, 하는 생각이 들었다. 마침 사거리 근처에 재생한원이 있었다. 입원을 하고, 침질을 하고, 찜질하고 나서야, 겨우 정신을 수습했다.

엉치등뼈가 상하고, 다리 골절을 입은 처자는 달포 간 입원치료를 받았다. 신원을 알고 본즉, 바로 제사 공장 여직원 김옥주였다. 첨부터 많이 본 듯한 얼굴인가 했더니, 아하! 설면자 품질검사원이었던 것이다. 찹찹하고 조신스러운 안색이 자운영 꽃 빛깔이었다. 논둑 밭둑에 흔한 자운영 꽃 자색이었다. 보드라운 줄기, 파랗고 노랗게 붉어지다가 4, 5월이면 파랗고 노란 빛깔을 흠뻑 머금는 자운영 꽃이라니, 잎겨드랑이에서 솟아오르는 꽃대가 자주 빛 또는 겹 총상 꽃차례로 피고, 세모진 열매 풍성한 두 해살이 꽃이었다. 자운영은 푸짐한 줄기 넝쿨로, 논둑 밭둑에 지천이다가 자주색 꽃 질 무렵에 채취하여 못자리 살 논에 넣고 썩으면, 지심을 돋우는 거름으로 상약上藥이었다. 자색 꽃 만발할 지경이면, 벌이며 나비 온갖 충성蟲蝶들이 몰려든다. 거기에 호랑나비도 언젠가는 태극 호랑-연으로 엉기고 덤벼들어 마침내 한 몸 품안에 꽃 시암 깊이, 깊이 흡착하는 주인장 구실을 하리라.

김옥주 여공원은 기숙사에 자리가 나기를 기다리며, 셋방에 동무와 함께 자취를 하고 있었다. 퇴원 길에 퇴원 수속을 하고, 입원비를 분담하고, 공장에 상황을 알려서 뒷수습을 하고 달포 간 간병인으로 보살피고, 그런 아름드리 사연 가운데 아름다운 사랑이 싹트지 말라는 법은, 세상풍정이 아니었다. 다만 사랑이라는 말은 아무나 할 수 있는 말이 아니고, 시속도 그러하였던 셈이다. 다만 눈으로 보았다. 보다 못해 너무도 간절하여, 어쩌다 손가락 잡아볼 기회가 꽃 불처럼 찬란하였다. 그 앵화불꽃이 두 눈길에서 번뜩거렸다. 꽃술처럼 입이 열렸다.

— 실은 제가요, 말 못할 사연인디라.

말수 없던 그녀의 입에 댕기꼬리가 물렸다. 최종구는 가슴 설레며 기다렸다.

— 저는 지금도 그날 공원에서 낙상하던 일을 생각할수록 어처구니가 없어요.

— 어처구니라니? 제가 무슨 무례한 실수라도?

— 선생님 실수가 아니지요. 제가 그네타기라면 두 손 놓고도 무탈한 솜씨요.

— 그러기에 원숭이도 나무에서 떨어질 때가 있다지 않소? 아, 이런 원숭이라니?

— 옳으신 말씀이지요. 하지만 그 날은 실상 최 선생님 때문이라고도?

마주보는 눈길에 홍자가 어렸다. 최종구의 눈길에 무지개빛살이 서렸다.

— 아니 그런즉, 역시 제가 저지른 실수 때문인가요? 이런, 이런 순인가?

그 눈길 마주보던 옥주의 안색이 자운영 꽃처럼 달아올랐다. 새삼 망설거리던 낭자의 손길이 급기야 앞섶을 헤치듯, 입술은 꽃잎처럼 떨리고 있었다.

— 아니, 그건 아니고요. 제가 얼핏 허공중 그네에서 세상을 내려다 본 순간 낯모를 청년 머리위로 큰 새가 쏜살같이 덤벼든 황겁을 본거지요. 새하얀 황새도 같고, 머리에 긴 꼬리 봉황도 같고, 황금빛 앙큼한 독수리도 같고, 저런 아앗! 저, 저런 날것들이 하고 소리치며, 황급히 쫓아가다가 그만….

— 아하! 그런즉 날 구하기 위하여, 낭자가 그네 줄을 버리고 쫓아 왔던 게구만. 어찌 그런 고마운 사연을, 그리 아꼈던가요? 봉황이나 황금 독수리에게 찍히고 빼앗길 번한 목숨사태라니, 실로 생명의 은인이 아니랑가?

이어지는 말끝에, 그네 타던 처자가 칠칠치 못하여 헛것을 보고 그런 낭패라니, 차마 몸 둘 바가 모를 일 아닌지요. 그리도 망신살이 들었던 제가 선생님 등에 업혀서 살아났다니, 듣고 볼수록 세상에 이 노릇을, 하고 연꽃처럼 낯을 붉힐 때 가슴들이 환하게 밝았고, 절절하게 맺히기 시작했다.

— 그려 진정 그러했소. 경황 중 혼절하여 축 늘어진 그대를 들쳐 엎고, 얼핏

눈에 띄는 대로 재생한원이던가 하는 병원으로 들어서면서, 이토록 부드럽고 옹골진 살붙이라면 평생을 엎고 뛰고 싶다, 진정 평생을 엎고 뛰어도 모자라겠다하는 맘이 불끈거렸소. 실로 그러한 심상이 이리도 생생하다니.

하는 소리를 최종구는 법열처럼 울대로 눌러 삼켰다. 차마 말 못할 실로였던 터다. 그러다가 작년 섣달그믐께, 종구의 귀향길 선물 가방을 챙겨준 인연이 살갑고 깊은 걸 새삼스레 깨달았던 셈이다. 도대체 무슨 말을 해야 할 터인가. 종구는 갈수록 말하기가 어려운 것을, 새삼 안타까워할 뿐이었다. 바람결이 훈훈해지고 있었다. 얼떨결에 공원 가까이 다가서며,

— 이번에도 난 그저 아무 말도 못하고, 아무 일도 못했네, 참말로!

— 먼 말쏨이 그리 어렵고, 무슨 일이 그리도 힘들었단 가요. 부모자식 지간에.

— 그냥! 그랬지. 마음에 작심은 했건만, 입이 열리들 않고 엉뚱한 짓만….

손가락 세 개 만을 겨우 움켜쥐고, 걷고 또 걸어가면서 여름이 가고, 겨울이 지나고, 춘삼월이 다가 온 셈이었다. 그렇게 망설거리다 결국 연못에 돌 던지듯 펄썩하고 털어놓았다. 김옥주 처자의 안색이 차분하게 밝아지고 있었다.

— 혼인 허락을 받기로 작정했는데 말도 못 꺼내고, 낭자 소식도 못 알리고, 외나 일만 저질러 버렸다, 그 말이요.

— 그게 바로 철든 자식 노릇인지라. 외려 지가 고맙고만이라. 저와 같은 사람을 이리도 아껴 주시는데, 제가 무슨 자격이….

— 자격이라니, 대체 그게 무슨 소리요. 내 맘을 그리도 모른다, 그런 말인가.

— 아니, 아니지요. 그건 아니고 지가 고맙다고 한건, 아들 노릇으로 전세방이라도 챙기려했다는 거금을 드렸다니, 얼매나 오지고 귀한 자식노릇인가요! 제가 실상은 사람을 잘 보았고, 최 선생님 같은 분 평생 모실 수만 있다면, 그리도 소원을 했다니까요. 이런 소리는 웃음거리 아니란가요. 부모님 섬기는 일이란 백행지원이라고, 그리할 때에 비로소 사람이 되는 법이라고 저의 가문에서

도… 지난 설날에는 단지 사흘 동안 완산정 오라버님 댁을 다녀왔으나, 세 자녀를 거느리시고 어렵사리 꾸려 가시는 올케를 돕지 못하고 뵙기가 너무도 민망하더이다.

하고 어느덧 눈 자국을 더듬으며 이슬이 맺혔다.

모처럼 진술하게 속셈을 밝히는 옥주 낭자였다. 그제야 비로소 두 손을 꽉 움켜쥔 종구의 가슴이 참새 옹알이처럼 퉁탕거렸던 것이다.

— 저는 이 연못을 즐길 때마다, 연꽃이 부럽고 연꽃을 닮고 싶어징만요.

— 요리도 고우신 낭자가, 연꽃이 부럽고, 연꽃을 닮고 싶다니.

— 곱다뇨? 제 궁상이. 하지만 들어보실 라요. 연못이란 애초에 온갖 하수가 흘러들어서, 더러운 물이라 하지요. 그 썩고 탁한 물속에 저리도 홍자색으로 곱고도 아름다운 연꽃 피워내지요. 연 줄기, 연 이파리, 연꽃 뿌리는 약재료로 쓰이지요. 어혈을 풀어주고, 해독제가 되고, 빈혈제가 되고 토혈에, 설사 변비에, 폐결핵에 위궤양에, 십이지장에, 심장병에, 음주 숙취에, 자양강장에, 그래서 궁중 요리에 진상품으로, 일등급이라는 연뿌리요, 산채입니다.

— 아하! 와마 어찌 그리도 해박하신가요. 놀랐습니다.

— 더구나 연죽이나 연꽃 차, 연 뿌리는 해서, 양혈, 청혈, 뇨혈제로 한도 끝도 없다 말이요. 예쁘다고 그저 즐기고 지나치는 우리 사람들보다 백 배, 천 배나 값진 한살이 연꽃 아니란 가요. 어찌 부럽지 않고, 보고 배우고 싶잖을꼬.

취한 듯 여린 어깨, 아려한 눈빛이 연꽃처럼 홍자색으로 붉어졌다. 아하!

진작 요시가와 다이치 국장님이 눈치를 챘다는 듯 여인이란, 그리 대해서는 골병만 드는 법이라고 헐헐거리던 소리가 역겨웠던 일을 떠올렸다. 단도직입적으로 즐길 줄 알아야 한다고도 했다. 일본 제국군대란, 허리띠 아래의 인격을 묻지 않는 법이라고도 했다. 어이 최 과장, 내가 도울 일이 무엇일까 라고 은근자로 눈을 껌뻑거리며 자기의 행운이란, 이 난장판 시국에 총알받이가 아니라 꽃밭에서 근로 보국하는 신세라니 하고 웃었다. 그의 국내 배경은 아내 덕에 대단하다는 평설도 심심찮았던 것이다. 그 아내란 십 년 연상의 바람난 귀부인이라고도 평설이 잦았다. 대 일본제국이란, 너무 좁아터졌어. 나아가 자. 저 중원대천지로 그것이 바로 대동아 공영 거룩한 깃발이라, 그런 말이다, 하고 날씬한 몸 흔들기도 일수였다. 내가 왜 하필 이 거룩한 은택의 순간, 이런 난잡한 생각에 빠져드는가. 처자 옥주를 기숙사에 들이지 않고, 어려운대로 자취방을 뒷바라지 하고 견뎌온 일이 은택이라고 새삼 여겼다. 그렇게 동거생활이 시작된 셈이었다. 서로가 기뻐하고 기다리다, 기꺼이 여겨서 살갑게 영접하는 연인이라니, 종구의 나이 이십이 세요, 김옥주 처자는 낭랑 십구 세였다. 춘풍에 벌 나비 설쳐대고, 온갖 성충 앵앵거리면 자운영 꽃 피고지고, 연꽃도 피고지기에 하릴없이 촉박하기만한 세월이었다. 근자 흔하디흔한 타령으로, 이 풍진 뜬—세상의 용지법이라 한들 도대체 뉘라서, 옥관자 사모관대 갖추지 못한 무례였다고 탓을 하리오.

알쏭달쏭한 총각이었다. 넓대대한 어깨가 당당하면서도, 겸양한 뒤태였다. 뒤쫓음이 분명하건만, 서두르는 기색은 아니다. 진중거리는 걸음은 확고하다. 여유롭다. 하지만 쫓기는 처자의 걸음새는 경황이 없다. 힐긋거리며 가벼운 몸에 바람을 싣고 내달린다. 댕기꼬리가 팔랑거린다. 점점 몸이 무거워진다. 걸음새가 더뎌지는 모양새가 눈에 번이 보인다. 쫓고 쫓기는 청춘 남녀의 봄바람 같은 자태라니, 손 살피처럼 그미들의 내숭을 짐작하기 어렵지 않다. 허나 애가 탄다. 가슴이 철렁거린다. 지켜보기는 오금이 저린다. 와—매, 오—매매! 하는 순간, 아니나 다를까 위태위태하게 뒤돌아보며 내닫던 처자가 털퍼덕하고 앞으로 쓰러진다. 내 그럴 줄 알았지.

하지만 여유롭게 다가선 총각이 덜렁, 처자를 들쳐 엎는다. 눈여겨본즉 처자는 진숙이가 분명하고, 총각은, 오! 그래 그려, 예감으로 짐작이 환하다. 황아 장수 배영실이 서너 차례나 오가며 익혀왔던, 저 동산 아랫말 선말댁이라 했던가. 강찬진 목수가 군자라고 소문을 낸 최덕동 댁 장남 아들이다. 얼굴을 본적은 없건만, 무르익은 혼담이었다. 딸 진숙이 그리도 대처를 꿈꾸더니, 슬그머니 기다리는 모색을 보였던 속셈이 얼마나 흐뭇했던가. 진사 어른도 다— 때가 있는 법이라, 하고 대견해하던 농익은 혼담이었다. 그 등짝에 업혀가는 낭자 진숙을 새삼 살피며 맘이 차분해졌다. 흐뭇하게 가라앉았다. 그래 그라고 가는 법이랑께. 남녀 간 사랑의 짐이라, 하는 법이여! 품에 안고 안기고, 하나도 무겁지 않을 것이여! 검은 머리 파뿌리 되도록, 잉! 허나 다음 순간, 아니 저런! 저런 순 흉악한 늑대라니, 저리도 엄청난 늑대라더니 하고, 소리치다가 펄쩍 잠이 깨었다. 황소만한 늑대가 뻘건 이빨을, 진숙의 가랑이 허벅지에 들이대며, 보얗게 익은 살결을 물어뜯고, 생 이빨 들이대고 연거푸 뜯는 꼴을 엿보지 못한 일이 천만다행이다 싶었다. 몸서리 쳐지는 징상한 꿈이었다. 새삼 가슴이 벌렁거린다. 달포가 지나며 내내 벌렁거리던 가슴이었다. 딸 진숙이랑, 서당방 조 선생 댁 조문자랑, 효경으로 소문난 보름이랑, 마량 포구며, 서중 연동 마을에서 낭자들이 무더기로 실려 가던 이래, 하룻밤도 단잠을 이루지 못하고 벌렁거리던 냉가슴이었다. 대처에 나가서 신식 공부를 하거나, 제국공장에 들어가 목돈 벌거나 간호사가 되거나, 망극한 황은을 입어 탄탄대로가 열릴 거라 했던가. 환송식이라며 일장 깃발이 휘날렸다. 삼동의 유지며 군수 영감이며, 면장나리며 뒤풀이 잔치가 요란했었다. 생각만 해도 가슴이 벌렁거린다. 몸서리치며 목이 불같이 타오르자, 저도 모른 새 부엌 샛문을 벌컥 열고 나선다. 봉창 쥐어뜯는 소리로 물! 물! 물 잔 주라. 오매—매! 나 죽네. 물 잔 주라 말이시! 하고 내지른다.

— 어마님 여기, 물, 물이요. 정신 차리시오 잉.

— 그려 어서, 어서 물잔 주라 잉, 또 그라고 엎드려 있었당가.

— 어마님 어찌 그리도 경황이 없으신가요?

— 금-매 말이다. 내 이런, 꿈인가 생신가? 천하에 흉악한, 모진 꼴이라니.

큰 솥 아궁이 앞에서 몇날 며칠을, 새벽마다 엎드려 지내던 김성란이었다. 그미가 천연스럽게 내미는 사발 물을 벌컥 벌컥 마시면서도, 덕동댁은 속에서 내지른 불은 쉽사리 꺼지지 않았다. 어린 것 앞에 스스로 면구스럽다. 조왕신 앞에, 한울님께 날마다 축수를 드린다는 어린 것이 한 동안은 정든 언니 그리는 심사로 애처롭다 싶었고, 달포 간은 청승맞다 싶었고 달포가 지나며 지극 정성이다 하다가, 근자에는 예삿일이 아니라고 쥔어른 김 진사와 주거니 받았던 것이다. 이제 겨우 여덟 살로 제 앞가림이 어려운 기집 아이가, 하긴 일찍부터 속이 영글어 보고 듣는 이를 놀라게 하던 귀염둥이였다. 팔남매를 순산했으나, 겨우 딸 진숙과 아들 둘을 건졌던 참척의 집안에, 곁들인 딸자식이다. 허긴 어느 고명딸 친자식 못잖게 길렀다.

— 성란아, 내가 차마 못 볼꼴을! 아버님은 기침 하셨당가.

그저 한바탕 웃어가며 넘길 춘몽가락에, 그리도 바라춤 추듯 호들갑떤 무안 감이 스친다. 철부지 앞에서, 허나 예사 꿈은 아니라는 각성이 새롭게 든 것이었다.

— 아직요. 금방 물 떠올릴 것잉만요. 이제는 안정이 되신당가요.

때마침 사랑방에서 기침소리가 솟구친다. 근간에 잦아진 기침이었다. 데운 물을 정성으로 바치는 몫도 으레 성란이었다. 차반에 새로 떠올린 물그릇 챙겨 들고 정지 문 나서는 몸놀림 발걸음이 암탉처럼 암팡지고도 정갈스럽다.

— 아바님, 여기 자리끼 모셨고만이라, 밤새 평안하셨는가요.

허리 굽혀 공례가 지극하다. 들창이 열리며 자리끼를 받아들던 어른이 새삼 기침을 터트린다. 애타는 모색으로 서있는 성란에게 타이르듯 겨우 말한다.

— 이런 난장 시국에 어찌 몸과 맘이 편하기만을 바랄 것인고.

— 아바님 맘을 편히 가지셔야 몸이 평강하실 턴디요.

— 그랗게, 네가 편하게 보살피는디, 그저 고맙다. 어마님은 기침 하셨당가.

— 야아! 그란디, 무선 꿈을 꾸셨다고, 목이 타셔서.

— 커가는 애도 아니고, 도대체 무슨 꿈이라고 이런 소란이랑가. 쯧쯧!

이리 시작되었던 모녀간 대화가 길어지고 있었다. 천자문 뗄 때, 동몽선습을 책거리할 때, 결코 소홀함이 없었던 알토란같은 아이였다. 요조숙녀와 같은 언니 진숙을 닮고, 장대한 오라비 진구를 닮고, 또 했더니 으흠, 으흠 하시는 아바님 닮고 싶다며, 언니 오라비 등 너머 공부하기를 벗 삼던 아이였다.

— 자식을 버렸느니라. 다 큰 자식을, 두 눈 번히 뜨고서, 또 버렸어.

— 어찌 그리, 생각하시는지요. 군수영감이랑, 면장님 어른이랑, 대 일본 제국에 대동아공영 성은을 입는 일이라고 했었지요. 그리 믿으시지요. 아바님, 앞길이 환히 열리는 정신보국 광영이라고 하셨는디라.

— 자식을 빼앗겼느니라. 눈 번히 뜨고, 정녕 또 생자식을 빼앗겼느니라.

— 지가 날마다 조왕신님께, 한울님께 우리 진숙 언니 무탈하시기만 축수 하닝께. 안심하시고 맘을 편히 가지시랑께요. 지가 이라고 소원합니다, 아바님.

— 고맙다. 고맙다. 허나 나라가 망가지면, 산 목숨을 건지기는 어려운 법이라.

— 사람이면 한울님 주신 목숨인 디, 바다에 빠졌당가요, 하늘로 날아가 부렀당가요. 그물로 싸잡은 물고기나 건지는 법이제라. 아바님 안 그료.

— 허허! 허허, 이제 아바님이 우리 성란이 한티 단단히 배워야 쓰것당께. 그려 사람이란, 한울님 목숨이제 인명재천이라니, 사람이 어찌 건질 것잉가.

그런즉 그 예사 꿈이 아니라니, 정녕 그러하다면 그건 단순히 당찬 총각이 처자 뒤쫓는 달콤하고 바람난 춘사가 아니라, 그 말이제. 그래 바로 늑대에게 쫓기고 물린 건 처녀 총각만이 아니라. 국파산하재 백성들이라 할 수도 있겠네 그려. 그래서 아바님 말씀대로 다 큰 처자를 버렸고, 눈 번히 뜨고 뺏기고, 이 제는 정신 차려 산 목숨으로 건져야 할 일이란 말이었다. 주거니 받거니 아귀 가 그리 맞아진 것이었다. 초가집이지만 사칸 겹집 덩실한 가택이 초롱불 하 나 없이 컴컴했다. 오라비 진구는 조 선생 서당에서 합숙 중이었다. 더구나 진 숙언니의 방안은 텅텅텅, 깜장소리가 날 듯 무섭다. 어간에도 철부지 김성란은 저무는 하늘에 샛별이라도 불러서 안정을 도모하려는 듯 잔상을 떨었다.

— 능가할 능麦, 갈 마摩, 붉을 강絳, 하늘 소霄, 곤어가 붕새로 변하여, 붉은 하늘 을 나니, 길한 사람의 운세를 말한다.

하고 천자문을 써가며 안심기리고 여유를 부린다. 대체 어느 문장이던고? 하고 다그쳐 물으매, 아바님께오서 천자문에 이르신 대로,

— 붙일 우寓, 눈 목目, 주머니 낭囊 상자 상箱, 글은 읽으면 잊지 않고 주머니나 상자에 넣어둠과 같아야 한다.

흔연스레 대구를 한다. 아들딸들을 나란히 앉혀놓고 자구 짚어가며 재미삼 아 가르치던 기억이 먼 옛날인 듯 아득해진다. 그래 운세라는 걸, 거역치는 못 하리니. 허나 이 지경에 어찌 운세 탓만을 기리며 주저앉아 애통터지게 뭉갤 것이랴. 이러한 난세시국이 눈앞에 칼춤 추며 당도했으매 어찌 방관하랴.

— 공空, 곡谷, 전傳, 성聲,이라. 네 능히 알아듣겠느냐.

— 좋은 말은 골짜기에서 퍼져가는 소리처럼 전해진다.

— 허虛, 당堂, 습習, 청聽이라. 지체 없이 뒤대는 어린 처자의 응답이 대견스럽 다.

— 빈 집에서 소리가 잘 들리듯이, 덕 있는 말은 멀리서도 잘 들린다. 아바님 말씀 그대로입니다.

그런즉 어찌하면 옳다는 말이더냐? 시국이며 나라형편을 좀 더 알아야 하겠

구나. 널리 듣고, 보아야 하겠다. 살리자는 세상인지, 아예 다 죽이자는 말세인지. 그리 작심을 하고 지체 없이 대처로 나선 길이었다. 향반 김경신 진사로서는 난생 처음이라 할 수 있는 대처 행이었다. 그날 김 진사는 새삼스레 봉화산의 늠름한 자태를 한 동안 취한 듯 올려다보았다. 이어서 연동의 차경 솔밭을 내려가 들러보더니, 숙마골을 더듬어 느닷없이 최덕성의 화전촌락을 둘러보았다. 선말 양반은 꿈결엔 듯 어리둥절한 심방에 한 동안 입이 굳었으나, 종종 뵙자는 수인사를 나누고 그 발걸음이 갯가의 긴 방축을 거쳐 신 마량으로 돌아서 왔다. 갯논 벌에는 목이 긴 황새처럼 듬성듬성 품꾼들의 호젓한 작업장의 모습을 오래오래 지켜보았다. 방축을 다지듯, 쿵쿵 발을 굴렀다. 한양을 거쳐, 만주라던가 어디든 좋았다. 대 일본 제국이라는 세상이 펼쳐지는 대로, 구름 따라 바람을 등 타듯, 찾고 나서보련다는 다짐이었다. 빼앗겼고 버렸고, 그래 건져보겠다는 말 찾아 나섰다는 말은, 아예 입을 다물었던 셈이다. 봉화산곡 향반 김 진사의 조상대대로 떠나보지 못한 대처 행은, 그런 아침에 시작된 걸음이었다. 그런 걸음이 황천길이듯 그리 멀어질 줄은 아무도 몰랐다. 강산은 소리 소문 따라서 연거푸 황개처럼 뒤척거렸다.

열다섯 마당

피투성이라도 살라.

급기야 조선의 여린 꽃 낭자들은, 무더기 무더기로 끌려가고 있었다. 벼 베기가 끝난 질척한 논바닥에 쌓인 노란 볏단처럼, 한도 끝장도 없이 끌려갔다. 막걸리에 벌겋게 달아오른 얼굴로 우악스런 지게꾼 남정들 손길에 끌려가듯 탈곡장으로, 댕기머릿결 매달린 채 끌려갔다. 어둠속 진흙탕처럼 캄캄 절벽이듯 어둡다가 환하게 날이 밝았다. 누런 포장 덮인 트럭에 실려 가다가 목에 걸린 밧줄에 매인 똥개들처럼, 아니 아니다. 그것은, 아니다. 끌려가다니, 그냥 실려 가고 있었다. 끌려간다면 뒷발질을 하며, 버텨가며 발악이라도 할 터였다. 어영부영 실려 가다 본즉, 이별의 설움에 잠시 눈물 바람 하다가 어느덧 깜박 졸았다. 남해안 갯마을마다 살맛을 돋우던 낭자들이었다. 빨강 댕기를 진달래꽃잎, 동백꽃처럼 펄렁거리며 고샅을 냅다 뛰고 봉화산 오르내리던 낭랑한 처자들이었다. 그녀들이 가고오며 머무는 곳마다 낭랑한 웃음꽃이 꽃게들의 창가처럼 풍성했다. 댕기머리 낭자들은 소똥이 굴러가도 깔깔거렸고 지청구 들어가면서도, 터져 오르는 생명의 열락을 숨길 수 없었다. 남녀칠세부동석이라는 말도 귀에 남보석 옹이가 자랄 듯 들었다. 느닷없는 달거리 꽃이 음호에서 수틀처럼 번지며 터지자, 어미들 몸단속이 자심했었다. 기다리던 동지섣달 꽃 본 듯 환해지던 어마님은 가랑이 사이로 고운 햇솜 천을 쑤석여주면서, 대보름 달맞이하듯 서낭당에 비손하듯 귓밥을 간질였다.

— 요 예쁜이는 시상 천하에 그 누구도 넘볼 수 없는 보물집이라. 알것제.

그런 속삭임을 주고받으면서, 그네들은 참을 수 없는 갈증으로 깔깔거리며 웃었다. 웃다가 눈물 비치는 얼굴이 논둑 밭둑에 지천이던 자운영 꽃처럼 붉어지기도 했다. 단오절 추석에 그네를 타면, 하늘을 차고 땅을 박차 지르며 황새처럼 훨훨 오르내리던 갯마을 처자들이었다. 갯가의 뻘떡 게나 망둥어랑 숭어처럼 활기차게 씨알을 품고, 꽃게 춤을 추어댈 낭랑 처자들이었다.

어허! 어 헐럴럴 상사相思, 殤死요, 천지간 참척의 불상사不祥事로다.

앗차! 험악한 광란풍파에 진흙탕 속으로 닻줄 끌려가듯 뜬세상창파에 실려가고 있었다. 광풍이 몰아 친 듯 밤새 세상이 벌렁거렸다. 벌겋게 타오르던 태양에 쫓겨 군용 트럭에 실려, 난생 첨타보는 거창한 기차에 짐승처럼 몰려 밤낮으로 실려 갔다. 영광읍을 거쳐 송정리라던가. 원두막 같은 역에 내렸다가 점심이라고 내미는 구역질 울컥거리던 국밥을 먹고, 돼지 비계들이 두둥실 떠다녔었다. 똥개들처럼 서로 냄새맡아가며 줄줄이 서서 기다리다가, 꽤액! 꽥꽥거리며 야차처럼 덤벼드는 난생 첨보는 겁나고도 징글맞게 생긴 기차를 탔다. 징상하게 길고도 긴 기차라는 건, 검붉은 연기를 칙칙폭폭! 칙칙폭폭 거리며 기세 좋게 하늘로 내지르지만, 끌려들어간 칸칸마다 오줌지린내와 토사물 악취와 음습한 살냄새가 들썽거리는 돼지우리 같은 곳이었다. 강진읍을 출발할 때는 열댓 명이더니, 뻣뻣한 판자대기 의자에 앉아 실려 갈 때는 목포항구와 서남해안에서 끌려온, 이백 명 넘는 조선의 숫처녀들이라 했다. 도대체 이 노릇이 봄바람에 개꿈이런가? 흉악한 악몽이던가?

하룻밤이 세상천지 간에서 하늘이 검붉게 타오르고, 대지가 요지경속으로 뒤바뀐 것도 아니고, 해가 뽀얗게 떠오르는 날이 밝고 사람들은 노상 보던 대로 웅얼거리고, 사람 꼴로 낯바대기를 쳐들었다. 일본 제국 병졸들은 뻔뻔하고도 지중한 낯빛으로 껄껄거리며 밥을 먹고, 술을 쳐 마시고 처자들 등을 떠밀어 차를 태우고, 지금 도대체 어디로 달려간다는 말인가. 도대체 밤새에 무슨 일이 벌어졌던가. 무슨 일을 당했던가? 대체 무슨 일을 위하여 어디로 간다는 말이던가. 살기 위하여 나선 길이었다. 더 큰 세상에서, 더 큰 일을 마주대하고 싶다는 열망에 들떠 나선 길이었고, 조선 낭자들의 장도를 축복한다는 화사하고도 느글거리고, 거창한 수사가 요란했었다. 군수 영감님이라고 했다. 경찰서 서장나리라 했다. 군내의 저명한 유지 어른들이라 했다. 그런즉 어찌하면 다시는 그런 꼴들을 보기도 역겨워서 이를 깨물었고, 발악 하다가 혀를 빼물고 죽는다는 노릇이란, 생각조차 해본 적도 없는 죽음이란 결코 쉬운 일은 아닌가 보았다. 다만 멍청한 시간이 지날수록 소중하고 생각만 해도 부드럽고 부끄럽던 아랫도리가 끔찍하게 따끔거리고, 막대기로 쑤셔대는 듯 악취와 구취 더불어 음호를 파고들던, 치가 떨리는 악몽은 지우기가 어려웠다. 정녕 꿈 이야기로 들어본 적이 없고, 난생 처음 당하는 사람의 짓이라고도 생각지 못할 흉악한 악몽이었다. 악몽은 쉽사리 깨어날 수 없었다.

다만 선명하게 기억나는 일은 봉화산 동무 보름이의 짓거리였다. 얼굴에 주근깨 다닥다닥하던 장보름이 처자는 이른 아침에 강진 장터를 떠나면서 트럭의 차일을 치켜들고 기회를 노렸던가, 엄마! 엄마를 부르짖다가 펄썩 뛰어내려 사지가 길게 뻗었다. 중풍으로 몇 년간 거동이 어려운 엄마! 지극정성으로 섬기던 엄마였다. 그 엄마에게 좀만 기다려 달라고 호소하면서, 어서 돈을 벌어 엄마 약도 맘껏 지어드리고 재미롭게 살자 다짐했던, 하얀빛 눈꽃처럼 주근깨 덕지덕지 얼굴을 뒤덮었던 장보름이었다. 얼굴이 보름달처럼 하얗고 둥실한 보름이었다. 하얀 저고리에 검정 치마가 펄렁거렸다. 뛰어내린 트럭 뒤에서 사슴 뒷다리처럼 솟구친 가랑이가 펼쳐지고, 새하얀 속살이 무참하게 드러났다. 그런 무참한 지경을 걸신들린 듯 들여다보던 칼 찬 젊은 병사가 쏜살같이 달려들더니, 축 늘어진 그녀를 사냥꾼처럼 들쳐 업고, 칼집을 덜렁거리며 뛰는 모습을 모두가 구경했다. 별이 그려진 군모 아래 앳되어 보이던 순사는 군모가 벗겨진 줄도 모른 듯 읍내 병원으로 거침없이 들어섰다. 그가 누구인지 처자들은 알쏭달쏭 했다. ─ 오매, 그라고 본께, 이노우에 다케히코 라고 했던가. 안경잡이로 마량 분견대 소장이었던가. 출영인솔 차 어디까지인가 동행할거라던 소장이었다. 간밤에 거나한 술자리에서 점차 난장판이 되어가던 조선처자들 정신대 환영연에서 유난히 보름이 품을 기리고 엉기던 젊은 순사라 했었지. 순사는 급기야 하나씩 처자들을 품에 안고 각방에 들어설 때, 석 잔 술에 거의 정신을 놓았던 처자 장보름이! 내, 내 사랑 보름이가 나는 좋아라. 나는 마량 포구의 분견대 소장이란 말이다. 난 보름이도 알고, 그 엄마도 잘 안다는 말이다. 하지만 난, 난생 처음으로 생혈을 맛보았다. 제국의 일녀들은 기모노 정신이라, 너무도 난잡해. 난 소 청년시절부터 무수하게 사랑을 나눴지만, 생혈을 맛보기는 난생 처음이라. 대체 무슨 소리인지, 난장 일을 끝내면서 목마른 강아지처럼 연거푸 엉겨들었다. 난 결코 잊을 수 없구나. 내 첫 사랑, 잊을 수가 없구나 하고 연신 중얼거렸다.

흡사 신방에 들듯 수줍고도 진지한 모색으로 엉겨들었던 보름이만 챙겼다. 기어이 트럭에 끌려가던 보름이가 엄마, 엄마를 부르짖으며 포장 트럭에서 뛰어내릴 때 약속이라도 했다던가. 또 그렇게 피를 토하고 나가떨어진, 화살 맞은 사슴처럼 헐렁거리는 처자 보름이가, 할미꽃처럼 하얀 얼굴로 숨죽였는데 저리도 챙기다니, 예삿일이 아니라 했다. 이노우에 분견대 소장의 안경을 주워들고 누군가가 뒤를 따랐다. 그 꼴을 지켜보던 트럭 위의 처자들은 망연자실했다.

포장에 덮인 무쇠 트럭이, 앗 뜨거워라! 하고 도망치듯 검붉은 연기를 내뿜으며 다시금 출발했다. 진숙이, 조문자는 그런 꼴을 멍하니 지켜보다가 어어, 엄마야 아이 아이고 오! 이 꼴이 대체 먼 짓이랑가. 새삼스레 자각한 듯 어머님 초상을 치르듯 아이고, 아이고, 아이고- 하고 숨결 막히는 통곡을 터트렸다. 때마침 속 풀이 하듯 울어야 할 입장이 된 듯하였다. 머릿결은 이미 댕기건 뭐건, 어제 밤 행사를 치르면서 봉두난발로 솜뭉치처럼 엉겨버렸다. 동백꽃처럼 붉은 댕기건, 갈래머리건 타래머리로 흩어져버린 몰골들이었다.

진충보국의 정신대挺身隊를 입질 터지게 찬양하던 아오야마 고쇼 경찰 서장이란 작자가 햇병아리 살피듯 자상하게 보살폈다. 마루야마 겐지라는 군수 영감이라던 늙은 사내가, 읍내에서 한다하는 저명한 유지라는 작자들이 수염 난 얼굴 가득 미소를 띠우고, 코뚜레 없는 송아지 보살피듯 애틋하게 굴었다. 그들은 결코 늙고 굶주린 사자들은 아니었다. 허기지고 깡마른 늑대가 아니었다. 개침 질질 흘리는 수곰도 아니었다. 단지 느글느글하게 살이 찌고, 피둥피둥한 얼굴이 벌겋게 주황색으로 달아올랐던 것이다. 은근한 눈빛 주고받으며, 타이르듯 속삭였다. 다만 동인일시하시는 황은에 화답하는 거룩한 행사라는 짓이었다. 시작이 반이라는 조선 속담을 생각하자. 탄탄대로坦坦大路가 열릴 것이니라. 처자들의 첫날밤이 복되듯 첫 행사가 중요하다고 거듭거듭 되뇌었다. 황은에 일신 투척하여 진충보국하는 정신대 길이란, 거룩한 일이다. 거듭거듭 탄탄대로가 열릴 것이니라. 탄탄대로란 히노마루 깃발을 앞세운 태양의 나라 대 일본 제국의 창창한 앞날을 위한, 땀과 눈물의 연단 훈련이 필수라는 바로 그런 말이다. 대일제국신민으로 형설의 적공을 쌓아라. 그들은 무언가 지대한 결기로 흘깃거리며, 내심을 다지고 있는 듯싶었다.

간밤에 군용트럭에 실려 읍내로 들어서자, 그들을 영접한 곳은 신식 여관이었다. 화사한 여인들이 치마꼬리를 움켜쥐고 설레발을 쳤다. 왜식 여관 마당에는 동백 꽃봉오리가 영글었고, 철지난 국화도 화분에 잠들어 있었다. 우선 차분하게 몸과 맘을 다스리고 쉬어야, 장거리 여행을 할 터라고 했다. 모두가 제국의 일시동인 성은이라고도 했다. 열댓 명의 처자들에게 목욕실이 열리고 하얗게 빛바랜 수건이 들려졌다. 곱디곱게 씻고 다듬어 가꾸어라. 애초에 생각지 못한 환대였던 셈이다. 일시동인의 황은이라는 문자를 거듭거듭 지껄여 대었다. 두세 두세 거리며 난생 처음으로 신식 왜가마 탕에서 목욕을 하며 맘들이 한가위의 낭자들처럼 풀어지고 있었다. 목욕 후 곧바로 저녁 식탁이 기다리고 있었다. 멀건 순대국밥이었다. 상을 드리던 조선 아낙이 저녁에는 처자들의 환영연이 있을 거라는 묘한 말을 남기며 눈짓을 감추었다. 안쓰러움 겨운 어버이의 눈빛이, 입 열어 차마 말 못하는 무엇인가를 샛노란 이파리로 감추며, 분꽃처럼 벌겋게 상기되고 있었다.

그녀들이 잠시 각방에서 눈을 부치며 한숨 들이고 나서자, 큰방에 모이라는 분부가 내렸다. 살랑 기모노를 벚꽃처럼 화사하게 차려입은 왜녀인 듯했다.

— 자! 이제부터 그대들에게 가장 아름다운 향연이 펼쳐질 것이다.

그녀가 화사한 기모노 차림을 뽐내듯 몸을 흔들며, 부스스 깨어난 처자들에게 먼저 입을 열었다. 무언가 은밀한 속셈을 가린 듯 불그스레한 빛이었다.

— 할 수 있는 솜씨대로 모양새 가꾸어라. 그대들 인생에서 가장 잊지 못할 첫날밤이 될 터이니 말이다. 말아 듣겠는가. 너희들의 자랑스러운 순결을 고이 지켰다면 말이다. 난생 첨으로 지존을 모시는 잊지 못할 아름다운 밤이다.

— 그게 도대체, 그게 먼 소리랑가요. 첫날밤 지존을 뫼시다니?

— 그야 맛을 봐야, 단맛을 아는 법이제. 너희들은 오늘부터 나를 이모라고 해라. 조선의 처자들을 끝까지 지켜주고, 보살펴 줄 은택이니라.

— 그것이 도대체 먼 소리랑가요? 첫날밤 지존을 뫼시다니?

— 그야 맛을 봐야, 맛을 아는 법이제. 여인의 세상이란, 그렇게 열리는 법이란다.

김진숙이와 조문자가 거의 동시에 입을 열어 물었다. 열댓 명 처자들이 논물가의 붕어 떼처럼 입을 벙긋거렸다. 첫날밤 지존이라 하는가. 지존을 모시라고? 그것이 대체 무슨 소린가? 우리는 다만 일본 제국의 은택을 기리며, 화사하고도 끈질기던 설득대로 신학문 공부를 하거나, 신기술 익히거나, 새로운 세대에 나이팅게일? 뭐라더라, 간호사가 되거나 아무튼 활짝 열리고 펼쳐진 신천신지로 나서려는 것뿐이랑께. 대제국에 멸사봉공이라. 하지만 시간이 간댕거릴수록 그녀들은 차츰 불안감에 미심쩍고도 검붉은 느낌을 떨칠 수가 없었다.

들어선 널찍한 방안에 가득 차린 푸짐한 음식이 그녀들을 기다리고 있었다. 그 상차림 앞에 아침부터 그녀들을 격려하며, 갖가지 수사로 장도 축사하던 익은 안면들이 호탕한 모색으로 환영한다는 박수를 쳐댔다. 그녀들은 정신없이 화사한 기모노 이모가 이끌어주는 대로 여기 저기 난생 처음으로 남정들 틈새에 끼어 앉을 수밖에 없었다. 기다렸다는 듯 아오야마 경찰서장이 입을 열었다. 무수한 세월동안 광란 풍파를 헤쳐서, 단고 연단으로 능란한 안색이었다.

— 차아! 이렇듯 황은에 감복한 조선의 처자들이라니, 일시동인 거룩한 처분에 화답하는 그대들을 진정으로 환영하고 미쁘게 박수로 영접하오이다. 미쁘고 아름답게 일시동인의 성은에 몸과 맘을 다 바쳐 진충보국 할지어다.

그가 잔대를 높이 치켜들며 호기롭게 선창하자, 열댓 명의 주객들이 아연 활기차게 화답했다. 마치 밤새 짓눌려있던 어둠이 물러가고 태양이 밝아오는 새날처럼 실내는 붉고 푸르게, 새봄 진달래 개나리처럼 화사한 벚꽃처럼 만개하고 있었다. 하지만 거기까지였다. 두 잔, 석 잔의 청주 잔이 비어가면서 사내들

의 손길이 거침없이 처자들의 아랫도리로, 더 깊은 음문으로 침범하자, 순식간
시뻘건 비명이 터지고 환영연이란 어느덧 난장판이 되었다.

— 아가야 낭자야, 이렇게 어른이 되고, 세상을 배우는 거라 그런 말이다.

— 낭자야, 내 맘껏 귀염을 베풀리라. 진정으로 어서 와 안기란 말이다.

— 조선 처자들이란, 기모노 맛을 모르니, 그야말로 새 맛이라, 감칠맛이라.

— 성은에 진충보국이란, 지극정성이라는 말이다. 어서, 감읍하고 보자! 이렇
게 탄탄대로를 열어간다는 그 말이다. 가슴에 새기고 명심 명심하여라.

— 아—학! 아학! 그것이 대체 먼 말씀인가요?

— 공자님 말씀이 다른 것이 아니다, 그 말이다. 진상이라, 진상이라. 그런 말
이다.

　도대체 이게 무슨 소리던가. 진상이라니 술을 마시자는 건지, 술잔을 어디에
비우자는 짓거리 인지, 술잔이 비워지면 털보 손길은 거침없이 가랑이로 파고
들었다.

　단참에 하나씩 둘씩 엉겨든 잔나비처럼 매달리며, 각자도생의 방안으로 들
어서면서부터 처절한 사투가 전개되었다. 봉화산 순결한 처자들은 경악했다.
각방마다 처자들의 옷을 벗기고, 가죽혁대를 휘둘러 풀어가며 호기롭게 우
쭐거리며 꺼떡거리는 장대한 사내를 드러낼 때, 처자들은 단지 눈 질끈 감아
야 했다. 독사의 민대가리가 껄떡거리며 혀를 날름거렸다. 눈뜨고는 차마 볼
수 없는 징상한 꼴이었다. 보기만 해도 수치스럽고 당혹스럽고, 이 황당한 처
사를 감내할 염치도, 선험도 꿈꾸어 본적이, 생각은커녕 꿈꾸어 본적 전혀 없
는 별천지의 세상이었던 셈이다. 앞을 가려라. 긴 치마로 단속 것으로 구중궁
궐 단속을 잘해라 잉! 달거리 꽃 환하게 반기면서, 동지섣달 꽃 본 듯이, 어마
님들 단속이 얼마나 우심했었던가. 반가의 총각이나 처자들에게 가장 소중한
요새 아니던가. 그녀들이 듣고 보고 생각한 세상이나 세월 습속이 전혀 아니었

다. 그녀들은 치를 떨며 경악했다. 그녀들은 악몽이라 했다. 이부자리에 눕기 무섭게 사내들은 사자처럼 엉겨들었다. 이골 난 사내들의 성난 구렁이 대가리가, 장대한 막대기가 흡사 땅뺏기 하듯 소녀들의 소중하고도, 애련하고, 심장이 뛰는 속 깊은 가슴과도 같은 가랑이 음호를 무참하게 파고 들 때, 처녀들은 숨결 막히고 심장이 폭발하고, 온 몸의 핏발이 철렁거리며, 봉화산의 탁수처럼 쏟아지고 있었다. 옷섶이 찢기고, 가슴이 열리고, 두툼한 손길이 밋밋한 봉오리 젖가슴 더듬을 때부터 처녀들은 이를 악물었다. 입술에 피가 맺히고 있었다. 이런 짓이 사람의 짓인가 했다. 인의예지를 배우고 가르치던 세상에, 도대체 무신 짓이던가 했다. 무엇보다 당장 음호가 찢어지고, 쓰리고 아프고 온 육신이 갈가리 찢겼다. 수치감이 그 몸과 영혼과 심장을 파고들었다.

─ 오-매, 워-매! 엄마 엄마야! 나 죽네, 나 죽어라.

─ 죽다니, 죽기보다 더한 단맛이로다. 선 낭자 아가야 난 군수로다. 조선고을 원님이라, 그 말이다. 사또 나리에게, 춘향아가야 수청을 들라, 그런 말이라.

　취한 듯 미친 듯, 광기어린 악취가 웅얼거렸다. 춘향아가라. 춘향아기씨라니.

─ 수청이라, 춘향이라니 감옥에 큰 칼 목에 차고 죽을지언정, 그리는 못하오. 이리도 무지막지한 짓거리가, 대 일본 제국 천황 사또의 탈이란 말인가.

─ 오하! 천황폐하를 욕보이다니? 이년 생혈 맛으로 고요히 귀염을 베풀라 했거늘, 방자하고나. 이래야 정신대 성은을 능히 감당하리라. 알아듣는가.

─ 조선 백성들은 이제부터라도 열심히 배워야 한다. 사내들은 제국장병들의 사무라이 무사도 정신을, 돌격! 돌격 끝까지 돌격하는 사무라이 정신을 배워야 제국군병의 사명을 감당할 터이다. 또한 처자들은 마땅히 기모노의 화려 찬란한 정신을 배워야 한다는 말이다. 기모노 정신을 활짝 살려서 옹근 씨를 받아라. 그런 말이다. 좋은 씨를 받아야, 창창한 장래가 보장될 것 아닌가. 그런 말

이다.

그렇게 하룻밤이 길고긴 억장처럼, 두 차례 세 차례씩이나 악몽처럼, 염병에 걸린 평생처럼 흘러간 후에, 소녀들이 한입같이 내뱉은 첫마디가 놀랍게도 똑같은 소리였던 것을, 처녀들은 두고두고 신비한 일이라 했던 것이다.

— 오매, 오매, 워쩌꼬. 대체 워쩌면 좋을꼬? 그저 불벼락! 한울님 불벼락을!

— 그려 꼭 그려! 불벼락을 쳐버려야. 불벼락 말이랑께. 한울님 불벼락을!

낭자들은 한입처럼 서로를 마주보며, 불벼락! 불벼락을 부르짖었던 것이다. 새벽 참에 이 방 저 방으로 바꿔가면서 찢어진 몸을 끌어가면서 야차처럼 흥흥거리던 일본제국 천황폐하 장병이요, 자칭 원님이었다. 처자들이 한입처럼 부르짖고 호소하던 불벼락은 어느덧 늙은 군수를 떠나, 멧돼지 같은 서장을 지나 제국으로 더 거대한 세상천지간에 천황폐하 성은이라 했던가. 대일본 제국이라는 천지간 머리마다 뇌성벽력으로 불덩이를 쏟아야 했던 것이다. 불벼락으로 순식간에 내 꼴, 저 흉한 꼴을 꿈에라도 보기 싫은 악취 엉긴 숨결이었다.

대일본 제국의 황은은 가는 곳곳마다 다양하게 무르익었다. 대 엿새를 걸려 기차라는 괴물에 실려 저 검붉은 땅으로 끌려들었다. 짐승처럼 눈 껌벅거리며 하염없이 실려서 가고 있었다. 중원천지 어딘가 황량한 터전에 내려 속옷조차 발가벗기고, 목맨 개처럼 치욕스럽게 성검사란걸 받았다. 집합 소리와 동작, 동작을 재촉하는 소리에 귀가 멍멍했다. 눈 멀뚱거리며 눈물도 메말라서 흉몽 중에 비척거리며 누워있을 때 제복의 군병들이 차가운 쇠붙이로 소중한, 참혹하게 찢겨진 음호를 집적거렸다. 아직 몸이 살아서 치가, 온 몸이 덜덜덜 떨렸다. 군의관은 흐흐거리며 여길, 여길 보아라. 색깔을 보면 대충 판단가능하리라. 위생검사란 위안녀의 필수란 말이다. 대일본 천황제국의 찬란한 전승지에서 성병이란 대제국군수품에 대유행인 골치라, 그런 말이다. 예방은 필수 전략이다.

바로 그 시간, 부대 연병장에 긴급출동으로 집합한 병사들은 부대장의 느려 터진 질긴 연설을 들어야 했다. 제국군대 제 25사단, 사단장 이시가와 미시마 石川 三島 장군은 육군 소장이었다. 그는 거칠고도 능글맞은 인물이었다. 대 일본 제국 별판을 달고 만주벌판 누비기까지, 비만증으로 헐떡거리면서도 최후 일순까지 황군을 위하여 진충보국하는 멸사봉공의 장군이라고 큰 소리쳤다. 전장에 나서는 천황폐하의 장병들을 위하여 자신이 앞장서서 실시하게 된 조선 처자들의 정신대 투입 사업에 관하여 대단한 자부심과 충성의 결실이라고 자화자찬하고 있었다. 그는 목울대를 헐떡거리며 부르짖었다.

— 충용 무쌍한 황군들이여, 우리가 한 마음 한뜻 되어 황량한 만주 벌판을 누비고 돌격전을 감행하여 승리한 역사는 대 일본 제국의 광영이요, 대동아 공영을 도모하는 천황폐하 성지에 충성하는 자랑스러운 결과인 것이다. 대 일본 제국은 결단코 제군들의 헌신을 잊지 못한다. 끝까지 멸사봉공하라.

그는 거친 숨결을 가다듬었다. 본론이 펼쳐질 순간이었다.

— 그대들은 제국의 명예와 전승을 위하여 헌신하는 보람과 가치를 흡족하게 맛볼 터이다. 그것이 바로 이번에 전군 장병들에게 실시하는 조선 정신대 위안 행사인 것이다. 명심할 일은 제국의 명예와 제군들의 건승을 위하여 현지 중국 인들과의 접촉을 엄금할 것이며, 제군들을 위한 조선 처자들의 환영과 위안을 맘껏 즐기도록 하렷다. 알아듣겠는가? 각 부대 지휘관들의 수칙을 엄수하라.

그 순간 위생과 건물 안에서 치욕적인 검사를 받고 있던 처자들은 다른 건물에 가려 보이지 않는 연병장에서 병사들 환호성이 커갈수록 검붉은 불안이 솟구치고 있었다. 와글거리며 불안이 태풍처럼 몰려들었다. 불벼락이 몰려들었던 것이다. 부대장 장군의 당당한 성은에 힘입어 성난 파도처럼, 굶주린 늑대처럼 몰려드는 장병들에게 중대장 무라노 대위는 은근하고 자상하게 훈시하였다. 무려 삼개 중대, 오백여 명 장병들이 초조하게 서성거렸다.

— 제국 장병들이여, 우리를 위하여 조선 식민지에서 특별히 선발되고 자원한 종군 위안부대가 도착하였다. 금번의 실전은 번개 작전임을 명심할 것이다. 따라서 위안부대를 진심 환영하는 바이며, 상시 전장에서 더욱 분발하라. 명심할 일은 장병들에게 지급되는 고무사쿠, 철모를 특별히 활용할 것이며 앞으로 현지인들과 접촉은 절대 엄금한다. 철저 검증했으나 성병은 전력손실인 것이다. 말썽 많은 중국여성들에 대한 강간, 폭행은 현행범으로 처리할 것이다.

연병장에 한가득 열병식처럼 줄지어 기다리며, 장병들은 미쳐가고 있었다. 어찌 미치지 않을 수 있겠는가. 젊고 펄떡거리는 핏발들이었다. 전장에 껄떡거리는 목숨이었다. 피를 쏟고 나뒹구는 무수한 죽음을 눈여겨보며 견뎌온 목숨들이었다. 쏟아 부어야 할 본능만 살아있었다. 열망의 순간이 기적처럼 눈앞에 암내를 풍기고, 거기 기름을 붙고 부추기는 군관들이었다.

나달이 그런 소원은 무르익었다. 소녀들은 무수하게 덤벼드는 열 명 까지는 그래도 견딜 수 있었는데, 스무 명 까지는 셈속을 차릴 수 있었는데, 칸막이에서 다다미에 등을 눕히고, 들이 닥친 군졸이 허겁지겁 옷을 벗고 훈도시를 끄르며 짐승처럼 덤벼들 때마다, 성난 구렁이 대머리를 흔들며 덤빌 때마다, 창자가 찢길 때마다 그녀들은 단지 눈을 감을 수밖에, 다른 도리란 없었다. 천지간 피할 곳도 숨을 곳도 없었다. 칸막이 밖에는 혁대를 끄르고, 아랫도리를 움켜 쥔 장병들이 차례를 기다리며 한도 끝도 없이 줄지어 서있다고 했다. 손마다 쥐고선 고무사쿠라는 비닐 철모로 입 바람 바람불어가며 히죽거리며 서로 마주보고 벌겋게 달아 오른 눈으로, 대 일본 제국 황군 장병들이! 이윽고 그 얼굴도, 숨결도 다만 미친개처럼 냄새나는 사내라는 군병들이란 대체 무엇인가. 불벼락이 쏟아져라. 불벼락이여! 쏟아져라.

이윽고 그도 불쌍하고, 오늘일지 내일 일런지, 전쟁터에 끌려 나가 총알받이로 죽어버릴 송장이겠지. 이렇게 내 몸으로, 죽고 썩을 몸으로 마지막 하직 인사처럼 헐떡거리다가, 보내고 떠나가는 마지막 의식이리라. 서른 명이 넘고 마흔 명 넘으면서는 아무런 의식이 없었다. 그래 잘 보내자. 잘 보내자고 치욕과 고통을 함께 나누는 짓거리인가 보다. 그러면서 아랫도리에서는 검붉은 피가 흘렀고, 눈에는 알 수 없고 이해가 되지도 않는 진액 눈물이 구정물처럼 흘러내리고 있었다. 사내들이란, 장병들이란 개처럼 헐떡거리다 몸부림치며 뭔가를 쏟아 내고는 치를 떨면서 물러가고, 또 다시 성급하게 끊임없이 다가와 덤볐다. 그것이 머리에 엉겁결 흰 띠를 두르고 실려 왔던 황군의 장병위문대, 위안소라는 간판에 어울리는 우리들 짓이거니 하기까지, 거의 삼 개월이라는 세월이 흘러간 셈이다. 이것이 사람 짓거리인가. 짐승들, 개나 소나 돼지 짓거리인가. 천만에, 그게 아니다. 개나 소돼지를 탓하지 말자. 그런 꼴을 본적이 꿈에라도 없다. 개나 소 돼지 가축을 모욕하지는 말자. 뒤엉킨 구렁이라도 그런 꼴은 듣고 보지도 못했다. 이런 걸 진충보국 위안의 일이라 한다. 군병들 위안이란, 도대체 무엇이던가. 이런 꼴로 구차하게 살아야 하는가. 이런 세월을 음탕한 피투성이로 견디며 사는 짓이 사람으로 태어난 부정모혈 금지옥엽으로 타고난 사람 사는 꼴이랑가?

사는 것은 엄마 아빠, 부모 형제의 은택이 아니던가. 흉악한 저주였던가?

대국 땅 만주국이라 했다. 황량한 수수밭에 들바람이 불었다. 나달이 바뀔 때마다 산천도 바뀌고, 덤벼들던 사내 장병들도 나달이 바뀌고, 한 가지 하는 짓거리란 나달이 그 모양 그 꼴이요, 그런 짓이었다. 창랑한 해가 떠오르면 서둘러 국밥을 챙겨먹고 집합 소리를 들어가면서, 여기저기 위안소 간판에 칸막이 맨바닥에 다다미 한 장에 눕는다. 옆 칸에서, 저쪽 옆 칸에서도 찢어지는 신음소리에 눈을 감고 한 낮이 기울도록 지긋지긋한 저주스러운 먹자거리를 챙기고, 또! 또 다시 그 짓거리다. 기모노의 왜녀가 챙겨주는 철모를 씌우고, 또 다시 씌우고, 해가 벌겋게 기울면 비척거리면서 길고 긴 한숨처럼 천근만근의 무겁게 썩어버릴 팔다리 이끌어 쓰러져 눕는다. 일본제국의 솜씨 좋은 자랑거리라는 다다미가 본능적으로 섬뜩했다. 그 다다미가 그나마 날마다의 살판이었다.

— 이라고도 살아야, 살아야 하는 짓인가. 꼭 살아서, 무얼 할랑가.

김진숙 낭자는 말이 없어진지 오래였다. 가슴 터지고 굳어지고 얼어버린 입이었다.

진숙이 말이 없자, 수숫대처럼 하늘거리는 팔다리 두드리며 조문자가 거듭 물었다. 이라고도 살아야하는 짓인가. 살아서, 도대체 무얼 할랑가.

와글거리며 식당으로 들어서던 걸레들이 칼바람을 피하며 고개를 숙였다. 똥 걸레들이란, 언제부턴가 저절로 누군가 입에서, 입으로 전해지고 있었다.

— 살아야제. 앙 그려? 죽어도 꼭 살아야 혀,

— 산다는 일이 이런 꼴이라는 소리, 꿈에라도 듣지도 생각지도 못한 노릇이제.

— 이것이 사람의 짓거리인가? 짐승들의 짓이랑가?

— 그게 대체나 먼 소리랑가? 어느 짐승들이, 이런 짓이랑가? 산 짐승을 욕질하지 말랑께. 짐승이란 삼신님의 점지 때가 아니면 꼴도 비치지 않는다는 것을 모릉가?

— 그럼, 그렇고 말구제. 짐승처럼 정갈한 짐승이란, 달리 없다고 하데.

— 이런 게 바로 대 일본제국, 천황의 승승장구라 하던가?

— 탄탄대로라 하지 않던가? 그런 말씨 거듭해댈 때부터 죽었어야 하는 걸.

— 조선 민족이 전에 충무공 이순신 대장 때부터 한을 품으신 거랑께. 때마다 침탈하고 죽이고, 죽고 끌어가던 조상님들을 살리시겠다고….

조문자가 핼쓱해진 낯빛으로, 얼어붙었던 입으로 단호하게 내뱉는 진숙의 말씨에 널을 뛰듯 즉각 호응했다. 누가 먼저인지 헤아리기 어려웠다.

마주보며 힐끗 웃었다. 널빤지 식당 앞에서 차례를 기다리며 모처럼 나란히 서성거리는 너 댓 낭자였다. 낭자들은 서로 마주보기를 꺼렸다.

─ 왜 살아야 하는가? 첨부터 약속했잖아, 한울님 불벼락, 쏟아질 때까지.

하오나 불벼락이 쏟아질 때까지 하고 말하던 조문자 눈시울이 금세 벌겋게 달아오르는 꼴을 보아야 했다. 그래 그려, 고개 주억거리자 허리 낭창한 조문자가 입을 열었다. 그 입술에 퍼슬퍼슬 살꽃이 피어나고 있었다.

─ 언니, 진숙 언니, 나, 난 어쩌면 좋아. 염병하게 자꾸만 그 징하고도 징상한 생각이 밤낮으로 떠나지 않는다 말이시.

─ 그래, 무슨 생각이라도 난다면, 그것이 바로 살았다는 증거 아닐랑가.

─ 오─매 언니야, 무슨 생각인지 알고나 허는 소린가.

─ 무슨 생각? 봉화산 생각? 어마님 생각? 동상들 생각? 그네타고 널뛰던 생각? 생각을 말자, 다시는 생각을 말자고, 그저 미쳐서라도, 살아볼 궁리나 하자 했거늘,

─ 그려, 그리고 고상한 생각이라면, 얼매나 좋을꼬. 넌 미쳤다 하겠지.

─ 얼른 말을 해봐, 우리 사이 밑구멍 창자까지 다 들추어 본 우리 사이에.

─ 그려, 그 영감 생각, 군수 영감이라던가. 좋은 씨를 받으라며, 제국 신민들처럼 기모노 정신을 배우라며, 나 생혈 찢어준 영감이라니, 오 매─매!

하다가 처자가 울컥거리며, 구역질을 삼키고 있었다. 하늘이 빙글 돌았다. 하오나 나 김진숙은, 몇 달 며칠 두고 곰곰 곰씹었던 내 생각을 차마 말하지 못했단 말이요. 그 생각이란 다름 아닌 어마님과 항아장수 배성실이 곰삭게 익혔다던 혼담처 최덕성 씨 댁, 장남이라 했던가, 종구 씨라 했던가. 전주 대처에서 공장사원으로 탄탄한 살림을 일구었다던디. 세 번씩이나 그이 꿈을 꾸었다는

말이옵니다. 하룻밤만이라도 그 품에, 단지 하룻밤만이라도, 그 품에서 안겼더라면, 포한이나 없을 걸! 누구에게도 말할 수 없는 말이제라.

— 눈뜨고 살아 있어야, 꼭 살아야 염병 지랄하는 저 왜놈들 세상에, 제국 천황 폐하에게 불벼락이 쏟아지는 꼴을 볼 수 있당께! 앙 그려?

— 그려, 그려 억지로 못 죽는 세상이라면, 억지로라도 살아봐야 사람 꼴인지, 짐승을 욕하는 짓거리인지, 끝장을 볼 것이 아니던가? 그 말이여. 대체나 앙 그려?

그렇게 이어지던 두 동무의 문답이 제법 진지하게 이어지는 밤이었다. 궁즉통窮則通이라는 조문자의 문답에, 김진숙은 살아야 할 방도를 궁리했다. 이대로는 도대체, 이런 개짐승들 등쌀에 살아날 길이 없다. 한두 달을 질기다는 목숨으로 버티며, 견뎌내기 어렵다는 각성이었다. 살긴 살아야 혀! 꼭 살아야 하고 말구, 신체발부는 수지부모라. 어찌 감히 한 터럭일지언정 훼상하랴. 명심보감을 읽었고, 소학언해를 떠올린다.

문득 기름을 생각했다. 만사에 유용하다고 이르시며 갖가지로 챙기시던 아버님 김 진사 어른이 아니셨던가. 참기름, 들기름, 동백기름, 아주까리기름, 돼지 비계기름, 개기름, 기름이란 인간만사에 유용한 법이니라. 기름지게 하여라. 여인네 살림이란 부엌에서부터, 안방 건넌방 기름지게 하는 일이니라. 천천지 북 가죽, 기름 발라 개가죽, 이에 이르자 궁리는 사발 팔방으로 자리를 넓혀가고 있었다. 쓰리고 시시때때로 생불 나는 음부에 기름 발라라. 견디고 참으면, 부지할 수 있으리라. 이윽고 샅에다 기름을 발라, 그냥 개처럼 엉겨든 군병들 받아 들여서, 급하고 서두는 대로 짓거리 하게 하라. 하지만 군표라는 걸 열 장씩 주고, 징글맞게도 무시로 설렁바람처럼 해실거리는 이모라는 왜녀를 통하여 구할 수 있는 건 돼지기름 밖에는 없었다. 중국 사람이란 돼지 밖에는 모른다. 참혹한 일이오나, 진정으로 궁즉통인가? 봉화산 산마을에서 엄마를 그리 부르짖던 보름이처럼 자진할 바가 낳은 일일 런지요. 낭자가 살았는지, 죽었는지는 모르옵니다. 화살 맞은 사슴처럼 다리를 하늘로 뻗고, 분견대 순사의 어깨에 실려 병원으로 떼 매어간 후, 살았는지 죽었는지 모르오나, 저희들은 이처럼 아직도 살아있습니다. 허긴 달포 전에도 완도출신 박금자는 문간 칸살에 목을 매어 혀를 빼물고 자살하였고, 그대로 화장 처리하였습니다. 뼛골갈마 단지를 뒤따라가며 우리는 속정 나누었지요. 그날도 지긋지긋한 일을 마치고 돌아오는 길이었지. 천근만근 썩어터질 몸뚱이에, 도대체 무슨 힘이나 살아 있었던가요. 서로 마주보며 눈시울만 그렁거렸다.

— 난 죽어야 혀. 기어이 죽어서, 이 원한을 풀어야 혀, 진숙 언니.

— 그려 죽긴 죽어야 혀, 그란디 이대로 그냥 죽어서는 저승길이라도 갈 수가 있겠다덩가. 사람마다 사람으로 타고 날 때부터, 각각 제 몫의 할 일이 있단 말이시. 그 일을 못 이루고 들개처럼 살다가 저승길을 어째 갈 것잉가.

— 그려 전에 우리 서당 훈장 어른은, 유관순 언니 거사를 가르치시면서, 나라를 위하여 바쳐야 할 몸이 단지 한 몸인 것을 통탄하노라, 하셨단 말이.

— 장하고도 장하시제라. 그 큰 언니가 바로 나이 이팔청춘이었어라.

— 하루라도 빨리 죽어서, 이 더러운 몸으로 더 이상 수치를 떨고, 또 한 몸으로는 우리 동무들에게 죽어서라도, 저 흉악한 일본제국에 항거의 거사를 보이고, 세 번째 몸으로는 저승길 구중구처를 떠돌면서 번개도 모으고 벼락도 모아서 저 흉악한 제국 천황으로부터 불벼락이 내리도록 일을 서둘러야 하겠당께요. 한시가 안 급하요. 박금자를 동무들이 꼭 기억해주시오. 잉

— 그려, 그려! 불벼락 너도나도 우리 동무들 첫 날부터 탄원이 딱이었지.

사흘 전엔, 호리호리하고 눈길이 파랗던 진도 출신 임정란이가 혀를 깨물고 죽어있어서, 그 칸막이에 혁대를 풀어 제치고 급하게 들어섰던 병졸이 기급하

고 넋을 놓는 바람에, 저희들은 하루 동안 휴식 아닌 대기 상태를 누릴 수가 있었습니다. 저희들은 여일하게 총칼을 휘두르는 군장들에게 덤벼들었습니다. 우리가 우리 동무 장례식을 치르게 하라. 그러지 아니하면 우리 모두 혀를 깨물고 다 죽어버릴 테다 하고 궐기하여 나무 관을 쓰고, 상여는 없지만 관 줄에 손에 손을 잡고, 아이고 아이고 통곡하면서, 뒤 따를 수가 있었습니다. 임정란이는 정이 많고 첫 눈에 뜨일 만큼 미색이 도저했습니다. 임정란 낭자는 소릿결이 여물고, 진도 아리랑 스리랑이 구성지게도 눈물바람 콧물바람 쏟아내던 처자였지요. 그 모색이 밤낮을 모르고 꿈결에도 덤벼듭니다.

― 언니들아, 나는 날마다 세 가지가 참말 죽을 지경이라 말이요.
― 동상아 동상아, 혼자만 속 끓이지 말고 훌훌 털어노랑게.
― 첫차는 날마다 이 징상한 꼴을 치르고도 꾸역거리며 국밥이랑 먹자거리를 목구멍에 쑤셔 넣는 일이 징하고도 구슬 퍼라. 사람이랑게.
― 어째 자네 한 사람 뿐이랑가. 목구멍이 포도청이라는 말이랑게.
― 사람이란 왜 사는가? 배고프니까 산다고 안 하던가? 벌어먹고 싶어 길러서 가꾸어 먹고, 속여먹고 하다못해 도둑질해서라도 저 왜구들처럼 조상 대대로 침탈해 먹고 잘살아보겠다는 그 짓이 징상한 전쟁판이라 말이여.
― 두 번째는 아침마다 벌겋게 떠오르는 해맞이하기가 징하고도 징상해라.
― 오매, 내 맘이 바로 그 맘이랑게. 오늘도 속창아리 없는 해가 뜨는구나. 저 해란 물건은 오늘 조선 땅에서도 저리 창창하게 떠오를 테지. 울 엄마도 정녕 저 해나 달님 우러러 봄서 눈물바람 하시것제.
― 저리도 창창한 태양이 은택이고, 눈비가 쏟아지고 태풍이 몰아쳐서 살림살이를 가꾸어가는 세상살이가 한울님 은총이라 한다. 그래서 처녀 총각 가슴설렁거리다가 육례를 갖춰 혼사를 치루고, 아들 낳고 딸을 낳고 논밭 갈아서 씨

알 뿌리고 사람살림을 이뤄가건만, 이런 개짐승만도 못한 왜놈들 군병에게 끌려와 밤낮도 없이 똥 걸레질이라니, 대체 이 짓이 말끝마다 들먹거리는 대동아 공영 천황폐하의 성은에 보답하는 진충보국이란 그런 말인가? 아니다. 그래서 이봉창 열사는 제국의 천황을 향하여 폭탄을 던졌다. 안중근 대장은 침략자 이토오 히로부미를 향하여 육혈포 총탄을 쏘았다. 유관순 우리 언니는 태극 깃발 휘날리며 독립운동의 열사로 앞장을 섰던 이팔청춘이 아니었던가? 빼앗긴 나라를 위하여 바칠 몸이 단 하나뿐인 것이 한이라 하셨다. 살아야 한다. 난장에 피투성이가 되어서라도 살아야 큰일을 한 번 치를 수가 있을 터이다. 사는 일은 사람만의 짓이 아니다. 한울님의 섭리요 살라하시는 사명인 터이다. 맘대로 죽지 못하는 운명이다. 이것이 방성대곡할 국파산하재의 조선 백성들 신세랑가? 죽어도 깨끗하게 죽지도 못할 팔자란 말인가?

— 시 번째는 멋인지 아시오. 목숨이 이라고도 질긴 것잉가. 요 놈의 혀를 잘라 부러사, 먹자고 설치는 끼니를 버릴 수 있겠구나, 하는 생각이랑께. 저 흉악한 짐승들 단 하나라도, 사람정신 차리게 하는 일이 바로 내 짓이라.

진숙은 모처럼 입들이 열린 동무들의 한탄에 멍울진 심사로 귀 기울이다가 문득 허망한 눈길로 하늘을 우러렀다. 머뭇거리다가 급기야 입을 연다.

— 그려! 그려, 난 그런 때마다 우리네 사물놀이로 둥둥거리며, 천 천지 북 가죽 기름 발라 개가죽으로, 또한 고패 징, 징징 울려서 얼차려라. 혼을 깨쳐라 하고, 깽깽 깽 매기로, 저 짐승들 혼 깨치고 얼 깨치는 일이 소원이랑께요. 상천하지 한바탕 두들기고 나면, 우리 속도 반에 반 푼이나 풀리것제라. 앙 그래요. 봉화산천의 내 동무들, 우리는 그렇게 울고 울었다 말이요.

뒤엉킨 실타래 풀어내듯 들뜬 얼굴로 훌훌 털어내고 본즉 가슴속에 맺히고 뒤엉킨 한풀이가 한 꼭지나마 풀린 듯 후련했다. 새삼 쏟아지는 눈물이 절로 반갑다. 눈물마저 메말라버린 세월이 갯마을 태풍의 악몽처럼 아득했다. 말씨가 자라지 못한 소리로 앙가슴 속에 웅얼거린다.

 −이런 몸으로나마, 어찌 부모님 앞에 참척의 통탄과 한숨을 바치리까. 하오나 부모님은 이런 몸, 이런 꼴로 다시 뵐 수가 없을 지라도, 천황이라는 일본 대제국의 불벼락 꼴을 보아야 하겠기로, 저희는 죽을 라야 죽을 수도 없사옵니다. 봉화산의 딸들이 국파산하재의 뜬−세상에서, 그 불벼락에 함께 훌렁 불타 죽을지라도, 그리 죽어야 천만 반 풀이가 될 듯싶사옵니다. 두고두고 꼭 지켜 봐주시어요. 사람목숨이란, 삼신한울님의 지극한 은택이라 했습니다.

 봉화산의 그 장엄한 정기와 더덕이며, 목단이며, 도라지 고사리며, 두릅이며 갖가지 산채와 옹달샘 물이며, 사슴 고라니와 산봉을 끼룩거리며 넘나들던 큰 고니를 생각할 때마다, 저희는 결코 이처럼 인의예덕을 모르는 짐승들에게 짓 밟혀 썩어져버린 몸뚱이로 죽어 없어지지 못하리라는 앙심이 샘솟습니다. 저 희가 소원하는 불벼락을 꼭 보셔야 합니다. 한울님이 살아 기시고, 윤의지도가 살아가는 세상이라면 꼭꼭 그리 될 것이옵니다. 새파란 하늘은 저렇게도 때때 로 아름다운 구름 꽃가마를 띄워서 누군가를 기다리고 있잖습니까? 저희들이 타고 날아갈 꽃가마가 아닐까요. 장대하신 울 아버님, 찬비 맞은 국화처럼 서 러우신 어마님 두 눈뜨고 꼭꼭! 보아주시어요. 내 동상들아, 조선 천지에 세세 토록 살아가야 할 우리네 착한 백성들아, 착하고 도저한 동포님들아! 저 왜구 들의 천지강산에 쏟아질 불벼락을 기다리고 지켜봐 주시어요. 우리네 조선 낭 자들의 마지막, 마지막 앙청 소원입니다.

열여섯 마당

살면 뭐-해

— 사람이란, 살아야 사람이라는 조선말을 깊이 새겨들었습니다.

— 엄마, 엄마야! 우리네 엄마야!

— 사람은 죽으면 이름을 남기고, 호랑이는 죽어서 가죽을 남긴다는 조선말이 참 좋습니다. 사람의 얼굴은 열 번 변한다는 조선말도 새겨들었습니다.

— 엄마, 엄마야! 우리 엄마야! 그런 건 다 지나간 세살정담이라고.

— 오호! 세살정담이라, 엄마가 우리를 살렸습니다. 우리 엄마가 그립습니다.

— 엄마, 엄마야! 어쩌면 좋아요. 엄마야!

처자의 울음 섞인 소리는 한 타령으로, 엄마 엄마였다. 벌써 며칠 째인가.

— 엄마는 우리의 목숨과 같습니다. 세상에 엄마 없는 사람이 있을까요.

환자는 침대에 누운 채, 한결같은 소리로 엄마야! 엄마야 만을, 딸꾹거리는 울음처럼 겨우 토해내고 있었다. 싯누런 군복의 사내는 애가 탄 모색으로 허리 굽혀 침대를 들여다보며, 비슷한 소리로 응수한다. 병원 창살사이로 햇살이 빛 줄기를 병실에 한가득히 실어 들였다. 그 빛살에 잠시 눈길 주었던 사내가 다시금 환자를 바라본다. 창가에는 겨우 꽃을 피어올린 채송화가 환하다. 이윽고 환자가 입술을 오물거리자, 기다렸다는 듯 얼른 물 수저를 들이민다.

물 한 모금을 간신히 삼킨 환자가 겨우 말씨를 이어간다. 보리피리의 소리인 듯,

— 엄마, 엄마야! 이제 난 어떻게 엄마를 볼 수 있을까. 이 모양, 이런 꼴로!

하다가 흐느끼는 소리가 가냘프게 솟구친다. 첨부터 보리피리나 통소 소리처럼 흐느끼는 듯, 들릴 듯 말듯 가냘픈 소리였다. 사내가 몸을 굽혀 귀 기울이고 들어야 했다. 말소리보다 그녀의 숨결소리가 더욱 잘 들리는 듯했다. 그러다 본즉 환자의 파리한 얼굴과 군복 차림의 분건대 소장 얼굴이 속내 깊은 정담이라도 주고받는 모습이었다. 하얀 가운의 일본인 의사가 소리 없이 문 열고 들어서다가, 문득 굳어버린 듯 지켜보고 있었다. 그는 초라한 수염을 어루만지며, 무언가 생각에 잠긴 모습이었다. 실상 어제도 그저께도, 그런 모습이었다. 탈색한 환자는 연신 엄마를 불러대고, 젊은 순사는 가슴 아리는 눈빛으로 그 모색에 붙잡혀 있는 것이었다. 의사가 고개 갸웃거리다 조용히 물러간다. 상당한 골절상을 입은 환자의 의료적 처치보다, 처음부터 처자를 둘러업고 온 병사와의 대화가 중요한 변수라고 판단한 셈이다.

— 엄마야, 나 난, 어떻게 살아. 살면—뭐해. 이 모양 이 꼴로, 으흐흑!

살면 뭐해. 이 모양 이런 꼴로 하다가, 으흐흑! 하고 절통해하는 음색에 잠시 망연하던 군복이 조용히 입을 열었다. 철부지 아기를 어르듯 소곤거린다.

— 엄마가 우리를 살렸습니다. 그래서 살아야 하는 겁니다. 우리 엄마는 나의 엄마는 미야이시 게이코宮石 敬子라 합니다. 제가 어렸을 때, 십 년도 전에 폐환으로 세상을 떠나셨지요. 저는 그 후로 이모 댁에서, 혹은 삼촌댁에서 성장했지만 항상 어머님의 모습을 잊지 못하고, 숨결 가쁘게 남겨주신 말씀을 잊지 못합니다. 사람이란, 남의 폐를 끼쳐서는 사람이 아니라 했지요. 남의 폐를 끼

쳐서는 사람이 아니라고요. 보름 아가씨의 어머님 완도댁을 제가 압니다. 그 분이 중풍으로 삼사 년째 고생하신다는 내력도 잘 압니다. 어머님을 떠나서는 어머님도 실수가 없고, 보름아가씨도 살아갈 수 없다는 실정을 제가 잘 압니 다. 그래서 겨우 하룻밤 우리 상태를 알고서, 보름 아가씨가 치욕스럽게 살기 보다는 아예 죽기로 작정을 하고 차에서 뛰어내렸지만, 그래서 죽어가는 자리 에서 다시 살리신 일은, 바로 어머님의 일이었습니다. 어머님은 목숨 주시는 사람, 살리는 사람인즉 어찌 단순한 사람이라 하리까. 사람의 근본이지요. 영 원한 사랑이요, 조선의 삼신이요, 한울님이십니다.

타이르듯 조곤 조곤하는 소리를 검은 눈을 습벅거리며 듣고 있던 환자가 제 풀에 벌떡 일어서는 바람에, 순사는 황당한 빛이었다. 하얀 포단에 싸여있던 환자가 통증을 못견뎌하며, 철컥하고 재차 누웠다.

그녀의 입이 민들레 꽃잎처럼 떨리며, 말대구로 나풀대듯 조용히 열렸다.

— 어째 그리도 조선말을 잘하신당가요.

— 오호! 제가 조선말을요? 잘 알아듣습니까. 기쁩니다. 공부 많이 합니다. 본 국에서부터, 조선에 와서도 지난 삼년동안 하루도 쉬지 않고 복습을 했습니다. 왜냐하면 조선을 알려면 조선말을 알아야 하고, 조선 가르치려면 조선말 먼저 알아야 하지요. 사람이면 사람인가, 사람다워야 사람이지. 조선의 속담이 얼 마나 재미있습니까? 앙 그란당가요.

말꼬리는 남도 사투리로 뱉으며 처음 빙긋 웃었다. 얼굴에 화색이 돌았다.

드디어 상대의 입이 열린 셈이었다. 첫사랑인 소중한 느낌이 새롭다. 전날 밤 수치스럽게도 강탈을 한 셈이지만, 그 보드라운 허벅지 음호에서 찢어진 생 혈을 저도 모른 새 엎드려 흡착하면서 소중한 사랑으로 지키리라, 지켜 주리라 작심했으나, 이는 엄연한 불법이었다. 분견대의 주재 소장으로서는 다른 방도 가 없었다. 제국정신대로 트럭에 실려 가는 처자들 모색에 유달리 가슴이 저렸던 사연이다. 그녀들을 수색하고 선발하여, 끌어내는 일이 제국일본 경사로서 그의 막후 업무일 뿐이었다. 해안 마을의 실정파악에 조선말 실력이 대단히 효과적이었던 것은 불문가지다.

바로 그 조선 말 실력 덕분에 말단으로 출발했으나 특진하여 경사로, 말썽 많은 동척 현장인 분견대 소장으로 파견되었던 셈이다. 언젠가 동척의 시미즈 겐타로 상과 피차의 입장차이로 통절하게 다툰 적이 생각났다. 아마 최덕성 사이 상과 규진이란 청년의 요시찰 불법 처리문제였었다. 그날의 논쟁은 의외로 조선의 습속과 사물놀이 풍물의 견해 차이였던가. 겐타로 총감독은 조선을 깊이 이해하고 있었다. 한편 다케히코 젊은 소장의 마량 만호성 지역 실정 파악을 두 눈 크게 뜨고 놀라워하던 기억이 새롭게 떠오른다. 그것이 바로 대동아 공영을 국책으로 기리는 일본제국 속내 깊은 실상인 것을. 조선을 파악하라. 민심과 실정을 낱낱이 사찰하라. 그것이 정보통인 신참 분견대 소장의 책무였다. 동양척식 시미즈 겐타로 감독은 참으로 진지하고 후덕한 인재였다. 동척의 공사현장 주변 삼동에서 상당한 민심을 얻고 있었다. 그는 시급성 제국 발령에 따라 화급하게 국내로 잠입했었다. 무언가 불길같이 돌아가는 시국에, 정녕 새로운 중책을 맡았을 터였다.

— 엄마, 엄마가 보고 싶지요?

— 다시는 엄마를 볼 수가 없당께라.

— 사람 마음은 조석변이라 했습니다. 사람은 살게 마련이라는 조선말도 맞습니다. 사람은 키 큰 덕을 입어도, 나무는 키 큰 덕을 못 입는다는 말도 참 재미있습니다. 이런 말이 다 정담이라 했지요. 제가 재밌게 듣고 배웠습니다.

— 재미로 정담 속담을 배웠다지만, 사람 죽는 줄 모르고 팥죽 생각만 한다는 말도 있습니다. 사람 죽여 놓고, 초상 치러주기 라는 말도, 엄마! 살아서 뭐-해?

— 다시는 엄마를 볼 수가 없고 살아서 뭐-해, 라고 하지만 내가 다시 만나보고, 행복하게 잘 모시고 살 수 있도록 보장하리다. 내가 보호자가 된 것을 모른 당가.

— 보호자라고? 일본제국이 보호자라? 늑대나, 호랑이가 보호자랑가.

거침없이 말을 하다가 환자는 새삼 울음을 터트린다. 방금 전에 사람 죽여 놓고 초상 치러주기라는 속담에 가슴 저린다. 머쓱해진 새파란 소장은 아연 당혹한 눈빛으로 울음이 멎기를 기다리면서, 착잡한 심사를 숨기지 못한다. 늑대라고? 호랑이가 보호자랑가? 참으로 정곡을 찌른 맞는 말이다. 도대체 무어라고 변명을 해야 하는가. 사람 죽여 놓고, 초상 치러주기라는 속담이 연거푸 정곡을 찌른다. 가슴속 깊은 곳으로부터 솟구치는 울음소리를 들으며 새삼 전날 밤의 통탄 깊은 순간이 떠오른다. 서너 잔 술기운에 얼큰한 안색이기도 했으나, 서장이며 군수 영감이며 지역 유지인 사내들이 가냘픈 처자들을 하나씩 껴안고 각방으로 들어설 때, 이노우에 젊은 소장도 당연히 품안에 처자를 사로잡고 제 방안에 들어섰다. 처자는 너무도 가냘픈 보름이었다. 주근깨가 들꽃 씨알처럼 얼굴에 가득했다. 다다미 방안에 내려놓자, 두 손을 싹싹 비비며 살려달라는 시늉으로 손을 빌었다. 그 모색 한층 젊은 혈기를 부채질했던 탓일까. 옆방의 절망어린 찢어지는 비명을 들어가며, 이노우에 다케히코 소장도 서둘러 옷을 벗고 훈도시를 걷어내며, 처자에게 덤벼들었다. 처자의 검정 치마 옷차림은, 화사한 기모노가 아녔지만 순식간에 벗겨지고 흥분해 들떠있던 이노우에 소장의 아랫도리에 여지없이 공략을 당했다. 그 오묘한 문전에서 이노우에 소장은, 이미 능숙한 이력이었던 셈이다. 고국에서 전문 대학생 때부터, 여자들 인기가 상당했었다. 서너 번 만나고 사귀다보면, 으레 떨리는 일을 치르게 마련이었다. 기모노란 일본 여인들 자랑이요, 편리하고도 아름다운 도구였다. 어영부영 본능이 이끄는 대로 펼치고 누워서 하늘을 우러르면, 하늘에 곱고도 아름다운 뭉게구름이 흐르고 아쉬운 순간도 거침없이 흘러가는 낭만과 청춘의 세월이었다. 어여쁜 봄꽃 꺾듯, 탐스러운 벚꽃에 취한 듯 화사하고도 풍성한 열뜬 사랑의 순간은 봄바람처럼 흘러가버렸던 것이다. 그건 청춘의 순리요, 특권이었다.

하지만 조선 처자 보름 아가씨는 놀라운 경이감 그 자체였던 셈이다. 아기처럼 엄마! 엄마를 연신 불러대는가 하면, 그 보드랍고도 아련한 허벅지가 내리달릴수록, 그 밋밋한 젖꼭지가 파들 파들거리며 훈향에 떨리는가하면, 젖은 입술에서는 엄마의 젖 냄새가, 장미 향기처럼 솟구쳤다. 숨결 가쁘게 드디어 공략해 들어가는 사타구니 음호의 살맛이라니, 천지가 아득하게 멀어지고 있었다. 우주가 아망하게 열리고 있었다. 한정 없이 부드럽고도 무궁한 영겁 속처럼 우쭐거리며 열리는 거부하는 몸짓이면서도 흡기로 영접하는 별 세계가 열리고 있었다. 드디어 무참한 공략에 무궁한 우주가 찢어지면서, 뜨거운 불멸의 용암이 솟구치는가. 젊은 청춘은 그 한없는 열락에 미치고 넘치는 감격으로 온 몸, 온 영혼을 존재의 근원이 전율하는 진동으로 순간이 영원이었던 것이다. 아하! 오하─아! 이렇게 사랑이란, 영원한 열락의 새로운 우주였던 것인가. 그는 난생 처음으로 눈을 뜬 어린 강아지처럼 흐느꼈다. 오열했던 셈이다. 눈뜬 강아지처럼 엎드려 부드러운 사타구니 음호 꽃샘에서, 그 거룩한 꽃 대궁 성전에 입을 맞추고 흡착했다. 그대로 죽어도 좋았다. 그 순간 죽음이, 곧장 코앞에 다가서는 영원을 향한 생명의 복락일 터였다.

내 긴히 보호하리라. 이 풍랑 세상에서, 이 젊은 목숨을 담보하여 이 흉악한 천지간에서 끝까지, 진정 끝날까지 진주보옥처럼 깊이깊이 보호하고, 소중하게 간직하리라. 생명의 근원이며 영원한 안식의 궁전이며, 엄마의 사랑집이여, 내가 보호하리라. 허나 의식이 깨어나는 순간 얼핏, 을사보호조약이 떠오른다. 결의와 감회에 들떴던 한일 합방이며, 양국 간 황은에 의한 호혜평등의 보호조약이라니, 그 얼마나 장려한 수사와 존엄한 상찬과 깃발이 일본 열도를 휩쓸었던가. 젊음의 들끓는 핏발이 하늘 높이 솟구치고, 메이지 유신의 대세가 천지를 흔들었던가. 일본 제국이 보호하리라. 보호조약이라니, 하지만 산자수 려하던 조용한 아침의 나라, 금수강산이라던 조선 천지간의 실상은 과연 어떠 하였던가.

그 후로 조선 백성들은 파리 목숨처럼 팔도강산에서 팔랑거렸다. 보호조약 이라니, 을사늑약이라 하였다. 망국병이라고 하였다. 경성매일신문의 사설로 서 시일야방성대곡이 팔도강산을 소나기처럼 휩쓸었던 것이다. 그런 실상에 너무도 참담한 심경으로 첩보를 전하면서도, 천황폐하 성지를 받드는 우국충 정은 오로지 멸사봉공이요, 진충보국의 첨병이었던 셈이다. 사무라이 정신이 요, 맹목의 뜨거운 피 솟구치는 일본군국 청년의 특권이었다. 어느덧 이삼 십 년 세월동안 일본 제국이 대동아 공영의 깃발아래, 조선 팔도 금수강산에서 과 연 보호자로서, 그 무슨 공덕을 베풀었던가. 천황폐하 대일본 제국 군병이 어 린 조선의 처자를 보호하려다고?

조선제국 대왕비의 입에서 솟구치는 붉은 피를 일본도로 찝쩍대고 불태워 처치했다. 일국의 군대를 도수훈련이라 하여, 달콤한 언설로 속이고 맨손 집합 하여 순식간에 무장해제, 추풍낙엽처럼 해산해버렸다. 수 백, 수 천의 우국지 사들은 피를 뿜어서 부르짖고 자진하거나, 의병항거는 연발 조총으로 다스렸 다. 삼일 독립운동이라는 거사를 일거에 휩쓸어 버렸다. 경찰정치였다. 본격 적인 헌병정치의 엄중하고도 노련한 맛들이기에 헐떡거렸다. 자원징병 징용 으로 청춘을 싹쓸이하여, 대제국 전쟁터 전진기지마다 총알받이로 내세웠다.

급기야 남해안 산촌의 낭랑한 처자들까지 군국의 정신대로 징발하여 나가 는 초지가 과연 어떤 꼴이었던가. 탄탄대로를 도모하련다는 직속상관이던 경찰서장과 군수 영감이며 기관장의 징려힌 수시기 참으로 무색한 첫날밤의 결정이 이토록 눈물겨운 모색으로 부르짖고 있었다. 지존을 뫼시어라. 탄탄대로라는 말이, 서장의 거듭된 수사가 어쩐지 무참하고 무색했다. 눈들이 초롱거리고 가슴이 밋밋한 처자들에게 훈련이라 했다. 내밀한 훈령에 의하여 그 앞길이 상상도 못할 전도임을 짐작하면서, 빨강색 댕기머리가 안쓰럽게 찰랑거리는 처자들에게, 몸과 마음 다 바치라 했다. 동인일시 황은이라했다. 새벽 참에 이 방, 저 방으로 바뀌어가며 훈도시만 벌렁거리고 들랑거릴 때, 난 유일하게 항거하는 심사로 보름이 처자를 보호했던가. 단지 내 짝이라고 주장했던가. 이글거리며 횃불처럼 부라리는 젊은 눈길을, 서장 군수영감도 감당치 못했다. 보호자라니, 보호조약의 실상이라니, 저절로 어간이 턱 막힌다. 살면 뭐-해? 하고 자탄하며 부르짖었다. 이 모양 요 꼴로 엄마를 볼 수가 없고, 그리도 알뜰 살뜰 모시고 챙기던 중풍에 고생하는 엄마였다. 지극정성의 효녀 딸이었다. 실정을 파악할수록 나의 엄마가 그리웠다. 항상 그리운 엄마가 새삼스럽게 그리웠다. 남에게 폐를 끼치면 사람이 아니라 했던 엄마였다. 우리 엄마가 살렸다고 하지만 이렇게 살아서, 살면 뭐-해? 가냘프면서도 단호하게 되묻는다. 살아야 할 의미를, 가치를 상실했다고 탄식하는 조선의 아름다운 처자가, 엄마 사랑과 젊은 소장의 진정한 첫사랑을 깨우친 셈이었다.

조선의 여인들께 정조란 곧 생명이었다. 정조란 절개요, 여인의 절개를 지키지 못하고 정조를 잃는다는 사건은, 곧 순결한 생명을 잃는 일이었다. 고귀한 생명을 지키는 일이, 은장도를 몸 꽃핀 처자에게 은근히 채워주며 활짝 반기던 엄마의 손길이었다. 그렇게 배우고 가르치며, 험악한 세월 순결한 흰 옷 입고 살아온 조선 백성들이었다. 이런 몸으로 살면 뭐-해? 사람 죽여 놓고, 초상 치러준다는 말인가. 병원 침대의 낭자 환자는 피 눈물로 묻고 있었다. 정조를 지켰는가. 순결을 지키기 위하여, 은장도를 어찌하였던가. 번쩍거리는 일본도와

불을 뿜어내는 조총은 조선천지 강탈하기에 여념이 없었다.

　대답을 해야 한다. 응답을 해야 한다. 대체 무어라 할 터인가. 살면 뭐해? 일본인 순사가 조선인 처자의 보호자라고? 어떻게 무슨 보호를 할 셈이던가. 늑대라 했다. 맞는 말이다. 호랑이라고도 했다. 맞는 말이고 말고가 아닌가. 하지만 그것은 사랑의 언어가 아니었다. 악어의 눈물이라 했다던가. 먹이를 씹어 물고 뼈까지 아작거리며, 그 눈에서는 눈물이 흐른다. 기쁨의 눈물인가. 환희의 눈물인가. 아니면 죽어가는 먹이를 슬퍼하는 연민의 눈물이더란 말인가. 이런 절망에서 살면 뭐—해 라고 묻는 처창하고도 냉철한 문답이었다. 내 목숨을 담보하여 생명의 끝날까지 보호하리라 했건만 이제는 살면 뭐—해? 이런 한마디의 절망을 뒤집어볼 기력이 없다. 탈진하여 이제는 가망 없다는 말이던가.
— 그래도 엄마가 낳고, 엄마가 핏덩이를 살려주신 목숨인디라.
　겨우, 겨우 한 마디를 지껄여 보았다. 처자의 얼룽진 눈길이 설핏했다.
— 중풍에 사지를 못 쓰고, 거동이 절망이던 엄마를 살리신 사랑인디라.
　제국 경사는 다소나마 용기를 찾은 듯, 힘이 실린 하소연조였다.
— 이제는 내가, 그 엄마를 살려야 하고, 그래서 살아야 하는 법이 아니랑가.
　젊은 일본군 순사는 겨우 겨우 말하듯 호소하고 있었다. 사람이란, 살아야 사람이다 하면서 조선말을 배울 때, 재미 삼았던 말씨가 새삼 구원의 여망으로 다가선다. 옷은 새 옷이 좋고, 사람은 헌 사람이 좋다 했던가. 다만 오래 사귄 사람이 좋다는 말이렷다. 사람이 오래면 지혜요, 사물이 오래면 귀신이라고 했던가.
— 조선 사람들은 사람을 먼저 생각하고, 사람살이를 우선시했던 것 같아요. 사람이 오래면 지혜가 열리고, 물건이나 사물이 오래되면 귀신이 된다는 말이 깊습니다. 제국 일본은 사람보다는 재물이나 사물을 중시한다고 할까요.

처자의 응답이 없다. 또한 스스로 민망스럽다. 조선과 일본인의 차이였던가. 그래서 일본이란 천지간에 귀신들이 횡행하는 세상이었다던가. 설마하고 접다보면 스스로 민망한 일이다. 설마召魔란 무엇이던가. 설마가 사람 죽인다고도 했다.

— 더구나 목숨이란, 한울님 사랑이고, 삼신님이 점지하신 거룩하고 지엄하신 인연이라고, 조선 엄마들은 성심으로 비손하지라? 내가 그 큰 사랑 보았습니다. 그래서 아기를 품은 엄마들의 모습이 지엄하고 자비로운, 그런 모습 말입니다. 나의 꿈결 속에 이따금 찾아드는 엄마의 선량한 모습이기도 합니다.

— 우리 어마님이 바로, 바로 그런 엄마라고요.

병상의 환자가 간신이 뜨문뜨문 뱉는 음성에, 제국경사는 눈이 활짝 뜨인다.

— 그렇지요. 그렇고 말고요. 세상 엄마들은 다一아! 그렇습니다. 나의 어머님도!

간신히 말씨를 골라가던 경사가 문득 시계를 들여다본다. 어느덧 저녁 여섯 시였다. 고개 갸웃거리며 주머니에서 무언가를 꺼내든 젊은이가 얼른 침대의 환자 손길을 붙잡는다. 얼결에 오른손을 피하고, 왼손을 사로잡힌 처자가 파르르 떨었다. 굳세게 사로잡은 손길을 잠시 그리운 듯 어루만지던 사내가 이윽고 손에 들린 빨강 종이 포장을 뜯고 상품을 들춘다. 여성용 일제 시계였다.

— 내 사랑 첫 선물입니다. 용서를 빌면서, 보름 아가씨를 결코 빼앗기지 않을 것입니다. 내 목숨과 명예를 걸고 보호할 것입니다. 마음의 선물입니다.

— 엄마, 엄마야! 난 몰라요! 이렇게 또 살면 뭐一해.

— 용서를 빕니다. 내 사랑, 선물입니다. 결코 목숨을 걸고 보호할 것입니다.

시침소리가 유난히 찰강! 찰강거렸다. 잡혔던 손을 뿌리치자 시계가 침대의 포단 위로 굴렀다. 기어이 순사는 가냘픈 팔을 잡아, 시계를 순식간에 채웠다. 죄수의 손목에 수갑을 채우듯, 금빛 시계가 찰강거리는 소리, 여전히 병실을 떠돌 때 경사는 방을 나섰다. 경사가 방을 나서기 전에 머뭇거리다가 문득 생각이 난 듯 한마디를 남긴다. 약간 겁을 먹고 있는 듯, 저녁 들새소리였다.

— 조선말인지, 속담이었던지, 창가인지, 동지섣달 꽃 본 듯이, 날 좀 보소. 란 말이 있지요. 제 가슴속에 절절한 그리운 음성입니다. 그럼 낼 또 오겠소.

젊은 경사의 발걸음소리가 멀어져 가면서, 오른 팔에서 떼쳤던 시계가 포단 위에서 철컥 철컥거리며 숨소리를 지르고 있었다. 언젠가 김 진사 댁에서 보았던 괘종시계와 비교가 되지 않을 만큼 작은 물건이었으나 첨보는 시계가 신기하고도 앙증맞다. 이물스럽게 철걱대는 소리가 정녕 산 것의 숨소리였다. 쉼도 없고 하염없이 들렸다. 요 작은 시계가 저리도 큰 시계보다 더 값비싼 거래. 그 말이 생각나면서, 내 사랑 첫 선물입니다 하고 훔치듯 팔목에 밀어 넣던 시계가 살아있었다. 살아서 목숨 숨결을, 찰강거리고 있었다. 고즈넉한 숨결처럼, 찰강거리는 그 숨결에 귀를 기울여본다. 동지섣달 꽃 본 듯 날 좀 보소? 들국화처럼 그 눈빛, 밝아지고 있었다. 대체 세상에서, 그런 뉘를 탓하리.

그처럼 찰강거리던 시간의 초침이 어느덧 서너 달 지나면서 마량포구 분견대에서는 야릇한 소문이 저녁연기처럼 솟아오르기 시작하였다. 이따금 여인네의 울음소리가 들리고, 그것은 귀신의 소리라고. 그게 아니다. 달 밝은 밤이면 분견대 젊은 소장과 면포를 뒤집어 쓴 여인네가 밤 산책 하였다. 여인네의 배가 보름달처럼 덩실하다고도 했다. 그 여인네란 다름 아닌 젊은 소장의 아낙이요, 그녀는 조선 여자라고도 하였다. 일 년 어간 지나면서 경사 소장이, 승승장구 승진하여 경위로, 경감으로 본서로 전출하였다. 그것은 마량포구와 삼동의 치안상태가 최우수지역이요, 군관민의 협조체제가 남해안에서 최우수지역인 덕분이라는 소문이었다. 드디어 이노우에 다케히코 소장이 총경으로 승진하여 이웃 접경 지역 장흥군 서장으로 전임할 때에, 그 부인은 정신대로 실려

갔던 조선 여자 장보름이라고도 하였다. 정신대의 일이란, 내가 몸소 겪었어도 본바가 없고, 치를 떨며 들었어도 들은바가 별로 없다며 귀를 후비던 설마, 설마의 일이었다. 첫날밤부터 그 일은 사람의 짓이 아니었기 때문이다. 입을 열어 말할 수 없는 참혹한 짓이란, 단지 입 다물고 진충보국하는 일이었던 셈이다. 다만 발 없는 소문이란 더딘 듯 했으나, 날갯짓은 결코 멈추지 못하는 시계의 초침과도 같았다. 사람이란 한평생 삶이란 게 다름 아닌, 몇 가지 소문으로 남는 일이라고도 했다. 설마! 설마하니, 그럴 리야! 하는 소문이란 좋은 소문이던, 얄궂은 소문이건 몇몇 가지 소문을 만들고 남기며 떠나버리고 나면 그런저런 소문도 점차 잊어져가는 법, 찰강거리던 시간에 끌려가는 인생의 역사 아니었던가.

꽃은 떨어져 죽어도 진한 향기를 토한다. 꽃잎은 나뭇잎과 더불어 짓밟히고 썩어가면서도 그 곡진한 향기를 잃지 않고, 토질에 짙은 향기로 젖는다. 본질이 향기요, 화심이 향기인 까닭이었다. 그래서 산천의 토양은 향기롭다. 흙 한 줌 쥐어들고 코에 대면, 그 깊고 쌉쓰름하고 새콤하고도 오묘한 향기라니, 과연 산 목숨의 냄새라 할까. 때론 살벌한 세상사에 눈감고, 고요히 젖어들고 싶어지는 법이었다. 대지의 품안이 천생의 본향이라 했던가.

하지만 갯벌은 고린내가 등천을 한다. 죽고 썩어가는 온갖 갯것들이 본래 비리고 지리며, 고리타분 향기롭지 못한 탓이리라. 갯지네며 갯지렁이, 고동이며 석화 등 어류생선들이, 꽃게며 갯벌 초며 비리고, 지리며 누리고 썩은 고린내 진동하지 않은 것들이 없다. 갯벌이 넓고 고르게 펼쳐질수록 비리고 썩은 내가 진동한다. 햇볕에 말라가는 갯벌이 생산하는 죽음 냄새인 탓이었다.

이런 느닷없는 각성이 새롭게 다가선다. 원말 공사 총감대리 최덕성은 횃불에 밤 인심 돌변하듯, 몇 달 새에 변덕을 부린 인심에 쌉쓰레한 심사를 가누기 어려웠다. 새롭게 착수한 갯가 갯논치기에 신열 올리는 갯마을 사람들의 저토록 속뵈는 열정이 비리고 구리다. 팔랑거리는 날줄을 따라서, 어느덧 이백 평은 한 마지기요, 서 마지기는 한 필지로 굳어지면서 눈꼴에 쌍불을 켜대는 속셈들이 너무도 노골적인 풍경이었다. 바둑판같이 마지기 마지기로, 쪽쪽 곧은 필지 필지로 줄띄워가며, 갯고랑 치고 갯둑 갯논을 쳐대는 살림이 눈에 경이롭기 보다는 썩은 내가 진동하는 느낌을 지우기 어렵다. 둑쌓기 공사판에서는 해안과 갯벌 밖으로 갱돌 쌓기 일손 하나가 목마르고 갈급하고 설치고 붐빌 때는 그토록 황소 씨암탉 보듯, 불난 집 부채질 해대듯이 시샘 반, 텃새 반으로 관망하던 인심이었다. 그저 나날 품팔이 식권 전표나 챙기면서 눈치나 봐가자던 속셈이 아니었던가.

이제는 갯논치기였다. 너나없이 인력과 물자 동원하는 대로 내 논, 네 논이 판가름 나는 북새판이었다. 객지 뜨내기들은 밤새 안녕하신가 인사도 없이 다 사라졌다. 전에 서양에서는 노 터치라고 했다던가. 줄긋고 땅 떼기 말뚝 세우면 내 땅이요, 네 터전이라 했다던가. 먼저 손맛 보는 사람이 임자라 했다던가. 우선 내 터전, 내 땅이라 많고 넓게 차지하는 사람이 임자라 했다. 냉정한 사후 관리나, 씨알 뿌리고 김매며 가꾸다가 농작 후에 수세, 토지세, 경작세, 인두세나 간척지세, 동척 산업세, 국세, 지방세 등에 관하여는 나중 일이었다. 자고로 외상이라면 소라도 잡아먹고 보자는 막걸리 푸짐한 인심이라 할 터였다. 사촌이 논사면 배 아픈 터에, 배고프던 민심이 하얗게 엎드린 갯벌 가에서 선말 양반 덕성은 누울 자리보고 발 뻗으라하시던 당숙어른의 훈계가 새롭게 떠오른다. 욕심껏 챙긴다고 어느새 내 살 되고 내 피가 된다는 말이던가. 종기에 지질구질하던 고름이 내 살 된다던가. 절간스님이 육물고기 살맛들이면 빈대 씨가 마른다고 했것다.

그런 풍속사는 난 몰라라. 자고새면 갯논가로 치닫는 규진 신랑이 떠오른다.

새댁의 부른 배가 옹골진 함지박으로 다가선다. 과연 향기로운 살림이요, 지혜로운 처사였다고 할 터인가. 시속과는 엄의하게 거리 두고, 다나카 이치로는 냉철하게 죽어버리고, 이규진 조선 사람으로 온전히 살아가는 셈이었다. 노역에 시달린 듯 파리한 안색이지만, 나날은 화색이 돌았다. 뱃속 아가랑 네 식구가 날마다 오르내리는 갯가 논둑이 궁금해진다. 으레 앞장서는 인사는 서너 살배기 아들, 이태민이었다. 종종걸음을 쳐대는 아이를 따라 부부가 얼렁거리며 뒤를 따른다. 여름살이 첫 씨알 푸짐하게 뿌렸던 메밀 꽃이 한 필지 가득 환하고, 씨알이 검은 들깨 씨알처럼 영글어 간다고 순심 새댁이 청맹과니 어마님께 자랑이었다. 제 뱃속의 씨알은 어찌 자랑이 아니랴. 자랑거리를 찾아가 크게 웃어 보련다는 생각이 나달을 지나고 있었다. 내 불원간 불각시에 기습하여 두 눈 크게 뜰 터인즉 무심타고 한탄치는 말아다오. 갯벌가의 논두렁에는 그야말로 찰흙 향기가 살아나리라.

하지만 여기는 아니다. 도대체 한도 끝도 없는 갯논치기 작업이었다. 도대체 어느 때나 열매로 거둘 수가 있다는 말인가. 찰지고도 옹골진 조선 쌀로 진충보국하겠다던 동양척식 시미즈 겐타로는 어딘가로 부엉이처럼 사라져버리고, 고역을 떠맡지 않을 수 없는 입장이었다. 단지 일판을 추세기 위해서는 함바집이 변수였다. 하지만 함바집의 물량은 면소를 통하여, 군청을 통하여 어딘지 모르게 간신 간신히 조달이 되고 있었다. 식솔은 반 토막으로 줄었지만, 그게 다행이면서도 으레 께름칙한 먹자거리였던 셈이다. 김봉길 십장과 서중댁이 잘 꾸려간다. 되로 받고, 뒤웅박으로 갚는다 했던가. 바늘 넣고 도끼 나온다 했던가. 바다는 메워도 여섯 자 사람의 욕심은 못 채운다 했건만, 저 풍성하던 갯벌을 메워 수답을 이뤘다하나, 저 야차들의 욕심을 다 채웠다 할 터인가. 어찌하면 채울 수나 있을 터인가. 자고새면 바늘방석 앉은 듯, 이런 심사를 대체 뉘라서 알아주리요. 너나없이 내 땅 챙기기에 쌍불 켜대고 있는 현장이었다. 현장의 실정은 이러한데 읍면소의 담임 책사들은 그저 씨 뿌리는 절기만을 학수고대하는 입장이었다. 갯논에 찹쌀 씨알을 뿌렸다 하여, 풍년수확을 기대한다는 일은 깡마른 하늘에 번개치고 칠팔월 가뭄에 단비오기를 학수고대하는 바로 그런 처사가 아닐 터랑가. 내 땅이라면 뭐해? 내 나라가 아니고, 내 임금 아니고, 내 사람들 아닌 것을 다 잊었다는 말이었다. 이렇게 살아서 대체 무엇을 할 터인가, 하는 막다른 심사를 숨기기 어렵다.

─ 걱정은 석 달을 앞서가지만, 한숨은 코앞에 석 자 밖에 못 나간다고 합디다.

선말댁의 의연한 훈수를 이따금 들어야 했다. 부부간 속내 깊은, 정담이기도 했다.

─ 한 치 코앞도 못 보는 주제에, 하늘을 다 챙겨보려는 인심이라 안하던가.

─ 코앞은 못 볼 테지만, 장부 어른이 석삼년씩 앞을 내다봐야 한다고 합지요. 사돈 마님은 눈을 감고도 세상을 두루 살피고 기신디라오. 그래 문자, 문명文明이라고.

첫 새벽처럼 대구 면소 학교로 출석하는 최종순, 종연 아이들과 함께 집을 나서는 덕성이었다. 다행인 것은 전에 동척들이 철수하면서 선물하고 떠난 자전거 한 대를 차지하여 출퇴근용으로 타고 다닌다. 털렁거리는 자전거를 곳간에 들이며, 말수 없던 입이 열리면 으레 앞서는 공사현장 걱정이었다.

─ 그랑께 쥔 양반 걱정 근심에 한숨만 쉬시지 말고, 아이들 저라고 당당하게 학교 공부에 상장을 타내는 꼴도 보심서 심을 내시라, 그 말이요 잉!

─ 먼 놈의 상장 자랑에, 임자가 그라고 낯꽃이 동백꽃이랑가.

시큰둥한 쥔 양반에게 벼른 듯 잠시 뜸을 들인다. 이윽고 덤벼드는 윤심이 타박 걸음을 얼싸 둥둥 껴안으며, 푸짐한 이바지 챙기듯 함지박을 쏟는다.

─ 저는 꼭 학교 선생님 되고 싶다는 종연이가, 전교 특등 상을 받았다 하요.

그제 저녁에 상장이랑 내 놈서, 자랑인지라, 이런 경사에 가볍게 입 열면 까마귀가 채갈까 두렵다 안 합뎌? 하루 동안 입 다물라 혼쭐이 났고만이라.

— 와마! 장하시, 모자가 암튼 장하고 장하시, 그 먼 길을 날마다 책 보퉁이 달랑거리고 댕김서 그나마 월사금 못 냈다고 몇 번이나 쫓겨낫담서.

— 그랑께 장하고 장하제라. 인자부터 장학생이라 월사금도 면제 된다요!

— 와마! 듣던 중 반가운 소리랑께. 당숙님 댁 최덕만 동생 들으믄, 당장 얼럴럴 상사뒤야 잔치하자고 풍물 치고 덤빌 일이랑께. 허허, 하하하!

— 그게 다 사돈댁 훈육과 천자문에 명심보감明心寶鑑까지 통달한 적공인 것을 잊지는 말아야 할 터잉만요.

— 암-면 그 양반의 공로를 어찌 몰라라 할 터인가. 그래도 씨알 값을 잊어서는 안 될 것이랑께. 문장가 낭주 최 씨 강기와 윤리라, 그런 말이시. 그러면 종순이는 어쩐당가. 모자간에 짝짜꿍인께.

— 그 학생은 공부에는 별 취미가 덜한 모양이제라. 배우고 자실 것이 없다면서도 졸업할 날만 기다림서. 세상이 요 모양, 요 꼴 인즉, 이렇게 살면-뭐하냐고, 장한 소리는 한숨만 쉬는 쥐구멍에도 볕들 날은 있다고 합디다.

— 맞는 말이제. 그려, 그려! 그나마 다 내실 임자 덕분이시.

— 아무튼 책거리 잔치는 못할망정, 장학 상찬 잔치는 한 턱 해야 안 쓸랑가.

— 와마 또 그리고 봉께, 덤테기는 나 몫이랑께. 아무튼 갯마을 집짓기가 눈 코 뜰 새도 없이 분주하시제만, 강 대목도 통기하고 새집 부부랑, 큰 판 이랑께. 이거이 한 살이 살다가는 세상맛이 아니것능가.

— 워째서 또 그리 한숨 같은 소리가 먼저랑가요. 아궁이 불 지피고 진달래 국화주로다 술상 챙기는 몫이 대체 누구인디라.

— 금-매, 그러고 말고 남 먼저 자시고, 하것능가. 그저 임자 손맛이랑께.

— 하여튼 근자에 여기저기 이라고 살면 뭐-해, 이라고 살아서 뭐하냐고 탄식

들이란디, 말이 씨가 된다고 발 없는 말 천리 간다지라. 그래서 조선 사람들은 눈물 콧물 흘려가면서도 흥興! 흥鑫! 하고, 말씨부터 바꿔야제라. 울어도 흥얼흥얼거림서, 앙 그라요. 쥔대감! 곧 다 죽어도 삼천리금수강산은 우리 터전잉께라.

— 암만, 그러고 말고제. 흥! 흥을 깨워라. 얼! 얼을 깨쳐라. 그것이 바로 어 헐 렬럴 상사뒤야 그런 말이시. 서둘러 학동들이 닥치기 전에 잔치 준비나 하세. 없는 것 있는 것, 박박 긁어보더라고 잉.

— 오매! 오지고도 달콤한 말씀이랑께요. 없는 정성 있는 정성이란 사람 살림꾼 아낙네들의 손끝에서 나지라. 대체나 앙 그라요?

서해의 장군봉 송림사이로, 저녁 해가 잉걸불처럼 타오르고 있었다. 암소는 건너편 텃밭 언저리에서 풀을 뜯으며, 연신 뿔 머리 휘젓는다. 그때마다 요령소리가 상쾌한 음색으로 집안을 들랑거리며 들깨운다. 산 목숨의 짓이었다. 등허리에 쉬파리 한 마리도 용납하지 못한다. 저녁 빛살에 젖은 암소의 몸뚱이가 유난히 붉고 탐스러웠다. 볼수록 오지고도 살갑다. 살진 몸뚱이에 유려하게 흐르는 빛살태갈이랑, 영락없이 중화대국 산수도에서 한가하게 노니는 들소 초상화 같다.

열일곱 마당

강산이 변할 리야

아가들이란 뱃속에서 세상 풍파를 모르고 자라나는가? 우물 안에서 얼렁거리는 올챙이처럼 태아가 산모의 태중에서 자라가는 세월이란, 세상과는 별천지일 것은 자명하고 당연한 일이리라. 저런 저 지경으로 봄 나비처럼 하늘이 살랑거리고, 성난 바다 파도는 숨결 가쁘게 출렁거리며 세상은 난데없는 풍랑에 휩쓸려서 만경창파에 돛단배처럼 후들거려도, 태아의 안전이란 한울님 품속에서 보장이 분명할 터이니 말이다. 어지신 삼신님이 보호하시고, 감싸 안고 도우신다. 그러니 태평 천지에서 무얼 먹고 자고, 대체 무엇이 아쉬우랴?

이런 세상을 그런 낙원으로 만들어 낼 수는 없는 것일까. 이는 참으로 헛된 망상일는지 모른다. 하지만 헛된 망상이요, 게을러터진 궁상이라 할지라도 얼마나 귀하고도 복된 일일까. 꽃샘바람에 난분분 솟구치는 춘몽처럼 생각만 해도, 이처럼 사대육신에 힘이 솟구치는 까닭을 모르겠다. 눈앞에 원 둑 막아 펼쳐진 널따란 갯벌이 햇볕 금빛으로 타오르고, 하늘은 청아하게 짙푸르다. 청학이 긴긴 날갯짓을 하며 한가롭게 나풀나풀 날아가고 있었다.

이규진 신랑은 배동이 암소인 듯 아장 아장 걸어가는 순심 새댁을 앞세워가며 그런 궁상을 떠올리며, 살가운 눈으로 앙망하였다. 하지만 저 넓은 들녘은 남의 땅이다. 갯논 치기로 설치는 삵군들이 개미떼처럼 작아 보인다. 이백 만 평이 넘는다는 거창한 갯벌이다. 만석꾼의 땅이라고 한다. 조석으로 부신 눈길을 사로잡지만 하릴없는 남의 땅이다. 으레 내 안의 은밀한 탐심을 거두듯, 못 볼 새라 눈길을 돌린다. 내 몫이란 옹주박 같은 이 터전이다. 그렇다하여 무슨 대단한 탐심이 발동해서가 아니다. 하여튼 저 만치 앞서서 나간 아들, 이태민의 발걸음이 흡사 암상한 고라니 발길처럼 거침이 없다. 그려, 그려! 바로 그런 모습이다. 눈길은 저 멀리 앞을 바라보고, 허리를 쭉쭉 늘씬하게 펴고, 몸을 바람에 실어라. 온 몸을 산들 바람에 몽땅 실어버린다, 그 말이다. 꽃사슴처럼 눈길을 멀리 뒤돌아보지 말고 무궁한 하늘을 살펴라. 척척! 척척하고 몸통을 단련시켜 나가면 그것이 바로 세상을 평정하여, 온 세상천지를 향하여 우리가 이겼다, 대한제국 우리나라가 승전하였다 하고 부르짖는 소원이 내 꿈이요, 소망을 성취하는 아름다운 승전고라 그런 말이다. 머리에 질근 동여맨 수건에는 순심의 정성어린 손끝에서 살아난 청학이 나풀거리며 노닐고, 바지게를 짊어진 몸뚱이가 겅중대다가도, 별진 잘 쑥! 절쑥거리는 제 몸을 잊고야 마는 것이었다. 숨결은 어느새 저절로 다스려진다. 아들의 그 옹골진 모색을 앙망하면서, 흡사 아비의 몸과 어린 아들 몸이 한 몸이요, 한 뜻이요, 한 덩어리가 된 셈이었다. 절쑥거리며 허둥대는 제 몸을 잊는다. 어찌 그 뿐 만이랴. 삼신님 공덕으로 복록선경이 언뜻 다가선 입장이었다.

— 멀리 보고 차분차분 뛰어라. 몸을 바람에 실코, 발길에 축지縮地를 써라. 축지법이란 다른 것이 아니다. 내 몫의 터전을 오지게, 옹글게 다져가며 희열을 누린다.

그는 이따금 스스로 문답했다. 마치 자박거리는 이태민 아들에게 타이르듯….

— 욕심을 버릴 줄 알아야, 맘에 평안이 깃들고 몸에 열정이 들뜬다. 그런 말이

여! 그 열정이 몸을 태워서 마치 산 노루처럼, 호랑이처럼 달릴 수가 있는 법이랑께.

사랑스럽고 자랑스러운 아내 순심의 뱃속에 또 하나의 핏덩이가 우렁우렁 자라고 있음이다. 이 몸이 굳건하게 살아야할 이유요, 목적이요, 삶의 보람이요, 가치였던 것이다. 못다 이룬 처절한 소망과 꿈을 위하여, 삼신 한울님의 이 놀라운 사랑과 섭리를 규진 신랑은 지극정성으로 믿고 섬기는 심상이었다. 더구나 어마님 약산댁은 그 믿음위에 기름을 붓고, 시시 때때마다 부싯돌을 쳐대는 셈이었다. 지지난 달에 아침상을 마주한 평상자리에서 순심 새댁이 울컥거리며 욕지기를 삼키자, 태민 아기가 놀라 눈을 동그랗게 뜨고 제 어미를 살폈지만, 흰 눈을 희룽거리던 한마님은 한 마디로 잘라 말하고, 봄바람에 나풀대는 할미꽃처럼 할할거리며 웃었던 것이다.

— 내가 이럴 줄 알아당께. 복 복福, 인연 연緣, 착할 선善, 경사 경慶 이라니, 대체 어디로 갈 것이랑가. 착한 일을 하다보면 경사스런 일이 생기는 법이제. 날이 날마다 땅을 일구고, 집을 살피고, 병든 어미를 챙기고, 그 분복이 어디 가랴. 아가야 그저 몸만 잘 챙겨라. 세상에 이보다 경사스런 일이 어디 있당가. 사랑 씨가 오지게도 영근다는 말이. 잉! 애비가 명심해야 할 터랑께. 어—여, 선말댁 사부인이랑, 강 대목님이랑 불러서 상찬을 들어야 할 일이 아니더랑가. 집안에 경사 났다고, 정녕 어 헐럴럴 상사賞賜뒤야가 났더란 말이라!

그때 얼핏 다나카 이치로가 떠올랐다. 생판 남의 이름 부르듯, 이런 제길헐, 하고 하마터면 불같이 솟구치는 울화통을 터트릴 번했던 기억이 새롭다. 제 몸뚱이와 함께 죽어버린 일본군 지독한 훈련병사의 이름이었다. 생각만 해도 사지가 벌름거리고 본능적으로 불덩이 솟구치는 이름인 것이다. 절대로! 나, 난 아니라. 난 이규진이란 말이다. 내 아들은 이태민이란 말이다. 또 다시 불러야 할 이름이, 한마님의 입에서 상사뒤야! 경사로서, 복록선경으로 나타나는 거룩한 때에 다나카 이치로가 뭔가. 대체 어쩌란 말이냐. 도대체 어찌하란 말이냐. 그러고 본즉 때가 비상시국이라면서 한 달 한 차례씩 경찰본서에 출두하여 신상 보고를 하란다는 마량지역 분견대 소장의 전통이 새롭게 떠오른다. 벌써 두 번씩이나 전갈이 왔었지. 제깟 놈들이 날 끌어내린다면, 차라리 죽일 테면 또 다시 죽여보라지. 때려서 부시고 죽고 죽이는 일이란, 아작아작 씹어대는 짓이란, 식은 팥죽 먹기다.

내가 한 발자국도 내 터전 벗어나지 못하리라. 또 다시 전통이라 하여 덤비는 놈이 있다면, 먼저 삽자루로 대가리부터 조져놓고 보리라. 무조건 부시고 찌르고 베고 씹어라. 그것이 바로 대 일본 제국의 이오지마 수비대 사령관 구리바야시 다다미치 장군의 철두철미한 훈련 제 일칙이 아니었던가 말이다. 그 정신과 무장을 여지없이 본때로 보이리라. 하지만 처숙이시고, 은사이신 최덕성 어르신이 은근히 닦달을 당하고 있는 속내를 숨기지 못한 듯하다. 원말 공사현장의 총감으로 대신 하시는 입장이 어려우시랴. 대일본 제국이란, 작전 계획이 시달되면 시행방법이란 얼마든지 동원 가능한 방책을 다하여, 기어이 성취하고 마는 족속들인 것을, 대책이 무엇이랴. 선말댁 이모님을 보호하고, 어른을 안심시키고, 이 생명들을 안돈하게 보살피는 대책이 대체 무엇이란 말인가. 그래서 아침 사역의 발걸음이 이리도 궁상이 깊어지는 셈이었다. 정녕 세상풍파가 봉화산의 설한풍으로 싸늘해지고, 청산 앞바다의 파도풍랑이 갈수록 요동치며, 거세어지고 있음이 자명하다. 이러다가는 한 목숨만이 아니라, 그토록 기가 막히는 두 동생과 아비를 한 날 한시에 휩쓸어버렸던, 저 남해 바다의 풍랑을 떠올리지 않을 수가 없다는 말인가. 내 한 몸뿐이라면 도대체 무엇이 무서우랴. 내 한 몸이, 한 몸이 결코 아니다. 애비가 명심해야 할 터랑께. 지엄하신 어마님의 경고였다. 으레 몇 걸음 몇 마장수를 앞서가시는 서럽고도 달콤하고 신기로운 청맹과니 어머님 아니신가. 생떼 같은 아들 잃고, 하늘같은 영감을 한 날 한시에 잃어버리신 후 백태가 끼었다던 눈이, 밤새에 허옇게 멀어버리신 어머님이시다. 하지만 한울님 덕분과 천자문 신통력으로 오면가면 멈추는 빛을 따라서 아침마다 온 세상을 꼿꼿이 앉아서 삼 백리를 내다보시는 한마님이시다.

애상스러운 순심 가족이 갯논 작업 현장에 도착하여 농막을 둘러보고 쉼을 누리다가 막 작업을 시작하려는 때였다. 선산 댁에서 철렁거리며 앞장선 선말 양반 뒤따라 분견대 주재소장이 내려오고 있었다. 검붉은 모자에서 반짝거리는 샛별을 먼저 발견한 순심 새댁이 당혹한 심사로 일렀다.

— 오매─매! 태민 아빠요, 저기, 저기 잔 보시랑께라.

— 머신디 그라고 놀란당가? 항시 맘을 편히 가지시란 말이여.

— 저기 안보이요? 저 순사 뫼시고 온다 말이요. 기어이 먼 사단이 날랑가.

— 먼 사단이랑가? 제깟 것들이, 단판에 패 죽여뿔제.

벌써 세 번째 인가. 뒤따르는 분견대 소장을 발견한 신랑 심사가 기름 끓듯 불타오르고 있었다. 이에 놀란 새댁이 한층 붉어진 얼굴로 이모부를 맞는다. 신랑은 아닌 게 아니라, 쳐든 삽날로 당장이라도 쳐 죽일 듯 험한 눈길로 순사를 쏘아보며 기다린다. 덕성이 먼저 입을 열었다.

— 조카님들, 안심하시게. 소장님 말씀을 차분히 듣고 봉께, 고맙고 다행이랑께.

— 머시 그라고, 고맙고도 다행이랑가요.

— 아! 안녕하신가요. 다나카 이치로 상, 만나서 반갑습니다. 아, 아니 이규진 선배님! 실례했습니다. 대제국 선배님!

이노우에 다케히코 분견대 소장은 거듭 사과조로 말했다. 절절한 진심이 어렸다. 언젠가부터 선배님으로 깍듯한 우대였다. 대 일본 제국 이오지마 수비대를 거쳤다면 무조건 선배요, 상명하달의 복종이 대 원칙이라 했던 것이다. 하물며 그리도 명예로운 전상 장병이라니, 제국을 위하여 진충보국하는 일이다. 그제야 들러 매었던 삽날을 내리며 여전히 퉁명한 어조로 받는다.

— 난, 나는 하나도 반가울 일이 없다, 그 말이랑께.

— 오이 선배님, 어찌 그리도 섭섭한 말씀을 다 하신당가요.

'섭섭한 말씀'에 유난히 방점을 살린다. 순심 새댁은 근자에 봉화산골 들꽃처럼 들리는 소문을 떠올린다. 다름 아니라 분견대장이 원포마을 보름 아가씨의 중풍 든 어머님을 알뜰살뜰히 보살핀다는 풍문이었다. 그 지극정성이 야릇하다 못해, 무언가 꿍꿍이짓이 아닌가 하는 풍설이었다. 사대육신커녕 측간 길도 못 다니고 누워서 대소변을 받아야 하는 완도댁이다. 사흘만 주근깨 덕지덕지한 효녀 딸 보름이가 아니면 똥구덩이에서 벗어나질 못하는 신세였다. 보름이가 떠난 후 벌써 몇 달째, 식음을 전폐하고 아예 죽기로 작정한 아낙이었던 것이다. 수다쟁이 토씨마님 중산댁이 동네 방내에 낱낱이 이르기를, 사흘 걸이로서 실어 나르는 분견대의 자전거 배달 음식 품목이 이러했다.

— 고소한 들깨죽에, 무루구름하게 설 갈은 녹두죽이며, 그래야 녹두 씹히는 맛이 있제라. 밥은 꼭 오곡을 두루 섞어서, 살맛을 내고 반찬이랑게 그냥 갯것 해태만이 아니라, 시금치며 도라지 자운영 나물에다 부들한 줄기며, 한 접시 꼬막이 빠지질 않고, 뻘떡 게가 꼭꼭 한 접시씩, 새콤한 김치는 꼭 묵은지를 살려오고 겉절이에 파, 마늘 빠지질 않고, 오매! 오매, 이것이 대체 먼 짓이랑가. 먼 짓이여? 그냥 우리 딸 보름이 솜씨를 똑 빼다 박았다 그런 말이시. 정녕 귀신이 돼야 부럿당가. 귀신 아니고서는 흉내도 못 낼 일이랑께!

하고 밥상을 받을 때마다 사흘 동안은 울고 짜더니, 모진 목숨이라 인자는 사립짝 열어놓고 기다링 당만. 그것이 바로 거꾸로라도 살고보자는 사람살림의 짓이라.

— 선배님, 오늘 다시 찾아 뵌 것은 폐를 끼치려는 게 절대로 아닙니다. 저의 어머님 게이코 짱 유언란, 남에게 폐를 끼치는 일은 사람이 아니라 했지요. 저도 어머님을 사랑하고, 그리워하는 사람입니다. 이해해 주십시오.

— 그러니 꺼지란 말이라. 앙 그랑가? 남에게 폐를 끼치는 일이라. 대 일본 제국의 다다이치 사령관님의 훈령을 안다면서, 두 말하면 찔러라, 씹어라!

— 어야, 그라고 막말로 하지 말고, 차분하게 이리와 영접하소. 사람이 어디 그래서야. 인사 도리가 아니지 않은가. 그런 말이시.

눈을 커다랗게 뜨던 어린 태민이 겁 없이 다가서며 어느덧 순사의 칼집을 어루만지고 있었다. 제 키만 한 일본도가 신기한 모양이다. 여전히 앙분하는 신랑 주인을 대신하여 순심 새댁이 자리를 살핀다. 그 앞에 순사가 누런색 배낭 하나를 내밀었다. 내미는 배낭 백에는 찹쌀 한말과 이것 좀 보라는 듯! 막걸리 한 통이 들어있었다. 전에 없이 고분하고 극진한 모색에 모두들 눈이 커지고 놀란다. 암캐처럼 눈치나 살피던 제국 경사가 공순한 입을 열었다.

— 저는 지낼수록, 조선이 정듭니다. 가는 곳마다, 정들 일이 많습니다.

눈치를 살펴보며 아무도 응대가 없자, 다시금 입을 열었다. 절절한 음색이다.

— 저는 사이 상 어른과 친고親故가 되고 싶고, 선배님과도 친구가 되고 싶습니다. 전에 동척의 시즈미 겐타로 상과 심하게 다툰 적이 있습니다만, 그때 조선이라는 나라에 대하여 배운 바가 많습니다. 겐타로 상은 조선 사물놀이 풍물에 대하여 대단한 존경심을 갖고 있었지요. 저는 일본제국 민속이며 샤미센이며 음악을 자랑했습니다. 물론 전에 조선말을 공부할 때도 조선이라는 나라를 많이 이해한다고 했습니다. 실상 일본에는 이토오 공작을 암살한 안중근 선생

님의 숭모회가 있을 정도로, 조선을 좋아하는 사람이 동경에도 많습니다. 물론 대 일본 제국 입장에서는 반역자요, 철저한 테러리스트입니다. 그러나 그 장엄한 대동아 평화논쟁이며, 죽음 앞에서도 진중하고 그 엄중한 일필휘지의 지필 묵서이며, 200편이 넘는다지요. 참으로 대담한 우국지사요, 충절의사인 것을 부인할 수 없지를 않습니까. 대한남아 장군이요, 동양의 천재였습니다. 아니 그렇습니까? 덕성 사이 상 현장 감독님이나, 이오지마 현 선배님 또한 제가 감히 흉내내기가 어렵습니다. 오하! 이거야 제가 감히 실례로 언설이 길어졌습니다. 이해를 바랍니다.

─ 과연 듣기에 시원스럽고, 친고가 될 수도 있겠다는 그런 생각이 든당께라. 생사고락이라니, 그라고 봉께 언젠가 보리 건빵 갖고 씨름했던 생각도 낭께라.

이규진 신랑이 처음으로 공순한 말씨를 뱉었다. 반응의 눈치를 거듭 살피며 모색이 밝아지던 경사가 새롭게 입을 열었다.

─ 진정을 알아주시니 감사, 감사합니다. 폐를 끼치지 않는 게 사람의 도리라고요. 또한 조선민족의 당찬 기상이 감동을 줍니다. 안중근 의사님의 장거도 일본으로서는 뼈아픈 일입니다만, 근자에 다 숨겨가는 나라를 위하여 일신을 바친 윤봉길 선생님의 홍 커우 공원 의거나, 불의를 보고서는 감히 대일본 제국 천황이라도 폭탄을 터트리고 생명을 내던진 이봉창 선생님의 의기를 어찌 모른다 할 터입니까. 일본국으로는 감히 상상도 못할 일입니다. 윤봉길 의사의 거사로 시라가와 대장 등 무려 10명의 대 제국 열사가 살상을 당했습니다. 조선민족 살아 있다는 증거입니다. 또한 만세 사건 때 옥중 순사했던 처자 유관순 열사의 마지막 말씀이 무엇입니까. 나라를 위하여 바칠 몸이 단지 하나 뿐이라는 게 통탄하고 서러울 뿐이다. 기모노로 설치는 일본 여인에게서는 들어본 적도, 생각지도 못할 열혈입니다. 오! 하! 이거야 말로 대 일본 제국의 경찰로서는 반역죄를 짓고 있습니다만, 인간역사란 장엄한 천상의 가락입니다. 의

와 불의란, 역사의 갈림길이 될 터입니다.

　얼굴이 발갛게 물들어있었다. 저 얼굴은 정녕 사랑하는 남성의 얼굴이라고 순심 새댁은 여성의 본능으로 느끼고 있었다. 일본제국을 진정으로 사랑함인가. 남에게 폐를 끼치지 않는 게, 사람다운 사람이라고 했다. 굴뚝의 연기와 사랑의 맘씨와 에, 또 뭐더라. 숨길 수 없는 세 가지가 있다고 들었다. 거짓이라고 했던가, 진실이라 했던가. 결코 숨길 수 없는 사실이다.

— 그래 정작 분견대 경사께서 하시고 싶은 말씀이 무엇이랑가.

— 아니, 지금 이렇게 말하고, 듣고 서로 정담을 나누는 일입니다.

— 정담, 정담이라! 소장님은 어찌 그리도 조선말을 잘 하시능가요.

　때마침 순심 새댁이 수숫대 농막에서 도리 상을 차려 내오며, 평소에 밥상을 대신하던 너럭바위에 자리를 잡는다. 짜랑짜랑한 햇살 가리는 동백 나무아래 너댓 명이 둘러앉기에 낙낙했다. 와-하! 하고 활짝 반기는 태민 아기를 보면서 신랑 눈길이 한결 부드러워지고 있었다. 막걸리 간소한 상차림이었다. 한 단지의 선물과 서너 가지 정갈한 반찬이 안주로 놓였다. 덕성이 잔을 따르려 나서자 절쑥거리며 앉은 신랑이 먼저 챙긴다. 세 사발 가득 부어지는 막걸리가 보얗게 쿨렁거렸다. 건배 들어 마시기도 전에, 너나들이 안색이 벚꽃처럼 붉어진다. 뗏장 입어가는 논두렁이 찹찹하게 일손 잡아야 할 지엄한 시간이건만, 일손 때를 잊은 듯했다.

— 그래도 날 잡아, 출장걸음 이신디, 맘 놓고 하실 말씀 하셔야제라.

— 오하! 아니라, 그냥 보고 싶었고, 선배님을 만나고 싶었을 뿐입니다. 저는 근자에 이 막걸리에 단맛이 들었습니다. 뭣보다도 막걸리는 우리 사케나 청주보다도 한결 요깃거리가 되지요. 두어 잔 술술 마시면, 뱃속이 든든해지고 더구나 농군들에게는 일할 맛도 나겠지요. 앙 그렇습니까?

덕성의 거듭하는 물음에, 오하! 하고 경사가 감탄조로 받는다. 정작 잔을 채우자 먼저 건배를 청한다. 한 잔씩 들이켜자 먼저 입을 연 것은, 그저 보고 싶었다는 제국 경사였다. 막걸리 상찬에 진중한 음색이었다.

— 사람답게 살고 싶습니다. 선배님처럼! 현장 대리 사이 상 감독님처럼!

생각지 못한 어려운 말이었다. 제국 분견대 소장 현역 경사의 말로서, 듣기 쉬운 소리가 아녔던 셈이다. 말끝마다 천황폐하 성은 공경하는 대동아의 광명을 위하여, 진충보국한다는 제국병사 아니던가. 아무도 응대하여 입을 열지 못한다. 당연한 심상이었던 셈이다. 어렵사리 망설거리는 입장을 살핀 듯 이윽고 신중한 입이 열렸다.

— 선배님이 참으로 부럽습니다. 이건 제 가슴속의 진정입니다. 어언 일 년 만에 눈에 살기가 가시고 사람 냄새가 납니다. 살림냄새란, 말입니다. 이번에 제가 진급을 하게 됩니다. 별다른 실적도 없는데, 아마 전출이 따르겠지요.

— 진급이라니, 감축할 일 아니당가. 전출을 하신다니, 그란디 부럽다니? 다 죽은 목숨이 부럽다니, 사람 냄새라고? 등신을 놀리는 거랑가.

규진 신랑이 얄궂은 심사로 팩하고 내지르는 소리, 모두가 흠칫하고 놀란다. 하지만 제국 경사는 낯꽃 붉히지 않고 공순히 응답한다.

— 진정입니다. 저는 정보통으로 선배님은 탁월하신 마라톤 선수라고 파악했습니다. 허나 모든 걸 다 접고, 전상 장병으로서, 어머님을 모시고 아들 낳고, 또 임신 중이시죠? 정말 부럽습니다. 사람답게 살아라. 이것이 저의 어머님 유언입니다. 제가 열 살 때부터 인간답게 살아보자고 항상 다짐했습니다. 결혼을 하고, 아들딸 낳고, 어머님 산소에 가서 배례를 드리고, 자랑을 하고, 그렇게 소원하며 성장했습니다. 기왕에 제국의 부름에 응할 바에는 사람들의 폐를 끼치는 불법과 불의를 다스려보자고 경찰직에 투신한 것입니다. 하지만 선배님 아시는 대로 제식 훈련으로부터 적이라면 무조건 부셔라, 찔러라, 베어라, 깨

버려라, 아작아작 씹어라. 무, 부, 찔, 베, 깨, 씹이라. 6개 동작이라! 이것이 도대체 사람의 짓입니까. 씨알 낳고 살리고, 살림하자는 사람 짓이란 말입니까? 저는 이런 무서운 살인병기 적의에 항시 가슴을 조립니다. 우리 제국 젊은이들은 무조건 비인간적인 살인병기가 되고 있습니다. 이것이 지엄 막중하신 천황폐하 성지를 받드는 지엄한 일이란 말입니까.

— 어하? 지금 머라고 한당가. 무, 부, 찔, 베, 깨, 아작아작 씹어라. 6개 동작이라. 그건 우리 이오지마 수비대 훈령인 것을! 자랑스러운 사무라이 정신!

— 어찌 이오지마 뿐이겠습니까? 구리바야시 사령관님 전국 훈령인 것을, 그리 독점하지 마십시오. 안 그렇습니까. 마라톤 선수라면 거년 독일 베를린 세계 선수권대회에서 우승한 제국의 손기정 선수를 잊지 못하시겠죠. 그 사건을 대서특필하였던 동아일보 일장기말살 사건이 빚어지고 그로 인하여 동아일보는 무기 정간 되고, 뒤이어 조선 사상범 관찰령이 발동하고, 세상이 한바탕 태풍처럼 발칵 뒤집혔지요.

— 머? 머시라고? 세계 선수권 대회 우승이라? 승전보란 말이랑가. 손기정 선수의 일장기 말살사건이라고? 오매 내 발목, 내 뒷발목을!

신랑의 안색이 하얗게 바래지고 있었다. 그 핏발 선 눈길이 어린 아들에게 쏠릴 때, 새댁 순심의 눈에서 아른아른 새파란 아지랑이가 펼쳐지고 있었다. 진주처럼 파릇한 눈길의 속사연을, 얼큰하여 알아볼 수는 없었다.

— 우리 대제국 일본에는 알쏭달쏭한 단가短歌가 많습니다.

— 단가라니, 암말은 비에 젖고, 청춘은 피에 젖는다는 사무라이 단가랑가.

— 오하! 사쿠라 꽃피니, 청춘은 열매를 재촉하누나. 정녕 한 잔 막걸리 흥취만이 아닙니다. 현장 감독님께서 낭만의 말씀을 하신게 정말 흥겨워집니다. 참말 감사하고, 참으로 흥겨운 날입니다. 아니 그렇습니까.

— 이 풍랑 뜬 세상을 만났으니, 우리의 희망이 무엇인가. 부귀와 영화를 누렸으면 희망이 족할까. 담소 화락에 엄벙덤벙 주색잡기에 침몰하여 세상만사를 잊었으면, 희망이 족할까. 이런 노래가 만세 사건 후 대처 광주에도 들어온 미국의 야소교 찬송가라는 실정도 제국의 정보통은 아실랑가요.

제법 불쾌해진 얼굴들이었다. 제국 경사 단가에 선말 양반이 뜻밖의 대구를 하자 화들짝 열리는 기색이었다. 불철주야하고 매달리던 일손을 잡지 못한, 규진 신랑의 안색도 펴지고 있었다. 그 눈치 살핀 듯 잠시 앙망하던 분견대 경사가 차분하게 나선다. 어즈버 태평사태를 간파한 듯 수숫대 농막을 드나들던 새댁의 손길에서 쿨렁쿨렁하고 막걸리가 재벌질을 따른다.

— 단가보다 강은 강이요 산은 산이로다, 하는 선승의 설법도 좋지요. 하지만 갈수록 사람답게 살아보자, 사람답게 사는 길이 무엇인가? 장가가고 시집가, 아들 낳고 딸을 낳고 어머님 모시고, 다나카 선배님을 제가 어찌 부럽지가 않겠습니까? 아 실례, 이규진 선배님, 어르신께서 좀 도와주십시오.

— 강이 깊어야 산은 높고, 산 높아야 강물 넘치리라 하고 선현들이 일렀지요. 허나 촌사람인 제가 대제국 경사님을 도울 일이 도대체 무엇일랑가요.

— 제국 경사님, 경사님 하지 마십시오. 제가 상투 없는 조선의 총각입니다. 장가를 들고 싶습니다. 조선 처자에게. 이것이 제 본심입니다.

— 머, 머시라고? 장가를 들고 싶다고라. 제국 경사님께서 조센징 처자에게? 오늘도 해는 동쪽에서 떴고, 지금 서쪽으로 창창하게 달리시고 있는디라. 사람 설치고 장난질이랑가.

전에 없이 덕성이 구정물 쏟아 붓듯 단짝에 부르짖고 있었다.

— 제 진심을 알아줄 사람은 조선 천지에 사이상 어른신과 선배님 밖에 없습니다. 정말입니다. 또한 제게는 경찰 서장도, 군수 영감도 그 누구도 맘대로 못하는 일급비밀이 있습니다. 슬프고도 괴롭지만, 제게는 특권이기도 합니다.

── 대체 단가라더니, 무슨 소린가 싶소이다. 알아듣기 쉽게 말을 해보시지요.

최덕성이 진지한 모색으로 내던지듯 물었다. 장가를 들고 싶다. 상투 없는 총각이란다. 사람답게 살고 싶다. 조센징이라 으레 한 수 아래로 깔아보는 조선 처자에게. 그 일을 도와 달라고 구걸하듯 한다. 이것이 도대체 무슨 장난이란 말인가. 조선 처자들의 정신대 징발에 앞장을 섰던 인물은 아니었다. 아니, 아닌 척 먼 산 바라기를 했지만, 그래서 자원 정신대의 선발대요, 아름다운 모범이라고 얼마나 장려한 수사를 남발하였던가. 그 뒷장 소식이 아득하여 떠나간 낭자들 부모들의 심정이 좌불안석인 것이 사실 아니던가. 제국 일본과 일시 동인하는 황은에 감읍하여, 봉화산 처자들이며 근동 마을에서 열 댓 명 처자들이 동능재 넘어선지 몇 달 지나도록 종무소식이었다. 과연 신식 공부를 하고 신학문에 준하는 대 일본제국의 기술을 익히고, 간호사가 되고, 창창한 장래를 보장받고 있는지, 도무지 알 수가 없는 지경에, 전전긍긍하고 있는 입장이 아니던가. 결혼을 하고 싶다. 조선 처자에게. 보름이라는 조선 처자가 읍내를 떠나다가 포장 트럭에서 투신하여 다 죽어간다는 풍문이 돌았던 것도 사실이었다. 그 처자를 들쳐 업고 읍내 병원으로 사슴처럼 뛰어들었다는 사건도, 단지 풍문이더란 말인가. 다시 끌려갔다는 말인가. 어디로 사라졌다는 말인가. 종적이란 묘연했다. 아침 새참이 이르게 시작된 막걸리 자리가 어느덧 한낮이 기울고 있었다. 변설이 길어지고 주거니 받거니 하는 사이에 어린 태민이는 엄마의 품안에서 새록새록 단잠이 들었다.

순심 새댁은, 처자들 가운데 주근깨 덕지덕지하던 보름 아가씨가 저 멀리 사라져 버린 뒤, 중풍 든 어미를 분견대 주재소장이 지극정성으로 보살핀다는 풍설을 생각해보는 것이었다. 대체 무슨 꿍꿍이 일는지 알 수가 없다는 우물가 수다를 생각했다. 설마 그 보름 아가씨에게 장가를 들 수 있도록 도와 달라는 수작일리야. 하지만 진지하게 나서는 제국경사 언설에 귀 기울이면서 순심 새댁은 세상이 파랑 파도처럼 요동치는 느낌을 지울 수가 없는 심정이었다. 그는 진달래 사쿠라 꽃잎처럼 불콰해진 얼굴로 새삼 입을 열었다.

― 선배님, 그리고 현장 감독 사이 상 님, 저는 사랑을 배웠습니다. 어머님의 진정어린 교훈으로 사람답게 사는 길을 깊이 생각했습니다. 그것은 살리는 일이요, 사람 살림인 것을 알았습니다. 제게는 당당한 비밀이 있습니다.

― 비밀? 비밀이라, 그것이 대체 무엇이라 말인가. 비밀이란, 으레 수상쩍고 더럽고 흉악한 짓거리 아니던가. 그 말이랑께.

― 그렇지만은 않습니다. 서로 상부상조하여 상생하는 보장이 되기도 하지요. 제국의 명예를 위하여, 일신의 영달과 체면을 위하여, 국책 거룩한 사업을 위하여! 무덤 속까지 지켜야 할 비밀이 존재하는 겁니다. 아니 그렇습니까.

― 글쎄, 제국의 단가라 하더니, 왜 이리 비비꼬아가는 청산가락이랑가.

― 비밀이란 무, 부, 찔, 베, 깨 아작아작 씹어라. 이것도 사실 일급비밀입니다. 이제 나는 제 인생에 새로운 비밀을 간직하고 싶은 것입니다.

― 그것이 대체 무엇이랑가. 능구렁이 속 갈피처럼 빙글거리지만 말고 털어놔 뿔랑께. 친고가 되고 싶담서, 중매를 설라면 속을 먼저 뚫어야제 잉!

곧 승진을 한다고 했다. 아마 전출이 있을 거라고도 했다. 조선을 사랑하고 막걸리의 맛을 알아간다고도 했다. 조선 처자에게 장가를 들고 싶으니 제발 도와달라고도 했다. 하지만 어느 한 가닥도 시원스럽게 풀리지 않는다.

급기야 안달이 나는 쪽은 이 쪽이었던 셈이다. 이것이 제국 일본 정보통 작전이라 그 말이던가. 이토록 치밀하게 교묘하고, 뱃속에 뼛속 깊은 곳까지 넘나드는 간교한 흉계란 말이던가. 본받고 배우고 사랑한다는 전제 아래서도? 지겹고도 흉악하다. 일본 제국이란, 그리하여 마침내 조선팔도 삼천리금수강산을 야금야금 요리하는 속셈이더란 말인가. 그리하여 도대체 얻고자 하는 바가 무엇이란 말인가. 치밀어 오르는 역하심정을 숨길 수가 없다.

— 사람답게 살아보자고, 이제는 장가도 들어 씨알 뿌리고, 낳고 기르고 가르쳐 양육하고, 아장아장 걷게 하리라. 목숨의 씨알 뿌려, 낳고, 길러, 가르쳐, 양육하고, 걷게 하리라. 이렇게 6하 원칙을 바꿔보려는 속셈입니다. 이야말로 일급비밀입니다. 이 비상시국에 말입니다. 그래야 일억 총궐기라도 집행할 수가 있다는 논조입니다. 앙 그렇습니까? 이건 비록 나의 동경제대 선배의 수상한 논조만이 아닌 겁니다. 조선 침탈이란 망상이다. 한일합방이란 망발이다. 산은 산이요 강은 강이라. 앙 그렇습니까. 사람의 짓이요 살림살이라는 조선의 민심입니다. 깔담살이, 물담 살이, 침실 살이, 손맛 살이, 그 얼마나 살맛이 나는 법입니까. 앙 그렇습니까. 조선의 정담이 깊고도 오묘합니다. 연분홍 꽃도 심어 조석으로 물을 주고, 잡초도 뽑아주고 벌레 잡아주고, 아내의 음식 솜씨 맛있게 짭짭 먹어주고, 우리 주재소 좁다란 성벽 안에서나마, 오하! 앗! 이제 곧 전출입니다. 비밀은 항시전장에 사전 차단입니다.

— 산이 높아야, 강이 깊다고? 산은 산이고 강은 강이라, 때를 따라서 흐르고 흘러 저 푸른 바다로 가거니, 가는 길 막을 자 세상에 그 뉘랴. 사람으로서 사람답게 사는 길이란, 강산이 변할 리야! 천지간 그 뉘라서 한탄을 하리요.

급기야 말씨가 바닥난 듯 덕성이 벗어부치고 논두렁에 들어서자 제국경찰이 제복자락을 걷어가며 합세하듯 삽자루 치켜든다. 농탕으로 빚진, 별충을 하는 셈이었다. 사람의 짓이었다. 서로의 심정이 통하고, 정성이 극진한 친고들의 짓이었다.

지켜보던 순심 새댁이 수숫대 농막에 들어서 어린 아가를 얼러가며 푸짐한 점심밥을 안치느라 부산하게 설친다. 눈길에 아지랑이는 파랗게 자라며 걷히고 있었다.

열여덟 마당

주인을 찾습니다

　주인이 되려 한다. 너나없이 나는 이 집안 주인이다. 너도나도 저 논밭의 주인이니라. 너와 나는 금수강산, 이 나라의 주인이다. 주인이란, 인생의 고귀한 사업이다. 떵떵거리는 주인이 되지 못해, 한숨이요 탄성이다. 내 것, 내 땅, 내 집, 내 사랑, 내 사람, 내 백성의 주인이 되어야 하는 법이다. 초립 목동으로부터, 왕 장상 씨알이 따로 있으리. 거기에 욕심이란 괴물이 뒤섞이면, 세상은 어지럽고 아귀다툼으로 혼란이 들끓는 아비규환의 지옥이 되고 마는 것이다. 하지만 사람이란 제 각각 제 주인이 되어야 한다. 그래야 마땅한 사람구실을 하게 되는 법이 아니던가. 입신양명立身揚名이라 한다. 먼저 보고 먼저 먹는 자가 주인이라는 객담도 있다. 주인정신이라고도 했다. 주인 노릇을 올곧게 해야 한다는 것이다. 이것이 사람의 살림이다.

　갯마을에 주인이 없구나. 갯벌 논밭에도 주인은 없구나. 저 파랑바다도, 저 높고 울울창창한 봉화산도, 조선 강산은 주인을 잃었도다. 주인 없으매 너도나도 훔치고, 들치고, 뒤지고, 빼앗긴 산천 들녘이 되었도다. 주인이란, 차마 그리는 못한다. 아끼고 가꾸고 기르며, 손질하고 다독거리는 주인의 심정을 아는 듯 모르는 듯, 너도나도 주인을 자처하면서 제 몫만 챙기려드는 한심한 강산 팔도가 나날이 피폐하고 처절하게 애걸절통 하는 소리가 반도강산을 흔들어 댄다. 이 모양 저 꼴이 도대체 무엇이 되려는가. 원말 갯벌의 현장 대리감독 최덕성은 느닷없이 솟구치는 그런 탄식에 눈을 슴벅거리며 귀를 기울여본다. 귓가에 가득한 서러운 혼령들의 아우성에 가슴이 저리고 쓰리며 아리다. 날갯짓하는 갈매기 떼가 유달리 끼룩거린다. 긴 날개를 활활 펼쳐가며 바다에서, 원말 안으로 연신 드나들면서 끼룩거린다. 주인행세다. 오늘 행사는 진정 그러저러한 주인을 가리는 고절한 자리가 될 터인가.

새벽부터 삼동에 고하는 호장의 앞장선 설 소리에 눈을 뜨고, 서둘러 자전거로 나선 길이었다. 자전거를 타고 페달을 밟을 때마다, 나도 신식으로 개량을 했다는 말인가 하고 얄궂은 심사였다. 오늘 읍성에서 경찰 서장이며 면장, 군수영감도 오시고 유지들이 동원되어 간척지 원말 공사 현장의 실정 보고를 듣고 차후 대책을 모색한다는 자리였다. 사나흘 전부터 동양척식이 떠난 후 실질적인 대책위원장으로 봉직한 박광수 비롯하여, 실상은 분견대 이노우에 젊은 소장이 담책이었다. 덕성이 그렇게 위임을 한 터이었다. 지난 번 우연히 마련된 정담 자리에서, 급속히 가까워진 친고였다. 규진 신랑의 갯논 가에서, 일급 비밀이라는 얄궂은 선을 긋기는 했지만.

— 아시다 시피 난 그런 자리에서 연설을 하고, 그럴 인물 아니랑께.
— 연설은 무슨 연설이라 하십니까? 그저 공사 현장의 실상을 대충 설명하고, 그에 준거하여 사후 대책을 서로 머리 맞대면 되는 판이라고 생각합니다.
— 그 짓이, 그렇께 군수 영감이랑, 면장님이랑 원근 각지며, 삼동 유지들 앞에서 허는 소리가, 연설이 아니랑가. 오늘 잔치는 양조장 출신 면장님이 특별히

큰 턱으로 준비를 한다고 합디다. 제가 갯벌논의 주인도 아닌 터수에 무슨 대단한 일을 했다고 앞장서서 나선다는 말이랑가.

— 오이, 아-핫! 왜 이러십니까? 저도 눈여겨 살펴 본대로, 다산 정약용 선각자님 교훈대로, 제 각각 자기 일에 충실하도록 앞뒤 보살피시는, 목민심서를 실천궁행하시는 사이 상 어른이 아니십니까. 함바집은 밥집대로, 공구는 중선이며 갖가지 농기계며 작은 뗏마며 각종 공구대로, 현장은 부족한 일손 골고루 살펴서, 십장들은 위아래 질서 정연케 하고, 시시비비 까탈 없고 논둑 밭둑 집집마다 찹찹하고 강찬진 대목이랑 착착 궁합이 맞습니다. 오아, 하하! 안 그렇습니까? 이제 날 잡아 씨알뿌리고 집들이 다잡으면 아들 낳고 딸 낳고, 얼럴럴 상사뒤야! 탈춤추어야 할 일만 남지 않았습니까. 일본제국의 경사인 제가 한 자리, 한 마당을 못 잡아서 한입니다. 사람답게 살아가는 방도가 열리고 있습니다. 안 그렇습니까? 그런 실정들을 차분차분 설명해주시면 되는 겁니다. 내선일체 진충보국 표방하는 군관민 상부협조체제라. 실상은 감독님 덕분에 지역이 무사 무탈하고, 자원 징병이며, 처자들 자원 정신대 모범출정이며, 제 인사고과가 상등으로 진급을 누리고, 전출이 결정된 배경인 셈입니다. 고등 전술로 저를 축출하고 지역에서 쫓아낸 꼴입니다. 안 그렇습니까. 저는 그렇게 느끼고, 저의 친애하는 부하들도 은근슬쩍 뒤통수를 당했다고 합니다.

— 아! 아니, 고등 전술로 경사님을 축출이라니, 해안지역에서 호평이 자자한 경사님을 쫓아 낸 꼴이라니? 일본제국에도 저렇게 착하고, 자상한 인물이 기시다고. 역시 산은 산이요, 강은 강이로다. 단가 실상이란 말인가. 허허! 아무튼 오늘 행사의 주인공이 대체 누구일런가. 저 광대한 간척지, 만석꾼의 땅주인은 도대체 누구일런가.

선말 양반 덕성은 모처럼 크게 웃었다. 웃다가 본즉, 분홍 살구꽃 눈빛이 설핏 피었다. 조선을 이해하고 조선 사람 좋아하고, 암송아지 닮은 조선 처자에게 장가를 들고 싶다는 인물 아니던가. 인간답게, 사람노릇하고 살아보자는 인물이 아니던가. 봉숭아꽃이며 살구꽃, 맨드라미, 연분홍 동백꽃도 심어보고 물주고 가꾸어보며, 다홍치마 꽃단장한 아내랑 살아보고 싶다며, 도와 달라고 했었지. 무엇인가 응답을 주어야 한다. 어간이 막힌다. 때마침 다행이라, 저만치서 헐떡거리듯 강 대목이 다가서고 있었다. 근자에 격조했으매, 항시 반가운 얼굴들이다. 호장 김 씨도 곧장 털렁거리며 나타나리라. 공사장 십장들이 연신 들어 닥치고, 읍내의 관민 트럭 손님들이 닥치면 마침내 절정을 이루리라. 하늘이 노랗게 익어가고 있었다.

함바집 비린내가 살맛을 돋우고, 서중댁이며 낯익은 물담 살이 가랑이마다 비파소리가 유달랐다. 현장도 때맞춰 뱃노래처럼 바지런히 돌아가고 있었다.

이윽고 간이 사무실에서 이노우에 소장이 내미는 서너 장의 상황판을 들여다본다. 만사는 불여튼튼이라. 현장난간에서 연설할 내용의 사전점검이었던 셈이다. 일산백로지에 먹물지필서가 의외로 곡진하고 산뜻하였다.

– 간척지 현장 보고 겸하여, 실정을 말씀드립니다.

1. 함바집 경영 실정이며, 주부식의 미맥 재고 물량.
2. 선착장의 중선이며, 소형경중의 공구 현황.
3. 현장작업 인원동태와 전망치 계획실정.
4. 논둑 지평치수 작업의 진척도, 간척지 실적 총평수.
5. 연내의 파종 계획서, 차차 년도 수확의 미맥 전망치.
6. 기타 비품이며, 현장 주변의 이주민 신축가옥 동수.
7. 마량 역내 일산 가옥 관리 현황, 동양척식 후원 전망치.
8. 파견 주재소의 관리 현황 및, 추수기까지 근무동향.

9. 각 마을과 지역 주변의, 인심과 협조체제의 동향.

10. 지역 주민과 협조사항, 중요한 필수 요망사항.

어허! 대충 이런 정도였다. 과연 미주알고주알이라고 할 뿐이었다. 현장 감독 대리 최덕성은 잠시 어간이 막혔다. 전에 박광수로부터 인계인수라 할 수 있는 들은 풍월이었던 셈이다. 새삼스럽게 막중한 무거움을 절감하면서, 고개를 저었다. 느짓이 어깨너머로 불구경하던 강찬진 대목이 입을 열었다.

— 그랑께 제국의 관청일이란, 일속이 일판을 만드는 모양인갑제요. 미주알고주알이란 말 아닌가. 더구나 대일본 제국의 본때를 보일랑갑소이?

— 오하! 본때라기보다 한 눈에 일목요연하다고 하지요. 관청행정이랑게.

게면쩍은 낯빛으로 분견대장이 말하고 뒤돌아볼 때, 줄줄이 들어서는 군수 영감이며 오꾸다 면장, 경찰 서장까지 상관들을 영접하기에 황망했다. 동부인들의 화려 찬란한 기모노 자랑이었다. 저놈의 기모노란, 볼수록 역겹고 음흉한 상상 떠오른다. 때 아닌 춘사 벚꽃이 난발하였다. 벌 나비 떼처럼 수인사가 난분분 난분분하였다. 이윽고 삼동 유지들이며, 역군들 싯누런 차림의 난장을 살피던 분견대 소장의 일목요연한 연설이 차분하게 시작되었다. 이로서 동양척식에서 착수한 원말 공사 갯논 현장의 실상이 적나라하게 드러나고 있었고, 기대에 넘친 조선 쌀 진충보국하는 역사가 바야흐로 첫 선을 보이고 있었다. 함바집 난장에서 건너다보는 간척지 갯벌은, 그야말로 장대한 광장이었다. 햇볕이 창창하게 내려쪼여 황금빛으로 번쩍거리는 저 갯벌에서 본격적으로 찰진 조선 쌀이, 천석꾼 만석꾼으로 쏟아진다는 꿈결 같은 현장인 셈이었다. 연단에 오른 인물이 사방 운치를 둘러본다.

— 차아! 대단한 역사가 착착 진행 중이라. 역시 대 일본 제국 천황폐하의 공덕이라, 아니할 수 없으리라. 이건 전승가의 탈환 실적보다, 또 다른 역사인 것은

분명해! 아니 그렇소이까? 바다가 논밭 되는 상전벽해의 역전 아닌가.

군수 영감이 지중한 안색으로 운을 떼었다. 거년보다 훨씬 느글느글하고도 매초롬히 겉늙어 보였다. 기생오라비라던가. 보는 눈길은 의아심이던가. 갯마을 처자들의 정신대 파송이후로, 설마! 설령장이라는 풍설이 자자했다. 낮말은 새가 듣고, 한밤중 씨알나락 까먹는 말씨란 생쥐가 듣는다했다.

— 과연 대단한 난공사요, 따라서 금시초문의 실적 아니랄 수 없겠소이다. 우리 다케히코 소장의 자세한 보고 들을 때마다, 상찬을 아끼지 않았습니다만, 볼수록 대단한 실적입니다. 현장에 투신한 장병들의 적공이 큽니다.

아오야마 경찰서장의 찬탄이 빠질 수 없었다. 직속부하인 파견대장의 실적인 것을 과시하는 입장이었다. 그가 문득 떠오르는 착상이라는 듯,

— 오하! 그런데 말이죠. 마루야마 군수님, 이건 전승국의 봉토封土라고 할 수도 없고, 대관절 누가 주인일까요? 저 광대한 갯논, 주인이 누군가 말입니다.

— 그야 당연히 천황폐하 성지를 받든, 에—또! 그러니까? 동양척식이랄까.

— 동양척식이 손 떼고 물러간 일은, 천하가 다 아는 사실 아닌가. 더구나 대일본제국의 영토란 조선 천지만 아니라, 장차 그러니까 저 만주국, 중국 대륙인 것을, 대동아 공영이란 전조 명치유신 때부터 동아시아에 발꿈치 딛고선 일이 아니겠소. 우리 가슴을 적신 야망이란 게, 어디 이런 쪼가리 갯벌 터전이리까. 천석꾼 만석꾼 봉토란, 북해도 성곽 주변에도 흔합니다.

마루야마 군수가 풍성한 수염 다스려가며 대 일본 제국 야망을 들추듯 말했다. 제국의 영주領主 봉토라니, 그야말로 하찮다는 눈길이었다.

— 그렇다면 마루야마 군수 영감님 영주터전으로 아예 깃발을 꽂아야 하겠소이다.

아오야마 경찰서장이, 은연중 조롱기 담아 거침없이 말했다.

— 허허 이런, 이런! 나 마루야마가 그렇게 밖에 안 보인다 그거요. 어, 하하! 겨우 만석꾼 갯벌 조선 땅 봉토 영주의 지주라고? 어어! 하-하하-핫!

— 오하! 농담이지요. 허나 그러면 누가 주인이랄까. 면장님이시면 어떻겠소.

그가 사방을 살피듯 아울러가며, 느글거리다 급기야 낙점하듯 말을 던졌다.

— 처, 천만에 말씀입니다. 어찌 소졸이 감히, 제국의 천하경영에 밥술 놓는다 말입니까. 천천만만입니다. 그저 진충보국하는 작은 사역일 뿐이랑께요.

양조장 출신 면장 나리가 설레발을 치듯이 그물에 걸린 보리 숭어처럼 펄떡 거렸다. 그 얼굴이 거나하게 얼큰한 기색이었다. 그때 수긋하며 듣고 있던 강 찬진 대목이 선뜻 나선다. 훈계조로 차악 가라앉은 목소리였다.

— 전에 임란 때 이야깁니다만, 진안 출신이던 정여립이라는 인물은 의병을 일으켜 상당한 명성과 공적을 세웠으나, 천하는 공물☆物이라. 주인이 없다는 문자와 말 한마디에 역적으로 몰려, 향리인 전라도 진안에서 가솔 측근들을 죽 이고 스스로 목매어 죽고 말았다지요. 청렴한 선비로 살다가 말이랑께요.

— 역시 천하는 공물입니다. 누구라도 참 주인은 아니지요, 잠시잠간 살다가 는 인생들 너나들이 누리고 섬기며 살다 가는 법일 뿐, 아니 그렇습니까. 오하! 대체 어찌하다가 외람되게도 국책 사업장에 주인을 찾고 논하다니?

의외로 잠자코 듣고만 있던 젊은 이노우에 분견대장이 힐책하듯 말했다.

모두가 어처구니라는 듯, 새롭게 각성이라도 한다는 듯 고개 절레절레 흔들 었다. 과연 그렇다. 저 함바집은 주인이 누군가. 조석으로 불 피워 밥 짓기로 지극정성을 다하는 서중댁인가. 천만에, 아니다. 어즈버 당당한 기둥서방이라 고 별호가 붙은, 그래 감히 그 누구도 넘보지 못한다는 김봉길 십장이 주인이 란 말인가. 아니면 사사건건 설레발 쳐대는 광수 통변이던가. 커다란 그림자처 럼 얼씬거리는 덕성 현장 감독 대리라던가. 양조장 출신으로 기모노의 멋쟁이 마누라를 거느리고 실속 챙기는 처신이 기막히다는 면장님인가. 역시 아니다.

모두가 주인은 아니다. 그렇다면 실권을 쥐고 흔드는 군수영감인가. 제국의 붉은 깃발과 샛별모자 찬란한 경찰서장이던가. 한동안 물량을 투척하고, 처음부터 설계하여 착공했던 동양척식인가.

천황폐하 일본대제국이던가. 현해탄 건너 반도강산의 꼬투리 땅이란 호랑이 발톱 피일 터이다. 대륙천지 대동아 공영의 야망이라 한다. 관백 도요토미 히데요시도 삼십 평 무덤의 주인일 뿐이었다. 몸이여! 이슬로 왔다가 이슬로 가니, 오사카의 영화여! 꿈속의 꿈이로다, 하고 새콤한 단가 두 소절을 남겼을 뿐이다. 동양 삼국을 짓밟던 이토오 히로부미 공작도 대륙 하얼빈 역전에서 육혈포 땅 밥이 되었다. 인신人神이라던 다이쇼 천황도 땅속 무덤의 주인일 뿐 너도나도 제 것도 아니면서 천년만년 제 살림이요, 제가 주인인 양 제 소유 삼으려는 수작들이 이리도 그악스럽다는 말이던가. 제 것이란, 자기 소유란 천지간에 도대체 무엇이던가. 거대한 꿈과 야망과 탐욕을 쫓아 무한 경쟁하는 인간들에게 곰곰 씹히는 이런 생각이란, 진실로 인간이 사람답게 살아야 한다는 영혼의 가장 아름다운 선물인지도 모를 일이었다.

누군가가 나서서 철두철미한 애국애족의 도량으로 앞장을 서야 했다. 그가 바로 이 땅 저 갯벌 터전의 주인이라 할 터였다. 저 갯벌이 그러하고 삼천리 팔도강산이나 조선 천지가 그러할 뿐 아니라, 인생살이 온전한 주인 면모를 보여야 할 때였다. 하지만 사방을 둘러보아도 텅 빈 하늘에 갈매기가 애처로운 날갯짓으로 떠돌 때마다, 허허한 눈길들 아롱거리는 아지랑이 쫓듯 허망한 갈증을 보낸다. 목줄이 타는 듯 제 각각 영혼의 목마름이었다. 비린 갯내가 몰려들고 갈매기 떼는 커다란 날갯짓으로 뭔가 재촉하듯 연신 들락거렸다.

— 오하! 자— 차아! 먼저 먹는 자 임자라는 세속 말이 있습니다. 선취특권이라 하지요. 거창한 시사는 낼로 미루고, 특별한 잔치가 준비되었습니다. 특히 면

장 나리께서 큰 턱을 내시는 셈인즉, 마량포구 풍성한 공덕을 크게 누리시기 바랍니다. 어서들 함바집 식당 안으로 드시지요.

젊은 다케히코 분견대 소장이 말했다. 그는 실상 내일의 주인인 셈이었다.

— 내외 귀빈 여러분, 오늘 고맙게도 친절하신 이노우에 다케히코 소장 경사께서는 이제 곧 경부로 특진하고 전출하게 됩니다. 축하를 부탁합니다.

이처럼 느닷없이 부하의 특진과 영전을 대견하게 소개하는 아오야마 서장의 특명에 따라, 폭발하는 박수갈채가 난분분, 난분분 사쿠라 꽃처럼 쏟아졌다. 박수갈채 멎기 기다린 듯 이번에는 마루야마 군수 영감이 청중을 둘러보며 윤기어린 수염을 다스리다가 진중한 입을 열었다.

— 차하! 오늘 이 자리가 대단히 영광스럽고 감축할 자리입니다. 그것은 다름 아닌 축복의 선포이기 때문이외다. 여러분 내선일체라, 천황폐하의 거룩한 성지를 다들 아시는가요. 일본제국과 조선 강산이 혼연일체라는 황은의 성심을 이루자는 역사인 것입니다. 이른바 혼혈정책입니다.

의외의 연설에 모두가 벙벙한 어안으로 귀를 기울일 뿐이었다. 내선일체라, 황은의 동인일시라, 실상 귀에서 옹이가 자라도록 근자에 회자되는 단어였던 셈이다. 어쩌란 말이던가. 주목하는 늙은 입이, 다시금 마른 북어처럼 거푸 열린다.

— 오늘 자리가 다름 아닌 겹경사의 자리입니다. 우리 친애하는 분견대 소장 경사인 이노우에 상의 혼인 자리라, 그 말입니다. 또한 놀랍게도 조선 여인과의 내선일체, 혼연일체의 성스러운 자리라 그런 말입니다. 대 일본 제국 신민들은 알아들으시겠습니까? 전에 이李 왕가의 덕혜옹주께서도, 제국의 왕손과 혼연일체 이루어 명실공이 대동아공영 모범이 되었지요. 아니 그 전에 이왕 가의 왕손 영친왕 이 은李垠전하께서도 동경 유학생활 중에 제국의 나시모토 마

시코梨本 方子 방자 여사와 혼인하여 일시동인 성심에 화답한 역사를 모르시오. 조선의 군관민 가운데서도 앞으로 이와 같은 광영이 풍성하기를 축원하는 바입니다. 단지 유감스럽기는 오늘 주인공 신부께서는 에… 또! 그러니까! 만삭 몸인지라. 참석이 어렵게 되었습니다. 양해를 부탁드리면서, 이런 걸 청춘 과속이라고 하는 겁니다. 아시겠습니까? 우-하하, 하-핫! 우리 친애하는 이노우에 소장께서 조선 처자가 병든 어머님 지극정성으로 섬기는 효심에 감동하여 혼사를 결심하신 듯합니다. 부모님의 은혜는 산과 바다요, 처자의 사랑은 골짜기와 강이라. 천지간에 어디 간들 강산과 바다가 변할 리야 있으리까. 하여튼 말 나온 김에 한 마디를 더 보탠다면, 조선 병탄의 야망을 실천궁행하시던 제국의 원조 도요토미 히데요시 관백께서도 어머님의 호천망극과 어린 아들 마사기의 병사로 애걸복통하시다, 급서하셨던 역사가 자명합니다. 임진란 이후 조선강산의 저 평양성까지 다 짓밟혔으나, 남해안에서 이순신 통제사 지략에 밀려 일본수군의 진멸을 당하자, 가신측근들의 만류를 무릅쓰고 내 몸소 바다건너 친정親征하리라, 작정하고 오사카를 출발하려던 전야에 이루어진 사실입니다. 부모자식 처자사랑이란, 그런 것입니다. 천하를 다 가져본들 부모 처자 사랑을 잃는다면, 아하 허사로다. 그래서 몸이여, 이슬로 와서 이슬로 가니, 오사카의 영화여 꿈속의 꿈이로다! 하는 단가밖에 남을 것 없는 법입니다. 아니 그렇소이까? 아마도 순산 후에, 혼례식을 제가 주례하기로 두 달 전부터 보고를 듣고 추진해온 일인 것을, 공표하는 바입니다.

　너나없이 어안이 벙벙하였다. 난타연타의 장관이었던 셈이다. 제국신민 광영이라고 할 터인가. 수다가 수다를 불렀다. 대체나 조선의 신부라니, 그녀가 누구란 말인가. 석 달 전부터 공작했더란 말이었다. 자그마한 성벽처럼 움츠리고 있던 주재소 담벼락 안에서는 진작부터 연기가 솔솔 피어오르고 있었다. 직속상관이던 경찰 서장도, 수염 풍성한 마루야마 군수영감도 분견대 소장의 말이라면, 꼼짝 못하는 사연이니라 했다. 진충보국하려는 시범 정신대 처자들을, 읍성에서부터 탄탄대로의 훈련으로 먼저 맛 본 덕분이라고도 했다. 사건이 공론화된다면, 추풍낙엽이 분분할 터였다.

— 그랑께 내 딸, 선화는 대체 어디로 가서 무엇을 하고 있당가. 살았당가? 죽었당가? 저 하늘나라 기러기처럼 훌훌, 훌쩍 날아가 버린 후 금수강산 천지에 소식이 돈절이라니, 이리도 사람 뼛속을 지글지글하고 태운당가.

오랜만에 만난 황아장수 배성실은 볏 잎처럼 꺼칠한 얼굴이 반쪽이었다. 현장의 함바집에서 선말댁과 서중댁을 도와서 오늘 잔치에 숙수로 동원된 처지였던 것이다. 좀체 나서기를 몸 사려꺼리는 선말댁이었지만, 현장 감독 대리인 쥔어른 간청을 물리치기 어려웠다. 수인사가 오가기도 전에 가슴에만 품고 살았던 집 떠난 처자들 문안이 여울물소리처럼 울렁거렸다. 왜 아니리. 도대체 죽었는가, 살았는가. 제국의 배를 타고 현해탄이라는 뱃길을 건넜는가. 북녘으로 떠나갔는가. 반년이 지나도록 종무소식이었던 셈이다. 하루가 여삼추라는 기막힌 심사들에 몸이나 성할 손가. 그러다가 그 무렵 함께 떠났던, 설왕설래하던 장보름 소식을 듣게 된 터였다. 저 높은 고관들 수염 가득한 거룩한 입으로 말이다. 제발 살아만 있어다오.

— 우리 조문자는 어디로 가서 무엇을 한당가. 몸이 실하지도 못했는데.

함바집의 주인 격인 서중댁이 정신없이 돌아치다가 문득 호리병처럼 챙겨들었다. 누구도 얼핏 댓구를 못한다. 도대체 먼 소린지? 알아듣지도 못한 척.

— 사람이 살았다면, 소식이 오고가고, 그래야 사람이거늘, 제국의 천지란 게 도대체 먼 놈의 꼴이란가? 알다가도 모를 속이라.

— 우리 김진숙 아기씨는 몸이나 성한가. 꿈에도 아니 보이네 그려.

선말댁이 우리 진숙 아기씨라고 대뜸 말했다. 다 익은 혼담이었다. 날 잡아

신랑감이 오는 대로 잔치를 치르면 되었던 셈이다. 정담에, 서로간의 신덕에, 다 된 밥 뜸 들이는 사이에 코 빠진다고 했던가. 잔칫상은커녕, 쪽박마저 깨뜨려버리는 세상인심이라 했던가. 배영실은 적삼 속에서 벌렁거리던 가슴이 뜨거웠다. 누군가 그 뜨거운 속을 챙겨주고 있었다. 죽었는가? 살았다하는가.

— 저리 저 놈의 입방정 보소. 꿈에라도 살았는가 죽었다는가 라니, 오지고 당연히 살아서 제국 공장에 가서 일을 하거나, 군수 영감님 장담대로 공부를 하것지 하고 왜 생각을 그리 못한당가. 팔자도 맘 묵기에 달렸다는 말이시.

— 팔자타령들 말란 말이시. 중풍으로 사족 못 쓰고, 병든 어미 두고 객지로 떠나간 팔자가 그리도 부럽더랑가.

영실은 기운 없는 소리로 말하며, 단비 젖은 살구꽃잎처럼 어느덧 눈물이 어린다.

— 아니 중병이 들어 몸도 못 먹이고, 못 추리는 부모랑 정든 팔자가, 상팔자라는 옛 말이 헛소리가 아녀들, 오늘 당장에 보고 듣지도 못했당가. 만식의 몸으로라도 온 백성들 기리는 칭송을 듣고도, 그리고 생각들이 맥혔어?

— 만식이라고? 우리네 딸내미 보름이가 만식이라고? 그러면 저 왜놈 순사의 애기를 뱃다는 말 아니랑가. 주근깨가 어여쁘게 사람 눈길 잡아끌던, 우리네 장보름 딸내미가, 그런 말이랑가. 시상 천지간에, 이 노릇을!

언제부턴가 혼인식의 주인공은 보름이로 정해버렸다. 아낙들의 수다란 묘한 노릇이었다. 하고 본즉 입맛이 돌고, 살맛 솟구치는 수다란 시작이 반이 아니라, 할수록 으레 끝 간 데 모르기 마련이었다. 아니 땐 굴뚝 연기란 없다. 수다가 돌고 돌면, 기어이 머잖아 싹이 나고, 꽃이 피고, 열매가 맺힌다.

금수강산은 산천도 먹히고, 논밭은 물론 성씨도 먹히고, 이제는 텃밭 안태집도 골라감서 혼연일체 이룬다 한다. 제국의 혼혈 정책이라 한다.

분건대 성곽에서는 언젠가부터 여인네 울음소리가 그치고, 달밤에 체조하는 산보가 잦다고 했다. 사흘걸이로 젊은 소장 자전거가 실어서 나르는 조선 대소쿠리에 담긴 음식이 보통은 아니라고도 했다. 근동 민들레꽃 소문대로, 중풍 들어 사족도 못 쓰는 약산댁이 받는 조리 음식이었다. 어느덧 만삭이라고 했다. 보름이 처자가, 조선 시범 자원 정신대로 진충보국할 처자가, 대체나 그럴 수도 있다는 세상이었다. 혼혈정책의 실재로 상하 모범이라 할 터였다.

내 딸 진숙이는 어디서 이 모진 세월을 견디고 있당가. 조문자, 순실이랑 처자들은, 봉화산의 낭랑한 처자들은 대체 어디에서 이리도 오지고 푸짐한 세월을 견디고 있다는 말인가. 봉화산의 고라니는 오늘도 저리 뛰고, 뜸부기, 부엉이, 소쩍새, 으악새는 바람맞이로 새벽 저녁 울음을 저리도 창창하게 산천을 그려가며 정담으로 주거니 받거니 나누고 있건만, 봉화산 주인이던 우리네 딸들은 살았는가? 죽었던가?

함바집 식당에 백여 명의 주객들이 우르르 몰려들었다. 이미 상좌에는 별도의 상차림이 보였지만, 통변 박광수가 안내하는 대로 자리 잡은 어느덧 주객일체가 되어있었다. 판자 집 식탁이란, 영락없이 군사 훈련장 모습이었다. 하지만 혼인집의 호리건곤 낭자한 잔치판이라 할까. 배식이 끝나가는 판국에 축하의 선소리가 없을 수 없었다. 수염 쟁이 군수가 나설랑가, 주례를 작정했다는 아오야마 서장이 나설 텐가. 서로 눈치 보기도 잠시 잠간이었다.

얼러 덩 뚱 당! 세월 가네. 청춘가고 나도 가네.
밀물이 들고, 썰물은 가네. 나간다고 설워마소.
이제 가면 언제 오시나. 가고 오는 풍랑 세상이라.
어이야어 헐 럴! 상사 뒤 야라! 뒤풀이나 하여보세.

최덕성이 저도 모른 새 푸념하듯 흥얼거렸다. 하지만 순식간 파장소리가 진동하듯 두 손 들이, 반짝 반짝 쳐들린다. 낭패하여 항복하는 장병 군졸들처럼!

— 천황 폐하님 만세, 만만세! 대 일본 제국 만만세!

— 대동아 공영 만세! 동인일시 성은에 만만세!

— 동양척식 만세! 대제국 일본 승승장구 만만세!

자나 깨나 만만세요. 앉으나 서나 천황 폐하 성은이었다. 심지어 수캐가 길 가다가 나무만 보면 뒷다리 쳐들고, 오줌 찍찍 갈기며 제 땅뺏기 하듯, 인신의 이름으로 제 땅 제 나라, 제국의 깃발을 치켜드는 셈이었다. 태양의 붉은 깃발은 새날마다 하늘에서 솟구치는 태양처럼 삼천리금수강산 촌촌 구석도 사랑방 안방이며, 건너 방까지 인류으로 사양하는 법이 없었다.

상사뒤야 잔치 끝 뒤풀이는 으레 청구서로 남는 법이었다. 썰물처럼 물러간 함바집 이층 사무실에 현장 대리 최덕성이 십장들과 머리를 맞대고 있었다. 그 자리에 서중댁이 김봉길 십장과 나란히 앉아있었다. 밥이건, 막걸리 술판이건, 돼지고기 잔치건, 온갖 건거니 푸짐한 이물개가 된통 외상 장부로 남았다. 외상이라면 황소라도 잡아먹는다는 조상 적부터 지혜랄까, 악습이랄까. 우선 먹고 살아야 했다. 살기 위하여 머리 굴리고 잔꾀라는 수작이라면, 어찌 악습이랄까. 징상한 보릿고개 춘궁기에 주린 목숨 살아남기 위해 장리쌀 목줄 대다가 평생 종살이가 사람살림이란, 그리도 지엄한 한울님의 섭리인 것을!

— 하여간 오늘 잔치는 푸짐하고 낙낙했지라오. 안 그랑가.

— 그러문요, 그러문이라. 면장님 진설인디라. 내외 귀빈들 거나했지라.

자못 흡족한 표정으로 나서던 오꾸다 면장이 잊지 않았다는 듯, 자화자찬에 청구 문서는 일간 최덕성 씨께서, 면소에 나와 달라는 당부를 남겼던 것이다. 덕성은 내 그럴 줄 알았다는 듯 고개 숙이며 전송했다. 결산을 해야 했다. 주인 노릇이던가. 하수인인가. 단순한 심부름꾼이라던가.

— 인구에 비하여 솔찮게 살림거덜이 났고만이라.

— 아무튼 일판 잘 챙기느라, 서중댁 수고가 많았소이다. 항시 내 일로 알고 정성을 들이시는디, 세상이 몰라 줄랑가요.

— 어르신이 그리고 자상하게 챙겨주시는디, 몸뚱이가 한 몸이어 서럽제라. 이자는 결산을 해야 쓸 것 인디, 면장님 닦달이 옹골지것제라.

— 마른 땅에 물벼락 칠랍디여? 듣고 새기며 종기 생손앓이처럼 이를 악물고 견뎌 보제라. 사람 살림이란 게, 큰 소리 칠 때 하고 주머니 챙길 때라면 별천지 아니랑가요. 한두 번 당해본 노릇도 아니제라. 앙 그려요.

— 산전수전 다 겪으신 어르신 말씀은 항시 조선수군 통제사 말씀이랑게요.

서중댁과 선말 양반 덕성의 주거니 받는 결산을 듣다보면, 으레 호탕한 웃음꽃이 복사꽃처럼 만발하였던 것이다. 서로 배려하고 안타까워하며 앞뒤를 보살피는 지극정성이 연둣빛으로 어리게 마련이었다.

— 와마, 와마! 대관절 워쩌 실려고 통제사 말씀으로 큰대포를 쏘아대신당가. 제발 산사람 주눅 들게 마시고, 서중댁 보리숭늉이나 한 그릇씩 앵기시오!

— 워-매매, 그것이 대체 먼 소리랑가? 혀가 빠지도록 돼지 잡고 안주 갖춰, 지극정성을 다했고만, 다 지난 파장에 웬 놈의 멀건 보리숭늉이라니요.

— 우리 함바집 보리 숭늉만한 속 풀이가 세상에 달리 있다던가. 앙 그려들?

최덕성이 진심을 담아 토설하자, 얼핏 뒤탈가신 듯 한 목소리가 화응했다.

— 선 키는 석자를 봐도, 앉은 정성은 상사뒤야라! 천리에 미친다고들 합디다.

— 그랑께 다 망한 나라꼴에도, 쥔 아낙들의 정성이 핏덩이 자식을 기르고, 사내구실로 사람세우고, 사람들 살리고, 집집마다 마을살림을 일구제라. 앙 그려들…?

열아홉 마당

흔들리는 산하

이른 조반을 챙겨먹고 오두막집을 나서는 선말 양반 덕성은 스스로 다부지다는 느낌이 들었다. 오두막이라니, 토방에 안방 건너 방이 셋이나 되는 삼간겹집이 아니더냐. 게다가 청솔울타리 뿐이지만, 암소 외양간도 갖추었다. 수수알갱이가 듬성한 보리밥에, 뱃속은 든든하고 튼실했다. 몇 가지 산나물에 석화 젓갈이 입맛을 돋우었고, 게장에 반주라기보다는 힘들을 내시라고 아내 선말댁이 따라주는 막걸리 두 잔에 얼큰한 안색이었다. 따끈한 뭇국이 비린 속을 풀었다. 사흘째 암소 쟁기질을 길들이는 날이다. 선말 이모님의 배려로 배냇소를 들인지 삼년 만에 암송아지를 낳았고, 송아지가 이제 막 코뚜레 지나 쟁기질 길들이기에 나선 셈이다. 어느덧 열댓 걸음 선산 아래 텃밭에서, 종순이 멍에를 씌우고 있었다. 종연이가 웃자란 암캐 두 마리를 거느리며 따랐고, 벌겋게 달아오른 암소는 늘씬한 목을 휘둘러 풍경을 쟁강거리며 고갯짓이 심한 모양이다. 본능적 심통으로 버티어보자는 속셈일 게다.

하지만 쟁기질 길들인답시고, 보리쌀 뜨물에 콩깍지 우겨넣고, 덜 여문 소갈

비풀죽으로 배가 불룩하게 늘어진 팔자 아니더냐. 산천을 휘두르던 덕성이 아들 종순이로부터 고삐를 받아 움켜쥐었다. 쟁기 채 똑바로 세우자, 새롭게 다부진 사냥꾼 차림의 모양새였다. 종순이 쇠고삐를 쥐고 앞장선다.

— 이랴, 이리야…!

출발을 하명하는 첫소리가 쇠가죽 북소리처럼 둥둥거렸다.

살비듬 새빨간 암소는 알아듣지 못한 척 오불관언? 허리만 늘씬하게 출렁댄다. 종순이 마침내 고삐를 당긴다. 그제야 겨우 한걸음을 뗄 듯 말 듯, 고개만 출렁거리며 풍경을 울린다. 그리 쉽게 움직이지는 못하겠다는 오연한 태도다. 고개를 짓누르는 멍에를 은근히 거부하는 몸짓이었다.

— 이랴, 이럇! 차차, 이랴! 어서 밥값이나 하러 가자는 말이다. 이랴—아!

벌써 사흘째 텃밭 갈이다. 못들은 척하다가 충동적으로 고개 쳐들며 쟁기를 왈칵 끌었다.

— 내 이럴 줄 알았당께. 몹시 아끼는 척, 다독거리고 긁어주고 사랑하는 척 하다가 코를 쇠꼬챙이로 뚫어 생피를 내고, 멍에로 목을 죄인다. 이 짓이 내 운명이란 말인가. 운명이나 팔자라면 오너라.

하고 자탄하듯 제법 덜렁거리며 종순에게 끌리면서도 수걱수걱 멍에를 끌었다. 말귀도 알아들어야 할 시기다. 이랴, 좌라! 이리야, 좌라, 워—워! 오른편, 왼쪽으로, 멈춰라. 가자! 어서 가자! 이리야, 이리 돌아서라.

그렇게 돌 자갈을 피해가며, 앞으로 한 이틀만 더 길을 들이면 쟁기질 한 못을 감당할 턱이다. 얼마나 오지고도 당당한 노릇이랴. 종순의 큰 공로였다. 하지만 바로 이때가 잠시라도 맘을 놓아서는 안 되는 긴장의 순간인 셈이다. 벌컥거리며 충동적으로 내닫는 쟁기질 암소는 스스로 멈추지 못한다. 쟁기 채를 바짝 움켜쥐고서 뒤를 쫓다가, 혹시 묻힌 돌이라도 턱하고 걸리면 즉시 와! 왓! 하고 멈추거나, 쟁기 채 잽싸게 쳐들어 피할 줄 알아야 한다. 순식간에 끌어당기는 암소의 무서운 추동력에 극쟁이 쇠보습 날을 깨뜨리거나, 멍에를 부러뜨리거나, 멍에에 걸린 암소의 허리를 상하거나, 쟁기 채가 가슴을 치고받아서, 소와 사람이 큰 사고를 당할 수도 있는 법이다. 그래서 더욱 긴장하고 재치 빠른 요령과 수련이 요구되는 일이었다. 더구나 겨우 첫 삽질하는 화전밭이 아니던가. 잠시라도 맘을 놓을 수 없다.

　어느덧 아침 햇살이 창창하게 떠오르며 이마에 솟구치는 땀을 들인다. 암소와 종순이, 길라잡이와 쟁기꾼이 일체로 움직인다. 비로소 한숨을 들이며 긴장을 푼다. 위험한 순간들은 지난 셈이다. 쉴 참이 자주 다가온다. 살랑거리는 송진 산바람에 기분마저 무지갯빛 아지랑이나 파란 억새처럼 살랑거린다.
　행복이나 불행이란, 본시 형체가 없는 소리였다. 이랴 아! 좌라하고 불러대는 통에 너도나도 제 멋에 겨워, 갈 바를 모르고 제 몫 더 챙겨보자고 나서는 꼴일 뿐이다. 단지 허영과 욕심이 있을 뿐이요, 여기저기 기웃거리며 갈망과 탐욕이 자랄 뿐이다. 사람살이 삼시 세끼 배부르면, 아련한 졸음 솟구친다. 그 아른아른하는 졸음 단맛이라니, 세상에 그 무엇과 비기랴? 늘어지게 단잠 들고 깨고 나면, 처자식이 있고 일터가 기다린다면, 대장부 살림이 무어 어떻다는 말이던가. 덕성은 잠시 쟁기 채를 잡은 채, 쉼을 누리며 그런 생각을 했다. 푸르고 짙은 산천이 화답한다는 듯 살랑바람이 일었다. 바람결에 느닷없는 한숨질이 저도 모른 새 타고난 천성처럼 살아 올랐다. 앙가슴 속에서 달거리하는 처자들의 요요처럼 일렁거렸다. 그런 일렁거림이 아련한 천상의 빛살처럼 문득 한 소리로 가슴에서 솟구친다.

　　아-아아! 으악새 슬피 우니, 가을 인가요-오
　　지나 치-인 그 세월이, 나아를 우-울립니다. 아!

여울에- 아롱 저-어즌, 이지러진 조각 다-알

강물도-오 출렁출렁, 목이 매-앱니이다, 아아!

　콧소리인가 했다. 입에서 솟구친 휘파람소리인 듯싶었다. 노파의 숨소리처럼 애절하고도 구성지다. 점차로 동백 꽃잎처럼 윤기가 도는 구성진 창가소리가 살아 오르고 있었다. 지나 치-인 그 세월이, 나아를 울립니다. 여울에 아롱 저어-즌 이지러진 조각 다-알- 연거푸 하소연하듯, 가슴에서 우러나는 애절하게 울렁거리는 소리였다. 고구마 넝쿨이며, 청솔 초목이며, 사방팔방의 산 생물들이 고요히 귀를 기울인다. 덕성은 마치 수사슴처럼 늘씬한 자태 선채로 노래를 불렀다. 쟁기 채 일손에 얽매여 있으면서도, 쉴 틈에 연신 흥얼거리는 덕성 본인만 혼취하여, 도무지 사면동정 물색도 모를 뿐인 듯싶다.

　때마침 김발 하얗게 솟구치는 삶은 물고구마 소쿠리를 안고 일터로 나섰던 선말댁도 들킬세라 고요히 멈춘다. 그 얼금 얼굴에 미소가 붉어진다. 공일날은 온 식구가 밥을 먹고 차분하게 일손 잡을 수도 있었다. 공일이라 하여, 노는 날은 아니었다. 놀기는커녕 할 일은 너무도 많았고, 하고 싶은 일도 첩첩이었던 셈이다. 오지고도 재미있는 일이요, 그런 날이었다. 종순이랑 종연 학도들이 책 보따리를 건너 방에 가둬놓고 맘먹은 대로 하고 싶은 일, 놀고 싶은 놀이 즐길 수 있는 날이었다. 맑고 화창한 날씨에 공사 현장을 나서지 않았던 선말 양반도 반갑고 오달진 날이었다. 모처럼 집안일 맘껏 추셀 수 있기 때문이었다. 단지 먹자거리는 항시 서글펐다. 화전 밭에서 금년에도 겨우 고구마 열댓 가마의 수확 밖에는 심고 거둘 자리가 요원했던 것이다. 그래서인가? 선산 밑 텃밭에서 아들들과 함께 볏섬에 고구마를 캐어 담으며, 저절로 열린 입소리였다. 쟁기질 길들이는 다부지고 오진 날에 이런 순인가? 아아! 으악새 슬피 우니 가을인가요. 지나친 그 세월이, 나아를 울립니다. 아-아! 하지만, 가을이란 울어야 할 세월이 아닌 터였다. 천고마비天高馬肥 절기인 것을, 하늘은 하염없이 높고 푸르며, 소나 말이라도 투실투실 살찌는 소리가 등천한다. 풍성하게 거두고 배를 두드리는 가을인 것을, 가을일에 눈코 뜰 새 없이 쫓기다가도 막걸리 한 잔을 술술 들이켜 보라. 천지가 한 가슴에 꽃바람으로 향기롭게 설치며 안겨든다. 하지만 저 공사장 갯벌의 들녘처럼 텅 빈 선산, 최덕성의 가을이란 더 없이 슬픈 노릇이었다. 갯벌 공사장이란, 하대명년의 일 터전이었다. 도대체 언제 볍씨를 뿌리고, 찰진 조선 쌀을 수확할 수가 있다는 말이던가. 안달하는 군관 나리들의 재촉일 뿐이다. 염수 갯물이 가시고, 민물이 출렁대고, 새 옥토가 되어야 하는 법이다. 여기저기 허수아비가 서늘바람에 탈춤을 춘다. 산에나 들녘이나 강가에서 바람에 나부끼는 갈대가 서글픈 소리로 울어댄다.

아아! 진정 갈데없고 하릴없는 으악새다. 배고픈 가을이란 저 으악새의 한탄처럼 쓸쓸하고도 기막히게 슬픈 가슴이었다. 지나친 세월 탓만이 아니라 그 세월을 잘못 살아버린 탄식이 절절한 슬픔이란 어찌 가을뿐이랴만, 숨겨둔 유성기의 창가는 슬픔에 젖은 가락을 무시로 여린 여인네의 손길처럼 서러운 가슴을 한도 없이 끌어당긴다. 제 설움 대신 울어주고, 제 슬픈 가슴을 어루만지듯 아─아아! 으악새 소리로 살금살금 부드럽게 대신 어루만진다. 그려, 그려! 그래서 이따금 휘파람으로 불어보던 입소리였다. 하염없이 이 풍진 뜬세상을 만났으니, 너희의 희망이 무엇이랴? 부귀와 영화를 누렸으면, 희망이 족할까? 하는 창가와 함께 몇 달 전에, 대처 광주의 계명 사진관에서 아들 종수를 겨우 만나고 돌아오면서, 양림동 고갯길에서 마주친 유성기 집 앞이었다. 낭랑하면서도 서글프게 울려 퍼지는 그런 창가소리에 저절로 스며들어 발길 멈추고 듣다가 기어이 노잣돈을 털어 넣고야 말았던 셈이다. 신판 유성기 가락이라니, 싸리 꽃처럼 청순하게 흐드러진 이난영의 사공의 뱃노래 가물거리는 목포의 눈물과 함께 유난히도 맘을 사로잡았고, 선채로 서너 번 듣고 나면, 그 입술에서 저절로 솟구치는 신판 청춘 가락이었다. 흙투성이 되어 작업에 열중인 아들들은 입에서는 단내가 나건만, 이건 또 무슨 가락이란 말인가.

앗차! 싶은데, 아닌 게 아니라 오달지게 걸려든 셈이라 할까. 암소 코뚜레를 끌어 앞장을 서서 나가던 종순이 땀을 훔치며 단내 입을 열었다.

— 아부지요, 그렇게 그 으악새가 슬피 운다니, 생전 못 보던 새지라?

— 금—메 말이랑께, 그 놈의 으악새는 대체 어떻게 생겼당가요?

종순이랑 종연이 아비의 가락에 귀를 기울이다가, 나란히 일손을 놓고 캐묻는다. 문득 허갈 웃음이라도 솟구치는 심상이었다. 한편 어색하고도 민망한 안색이다. 이런! 이런 주착으로 또 들켰구나. 그러고 보니 새참을 들이려던 아내 선말댁도 안색이 환한 모양으로 지켜보고 있었던 것이다. 덕성은 천성적으로 유난히 수줍음 타는 심상이었다. 피할 길을 찾은 듯 겨우 입을 연다.

— 어—야! 안댁 마나님, 으악새가 대체나 어떻게 생겼당가? 이리 장하고 장한 학동들에게 자네가 잔 가르쳐주소. 잉!

짐짓 얼큰한 소리로 화풀이하듯 내친다. 은근자로 면피용인 셈이었다.

— 금—매, 아마도 으악새는 산에도 살고, 갯가에도 살고, 들녘이랑 없는 데가 없지라오. 바람만 불어대면 한층 서럽게 울어대등만이라.

선말댁이 흔연스런 얼굴로 속내를 새기며, 내숭스럽게 응수한다.

— 그렇게 도대체, 으악새는 어떻게 생겼는가? 그 말이랑께.

— 아니, 그 나이 되고도 다 큰 사내들이 으악새가 어떻게 생겼는지도 모른당가.

— 모릉께 갈쳐달라고 안하요. 종달새도 알고, 뻐꾹새, 큰고니, 갈매기도 기러기도 다 아는디, 으악새는 생전 모른다 말이시.

종순, 종연 학동들이 연거푸 안달을 낸다. 매사에 질문이 잦은 학도들이었다.

— 아마 키가 덜렁 크고, 다리가 길제라.

— 그람 황새를 닮았당가. 바람만 불면 한층 서럽게 울어댄당가.

— 그란디 오리처럼 날지도 못하고, 기러기처럼 하늘 넘보지도 못한다 말이.

— 홧–따매! 제길헐, 어째서 이라고 애간장을 다 태운당가.

— 금–매 그라 덜 말고 자상하게 가르쳐 줘뿔소. 사돈댁 마님처럼!

드디어 아비가 화통하게 웃었다. 선말댁도 모처럼 가난살이 궁기든 웃음을 맘껏 누린다. 이윽고 차분차분하게 으악새를 설명한다. 그 얼마나 아름다운 산새요, 들새요, 강변의 가락이던가. 단지 바람결을 못타면, 죽은 듯 숨죽이는 환상의 아름다운 새였다. 세상에는 없는 듯, 바람이 불어대는 갈이파리 나부대는 가장 흔한 소리의 새였다. 허허롭게 길쭉 자라서 제 몸이 저절로 겨워서 사랑놀이 몸부림으로 우우–우짖는 억새풀이었다. 갈대밭 뜨내기 새였다. 아비가 어룽진 소리로 이르며 살찐 고구마 바구니의 점심에 몰려든다.

— 억새풀을 들어는 보았것제. 키가 사람보다 덜렁하고 잎이 날카로운 억새풀이 가을바람 불때마다 서러운 제 살림을 울어대는 소리가, 으악새란 말이여. 중요한 이야기는 그 이파리 날카롭기가 칼날이여, 칼날! 그 칼날끼리 맞부딪치면 그라고 처량하면서도 애간장 끊이는 새소리, 피리소리, 여인네 소리가 한도 끝도 없이 밤낮도 없이 울어댄다는 말이시. 그런데 생각해보란 말이여. 우리 사람들의 칼이란 서로 부딪치면 피가 튀고 살이 찢기고 목숨을 상하지만, 억새 칼날은 서로 노래를 불러! 서럽고도 애끓는 으악새가 되어 슬픈 노래를, 슬프고 아련하게 가슴 어루만지는 노래라 그 말이여. 인자는 확실히 알것당가. 그래서 우리 사람들이란, 허겁지겁 가을에도 더 한층 슬프단 말이여. 인자는 알아듣겠는가. 저 뜸북새가 슬피 울어도 가을인가요.

아비의 자상한 설명을 두 눈 반짝이며 새겨듣는 안색이 진지하기 그지없다.

— 그란디 학도들은 대 일본 제국 학교에서는 도대체 무슨 노래를 부른당가.

선말댁 어미가 성큼 물었다. 대견하고도 자랑스러운 기색이 역력했다.

　　동무들, 학도들아! 제국의 자랑 학도들아

　　너도나도 배우고, 나아가자 대동아를 위하여

　　총칼을 높이 들고, 힘차게 전진! 전진! 전진

　　붉은 깃발 짓쳐가는 곳곳마다, 승리의 함성!

이라고 소리 소리를 지르는 그 창가가 참말로 징상하고도 얄궂어라. 총칼을 높이 들고 붉은 깃발이라. 전진 전진이라니, 곳곳마다 승리의 함성이라니, 아침마다 징상하제라. 공부가 끝날 때에도 한 바탕씩 불러댄다, 그런 말이라.

　전투 돌격대와 같은 창가, 어느덧 몸에 익어버린 듯 형제가 한 목소리로 악을 쓴다. 주먹을 가슴 앞으로 깃발처럼 흔들어 대면서, 한 목소리로 징글맞다고 탄식이었다. 아—아! 이런, 이런 짓이랑가? 그것이 제국의 교육현장이었다. 일본제국의 인재양성이었다. 진충보국의 결의를 다져가는 황국신민이었던 셈이다. 신식교육이라 하였다. 총칼을 높이 들고 제국의 붉은 깃발이 나가는 곳곳마다 승리의 함성을 위하여, 인재양성의 신식 제국 교육이라고 한다. 내 자석들을 날마다 그런 피비린내가 진동하는데 내몰아야 하는 일이었던가.

　아—아! 으악새 슬피 우니 가을인가요. 저절로 터지는 유성기 가락이 목포의 눈물과 함께 가슴을 새삼스럽게 두드린다. 인간이 사람의 인정을 부르고, 사람을 사람답게 길러내는 일이 거룩한 학동이 아닐 터인가. 대 일본 제국 심상 소학교란, 도대체 무엇이더란 말인가. 애당초 거기 가서 도대체 무엇을 배우고 가르칠 터인가 하며 망설임이 많았다. 역시 원포마을의 지조와 절개가 맞는 말인가. 학문이 부족하여, 나라가 이 모양 이 꼴이었던가? 하지만 신식 문물이라

하였다. 신세계의 문화와 기술과 선진의 문물을 어서 속히 받아들이자. 그리함으로 마땅히 신문화의 능력 있는 인물을 기르자. 그것이 대처 교육이요, 그 대처 사람살이 나섰다가 오늘날 이 모양, 이 꼴이 아니던가. 하지만 저 노래, 저 학동들의 거침없는 창가란 것을 들어보자. 두 팔을 칼질하듯, 제 가슴 앞으로 휘두른다. 덕성은 새삼 아찔하게 기가 질린다. 총칼의 붉은 깃발을 들고 전진, 전진하여 승리의 개가凱歌 부르자. 핏발 선 몸짓이었다.

마침내 그날 암소 쟁기질 길들이기가 저물녘에는 낼부터 학교란 곳을 단호하게 거절하기로 가족의 뜻이 모아졌던 것이다. 이심전심이요, 조선의 착하고 착한 심상으로 이구동성이었다. 원포마을 어른들의 판단이 옳았다. 이리도 징상하고 험악한 세월은 총칼 들면서, 나서고 설치며 여기저기 기웃거리지 말자. 그냥 분복 따라서 조용히 엎드려 견뎌보자는 합의였던 셈이다. 그렇게 며칠간이 지났다.

― 오매, 오-매! 저그 저기를, 잔 보란 말이요. 저 징상한 사람들…!
― 먼 소린디, 그라고도 까무러칠 일이당가.
― 저 양복쟁이들, 안보이요? 정녕 순사는 아닌 듯 하당께. 오매-매! 그라고 본께 우리 학교 선생님들 아니랑가. 이 노릇을 대체 어쩌꼬 잉!

종순의 당혹한 소리에 세상이 아득해진 듯싶었다. 때마침 몸살기로 부실하다하여 선말 양반이 누웠다가 급히 나섰다. 과연 그랬다. 선생님들이었다. 분견대장이던가, 이노우에 경사를 앞세우고 두 분의 양복쟁이 선생들이 분명했던 것이다. 으레 허리에는 일본도를 덜렁거리던 선생님이 지금은 맨 몸이었다. 아! 한 분은 무라카미 겐사쿠 교장 선생님이 아니던가. 으레 거룩하게 빛나는 수염을 다스려가며 아침마다 훈화를 베풀던 교장 선생이었다. 곧 시행하겠다던 학동들의 가정 방문인 셈이었다. 그들이 무언가를 주거니 받으며, 자전거를 세우고 들어섰다. 통학을 거부하고 결석한지 나흘째 되는 날이었다. 일가족은 황망하게 생각지 못한 귀빈들을 영접하였다. 때마침 고구마 줄기를 따고, 암소의 겨울먹이를 준비하던 참이었다. 암소 쟁기질 길들이기가 끝나고 이제 곧 늦은 보리씨를 파종할 준비가 부산했다.

송림의 앙증한 선산과 화전민 집터와 주변 텃밭을 살피던 선생님이 나섰다.

— 최종순 학동들은 지금 무얼 하고 있는가? 학교에 수업시간이 아니냔 말이다.

교장 선생님이 큰 소리로 얼렀다. 종연의 담임선생이 제자를 감싸고 들었다.

— 아니 이처럼 일이 바빠서 학교를 결석한 것인가. 그건 불법이라. 안 그래?

급기야 선말댁의 조신스러운 자초지종을 들으면서 일인 교사들과 경사는 의외로 심각한 상황을 인식한 듯했다. 덕성은 이미 구면에다가 속내가 통한 이노우에 분견대 경사와 조용한 속내를 주고받았다. 선생들은 한동안 얼얼한 기색이다. 학동들을 감싸며 진지한 토론이 일었다.

— 그런즉 학동들의 통학을 포기하기로 작정했다는 말인가.

— 저희로서는 당분간 그럴 수밖에 없다는 생각입니다요.

선말댁의 조신스러운 주장에, 무라카미 교장이 벌컥 하는 안색으로 나섰다.

— 학동들이 학업을 포기하다니, 그럴 수는 없는 법이요. 더군다나 최종순 학생은 우리 학교에서도 장래가 촉망되어 주목하는 학생이란 말이요. 어이 담임 선생님이 알아듣도록 잘 설명을 해주게.

— 그렇습니다. 최종순 학생이 우리 학교의 최우수 학생으로 선발된 경사를 아시지요. 장래에 기대가 큰 제국의 모범생입니다. 학부모께서 학동들 진로를 막아서는 아니 됩니다. 그건 국법을 어기는 일이 됩니다.

덕성으로서도 난처한 입장이었다. 서로가 속내를 털어놓기에는 입장이 곤란하고도 미묘한 견해 차이를 대체 무어라고 해야 한다는 말이냐. 제국의 신민이라 한다. 제국의 모범생이라 한다. 학교에서 날마다 부르짖고 가르친다는 학도훈련병의 노래, 총칼로 앞장을 서자는 전진, 전진 승리의 창가 학교라니, 치가 떨린다. 그렇다고 대놓고 말하기가 결코 쉬운 일도 아니요, 더구나 특별 장학생으로 선발되어 학비도 면제를 받은 입장이었다. 하지만 내 아들은 조선의 아들입니다. 강기와 윤리를 앞세워 온, 최 씨 가문의 자석들입니다. 하지만 대처도 보내고, 제국일본 유학도 보내지 못해서 안달인 세상 아니던가. 눈앞이 빙글거리며 세상이 유수처럼 맴돌이를 하다가, 입덧하는 비린 속처럼 울컥거린다. 고추잠자리 의성으로 아득한 산천이었다.

— 최종순 학생은 장래 희망이 무엇이었더라?

이윽고 담임선생이 선수를 노린 듯 차분한 음성으로 물었다.

— 지가 어렸을 때는 멋진 순사 경찰관이 소망이었어라. 그런데 몇 년 전 흉악한 꼴을 보고나선 바꾸어 버렸지요.

그때 이노우에 소장은, 문득 3년 전이던가? 그날 아침을 떠올렸다. 에이, 난 저런 따위 순사는 안 되겠다, 하고 칼집을 철렁거렸던, 바로 자신을 두고 쏘아댄 그 말이었다. 경사는 새삼스레 얼굴이 화롯가의 잿불처럼 화끈거렸다.

— 그래, 최종연 학생은 장래의 희망이, 선생님 될 거라 했지. 아마도?

— 넷! 장차 교장 선생님 같은 훌륭한 선생님이 될 생각입니다.

— 그러니까 학교를 더욱 열심히 다니고, 일본 유학도 가야 할 것 아닌가.

무라카미 교장이 환해진 얼굴로 당당하게 나섰다. 선말댁의 붉어진 안색이 동백꽃처럼 환하게 피었다. 그렇다하면 더욱 열성적인 제국 학도로서 총칼을 앞세우고 전진 전진을 하고, 돌격전 앞장서야 한다는 말이다. 이것이 조선식민의 세상이요, 규진 신랑이 그리도 치를 떨고 세상을 온전히 등지지 못해 저리도 땅속만 열심히 미친 듯 뒤지는 살림살이랑가. 진정 그런 것인가.

— 우리 학교에서는 그리 염려하시는 학도호국 노래만 부르는 것은 아닙니다.

어이 학동들, 교가를 잘 부르지, 어서 한 번 불러 보게나.

> 봉화산 줄기줄기, 타고난 학도들이여
> 자랑스러운 봉화 정기를 드높여 배우자
> 가슴을 활짝 펴고 세상천지를 향하여
> 대동아 공영의 천황폐하님 뜻을 받들자
> (후렴)
> 너도나도 갈고 닦아서 훌륭한 신민 동인일시
> 성은에 감사 찬양을 하자. 제국 학도들이여!

— 그래 그런 교가도 날마다 부르지 않는가. 우리들의 교육이란 봉화산 준령 정기를 본받아, 제국의 신민을 결코 나약하고 무능한 일꾼을 기르자는 것이 아닙니다. 당당하고도 전 세계 향하여 전진 전진하는 기백과 실력을 가르쳐 기르자는 것입니다. 아시겠어요? 그런즉 학도들의 공부는 잠시라도 멈출 수 없고, 집안일이나 그 무엇으로도 결석이란, 지엄한 국법을 어기는 불법이라 그런 말입니다. 낼부터 당장 출석할 것을 약속하시오. 안 그렇습니까?

자고로 공성보다는 수성이 어렵다더라. 바야흐로 조선 민중의 맘을 득하라. 백성들 민심을 사로잡으라는 엄중한 시대이다. 군국주의 망령에 사로잡힌 국수주의자들로 인하여 내우외환에 시달리던 대동아의 금수강산이었다. 동인일시하자는 천황폐하 성지를 받들어, 조선총독 사이토 마코토의 문화통치가, 십년 결실을 거두어 간다는 때가 아니던가? 그래도 망설거리는 학부모 최덕성에게, 무라카미 겐사쿠 교장은 단도직입적으로 선포하듯 말했다.

— 좋습니다. 최종순 학생이 장래 희망으로 삼는 경찰관 진로를 보장하지요. 오이, 분견대 경사님, 상부에 보고 하시오. 이 학생 졸업과 동시 순사 보조원으

로 특채를 하겠다고요. 알아듣습니까?

하고 그는 몇 마디를 의미심장한 소리로 늘어놓았다.

— 분견대 이노우에 경사를 통하여 사이 상께서 간척지 사업의 실질적인 주관자로서, 임무를 잘 실행하시어 제국의 시정에 진충보국하는 실상을 잘 알고 있소이다. 뿐만 아니라 자원징병의 귀감으로서, 다나카 이치로 병사의 실적도 감동으로 들었소이다.

그는 잠시 수염을 간추리다가, 다시금 결단을 내린 듯 입을 열었다.

— 뿐만 아니라, 특별 장학생인 종연 군을, 가정 형편이 어려우시다면, 역시 졸업과 동시에 학교 급사를 겸하여 보조 교사로 특채할 것을 이 무라카미 교장의 명예를 걸고 약속합니다. 이제는 황국신민, 일시동인을 아시겠어요?

— 그럼 그 순사 보조원이라는 것이, 대체 멋이랑가요?

망연히 귀 기울이던 종연이 교장 선생님을 향하여 대뜸 물었다. 무라카미 교장이 잠시 어린 학동을 바라보다가 새삼스레 입을 열었다.

— 순사 보조원이란, 아직 나이 어린 학생이지만 담당 순사를 도와서 공로를 세우는 일이라. 차츰 실적이 쌓이면 곧 순경으로 승급이 되고, 물론 학교를 더 다니고 공부만 할 수 있다면 좋겠지만 말이지. 보조 교사도 마찬가지라. 학교 선생님이 될 수 있는 지름길이라, 그런 말이다. 알아듣겠는가?

하고 말하며 번번이 상급 장학기관에 들어서면, 줄줄이 암송을 다그치던 조선 총독 사이토 마코토의 시정 방침이란 걸 생각했다. 그의 독창적인 식민정책이란, 총칼의 군국 통치란 한계가 있는 법이다. 내선일체 혼혈주의 철학으로 멀리보고 길게 다스려야 한다는 방책이었다. 어느덧 익숙해진, 6하 원칙이었다.

—첫째, 제국신민 문화주의를 표방한다.

—둘째, 조선 민중 심정을 달래서 그들을 포섭 동화하는데 노력한다.

−셋째, 헌병제도를 철폐한다. 헌병은 군기만 전담하며, 모든 민간치안은 경찰이 담당한다. 경찰력을 보강하기 위하여 본국에서 2천 명 경찰관을 끌어올 것이며, 조선인 가운데서 약 6천 명을, 순사보로써 등용할 것이다.

−넷째, 공무원, 교사들 군국제복을 폐지하고, 패용했던 군도 총기도 철폐한다.

−다섯째, 조선의 유력한 유지인사들과 접촉하여 그들을 포섭하고 중용한다.

−여섯째, 조선 사람에게 몇 가지 신문발행 허용하여 언론창달을 도모한다.

제국 군관들은, 철저히 명심할 지어다.

하고 사이토 총독은 강력히 훈령했다.

— 총칼로 지배하는 건 일시적이요, 표면적인데 불과해요. 중요한 건 정신을 지배하는 일입니다. 타국을 지배하려면 철학이 있고, 종교가 있고, 문화가 앞장을 서야 한다는 사실입니다.

이것은 세계사의 교훈이며, 고금을 통해 변함없는 진리인 것이다. 그것이 일본제국 해군대장으로 조선 총독을 두 차례에 걸쳐 십년 이상 군림한 사이토 마코토 초창기부터의 강력한 방침이었다.

— 와마! 그러면, 우리가 몇 년 만 학교를 더 다니고 공부하면, 취직을 할 수 있다는 말인가요. 약속하시것제라. 교장 선생님이랑!

— 하여간 겁나게 어렵고도 위험한 일이것제라.

벌겋게 상기한 얼굴로 묻는다. 이에 질세라 벌컥 일어서며 응대한다.

— 위험하지 않은 일이 있다던가? 하다못해 암소 쟁기질 길들일 때도 얼마나

어렵고 위험하던가. 아차! 아차하고, 아바님도 진땀 쏟았지요. 앙 그래요?

난형난제끼리 주고받는 소리였다. 세상살이의 어려움과 위험성을 체득해 가는 일상이 아니었던가. 더구나 눈에 보이지 않고, 손에 잡히지 않는 미래란, 어른 아이들 할 것 없이 두렵고 위험한 지경인 것을 서늘한 눈동자에 빛이 어린다.

대체 이런 지경에서 무슨 말을 할 수가 있다는 말인가. 이 황공무지한 동인 일시의 황은을 대체 어찌하란 말이냐. 그렇게 한 자리에서 일사천리로 수습이 되고 말았던 셈이다. 하늘에 멍울구름이 정처 없는 듯 흘러가고 있었다. 순사 보조원이란 무엇이라던가? 공로와 실적을 쌓아야 한다고 한다. 또한 심상 소학교 급사 겸하여 보조교사 특채란 대체 무엇이란 말인가. 아무튼 학교만 보내면 당당한 두 아들 장래를 보장하련다는 은택이라 할 터였다. 하지만 어느덧 해가 저물고, 다들 썰물처럼 물러간 후에도 선말댁은 샛별이 반짝반짝하고 뜨는 하늘을 우러르며, 어쩐지 자꾸만 서러운 심상을 감내하기가 어려웠다. 하늘 별 바라기 하다가 무심코 입을 열었다.

아아! 뜸북새 슬파-이 우니 가을인-가요
잃어지-인 그 사랑이, 나-아를 울립니다-아
들녘에 떨고 서-엇는 임자 없는 들국화
바람도-오 살랑살랑 맴을 도-옵니다-아

선말댁은 고요한 음성으로 노래를 불렀다. 서당 개도 삼년이면 풍월 읊는다 했다던가. 이따금 등 너머로 새겨들었던 쥔 양반 으악새의 2절이었던 것이다. 으악새는 유난히 가슴 아리는 뻐꾹새였고 잃어진 사랑이, 선말댁 가슴을 수시로 울리던 노래였다. 들녘에 떨고 섰는 임자 없는 들국화처럼, 대처 객지에 나가 소식이 돈절한 자석들을 기리는 어미의 가련한 마음일 터였다. 그런 마음 다잡아 위로하거나 건드릴 일이란, 세상에선 없는 일이었다. 앙가슴 두드리듯 한 번 시작한 신식창가는 가문을 위한 비손 못지않게 애틋하고 청승맞다. 그리 생각하면서도 두서너 곡에서 멈추기란 결코 쉽지 않은 법이었다. 저녁 어스름 이 자분거리며 다가선다.

스무 마당

전야제 前夜祭

　간척지 방조제는 한없이 길고, 아득하게 멀었다. 먹줄로 튕겨 선을 그었거나, 잣대로 잰 듯 쪽 곧은 일직선이다. 청솔 숲 우거진 신 마량 쪽에서, 갯벌 건너 장흥 쪽 늦은재 아래, 숙마골 발치로 길게 펼쳐진 방파제는 바다 쪽으로 하얀 석축을 쌓았고, 내해 쪽으로는 파란 뗏장 잔디를 살려 안팎이 확연하게 구분되었다. 약간 높은 석축의 방파제는 너비가 다섯 자 폭이요, 그 아래 경사진 둔덕으로 잔디에 덮인 방조제는 여덟 자 폭이었다. 전체 길이는 약 구천 보 가량이라고 했다. 그 긴긴 둑으로 첫 발길 흔적은 방조제의 합수공사가 마무리되고 갑문 준공식장에서부터, 경축 사물놀이 판을 효시로, 둥둥거리며 바닷길을 가로지른, 신기한 지심地心 밟아가던 군관민들의 당당한 걸음이었던 것이다. 어김없이 사물놀이 풍장을 앞세운, 얼럴럴 상사뒤야! 흔적이었다. 유난히 그 뒷소리 여운이 하늘에 멍울이라도 진듯했었다.

　깃대 높이 세운 농자 천하지대본이 앞장 선 것은 당연지사였다. 흔적이란 오로지 부락민들의 머릿속에 살아남은 당당하고도 아련한 족적일 뿐이었다. 그날 풍성한 잔치와 배터지던 덕담들은 그립고도 비상했다. 그런 흔적을 지우기라도 하려는 듯 한사리 때나 조금 물때면 만조 바닷물이 쉴 새 없이 석축 철썩거려 두들겨대었다. 하지만 방파제는 옹바위처럼 끄떡없었다. 홍수가 들거나 장마철에는 육수가 방조제를 두들겨대며 물어뜯을 듯 철썩거렸다. 하지만 역시 안팎으로 당당하고 의젓한 철벽이었다. 바닷바람 오르내리는 갈매기 떼들만 내외로 들락거리며 시원스레 날갯짓했다. 갖가지 물새 떼거리도 때때로 날개를 사리고 방축에 접을 붙었다. 그 후 삼 사년 동안 무수한 발걸음이 방조제 위를 둥둥 걸음으로 수놓았다. 남녀가 걸었고, 암소나 개나 망아지도 걸어서 오고 갔다. 달이라도 밝은 밤이면, 이따금 입소문 두려운 청춘 남녀가, 공사판 역군들이 흥타령 흥얼거리며 갯벌과 바다를 가로질러가며 추렴술판 뒤풀이를 벌이기도 했다. 갯마을을 가로 질러가는 마실꾼들이 걸어서 오가며, 이따금 둥둥둥하고 널따란 갯벌을 가로지른 방파제를 다독거리듯 시험 삼아 내디며 밟아보는 것이었다. 어느덧 약간 높다란 방파제는 왠지 모르게 가슴속이 들썽거리는 젊거나 어린 사람들의 길이었다. 그들의 핏속에는 얄궂은 충동질이 부추겨 철썩거리는 바다를 마주보며 걷거나 달리며 오고간다. 아랫도리가 까닭 없이 근질거리는 충동이었다. 반면에 빈혈증으로 어질 머리가 들거나, 관절과 골수가 낡아빠져서 늙고 힘겨운 사람이나 가축들은, 안전한 느낌을 주는 방조제 길에서 시커먼 갯벌 건너 저 멀리 봉화산이나 원포 숙마골을 마주보면서 깐닥깐닥 걸었다. 방파제가 바람막이되어 한결 안후한 느낌의 길이었다. 샛바람도 막아주고, 갯바람도 가려주었던 것이다. 도대체 언제 적부터 이토록 탄탄대로 돌담길이었던가. 개미 떼거리 공사라더니, 그토록 눈치 봐가며 꾸물거리던 인력의 힘으로 이처럼 바다 갯벌 가로 막아 거대한 둑길을 쌓았더란 말인가? 과연 천 년, 만 년 바다 파도와 겨루며 지탱이나 할성부른 길일런가? 시험해보듯 발을 굴렀다. 턱턱거리며 늠름한 대지의 소리에 귀를 기울였다. 봄여름이면 바닷바람 한껏 즐기며 건들 걸음이었지만, 봉화산 하늬바람이 몰아치는 겨울에는 겉옷을 단속해가며 종종걸음을 쳤다. 건너편 청산 고금도에서 펄렁거리는 바닷바람이란, 으레 귀때기 훔쳐가는 칼바람이기 십상이었다. 한사리 때나 조금 지나 백중 절기에는 만조 바닷물이 석축을 넘실거릴 때 안심이 안 된다는 듯 일부러 나와서 지켜보는 삼동 마을 유지들도 보였다. 장마 때에는 봉화산에서 골짜기마다 푸짐하게 쏟아져 내린 육수가 찰랑거리며 푸른 잔디를 핥았다. 우장을 두르고 장대비 맞으면서도, 나와서 지켜보는 농사꾼의 풍경은 흡사 자기 논둑 밭둑 살피는 모양새였다. 줄기찬 빗속에서 방파제는 물안개에 온전히 젖어들어 자취를 감추기도 했다. 어느덧 간척지 방파제는 갯논의 조선 쌀농사에 앞장서서, 삼동 마을사람들 심상에 굵직한 신주 버팀목으로 자리 잡고 있었다. 기회가 나는 대로, 아니 달 밝은 밤이라면, 일부러 발품을 팔아서라도 둑길을 걸어서 오고 가는 맛이 들었던 셈이다. 도대체 이토록 당당한 둑길로 방파제를 쌓아올린 목적이 어디 있다는 것인지, 바다갯벌 갯논과는 아무런 상관도 없다는 듯했던 셈이다. 봉화산의 삼동 마을이나 신마 부락의 애경사간에 사물놀이가 등장하고 길라잡이와 선소리꾼 앞장을 서면, 으레 얼럴럴 상사뒤야! 판세가 길게 뒤를 따랐다. 농자 천하지대본 깃대가 앞장을 섰다. 때마다 막걸리 뒤풀이가 더 한층 신명을 돋우었다.

하지만 그 누구도 앞으로 불과 몇 년 후에, 그 길로 삼천리금수강산 해방 소식을 들은 양쪽 삼동마을의 민초들이 흰옷에 뼛속깊이 감추었던 태극기를 팔랑거리며 밤낮 사흘 동안이나 둥둥거리며 사물놀이 판세에 어울려, 앞장선 농자 천하지대본 뒤따라가며 신 바람난 탈춤을 추어 댈 줄은 꿈에도 몰랐던 거였다. 대한독립 만세라니, 삼천리강산에 새나라 내 땅이, 내 나라를 선포하게 된다는 소리가 대체 무어란 말이던가? 언제 적 꿈이었던가? 그런 소식이나마 들어보잔 답시고, 대처바람이 나서 집을 떠나간 딸자식들 생사나 들어보잔 답시고, 객지처로 나섰던 집안에서는 한층 더 가슴 아리는 함성이 들끓었던 터였다. 사흘간이 아니었다. 열흘 스무날만이 아니었다. 늦게 잡고 되게 친다고 하였던가? 늦게 배운 도둑이 새날 맞이를 모르고, 늦게 배운 걸승고기 맛에 안방, 건너 방에 진드기가 씨 마른다 하였던가?

웃고서 울다가, 독립만세 고함을 지르다가, 안마을 건너 마을에서 술국이 끓어 넘친다는 소문이 돌았다. 봉화산 아랫마을 김 진사 댁 상머슴이 꽹가리를 두들기고 조 선생 댁 깔담살이도 야무지게 한몫을 설치고 들었던 터였다. 연동마을의 고진한 촌로들도 중의 적삼을 벗어부치고 탈춤을 추어대었다. 아래 위 가릴 것도 없고, 사릴 것도 없다하였다. 숨박골 노소도 동락이었다. 청춘가가 한결 구성지고 낭랑했다.

대한독립이란 그런 것이요, 흉악한 일본통치가 물러가고 진정한 민초들의 자유와 평화와 행복이란, 그런 것인가 하였다. 그해 여름가을은 난생처음 대풍년이었다.

하지만 그 후로 불과 사오년 만에, 새나라 대한민국에 흉악한 북조선의 침략전쟁 소식이 흉흉하고, 급기야 난생 첨보는 쌕쌕이라는 호주기가 칼 소리를 내지르고 기승을 부리며 넘나들고, 삐-이십구라는 미국의 거창한 비행기가 머리 위로 여유롭게 날아 오고가며 남조선 대처에다 폭탄 세례를 쏟아 부을 줄이야 꿈에라도 상상할 수 있었으랴. 뿐만 아니라 그로부터 겨우 석 달 만에, 마량포구에서 바다 건너 고금도로 쫓긴 대한민국 경찰들이 장총을 쏘아대고, 징발된 중선배나 한가롭던 고깃배에서 요란한 총질 소리가 갈매기 떼를 쫓아 낼 줄이야, 누군들 상상조차 할 수 있었으랴! 봉화산 삼동주변을 점령한 장백산 줄기줄기 피어린 정기를 휘두르던 인민군대가 따발총으로, 따라-락 따-라 락거리며, 징상하게 대척하는 총질 소리가 울려 퍼질 것이라고 꿈에라도 생각할 수 없었다. 참으로 흉악망측한 세상이었다. 세상철부지이듯 자유와 평화를 만끽하는 듯 했던 제방 둑을 사이에 두고 수를 셀 수도 없는 사상자가 발생하였고, 방파제는 피아간 무수한 총탄 세례를 받게 될 줄이야, 심지어 철판 두툼했던 수문 짝에도 수 백 군데나 총탄자국이 났다고 혀를 내둘러 탄식했던 것이다. 하지만 수문 짝은 여전히 당당하고 의연했다. 정작 그런 흉악한 시절도 말없이 견디고 지나던 백년천년의 제방 둑은, 그로부터 겨우 십년 만에, 몇 번의 독한 태풍에도 잘 견뎌냈던 제방 둑이, 팔월 백중 만 사리 무렵의 칼멘이라는 태풍에 버티다 못해 와르르 무너져 내린 작태에 석삼년의 갯벌 농사가 한바탕 망조를 불러오게 될 줄이야, 생떼 같은 자식의 참척을 당하듯 악몽 같은 세월을 꿈엔들 상상조차 가능했으랴?

그날 아침의 참척을 선말 양반 최덕성은 한동안 가슴앓이로 속을 끓였다. 그리도 당당하던 제방 둑이 그리도 허망하게 무너져 내리고, 무너진 갯둑 사이로 날을 세운 바닷물이 임진왜란의 벌떼 같은 전선으로 덤벼들었던 짓거리는 꿈결이라도 결코 떨쳐버릴 수가 없었다. 내 탓이거니 했다. 정녕 덕성이 모자란 하늘의 진노라. 내 탓이 아니고 대체 무엇이랴? 그날 아침도 새날의 첫닭소리에 어느덧 습성이 되어버린 원말 둑으로 우장을 들러 쓰고 나섰던 것이다. 세찬 비바람이 파도처럼 갯물을 쏟아 부으며 원 둑을 갈겨댔다. 세상을 온통 대청소라도 쓸어내리는 듯 했다. 시원하고도 상쾌하였다. 허나 최덕성 현장대리 총감이 원 둑의 중간쯤에 다다랐을 때 퀄퀄거리며 쏟아져 들어오는 해수에 질겁했다. 이게 먼 소리랑가? 대체나 이것이 먼 짓거리여? 구멍이었다. 원말 둑에 쪼그만한 구멍이 뚫린 거였다. 순식간에 구멍은 볼수록 커지고, 외해에 만삭이던 바닷물은 때를 만났다는 듯 쏟아져들고 있었다. 삽을 버리고 선말 양반 몸뚱이를 들이밀다가, 갯물을 한바가지나 들이켰다. 정신이 아망했다. 저도 모른 장대비를 헤쳐 가며 새 마을 회관으로 달려가서, 매달아놓은 산소통을 두들겼다.

─불이야! 아니지, 물이야! 아니, 아니 저 원말 둑에 갯물이랑께?

미친 소리가 바로 그것이었다. 차라리 그때 원말 둑의 구멍을 내 몸뚱이로 틀어막다가 내가 죽었어야 하는 것이었당께. 내가 죽고, 원말 둑이 살았어야지. 내가 살고 원말 둑이 터져 부럿당가? 내 탓이어, 내 탓이었다 그런 말이랑께.

그런 건 누구나 생각해 볼 수 없고, 예측도 할 수 없는 미래의 짓거리였다. 미래란 으레 검붉은 휘장 속에 감추어진, 숙마골 숙명이라고도 했다. 사람의 짓이기도 했고, 천하에 누구도 피할 수조차 없는 자연재해 위력이라고도 했다. 갯바람이라면 누구나 만성이 되어버린 한사리나, 조금 때나 보름마다 소리 소문 뒤탈 없이 들고나는 밀물과 썰물의 사소한 일상이라고 말할 수 있었으랴. 밀물과 썰물의 짓거리란, 은빛 달님의 처량한 사랑이 빚어낸 수줍은 달거리였다.

험상한 풍랑 일몰의 저녁마다 방파제 둑길에는 으레 함바집의 물담살이가 출전을 나서기 마련이었다. 형뻘인 한준이가 앞장서면, 몸이 가냘픈 박대철이가 뒤질 새라 쫓는다. 저녁 식사 후에는 으레 한바탕씩 달음질을 즐겼다. 항시 덜렁거리던 물통 지게도 팽개치고 웃통을 자랑해가며 꽃게처럼 설렁거렸고, 망둥이처럼 내달았다. 힘껏 내닫는 양이 보는 이들 맘에 청춘의 기력을 북돋아 솟구쳤던 것이다. 나란히 서서 그들이 팔다리 휘저으며 내달릴 때마다 갯벌에서 한 낮 동안 달구어진 맑은 산소가 그들의 심폐를 맘껏 드나들었고, 팔다리는 방조제의 둑이 둥둥거리며 큰북을 치는 듯했다. 팔다리마다 탄탄한 근육 힘줄이 자리 잡았다. 가슴마다 사슴 젖가슴처럼 탄력이 붙었다. 종아리는 고라니의 뒷다리처럼 탄실하였다. 탄실한 가슴이 씩씩거릴 때마다 널따랗게 펼쳐지고 있었다. 파도 빛 닮아가는 눈길은 저 멀리 봉화산을 건너다보는가 하면, 파랑 파도가 철썩거리며 흘러넘치는 바다물결이 그들의 뜀박질을 끊임없이 충동질했다. 그들은 뒤따르는 갈매기처럼 날았고, 소년들 숨결은 항시 그 타령으로 씩씩하고 당당했다. 갯벌을 뛰고 있는 것인지, 파랑바다 위를 출렁거리며 날고 있는 판인지 꿈결처럼 구분이 헷갈렸다. 하여튼 소년들 목표는 언제나 긴 둑을 건너질러서, 늦은재 밑 수문거리였다. 원포마을과 숙마골 선창가인 수문거리에는 다섯 개의 해수관문이 거창한 성곽 문인 양 버티고 있었다. 철근 판으로 덮어진 수문에는 직선 철봉으로 때마다 수문 짝을 끌어올리고 내리는 장치가 당당한 군장처럼 자리를 지켰다. 헉헉거리며 목표에 당도하면 으레 철봉에 매달려 빙글빙글 한바탕 몸을 풀었고 되짚어 달린다. 평화롭게 해가 저물어 가는 날이면 날마다, 중장거리의 터닝 포인트였던 셈이다. 그 무렵 신 마량 함바집은 반타작으로 식솔이 줄었는데, 뜀박질을 시작할 때마다 서중댁은 으레 고소하고 살뜰한 보리 뜨물을 소년들에게 한 사발씩 안겼다. 한편 구석에 막걸리 술집이 들어서 있었다. 공사판이 시끌벅적 한창일 때부터 마량 포구에서 청주집으로 이름을 날리던 심추자의 분점이었다. 막걸리는 물론 소주라는 증류 독주가 새롭게 선을 보였고, 소년들이 뜀박질로 나설 때마다 짝짝하고 북치듯 손뼉 쳐주는 게으른 일꾼들의 집합소였다. 푸짐한 인심과 은근짜 패설잡담이 넘쳐나는 슬쩍궁 함바집에서 역군들은 끊임없이 마셔대고 담배 꼬실라대며 화투짝을 쳐댔다.

수문거리에 당도하면 철봉 타고오르내리며 신바람난 쉼을 누리다가 되짚어 헐떡거리는 뜀박질이었다. 구천 보 가량이라, 왕복 3킬로쯤 되는 거리였다.

대보름 가까운 조금 때, 야밤중이었다. 초저녁부터 삽살개처럼 눈치 우심하던 김 십장이 기어이 함바집 뒷방을 파고들었다. 새벽부터 대방살림 신역으로 이슬 젖은 목화솜 같이 풀어진 서중댁 속살을 강아지처럼 탐하던 사내가, 한바탕 푸짐하게 쏟아 붙고는 허리 늘씬하게 나뒹굴었다.

— 이녁은 시시 때마다 이 짓이 그저 살맛나는 짓이라, 그 말이요 잉?

— 그라제라. 냉수 마시고 이빨 쑤시는 대장부 살림살이에, 이보다 살맛나는 일이 또 있던가요? 그냥 이녁을, 몽땅 새살림 챙기지 못해서 한이제라.

— 아그들 생각은 안 한당가라. 내 씨, 우리 씨알만이 자석이랑가. 사람하나라도 사람구실하게 하는 일이, 큰 사람 짓이 아닐랍디여?

— 어째 그라고 어려운 말만 한당가. 와마 그랑께, 나 씨를 하나 받아 보실라요? 그라면 시상이 만장처럼 달라지제라 잉! 맘 한 번 잡아 보입시다. 잉?

씨알 소리에는 눈이 번뜩 뜨이는 모양이었다. 고적강산 장년의 사내가 당연하고도 오진 일이리라. 하지만 서중댁은 못 먹이고 못 갈치는 두 아들 딸을 생각하면서도 일전에 주고받았던, 물지게꾼들 속내를 생각했다. 말 말 끝에,

— 강한준이랑 박대철 총각들은 공부해 볼 맘은 없당가?

— 밥 묵고 살기도 혀가 빠지게 바쁜데, 무슨 딴 맘 묵잘 것이랑가?

이구동성이듯 뱉어대는 더벅머리들에게 서중댁이 진지하게 말했다.

— 밥만 묵자고 사는 세상이 아니라 말이여. 더구나 혀 빠지게 밥만 묵지 않을라면 머니해도 공부를 해사, 남도 다 묵고 사는 밥을 큰 술로 묵제잉!

— 맘 이사 연기 나는 함바집 굴뚝같지만, 밥벌이는 누가 혀 줄 것이요 잉?

— 그랑께 공부에 맘을 쏟아야, 물지게로 벌어먹던 밥을 산 밥통이 생긴다. 그런 말이랑께. 알아듣는당가? 평생 물통으로 밥통 삼을 것인가 그 말이여.

두 소년은 망아지처럼 멍울진 눈으로 하늘을 우러렀다. 눈빛이 유난히 반짝거렸다. 서중댁은 한숨을 푹 쉬면서도 중치마를 옹골지게 움켜쥐었다.

그 해 새 봄날에, 김봉길 십장과 서중댁의 통 큰 배려로 한준 소년과 박대철 소년이 대구의 심상 소학교에 편입했을 때, 낮참 물지게는 김 십장이 대신 챙겼다. 서중댁의 배포에 등 떠밀린 사내였다. 그해 가을 그들은 나란히 운동선수가 되었던 것이다. 단거리 100미터는 물론이요, 중장거리 선수였다. 그때까

지 소년들은 그 제방 둑에서 뛰고, 뛰어 오가는 바람에 짚신짝을 거의 백 켤레씩이나 잡아먹었다고 자랑했다. 장거리 통학생이 되자, 심상 소학교의 무라카미 겐사쿠 교장의 눈에 들었던 소년들은 체육특기생으로 강진 중등학교로 진학할 수 있었다. 그들은 항시 나란히 저 만치 앞서가는 탁월한 선수였다. 그해 가을 운동회 때는 강진읍소 중학교에서도 나란히 우승하였고, 졸업할 무렵에는 광주 대처에도 출전한 대표선수가 되어 있었다. 진도가 양양한 학도들이었다.

저간의 소식을 전해들은 이규진 신랑은 하염없이 웃었다. 그 웃음 속에는 형언할 수 없는 자괴지심이랄까? 진액 같은 핏물이 고여 들고 있었다. 하지만 어처구니없는 홍소를 터트리기도 했다. 뿐만 아니라, 순심 새댁을 충동질해서 집안에서 길렀고 날마다 앞뒤로 출랑거리며 따르던 중개를 김봉길 십장에게 부탁하여 목매어 끌어다가 개장국으로 열흘을 삶아 먹게 하였다. 걸판진 잔치를 베풀어주고, 그도 한 잔 걸친 기분으로 소리쳤다.

— 그래 두고 보자, 그 말이여! 우리가 이겼다! 우리가 이겼다는 승전보라!

이제 이규진 청년의 분신이 제 일차, 이차의 탄생이라고 어린 학동들처럼 헐헐거리며 신바람내고 즐거워했다. 자나 깨나 짓눌린 세상을 제패하여라. 기다리고 또 기다리는 승전보 전하여라. 조선 제국의 승전보를 만 세상에 선포하라! 그 말이랑께. 하지만 일등자리는 꼭 눈치보고, 자리를 봐감서 해야 할 것이랑께. 흉악한 세상이라, 맘속에 꼭꼭 새겨서 들어야 한다. 그런 말이여!

그 방파제 둑길을 손에 손, 꼭 잡고 조심스럽게 걷는 남녀가 있었다. 양복 차림의 사내는 제법 불룩한 제국 일본 여행 가방을 등짐 졌고, 아담한 낭자머리에 커다란 보따리의 임질이 듬직한 아낙은 하얀 옥양목 저고리에 검정치마를 나풀거리는 단정한 모양새였다. 하지만 스스로 숨길 수 없이 배가 부르고, 숨결도 제법 가팔랐다. 대처에서 어제부터 나선 걸음이었다. 강진읍 여숙에서 하룻밤을 지내고, 하루에 두 차례씩 운행한다는 군용 트럭 빌어 타고 도착한 마량포구 거쳐, 어슬 걸음으로 긴 둑길을 걷고 있었다. 처음 보는 듯 청파란 바다 파도며, 광활한 갯벌에 눈길이 자주 머물렀다. 갈매기가 환영한다는 듯 긴 날갯짓으로 너풀거렸다. 울렁거리는 바다에 범선이 한 폭 그림 같다. 비린갯바람 상쾌하고, 남해바다엔 파도 탄 서너 척 중선배가 한가롭다. 작은 쪽배들이 부산을 떨고 노질 소리가 연신 삐그륵, 삐글 하고 노닐었다. 해안 쪽 갯벌에는 듬성듬성 십여 명씩 둘러선 농군들이, 갯벌바닥에 엎드려 논둑을 치고 있었다. 줄잡이 고함소리가 여기저기 살아 올랐고, 삽질소리 저녁을 재촉하는 일손으로 논둑 다지는 소리가 떡판소리처럼 살아 올랐다. 안팎으로 펄떡거리며 살아 있는 생물처럼 정겹고도 부산스럽다.

— 이리도 겁나게 긴 방파제를, 대체 몇 년 동안이나 쌓았을까요?

— 아마 4, 5년은 걸렸을걸. 내가 대처 생활을 시작한 그 해부터라니까.

— 4, 5년 만에요? 지난해에 다녀올 때도 이 둑길을 걸었던가요?

— 아니지요. 그 땐 저 봉화산 아랫마을 갓돌아 연동 원포 숙마골이라고, 시오 리 길이었지요. 아무튼 여긴 마량포구로, 남녘 땅 끝 마을이라고요.

— 남녘땅 끝 마을이라고? 오순도순 살기 좋은 산골 어촌일 듯싶어요.

숨결 가쁘게 겨우겨우 이어가는 여인의 목소리가 여주 알처럼 조곤조곤 이어졌다. 전주 덕진동 공원에서 그네타기를 즐기고 연꽃을 유난히 사랑한다는 새댁 낭자였다. 그 연꽃 대처럼 가냘픈 허리가 커다란 짐 보따리에 짓눌렸다.

— 오순도순 살기 좋은 어촌이라? 허허-이, 정들지는 마시구려. 이런 갯바닥 산촌을 벗어나야 한다고, 그래야 자식들 앞길 열릴 거라고 부모님들 결심이 대단하셨지만, 그 덕분에 우리가 객지생활에서 만난 인연이 되었지요. 살기에 좋아 보인다, 그런 말이요? 오순도순 정들지는 마시구려.

— 혼란하고 시끄러운 세상에서, 정든 사람 있으면, 정든 고향땅이 아닐 런지요.

— 낯설고 물 설은 타향도, 정들면 고향이라. 정든 사람이라, 내가 맛본 바로 그 일이구만. 아니 그렇소? 타향살이 몇 해던가? 손꼽아 헤어보니, 고향 떠난 십여 년에 청춘만 늙어 하는 망향의 설움도 있지요. 하지만 나는 행운아인듯 싶소.

여인의 말에 사내가 횃홧하고, 호방하게 웃었다. 뒤대는 사설이 푸짐했다. 아낙은 설핏 미소를 그렸다. 아미가 환하고, 윤기어린 검은 머리에 살결이 고왔다. 말씨와 차림새가 단아하고 미려한 기품이었다. 전주 낭자 김옥주, 신랑 최종구였다. 신행길이라 할 수도 있었으나, 어딘지 모르게 억색하고 민망끼 어린 심사였던 것이다. 그들의 잠시 귀향하는 발걸음이 수문 거리를 지나 선산밑으로 다가설 때에 개들이 먼저 법석을 떨 듯 짖어대었고, 뒤미처 달려든 종순, 종연이 환호성을 터트렸다. 그리고 본즉 때가 마침 한사리 백중 절기였던 것을 기억해냈다. 달포가 지나면 추석절기라 제사 공장의 휴가철이기도 했으나, 불현듯 서둘러 귀향을 작정하게 된 일은 낭자의 만삭이 두려운 탓이기도 했다. 서둘러야 할 듯싶었던 것이다. 예의 법도 상 많이 늦었지만, 하루라도 서둘러 부모님께 인사를 올리고 산월을 맞이하는 것이 사람의 도리 여겨졌던 셈이다. 새댁 김옥주가 한층 서둘러 나선 길이었다. 떡하니 산월이나 지나고 보면, 갈수록 변명할 거리가 멀어지고 면목이 없을 듯싶다는 속셈이었던 것이다. 아기를 품에 안은 순산이라도 하기 전에, 시부모님 찾아뵙고 문안을 올림이 마땅한 일이 아니랴. 어쩐지 눈물겨운 심상을 숨기기 어렵다.

꿈속에서도 그리던 장손 아들에, 새 아기신부를 맞이한 선말댁은 한울님, 삼신님하고 저절로 솟구치는 눈물을 감추기 어려웠다. 주야장창 비손하던 장남 아들에 이리도 곱고 아담한 며느리라니, 눈물이 저절로 앞을 가렸다. 오매! 오매, 내 아들 최종구야! 이라고도 오지고 장하당가? 때마침 지지고 볶는 시아버님의 제사 절기였던 것이다. 살아생전 으레 가손이 빈천하다. 몇 대째 그저 명줄 잇기로 독자 신세를 한탄하시던 선친이셨다. 몇 해 동안 정안수로 비손하듯 기일이나 챙기던 선친의 초라한 제사였다. 하지만 올해는 달랐다. 지극정성을 쏟은 셈이었다.

바로 어제, 광주 대처의 장한 사진사 둘째 아들 최종수도 일찍이 당도하여 입이 함지박만 하면서도 더욱 그리던 큰 아들이 아닌가. 종수 역시 마량포구에 당도하자, 김 호장을 설두하여 낙낙한 이삿짐바리에 아예 소달구지를 삯 내고, 연동원포 산촌을 갓돌아 당도했던 것이다. 옷가지야 대처 살림이 두어 지게 턱이요, 사진관 설치물이 한 짐이었던 것이다. 수인사를 주고받으며 자리가 잡히자, 맨 먼저 아들 사진사가 펼쳐 보인 것은 졸업사진이었다.

– 대전 사진학원 제 19회 졸업기념 사진 – 이라고 선명하게 쓰여 있었다. 늘씬하고 당당한 청년들의 싯누런 제국 복장에 각반을 두른 20여명이나 되었다. 그 가운데 뒷줄에 두 눈이 부리부리 알뜰하고, 키가 훤칠한 마상의 최종수가 당당한 자태로 앉아있었고, 앞줄에는 나이든 신사들이 자리 잡았던 것이다. 선 말댁이랑 온 가족들은 무엇보다도 신기하고 대견한 가슴이 설렁거렸다. 너도 나도 난생 첨보는 두 손 바닥만한 커다란 사진이라는 물건 구경에 넋이 빠지게 매달렸다. 귀하게만 보던 보통 사람, 조선의 초상화가 아니었던 것이다.

— 여기 이 분들이 사진사 선생님들이지라. 일본 사람인데 학생들에게는 한층 엄격하면서도 조선말도 유창하지라. 제가 졸업생 차석을 했고만이라.

— 그랑께, 이 졸업들이 다 조선 학도들이라 그런 말이당가?

— 그러문요. 거의 다 남도 사람들인데, 이번이 19회나 되니까, 아마 한 이백 명 졸업생이 전국에 배출되었을 겁니다. 새 세상의 신식 교육이지요.

—아무튼 장하고 장하시, 그러느라고 그리도 소식이 돈절이었던가?

—송구합니다. 하오나 중요한 일은, 여섯 달 동안 이런 학교 졸업을 거치면 전국 어디서나 개업을 할 수가 있는 자격이라, 말입니다. 제국공인 자격증인 것입니다.

—그럼 대처로 나서야 할 일 아니더란가?

—하지만 저는 어쩐지 부모님을 모시고 읍장 가까운데서 개업을 하고 싶은데요.

—이런 산촌구석에서 어느 누가 사진을 찍고 알아주기나 할랑가?

—꼭 그렇지만은 아닐 겁니다. 초상화는 다 그리고, 신식 사진을 누구나 무시하지 못하는 세상인데요. 그리고 새로운 문명을 고향부근에서 펼치는 일도 뜻있는 일이겠지요. 앙 그렇습니까. 지켜보세요. 구경꾼이 몰려 올 것입니다.

하여튼 그 몸이 아무래도 성치 못한 것을 입에 올리기가 어려웠다. 앞뒤로 보일 듯 말 듯 절쑥거리는 행태를 숨기기 어려웠다. 이규진 신랑보다는 한결 나았지만 얼핏 2차 수술을 해야 한다고 했던가. 난감하고 무참한 일이었다.

오늘은 다시금 장남 아들이 들어선 것이다. 장남의 대처 며느리라니 이리도 곱고 아름답다니, 저 아름지게 둥실한 뱃구레를 보아라. 보얀 얼굴에 이따금 어리는 홍자가 애처롭기 그지없다. 더구나 작년 구정 절기에 짐작은 하고 있었으나 그리도 꿀 먹은 벙어리더니, 어디보자! 어디 잔 봄세. 이리도 고운 내 사람이란가. 수인사를 나누기도 전에 소경 눈길 더듬듯 들이닥친 낭자를 어르고 살폈다. 선말 양주께 나란히 큰절 올리자마자, 덕성이 대견한 심사로 물었다. 눈가가 벌겋게 달아올랐다. 귀골낭자의 절 하는 몸가짐에 귀태가 잘잘 흐른다. 한동안 망설이다, 종구 장남이 실정을 이실직고했다.

—아니 그랑께, 조부님 기제사를 유념하고 나선 길이랑가?

— 그냥요, 옥주 낭자 내실 새댁이 어쩐지 서둘러야 할 성싶다고 해서요.

— 내 짐작은 그리 했다만, 새댁아 네 임자가 워낙 꿀 먹은 벙어리 인지라, 육례를 갖춰 주지 못해 부모 도리를 못했구나, 아무튼 선영님이 서둘러주시는가 부다. 너그러이 새겨 주거라 잉!

하고 사과조로 일렀다. 생각지 못한 환대였다. 훈풍이 일렁거리는 어투였다.

— 저희가 부모님, 부모님 양위분을 뵈올 면목이 없사옵니다.

종달새나 어린 들새 소리인가. 어찌 이리도 아려하고 우아한 말씨일꼬?

— 아니다, 아니랑께. 시국이 자못 험악한 시국일 뿐더러, 용지법이라 하는 판세라. 이제라도 그리 알고, 육례 모양새는 가꿔 나가야 쓸 거잉께.

— 부모님께서 감싸 주시는 처분대로 감축하올 뿐이옵니다.

초저녁 상차림에 여념이 없던 정지간에서는 먼저 와 있던 종가 댁 종만 씨 부인인 음전이랑 순심 새댁이, 새 며느리 맞이하고자 서둘렀다. 하지만 선말 양반 덕성은 한결 분주한 심사였다. 종순, 종연 학생들아! 이런 날 우리가 그냥 지낼 수가 있겠는가. 핑하니 올라가서 강찬진 대목 어른을 모셔 오너라 하고 서둘렀다. 꽃님 각시를 맨드라미처럼 감싸고돌던 꽃씨 윤심 아기가 몇 살인고? 하자 손가락 한편 바짝 들이대며, 새 각시를 따랐다. 아장거리며 뒤따르던 태민 아기도 손가락 셋을 난작 펼쳐보였다. 막내 동생이라니, 조카님이 뱃속에서 웃었다. 너랑 나랑 우리는 동무 동무란 말이여! 삼간 겹집이 순식간에 그들먹했다. 장남 종구와 사진사 종수는 만나자마자, 서로 얼싸안으며 감격의 포옹을 했다. 돈절한 소식이, 도대체 몇 년 만이었던가. 서로가 잘 생긴 얼굴에 당당한 청춘의 난형난제의 모습이었다. 서로 붉어지는 눈빛을 주고받았다.

— 제가 형님을 찾으러 광주 양림동을 이틀씩이나 뒤졌는데요.

— 바로 그때 정읍으로, 거기서 바로 전주 공장으로 진출했더니, 벌써 오년 전

인가? 잘했고말고! 서양의 아놀드 토인비라는 학자가, '인생이란, 부단한 도전에 응전이다' 하거늘, 또한 그 분은 '인생이란, 역사에서 배우지 못하면 미래는 없다'고도!

— 저는 어려운 말씀은 잘 모르고요. 그저 운이 따랐다 할까요. 미국 빌립선교사님을 만나서 수술도 하고, 사진관 조수 생활도 하게 되고, 이제는 자격증도 취득하고, 모두가 어마님 지극정성 비손하신 덕분인가 합니다.

— 그려 그려, 동생아 참 잘했고 장하시. 헌대 말이야 자네 사진학원 졸업사진을 보면서 약간 섬뜩한 느낌이 들더라고. 뭐랄까? 꼭 누런 제복 입은 훈련 병사들의 모습이랄까. 다행히 앞줄 몇 분은 게다짝을 신고 있더라고, 하여간 사진사까지 상시전장의 일억 총궐기 태세라, 그런 말인가?

— 형님이 참 잘 보셨습니다. 상시전장에 일억 총궐기라지요. 게다짝은 높은 양반들이나 신고, 학생들은 날마다 지까다비에 각반치고 전투복장으로 훈련 생활입니다. 저는 덕을 본 다행이랄까? 몸이 성치 못하니 청소나 하고, 그저 들들 볶아대는 일은 천황폐하 신민 된 것을, 감축 감축하라고 아침저녁으로 신민선서 달달 외어대고, 대두박 찌꺼기나 먹어감서 징상한 전장입니다.

사진사 최종수는 핼쑥한 얼굴을 감싸듯 쓰다듬었다. 박박 깎인 민머리였다.

— 그려 고생한 흔적이 눈에 번하이 고진감래라니, 그래도 값진 고생이었어. 이런 시국에 전장에 끌려가지 않고 장한 기술이라니, 안 그런가?

장남 최종구는 민망한 심상으로 마주보다가 새롭게 입을 열었다.

— 우리 회사에 요시가와 다이치라는 제국 본토인 국장님 하는 소리가 항시 전장이라. 하지만 그 분은 나하고 절친한 사이가 되었고, 그 분 덕을 많이 본 셈인데, 그 분의 속내 소리는 일본국민이란 역사적으로 조선에 못할 일을 많이 했다고, 허허! 하고 웃기를 잘해요. 그러면서 일본 제국은 불쌍한 백성이라는 거여. 왜나하면? 대동아 공영이니 뭐니 하고, 큰 소리는 팡팡 치지만 실상 섬

나라 근성으로, 더구나 때때로 바다 강풍에 시달리고, 철마다 태풍에 어질 머리요, 사흘이 멀다고 이산저산에서 화산이 폭발하고, 지진 진동에 둥둥 들떠 있는 세상이라. 그래서 기회만 닿으면 육지 대륙으로 엉겨 붙는 속성이 있다는 거여. 그것이 임진란 전후부터 조선 침탈의 피치 못할 동기가 되었다는 거지. 자연재앙의 도전에 인간의 처절한 응전의 실상이라니, 그 희생자가 엉뚱하게도 조선이라는 지정학적 입장이라는 거여. 그래 동인일시라. 내선일체라. 더구나 천황이라며, 천인이라 하여 하늘을 빙자하고 있으나, 하늘의 뜻을 내세워 혼혈주의라 하는 바람에 조선민족의 입장에서는 강탈이랄까? 강제추행이랄까. 신랄한 실상을 숨길수가 없다는 양심이랄까. 그런 학자나 교수나 양심가가 제국 본토에는 많다는 고백이라. 어허! 내 말이 엉뚱하게 길어졌네. 민족적인 숙명이랄까. 하여튼 숭숭한 세상에, 동생이 부모님 곁에서 사진관을 개업하겠다는 심상이 큰 감동일세. 장남 노릇도 자네 몫이여. 먼데서 얼씬거리는 친척보다 이웃사촌이라고 안 그런가? 고맙고도 장하이.

— 아니 그랗게, 요시가와 다이치 상이라 했던가? 생산 국장이라고?

어느 결 형제의 정담을 듣고 있던 아비 덕성이 곁을 챙겼다. 그 흰옷에 정갈함이 넘치고, 머리에는 어느덧 검은 말총 관모를 쓰고 있었다.

— 아시는 사람인가요? 요시가와 다이치 상이라. 부인이 하나코 짱이라던가?

— 허허—이! 이런 세상이란 아무리 넓고 멀어도, 손오공 제 아무리 신출귀몰로 설쳐도 부처님 손바닥이라 했다지. 정분난 하나코 짱이라? 요시가와 다이치 상이라?

선말 양반 덕성은 언젠가 귓가로 들었던 아낙들의 수다를 떠올린다. 시미즈 겐타로 출분난 가정사였던 게다. 한동안 넋 나간 듯, 허망한 모색이었다지. 정녕 돌고 도는 인생사라지만 대 제국 일본이란, 그저 멋대로 살아가는 별천지 세상이던가? 강기와 윤의 지도란, 조선 땅 금수강산만의 타령이던가? 부덕한 인간사에서 수다언설을 삼가는 법이 강기와 윤의 지도라 할 터였다.

　연이어 새 아가랑, 어서 나서 거라. 선친 제사는 자시에 모실 일인지라 아직 멀었다만, 선영에 먼저 뵈어야 도리가 아니랑가? 어서, 어서하고 종구와 옥주 새 며느리를 일깨웠다. 실상 종순, 종연은 이미 득달같이 달려가 이웃지간인 이규진 매형을 불러 올렸고, 뒤미처 강찬진 대목이 헐렁거리며 들어서고 있었던 것이다. 강 대목은 수인사 주고받기 무섭게 홍소를 터트렸다. 그 입이 넓게 열렸다. 내 이럴 줄 알았더니라. 서까래 걸어 세우고, 꺽쇠 대패질에 상량을 올리면 묵은해가 저물기도 전에 박 넝쿨 호박덩이 줄래줄래 영글어가고 빨간 고추며, 솔잎 금줄이 늘어가고 그것이 바로 삼신 한울님이 서두르는 솜씨라는 거여! 앙 그런가들? 강찬진 대목의 대단한 긍지요, 자랑이었던 터였다.
　선친 산소 앞에 나란히 섰다가 이어 증조부 삼대 조, 고조부 사대 조 앞을 차례로 나란히 엎드려 신생을 고하는 신랑 신부 옆에서, 그는 너털거리며 함소를 터트렸다. 수염을 다스려가며 더욱 큰 소리로 한마디 덕담을 베푼다.
　—사돈 댁 선말 양반, 선산 명당이 뭐시라고 생각하신단가요.
　—금—매 그렇께. 요리도 불량한 세상에, 명당이 따로 있을랑가요.
　—사람이 명당이라. 명성이라니, 전에 다산 스승께서도 비록 귀양살이시지만 그 분이 가시는 곳곳마다 제자들, 학동들이 몰려들었지요. 경상도 안동 산골에 선비들이 몰린 까닭이 뭔가요? 퇴계 이율곡 스승님을 따른 사람들이라.
　—그렇께, 사람다운 사람이라. 하늘이 사람내고, 그런 사람이란 결국 하늘로 가고 혹은 땅으로 스미는 인생 아닐랍디여? 혼승백강이요, 그래 호랑이는 가죽이요, 사람은 현명한 이름이라. 그런 말이겠지요.
　—좌청룡 우백호란, 옛 말이라 그런 말씀이신디. 아— 다름 아니라, 눈앞에 밥줄로 상답이 펼쳐지고, 자녀 손들이 모여들게 하는 자리가 바로 명당이라 그

말씀이제라. 아니 그런가요. 벌써 석 삼년부터 듣자보니, 사진사 나리도 당도 하셨다덩만, 어쩌시오? 내 명당 터잡이 솜씨가 말이오, 선말댁 군자 양반님?

그는 파안대소했다. 덩달아 덕성도 천만 근심 파랑은 썰물처럼 빠져나가고, 태평성가가 밀물처럼 밀려들었던 셈이다. 문득 사물놀이 판세가 그립다는 심상이었다. 어ㅡ야! 덕만 제씨, 어째 제수씨만 보내고 그작 저작 입막음 해버릴 생각은 차마 못 하것라. 천 천지 북 가죽, 기름 발라 개가죽으로, 큰 징을 울리시게나. 한 바탕 춤을 출랑께. 어서 나서랑께. 호장 김 씨랑, 어서 나서야 쓸 것이네. 자네가 나서야 크건 작건 살판세가 어울리지 않던가. 기제사라지만 뒤풀이 사물놀이가 어째 흉이랑가. 앙 그려? 이 풍진 뜬세상에서, 천세 난세라도 겹경사가 분명하다 그런 말이시. 부귀와 영화가 따로 있당가. 명당이 따로 있는 거 아니라고, 금방 새겨들었다는 그런 말이시. 아들 며느리 겹 상봉에 화룡점정이라. 대처 낭자 꽃 각시 새 며느리에 선친님의 후덕군자 기제사라니, 이 아니 겹사잔치 아닌가, 그 말이랑께. 떡 본 김에 제사 모신다지만, 이 판국이라면 잔치 김에 육례 올리세. 장남 아들은 사모관대 씌우고, 대처 낭자는 명모호치明眸皓齒라 연지 곤지에 다홍치마 입히고, 매화잠 푸른 청옥 잠두를 갖춰서, 일편단심 전안奠雁 두 눈 두리번거리고, 동백 꽃 활짝 핀 초례청을 모신다고 해서 누군들 용지법이라 지탄을 할 터인가, 그 말이랑께. 어 야! 고진감래苦盡甘來라고 비손하는 선말댁 마님 생각은 어떠하신가, 앙 그랑가?

선말 양반 최덕성은 한없이 들뜨고 있었다. 모처럼 가슴 활짝 펴고 원포 숙마골 동네잔치를 열리라 하였다. 그는 밤새껏 잠을 이루지 못했다. 내일은 파제일이제만 돼지를 두어 마리나 잡아야 하겠다. 추석이나 설날 대 명절이면 으레 산촌에서는 돼지 멱따는 소리가 어가 산천을 들먹인다. 집집마다 길러오던 살림돼지다. 살지고 아름찬 돼지가 묶이고 끌리며 뒤집힌 몸뚱이를 버팅겨가며 내지르는 집돼지의 멱따는 소리란, 어찌 들으면 흥겨운 가락이라 할 터였다. 그것은 막다른 절망의 비명도 아니다. 치열한 절명, 호곡이 아니었다.

살판나는 잔치요, 하늘과 산천에 두루 고하는 명절의 전주곡인 셈이다. 동네 처자들은 댕기머리 팔랑거리며 고샅을 오르내리고, 더벅머리 총각들도 신바람을 내는 것이다. 가마솥에 동이물 펄펄 끓어대고 뒤대어 떡판소리가 진동하리라. 아마도 종순, 종연이랑 내 사람들도 활개치고 숙마골을 오르내리며 한바탕 기지개를 켜리라. 밤낮 집 짓기, 밥 짓기로 움츠리고 짓눌렸던 내 자석들, 난생 처음이듯 기를 펼치는 날이 아니냐. 그리 곰씹어 생각하다보니, 새삼 눈물겹다. 삼동에 고하여 대처에 장남 내 아들, 흥겨운 혼사잔치를 베풀리라. 옴니암니 신세진 이웃들이며, 그 동안 얻어 걸친 막걸리 신세가 얼마던가. 다들 불러 모아서 사람 사는 꼴을 보이리라. 최덕성은 이리고 살아 있다는 말이시. 갯벌 갯논에 엉겨 붙어서, 눈치나 봐감서 갯벌 탕 뒤짐 해야만 사는 법이 아니더라. 그런 말이여. 앙 그랑가? 어—야, 시미즈 겐타로 감독상, 인사치례가 곡진하시던 자네가 그립고야. 그리도 삽상한 야참에, 그 아들 은택을 기념하자고 이름이 뭐랬더라? 조선 한복을 차려입고 막걸리라도 한 잔 술 나누지 못함이 아쉽다 하셨지. 더구나 밝는 날이면 사진사 최종수가 혼례식 사진이랑, 가족 사진을 찍어서 사진관 개업식을 한다고도 하였다. 사진관이란, 그저 햇볕 좋고 방안에 암실하나만 갖추면 된다니, 얼매나 멋지고도 오진 일이랑가. 그 안에서 신식기술로 내 아들이 만물 화상을 착착 그려낸다니, 와마 봉화산 줄기 삼동네 사람들아, 북장구치고 징 크게 울리고, 꿩 매기 두들겨감서 시눌 판을 벌이자. 걸판진 혼사 잔치뒤풀이로 한바탕 놀아보자고! 앙 그대들?

— 그랑께 아버님 이런 때는 그 멋진 유성기 한바탕 살려야 신식 멋 나겠지요. 안 그러요. 도대체 언제까지 숨구멍을 그리도 꼭꼭 막아 놀려고라?

셋째 아들 최종순의 느닷없는 말에 키가 덜렁 커진 종연이 대뜸 대구했다.

― 와마 그라면 우리 아버님은 또 이 풍진 뜬세상을 만났으니, 우리의 희망이 무엇이랴. 부귀영화를 누렸으면 희망이 족할까. 하다가 아―아이! 으악새에 슬피 우니 가을인가요. 지나 치―인 그 세월이 나―알를 울립니다 하고 한 가락씩 뽑아 가심서 뿔난 꽃사슴처럼 봉화산 바라기를 하실랑가요?

― 저런, 저런! 장성한 학동들이라니, 아니 아버님을 그라고 놀리신당가. 더구나 새 각시 전주댁, 음전하신 형수님도 기신디? 잉!

선말댁의 큰 눈 부릅뜬 지청구에 모두가 청학처럼 활활―하고 웃었다. 초저녁달님이 새말간 은빛으로 끔쩍거리며 눈여겨 듣고 있었다. 은빛 밤하늘에 기러기가 꾸르 꾸르륵 거리며 대오를 방파제 쪽으로 날갯짓을 털어가고 있었다. 홍동백서에 어동육서뿐만 아니라, 육전 육탕 고루 갖춘 홍겨운 파제상에서, 선말댁이 차분하게 물었다. 으레 앞일을 추슬러가는 입장인 셈이었다.

― 그래 신랑 장남은, 공직에 매인 몸일 터인즉, 일정 형편이 어쩌신당가?

― 아―예, 그란 해도 낼은 일찍 나서야 할 성싶습니다. 업무가 과중한 때요, 지금은 휴가 절기도 아니란 말입니다. 제국신민 일억 총궐기하라고, 전 조선이 생산을 다그치는 절기입니다. 하지만 내자 김옥주 새댁은 며칠간이라도….

하며 아려한 옥주를 돌아본다. 두 눈이 마주친 순간, 낭자 신부가 입을 연다.

― 아! 예, 저는 며칠간이 아니라, 서너 달이라도 더 머물러야 할 듯싶습니다. 송구하오나 산월이 가까운지라. 부모님 슬하에서 신세를 져야 할 성도 싶고.

달아오르는 홍자紅紫를 숨기지 못한다. 매듭지지 못한 말씨 끝에, 잠시 망설거리다가 이내 뒤를 잇는다. 삼가 조신스런 기색이 역력했다.

― 어머님 훈육도 들어야 하겠고, 솜씨 맛도 들여야 하겠고, 아버님 지중하신 가풍도 익혀야 할 성싶고요. 동생들이랑 부모님 꾸중도 들어봐야지, 으응! 한 식구가 될 성싶습니다. 허락해주시겠지요. 응응! 해산구완이며, 저는 친정 부

모님이 조세하셔서, 배움도 소졸하고, 아—웅! 사람이 덜된 심사라…

— 아니 왜 그리 숨결이, 숨결이 가빠 오른당가?

선말댁 눈이 크게 뜨였다. 온 가솔의 눈짓이 달라진다.

그녀는 시작과 달리 겨우겨우 말씨를 맺었다. 중간 중간 으응! 하는 소리는 차라리 신음이었다. 하다가 눈가에 얼핏 습기가 서렸다. 얼핏 눈치를 살핀 선말댁이 환한 낯빛으로 이른다. 새아기가 몸을 움츠리며 신음을 토하는 이상을 눈치 채지 못할 리 없었다. 하지만 그녀는 잠시 잊은 듯 입을 연다.

— 오—매! 오매—매, 어째 이라고 말씨마다 오지게도 영글었당가? 그라고 말고야, 부모님 신세라니, 그것이 도대체 먼 소리랑가. 복덩이에 호박이 절로 굴러왔는데, 내 손으로 장남 장손의 순산을 치러야제. 삼신 한울님! 시상에 이라고 오지고도, 감축할 일이랑가! 맘을 푹 놓게나. 맘을 낙낙하고 푸근하게 다스리라 그 말이다. 순산의 은택이라니, 삼신 한울님이여, 이 집이 대체 뉘 집이랑가?

— 어머님, 어머님의 한울님이 아니라, 하느님이라고, 제가 전주에서 전동 성당에를 몇 차례 나갔었는데, 옳으신 말씀이 참 귀에 쏙쏙 들리더라고요. 삼신 三神이라니, 성부 성자 성신님을 자상하게 일러주시던데요. 송구스럽게도 그는 그렇고, 아무튼 부모님의 가르침을 따르겠습니다. 아! 아! 응응 아이…

— 그려, 그려, 아무튼 새 세상이니께. 하지만 우리 가문은 다산 스승님의 천주학 환난을 지독한 열병으로 겪은지라 삼가는 입장 이다만, 배워야 하는 세상인지라.

— 어머님 어, 어찌, 으응, 이라고 서둔당가요? 한울님이시건, 하느님이시건 이렇게 서둘면, 천생 팔삭둥이 소리를 들어야 할 텐데요. 아이! 아! 으응, 아마님…!

— 새아가야, 그 몸으로 먼 길 나서다니, 지극정성 골고루 맘 쓴 혼수품 이고

지고 너무나 무리했어. 하여간 팔삭둥이 큰 인물 난다데. 이리도 장한 출산대사라니, 먼 걱정이랑가. 맘을 차분하게 숨결 크게 쉬심서, 옹야! 옹 헤야! 옹 헤야! 어절씨구 저절시구, 얼럴럴 상사_{糞賜}로세, 상사_{糞詞}뒤야로다!

선말댁은 원숙한 산파 이력으로, 야무지게 팔을 걷으며 나선다. 그 심상에는 찰랑거리는 석양갯벌의 무지개 빛살처럼, 상서로운 흥겨움이 흘러서 넘치고 있었다.

2권 完

운상 최춘식 장편소설

오리지널
얼럴럴 상사뒤야

제 2 권 피투성이라도 살라

초판 1쇄   2020년 7월 22일

지은이   운상 최춘식
펴낸이   안혜숙
편집 디자인   임정호

펴낸곳   문학의식사
등록   1992년 8월 8일
등록번호   785-03-01116
주소   우편번호 23028 인천시 강화군 강화읍 국화리 840-1 삼원 아트빌 402호
　　　　 우편번호 04555 서울 중구 수표로6길 25(충무로3가 25-12) 501호(서울 사무소)
전화   02. 582. 3696
이메일   hwaseo582@hanmail. net

값 15,000 원
ISBN 979-11-90121-16-3